Rachael Lippincott – Alyson Derrick

Zwölf Dates bis Weihnachten

Rachael Lippincott – Alyson Derrick

Zwölf Dates bis Weihnachten

Roman

Aus dem amerikanischen Englisch
von Nina Frey

dtv

Von Rachael Lippincott und Alyson Derrick
ist bei dtv außerdem lieferbar:
She Gets the Girl

Von Rachael Lippincott sind bei dtv außerdem lieferbar:
Drei Schritte zu dir (mit Mikki Daughtry und Tobias Iaconis)
All This Time (mit Mikki Daughtry)

MIX
Papier | Fördert gute Waldnutzung
FSC® C014496

Deutsche Erstausgabe

Titel der amerikanischen Originalausgabe: ›Make My Wish Come True‹,
2024 erschienen bei Simon & Schuster Books For Young Readers
Published by arrangement with Simon & Schuster Books
For Young Readers, an imprint of Simon & Schuster
Children's Publishing Division

Tumblingerstraße 21, 80337 München
produktsicherheit@dtv.de

Vignetten: Freepik.com
Lektorat: Katja Korintenberg
Umschlaggestaltung: dtv nach einem Entwurf von Lizzy Bromley
Umschlagillustration: Mason London
Gesetzt aus der Bell MT
Satz: C.H.Beck.Media.Solutions, Nördlingen
Druck und Bindung: GGP Media GmbH, Pößneck
Printed in Germany · ISBN 978-3-423-74129-3

Für Poppy

Caroline

»Caroline!«

Erschrocken zucke ich zusammen und kippe um ein Haar aus dem Bett. Die Stimme meiner kleinen Schwester Riley katapultiert mich verlässlicher in den Wachzustand als mein Wecker, bei dem ich heute schon zwölfmal die Schlummertaste gedrückt habe.

Das ist also der Dank dafür, dass ich bis drei Uhr nachts an der Mappe für meine Columbia-Bewerbung rumgebastelt und meinen neuesten Artikel hinzugefügt habe. Es geht darin um das Zimtsternrezept der hiesigen Bäckerei, das seit fünf Generationen gehütet wird wie ein Augapfel. Irgendeine Urgroßtante soll sogar einen Mann um die Ecke gebracht haben, der es sich hatte unter den Nagel reißen wollen. Das verleiht diesem Text etwas mehr Brisanz, als sie meine sonstigen Reportagen über unser weihnachtsbesessenes Städtchen haben.

Apropos schaurige Todesfälle – Riley schaut ganz schön mörderisch drein. Sie nimmt ihren Mund von meinem gepeinigten Ohr und verschränkt die Arme vor ihrem ehemals waldgrünen Fußballpulli mit dem Logo des SC Barnwich. »Können wir vielleicht ein einziges Mal in unserem Leben pünktlich sein?«

Ich röchle ein Nein und rolle mich wieder unter meine kuschelige Decke.

»Es ist Pfannkuchen-Dienstag«, sagt sie.

Prompt rolle ich mich wieder in ihre Richtung.

»Dachte ich's mir doch«, fügt sie hinzu und überlässt mich meiner hektischen Dienstagmorgenroutine. Ich wurschtle mich in eine Jeans und eine übergroße Strickjacke und packe – noch mit der Zahnbürste im Mund – meinen Rucksack, bevor ich mir ein, zwei Schichten Mascara verpasse und ausreichend Ringe an die Finger stecke, damit auch klar ist, dass ich Frauen mag.

Als ich die Treppe hinunter- und der Küche und den Pfannkuchen entgegeneile, die wohl das Einzige sind, was mich heute aus dem Bett locken konnte, werde ich verfolgt von Blue, meinem schwarz-weißen Border Collie, dessen Krallen laut über den Holzboden klackern. Als wir um die Ecke biegen, ertappe ich Riley dabei, wie sie sich gerade eine jeder Beschreibung spottende Menge an Schlagsahne direkt in den Mund sprüht, und meine beiden großen Brüder, Levi und Miles, die sich die Pfannkuchenstapel einverleiben, als kriegten sie's bezahlt. Zum Pfannkuchen-Dienstag tauchen sie verlässlich auf, obwohl sie schon über zwanzig sind.

»Habt ihr kein Zuhause?«, frage ich und schenke mir eine Tasse Kaffee ein. Als ich mich umdrehe, knallt mir ein Pfannkuchen mitten ins Gesicht. Unter Rileys Gelächter stopfe ich ihn mir gleich in den Mund.

Dad, der bislang am Herd über dem brutzelnden Putenspeck vor sich hingesummt hat, wirbelt mit wehender Schürze zu uns herum und droht uns mit dem Pfannenwender. »Noch ein fliegender Pfannkuchen und das hier war das letzte Mal.«

»Mir kriecht die Angst bis in die Knochen«, lästert Levi und schüttelt den Kopf.

»Lass es nur drauf ankommen, Bürschchen«, sagt Dad mit einem herausfordernden Lächeln, als Mom in die Küche geschneit kommt und das Duell im Keim erstickt. Automatisch wirft Dad einen Blick auf die Uhr in der Ecke, denn auch nach fünfundzwanzig Jahren sorgt er sich immer noch wegen ihrer Unpünktlichkeit.

»Ich komm zu spät«, murmelt Mom prompt, klaut mir die Tasse aus der Hand und gönnt sich meinen Kaffee.

Mom pendelt jeden Morgen von Barnwich nach Pittsburgh in die Kanzlei, die sie nach der Uni mit ihrer besten Freundin gegründet hat, und sie ist so gut wie immer ein paar Minuten hinterher. Einmal hat Dad sämtliche Uhren in unserem Haus fünf Minuten vorgestellt, doch die Wirkung war gleich null. Instinktiv muss sie gespürt haben, dass hier was faul war. Zum Glück fährt alle siebzehn Minuten ein Zug vom Bahnhof Barnwich ab, sonst käme sie niemals pünktlich zu den Morgenmeetings, die sie höchstpersönlich anberaumt.

Vermutlich steckt mir das in den Genen, denn jetzt wandert mein Blick ebenfalls zur Uhr und macht mir bewusst, dass mir nur noch anderthalb Minuten bleiben, um den Rest dieses dringend benötigten Pfannkuchens zu verschlingen und das Haus zu verlassen.

»Wir brauchen dringend eine Stärkung«, sagt Miles, als sei er nie unterbrochen worden. »Die Bar muss noch für morgen vorbereitet werden. Wir haben ja diese Karaokemaschine angeschafft und der Karaoke-Mittwoch hat eingeschlagen wie nur was.« Er scrollt durch den farbigen Veranstaltungskalender auf seinem Handy, dass die rosa und gelben und grünen Felder nur so vorbeifliegen.

Levi und er haben praktisch schon seit der Mittelstufe jeden Penny beiseitegelegt, um das Beckett Brothers zu eröffnen, eine Bar an der Kreuzung Haupt- und Kiefernstraße. Schuld daran war die Besessenheit meines Vaters von *Bar Rescue*, einer Serie, in der heruntergewirtschaftete Kneipen aufgemöbelt und vor dem Untergang gerettet werden, gepaart mit dem Ehrgeiz meiner Brüder, in unserem weihnachtsverrückten Städtchen in Pennsylvania ihre eigene Nische zu finden. Als sie den Laden Weihnachten vor zwei Jahren von unserem Nachbarn Mr Burton zu einem sagenhaften Freundschaftspreis mieten konnten, haben sie ihn erst mal von Grund auf renoviert. Dann wurden Riley und ich rekrutiert, um beim Streichen und Anschleppen der Flohmarktfunde zu helfen, wofür wir im Sommer mit Eis und im Winter mit heißer Schokolade entlohnt wurden. Dies ist ihr erstes volles Geschäftsjahr und sie sind aufs Ganze gegangen, um mit dem Kopf über Wasser zu bleiben und in die schwarzen Zahlen zu kommen. Quizabende, Speed Dating, Livemusik und jetzt, so scheint's, sogar Karaoke. Sie würden alles tun, um den Laden am Laufen zu halten. Und trotzdem schwächelt das Geschäft, ein Schicksal, von dem sämtliche Betriebe Barnwichs ein Liedchen singen können.

»Eingeschlagen ist gut. Ich hab jetzt noch 'nen Hörsturz von letzter Woche«, grummelt Levi mit vollem Mund.

Ich auch, wenn ich ehrlich bin. Er hat mir ein Video geschickt von einem Mädchen, das sich an Celine Dion gewagt hatte, aber geklungen hat wie ein rostiger Gockel.

»Aber zu Chanukka seid ihr schon da, oder?«, fragt Mom und trommelt mit den Fingern auf das, was mal mein Kaffeebecher war, wie immer unter Strom wegen ihrer Verspätung, aber gleichzeitig unfähig, auch nur einen winzigen Zacken zuzulegen. »Ich hab Oma schon angekündigt, dass ihr mitkommt.«

»Klaro«, sagt Miles wegwerfend und hält ihr zum Beweis einen farbmarkierten Tag auf seinem durchgeplanten Kalender hin. »Wär ja ein Verbrechen, sich ihre Rinderbrust durch die Lappen gehen zu lassen.«

Mit einer jüdischen Mutter und einem katholischen Vater ist Weihnachten immer ein Chaos aus Weihnachtsmusik, Latkes, neuen Strümpfen und … dem wohlvertrauten Fremdheitsgefühl, das entsteht, wenn man auf der Schwelle zwischen zwei Religionen lebt.

Weder in die Kirche noch in die Synagoge zu gehen, aber Osterkörbe zu öffnen und ins jüdische Ferienlager in Upstate New York geschickt zu werden, weil da die ganze Familie meiner Mutter lebt. Einen Weihnachtsbaum zu haben und einander hässliche Pullis anzuhängen, aber die Geschenke vom Weihnachtsmann auf ein Minimum zu beschränken.

Vor allem aber: sich weder ausreichend christlich noch jüdisch genug zu fühlen, besonders in einer Stadt, die ihre Grundfesten auf Weihnachten errichtet hat.

Levi und Miles scheinen sich mit diesem Dilemma nie rumgeschlagen zu haben. Sie haben es schnell geschafft, hier in Barnwich ihren Platz zu finden. Trotz all der Artikel, die ich über den Ort geschrieben habe, scheine ich selbst noch nicht ganz so weit zu sein.

»Fertig?«, fragt Riley und stopft sich schnell noch eine Scheibe Speck in den Mund, bevor sie nach ihrem Rucksack angelt.

Ich nicke und werfe Blue meinen letzten Bissen zu, klaue mir für einen Abschiedsschluck den Becher von Mom zurück und sause hinaus in den Flur zur Garderobe.

»Bis später, Leute!«, rufe ich, wobei ich Riley schon die Mütze über den Kopf stülpe. Dann stoße ich die Tür auf und wir schlittern kichernd die Stufen hinab und durch den Schnee zu Bertha, dem uralten Toyota Camry, in dem bereits Miles als Säugling vom Krankenhaus nach Hause gebracht wurde. Gewissenhaft wird er von einem Beckett zum nächsten weitergegeben und nun ist die Erbfolge an mir. Riley steigt ein und wischt schon mal von innen die Scheibe frei, während ich nur das Allerallernötigste von der Windschutzscheibe kratze.

»Dein Ernst, Caroline? Das ist doch immer noch alles dicht«, mosert Riley, als ich mich hinters Steuer klemme.

»Ich dachte, du willst unbedingt pünktlich sein«, entgegne ich und pfeffere den Eisschaber über meinen Kopf hinweg auf den Rücksitz.

»Schon, aber gerne lebend«, sagt sie und schnallt sich an. »Die hätten uns auch mal schneefrei geben können heute.« Sie reibt sich die Hände in ihren Fäustlingen.

»Schneefrei? In Barnwich? Träum weiter.« Unser annähernd pausenloses malerisches Schneegestöber hier verdanken wir einem seltenen meteorologischen Effekt, an dem unser See schuld ist – der Hauptgrund dafür, dass man sich in Barnwich vorkommt wie in einer weihnachtlichen Schneekugel.

Ich drehe den Schlüssel in der Zündung und Bertha erwacht mit einem Röcheln. Ihre Reifen suchen mühsam nach Halt, bis wir schließlich die Straße hinunterschleichen.

»Irgendwelche Klassenarbeiten die Woche?«, frage ich.

Riley brummt zustimmend mit ihren Fäustlingen zwischen den Zähnen, während sie Frostbeulen riskiert, um ihrer Mittelstufengang zu schreiben.

»Brauchst du Hilfe?«

Sie brummt noch einmal und tippt weiter.

Obwohl wir wirklich spät dran sind, spähe ich bei der Fahrt durch die Hauptstraße neugierig aus dem allmählich abtauenden Fenster. Ich sehe die bunten Geschäfte, die Lichterketten über uns und die roten Schleifen und grünen Kränze an den leuchtenden Laternenmasten. Wie immer ist es unmöglich, der warmen, kuschligen, vorfreudigen Festtagsstimmung zu entrinnen. Kein Wunder, dass der Ort seit jeher eine Hochburg des Feiertagstourismus ist. Die Leute pilgern jeden Dezember hierher, um sich an heißer Schokolade, Schlittenfahrten, Kunsthandwerk und einem Foto mit Mr Green zu erfreuen, unserem Weihnachtsmann mit Nebenberuf Installateur. Ganz zu schweigen von unserer Straßenbeleuchtung, die es landesweit auf Platz vier schafft.

Aber seit meiner Kindheit sind die Besucherzahlen geschrumpft. Deutlich. Und obwohl Barnwich zu dieser Jahreszeit immer noch zauberhaft ist, kann man nicht leugnen, dass inzwischen alle mehr auf die Tube drücken müssen, um die Leute zurückzugewinnen und die kleinen Lädchen entlang der Hauptstraße am Leben zu erhalten. Es ist, als würde bei allem noch eins draufgesetzt: etwa die Pyro-Effekte bei der Weihnachtsbeleuchtung, die wertvolleren Preise bei unseren Heiße-Schokolade- und Lebkuchenhaus-Wettbewerben und die neuen Elfenkostüme für die Fahrer der Rentierschlitten, die die Hauptstraße entlangrutschen. Es ist … alles so überladen und trotzdem scheint irgendwas zu fehlen.

Bei dem Gedanken steigt Wehmut in mir auf, die sich um diese Jahreszeit bei aller Begeisterung immer in mir breitmacht.

»Arden haben sie gestern fotografiert, wie sie völlig im Arsch aus einem Club rauskommt«, sagt Riley, immer noch mit Blick aufs Display. Meine Finger krampfen sich ums Lenkrad. Mit der Erwähnung meiner ehemaligen besten Freundin verpufft auch noch der letzte Rest meiner festlichen Stimmung und lässt nur noch Schwermut übrig.

»Pass auf, was du sagst«, murmle ich und weiß nicht, ob ich damit meine unflätige zwölfjährige Schwester meine oder den Namen der Person, die für mich von Barnwich nicht zu trennen ist – noch weniger als Weihnachten.

Vier Jahre ist es jetzt her, seit sie Barnwich und mich links liegen gelassen hat, um in Hollywood Karriere zu machen, aber in gewisser Weise kommt es mir vor, als wäre sie nie weggegangen. Hinter jeder Ecke lauert sie oder zumindest ihr Geist auf mich. In Klatschzeitschriften an der Supermarktkasse, in viralen TikTok-Edits, zusammengebastelt von ihrem sie bewundernden Publikum.

Arden James, Arden James, *Arden James.*

Und Riley kennt keine Gnade. Sie besteht darauf, mich tagtäglich über jedes Ereignis im Arden-Universum auf dem Laufenden zu halten, das ich erfolgreich ignoriert hatte, und zwar bis ins kleinste Detail, obwohl ich absolut nichts, wirklich null Komma null, zu tun haben will mit ihr.

Und trotzdem – als wir auf dem Parkplatz von Rileys Schule halten, kann ich mir einen Blick auf das Handy nicht verkneifen, das sie mir direkt vor die Nase hält. Ardens lange, dunkle Haare und ihre braunen Augen sind die alten und doch so anders. Und das nicht nur wegen des glasigen, verwirrten Blicks durch die aktuelle Dröhnung der Wahl.

»Du musst heute mit dem Bus heimfahren«, sage ich, als das Display schwarz wird und Ardens Gesicht verschluckt. Ich parke das Auto und Riley schnallt sich ab. »Ich hab eine Schicht im Edie's.«

Edie's Eatery. Das vielgeliebte Diner der Stadt, das auch ein Grund ist, weshalb ich Arden trotz aller Bemühungen nicht vergessen kann. Es gehört Ardens Großmutter und ist berühmt für seine gnadenlos guten Pfannkuchen, die zugegebenermaßen noch besser sind als die meines Vaters, und einen Kaffee, der Tote zum Leben erweckt.

Natürlich kommt mir das Geld sehr gelegen, aber der wahre Grund, weshalb ich dort arbeite, ist Edie. Seit Arden weg ist und ihre Eltern kreuz und quer über den Globus trotten, schaue ich ein bisschen auf sie, besonders weil Edie doch langsam etwas nachlässt. Sie ist zäh wie Leder, aber manchmal braucht eben auch Leder etwas Pflege. Um uns hat sie sich ja auch jahrelang gekümmert. Milchshakes und gefüllte Omeletts und zwei zugedrückte Augen, wenn wir ihre Küche kaperten.

Noch ein Grund, Arden zu grollen. Weil sie auch Edie im Stich gelassen hat.

»Meinetwegen, aber nur, wenn du mir einen von diesen schwarz-weißen Keksen mitbringst.«

»Wird erledigt.«

Mit einem Abschiedsgruß rast Riley die Treppe nach oben, wo ihre Fußballkolleginnen warten, und ich sause hinüber zur High School, die ein bisschen weiter die Straße hinunter liegt. Stöhnend ergattere ich einen der letzten freien Parkplätze und stelle fest, dass Riley zwar gerade noch pünktlich gekommen ist, ich selbst aber zu spät dran sein werde, wie üblich.

Mit meinem Rucksack schlittere ich über den vereisten Gehweg in die Schule und dann einmal durch den mit grünen Schließfächern ausgestatteten Gang in mein Klassenzimmer. In der Sekunde, in der mein Hintern den Stuhl in der Ecke berührt, schrillt die Klingel.

»Guten Morgen«, trällert Austin Becker und stellt mir einen dringend benötigten Caramel Macchiato auf den Tisch. Sehr praktisch, so ein Kumpel, der immer die Morgenschicht im Barnwich Brews schiebt.

»Morgen.« Dankbar nehme ich ihn aus seiner goldbraunen Hand mit den langen, silberberingten Fingern, während Mr Fisher aufsteht, um die Anwesenheitsliste zu checken.

Als damals im Herbst nach Ardens Abreise die High School losging und ich am ersten Tag ohne meine beste Freundin durch die Doppeltür trat, war das ziemlich gruselig. Aber zum Glück kam Becker direkt vor Beckett und Austin war neu in Barnwich. Er war noch ein unbeschriebenes Blatt und mochte Bücher und Phoebe Bridgers genauso wie ich. Dieser schwarzlockige, tiefenentspannte Typ, der ganz nebenbei den Kapitän der Footballmannschaft, mit dem er auch noch liiert ist, im Kampf um den Titel des Ballkönigs ausgestochen hat, war vom ersten Tag an mein kaffeeliefernde Geschenk des Himmels.

Vor dem Trinken nehme ich den Deckel ab und voilà, natürlich ist da ein Latte-Kunstwerk obendrauf. Ein Hund von bestechender Ähnlichkeit mit Blue. Ich stoße einen anerkennenden Pfiff aus und er strahlt, während ich den Kaffee mit Fotos dokumentiere.

Als ich den Deckel wieder draufdrücke, dreht sich Maya, die Dritte unseres Kleeblatts, in ihrem Sitz um und schiebt die Ellbogen auf meinen Tisch. »Wie läuft's mit der Bewerbung? Hast du sie endlich weggeschickt?«, fragt sie.

Ich stöhne und ihre blauen Augen gleiten vielsagend zu Austins braunen.

»Läuft also bestens?«

»Ich denk nur irgendwie …«, tja, »… irgendwie hab ich nichts, was so richtig raussticht, versteht ihr?«

Austin lacht ungläubig. »Du bist seit der Sechsten Chefredakteurin der Schülerzeitung. Deine Noten sind schon peinlich genug und jetzt hast du auch noch diesen landesweiten Schreibwettbewerb gewonnen mit deinem Artikel über die Renovierung vom Barnwick Brews nach dem Megabrand.«

»Ja, und ich wette, genau so was steht in all den anderen Lebensläufen von denen, die sich für Journalismus an der Columbia University bewerben. Oder Besseres. Was, wenn all das Zeug, das ich fabriziert habe, zu … Weiß auch nicht. Zu hinterwäldlerisch ist. Nicht aufregend genug.« Selbst der Bäckereiartikel, den ich dazugegeben habe, erscheint mir zu lahm.

Bluttat hin oder her.

Mr Fisher ruft mich auf und ich hebe die Hand. »Und, was treibt Finn so?«, wechsle ich das Thema.

Wie aufs Stichwort steckt Austins Freund Finn seinen blonden Schopf durch die Tür, um Austin zuzuwinken, bevor ihn Mr Fisher zu seinem eigenen Klassenzimmer weiterscheucht. Finn steigt das Blut in die Wangen, als ihn seine Fußballkumpels auf dem Gang hochnehmen, und Austin verdreht die Augen und verbeißt sich ein Lachen.

»Das Übliche«, sagt er kopfschüttelnd. »Wir wollen nächste Woche am ersten Ferientag rodeln gehen, falls du Lust hast. Finn meint, Taylor Hill von den Cheerleadern hat nach dir gefragt. Ich glaub, sie will was von dir.«

Taylor Hill? Von mir?

»Klingt gut«, sage ich mit einem unverbindlichen Schulterzucken und zupfe an der Papphülle meines Bechers.

»Das Rodeln?«, fragt Maya und lehnt sich augenbrauenwackelnd zu mir. »Oder Taylor Hill?«

Ich schnaube, doch diesmal bekomme ich heiße Wangen. »Ich … ich hab sie echt noch nie so wahrgenommen.«

Mir ist natürlich nicht entgangen, wie gut sie aussieht, also ganz objektiv. Vizekapitänin der Cheerleader. Blond. Perfektes Lächeln. Nur … also in dieser Hinsicht ist mir eigentlich noch kaum jemand aufgefallen. Jedenfalls schon lange nicht mehr. Offen wäre ich schon dafür. Ich habe es nur einfach nicht …

Wenn ich da an Finn und Austin denke. Bei denen kann man richtig sehen, wie die Funken sprühen.

»Trauerst du immer noch Julie Shapero vom Zeltlager nach?« Austin nimmt einen Schluck aus seinem Becher und bedenkt mich mit einem wissenden Blick. »Oder etwa …«

Nein.

Ich sehe ihn böse an und schlage ihn auf die Schulter, bevor er ihren Namen sagen kann, aber das verhindert auch nicht, dass ich schon wieder die vertrauten glasigen braunen Augen vom Handydisplay meiner Schwester vor mir sehe. Ungebeten, wie immer.

Obwohl Austin Arden nie getroffen hat, wissen sowohl er als auch Maya genau, dass sie für mich mehr war als nur die beste Freundin. Dass ich ständig diesem gewissen Gefühl nachhänge, ohne es irgendwo anders zu finden.

Vielleicht sollte ich meine Columbia-Bewerbung um die Information ergänzen, dass ich seit vier Jahren keinerlei Liebesleben hatte. Dann nehmen sie mich womöglich zumindest aus Mitleid auf.

Langsam wird es mir zu viel, doch zum Glück geht jetzt der Unterricht los und setzt dem Gespräch ein Ende. Also drehe ich mich nach vorne und versuche, mich auf das zu konzentrieren, was jetzt wirklich zählt.

Die Columbia University.

Viel wichtiger als sprühende Funken oder Taylor Hill oder Arden James.

Diesmal werde ich aus Barnwich rauskommen und meine eigenen Träume wahr machen.

Ich will es so dringend, dass es wehtut. Aber als ich meinen Blick aus dem Fenster schweifen lasse und dahinter die weißen Flocken tanzen sehe, weiß ich, dass ich hier nie ganz wegkommen werde – so gefangen ich mich auch manchmal in dieser riesigen Schneekugel mit Weihnachtsmotiven fühle. Es fällt mir nicht leicht, Leute zurückzulassen.

Oder sie zu vergessen.

Nach der Schule fahre ich einmal quer durch den Ort zu Edie. Beim Eintreten bimmeln die Glocken und ich werde von dem vertrauten Schachbrettboden, den abgewetzten mintgrünen Ledersitzen und der Drehhockerreihe in

Empfang genommen. Aus Edies Küche wallt mir ein herrlicher Duft entgegen und lässt meinen Magen grummeln, obwohl das Mittagessen noch gar nicht so lange her ist, und zum ersten Mal am heutigen Tag spüre ich so etwas wie Entspannung. Hier habe ich immer einen kühleren Kopf, und obwohl der Bewerbungsstress nicht völlig von mir abfällt, scheint er mir jetzt doch immerhin annähernd beherrschbar.

»Hey, Edie!«, rufe ich und schäle mich rasch aus meinen tausend Zwiebelschichten. Als ich um die Ecke biege, knalle ich fast mit Harley zusammen, einer stylischen Studentin, die hier seit zwei Jahren aushilft und beide Arme mit Tellern beladen hat.

»Boah, aufpassen!«, sagt sie und weicht mir aus, ohne auch nur eine einzelne Spiralpommes fallen zu lassen.

Aus der Durchreiche schaut Edies graumelierter Kopf hervor. Zum Gruß wedelt sie mit dem Pfannenwender, spürbar weniger fröhlich als sonst. Für eine gerade mal eins fünfzig große koreanische Großmutter ist sie im ganzen Laden extrem präsent. Als ich mir die Schürze umbinde und das hellblonde Haar zum Pferdeschwanz zusammennehme, kommt von ihr nur ein Kommentar in ihrem breiten Südstaatenakzent, den sie ihrer Jugend in Georgia verdankt: »Tja, diesmal hat sie sich echt zum Affen gemacht, was?«

Ich zögere, weil ich mich, einem alten Instinkt folgend, schützend vor sie stellen will.

Doch dann nicke ich. Edie hat ja recht und ich bin Arden nichts schuldig. Nicht mehr.

Den Rest des Tages verlieren wir kein Wort mehr darüber, aber ich weiß, was in ihrem Kopf vorgeht. Auf gewisse Weise hat Edie sich immer Vorwürfe gemacht. Als sie noch hier wohnten, konnte Edie sich wenigstens um Arden kümmern, während ihre Eltern sich Tag und Nacht an die Gurgel gingen. Oder ich half, indem ich Arden mit ihrem Rucksack bei uns aufnahm und sie bei mir im Bett übernachten ließ.

Aber Hollywood ist für uns beide völlig außer Reichweite. Besonders wenn die Person dort nichts von sich hören lässt. Stattdessen ist sie jetzt berühmt. Uns braucht sie nicht mehr.

Während ich einen doppelten Cheeseburger mit Pommes für Tisch drei in die Durchreiche stelle, werfe ich Edie ein kleines beruhigendes Lächeln zu, um ihre Gewissensbisse zu mildern. Schließlich hat sie immer selbst gesagt, Ardens Eltern würden es nie lange am selben Ort aushalten. Dass Arden uns irgendwann sitzen lassen würde, war unausweichlich, denn sie hat es nie anders gelernt.

Arden

»Guten Morgen! Guten Morgen! Beweg deinen Arsch aus dem Bett!«

Ein Eiswasser-Tsunami platscht mir ins Gesicht. Ich fahre senkrecht hoch, huste und wische mir die Sicht frei, bis ich blaue Augen und wirre braune Locken erkenne. Meine Agentin, mit einem grünen Kaugummi im Mund.

»Echt jetzt?«, grolle ich und schiebe mir die nassen Strähnen aus dem Gesicht.

»Echt jetzt. Du bist schon wieder zu spät«, sagt Lillian und geht zu den Fenstern, um die Bambusrollos hochzuziehen.

»S.«

Das erste Rollo schnalzt.

»P.«

Und das nächste.

»Ä.«

Ein drittes.

»T.«

Das letzte Rollo enthüllt den vollen Panoramablick auf Malibu Beach, mit weißen Schaumkronen, die über riesige dunkle Felsen direkt an der Küste tanzen. Für diesen Blick habe ich Millionen hingeblättert. Ich hab mir vorgestellt, wenigstens ab und an mal am Strand chillen zu können, aber die ganzen letzten zwei Jahre hab ich nicht einen Fuß auf den Sand gesetzt.

»Danke, Buchstabieren krieg ich gerade noch hin.«

Ein Sonnenstrahl bricht durch die morgendliche Wolkendecke und ich schlage mir die Hand vor die Augen, aus Rücksicht auf meinen Brummschädel.

»Das erstaunt mich jetzt, wo du doch nicht mal fähig bist, deinen verdammten Terminkalender zu lesen oder die fünf Erinnerungen, die ich dir gestern geschi- oh, schönen guten Morgen auch!«, sagt sie in etwas verbindlicherem Tonfall. Durch meine Finger sehe ich, dass sich neben mir unter der Decke etwas rührt. Ein blondes Mädchen mit sonnengebleichter, verstrubbelter Mähne streckt den Kopf heraus. Hm. Trotz des verschmierten Make-ups und einem Kater, der sich vor meinem nicht verstecken muss, gehört sie zugegebenermaßen zu den schönsten Mädchen, die mir je begegnet sind. Wenigstens die gibt es in LA wie Sand am Meer.

»Arden? Musst du schon weg?«, fragt sie, stützt sich auf einen Ellbogen und zieht die Decke hoch. »Ich hab gedacht, wir frühstücken vielleicht noch zu…«

Au weia.

»Sorry, äh …«

Miranda? Jackie? Mist. War's irgendwas mit L? Oder … Moment. Mit A ging der Name los, oder?

Wie aufs Stichwort meldet sich Lillian vom Fußende des Betts aus. »Diese Dame hier hat leider jetzt einen Werbedreh, für den sie schon eine halbe Stunde zu spät dran ist. Also wäre das jetzt der richtige Moment, sich zu verzupfen, Schätzchen, danke vielmals, auf Wiedersehen. Nimm dir doch beim Gehen noch einen frisch gepressten Saft aus dem Kühlschrank.«

Lillian zerrt mich aus dem Bett und ich schnappe mir die Decke, um nicht in Boxershorts dazustehen, bevor ich der Blonden noch einmal entschuldigend zulächle und aus dem Raum geschleift werde.

»Du willst mich unter die Erde bringen, was?«, raunzt Lillian und stapft mit mir im Schlepptau Richtung Badezimmer.

»Ich leg's nicht bewusst drauf an«, seufze ich.

»Wirkt aber so, Arden. Diese Party-Girl-Nummer war als Futter für die Klatschpresse gedacht, nicht als dein neuer Lifestyle. Schon vergessen?«

»Ich weiß, ich weiß«, sage ich und massiere mir die Nasenwurzel. Als ob das so einfach wäre. Als könne man einfach jahrelang eine verhasste Rolle spielen und sie auf magische Weise nicht auf sich abfärben lassen. Lillian tut gerade so, als hätte sie keine Ahnung, wie einen dieser Ort hier mit Haut und Haar verschlingt.

»Und es hat ja auch geklappt. Alle kennen dich. Alle wollen dich. Du bist diejenige, die mir gesagt hat, dass du provozieren willst, dass du ein neues Image brauchst. Wenn du möchtest, dass man dich jetzt als Schauspielerin und Charakterdarstellerin ernst nimmt, dann musst du dich auch erwachsen verhalten. Himmel, Arden, das Allermindeste ist doch, dass du pünktlich bist.«

»Ist mir doch völlig bewusst, Lil. Ich …«

»Wenn dir das so bewusst ist, warum muss ich mir dann heute Morgen tausendundein Foto von dir anschauen, wie du in der Nacht vor einem Werbedreh völlig zugedröhnt mit allen möglichen Leuten rummachst?«

Weil ich es nicht ausgehalten habe, die ganze Nacht alleine in diesem verwaisten Riesenhaus zu verbringen.

»Es tut mir leid. Ich hab nicht …« Ich reibe mir mit den Händen übers Gesicht. »Ich hatte keine Ahnung, dass da Kameras waren. Es hieß, das sei eine private Party.«

»Du bist Arden James. Der einzige Name, den die Leute letztes Jahr häufiger im Internet aufgerufen haben, war Taylor Swift! Na klar sind da überall Kameras. Da werden immer überall Kameras sein. Der Fototermin heute? Der ist für den Superbowl! Meine drei Scheidungen hätte ich finanzieren können mit dem, was die dafür hinlegen, dass du eine Stunde lang lächelnd eine Flasche in die Kamera hältst. Einen Monat habe ich am Telefon verbracht, um die Chefs zu überzeugen, dass du die Richtige dafür bist. Krieg das gefälligst auf die Reihe!« Sie schiebt mich ins Bad. »Geh duschen! Ich hab dir vom Laden an der Ecke Frühstück bestellt. Das kannst du auf der Fahrt zum Studio essen.«

Ich luge durch die Badezimmertür, mit reuiger Miene. »Danke, Lillian. Du hast was gut bei mir.«

»Aber so was von«, sagt Lillian, die mit einer Hand auf ihrem Handy herumtippt und mir mit der anderen einen Kaffee und eine Kopfschmerztablette reicht. Sie hebt den Kopf und grinst mich an. »Sogar doppelt, weil du dank mir nicht so tun musstest, als hättest du auch nur einen blassen Schimmer, wie sie heißt.«

* * *

Eine Stunde darauf rattert mir Lillian meinen verbleibenden Wochenplan runter, während ich in der Maske sitze und meinen zweiten Becher Morgenkaffee leere.

»Nach dem Termin hast du für heute frei, aber spiel

nicht wieder verrückt«, sagt sie und sieht zu, wie mein langes, dunkles Haar hochgesteckt und ein halbes Kilo Concealer auf meine Augenringe getupft wird. »Morgen ist das bewusste Vorsprechen bei Bianchi.«

Bianchi.

»Das vergess ich garantiert nicht«, verspreche ich Lillian und denke an die unzähligen Anmerkungen, mit denen ich das Drehbuch in meiner Tasche garniert habe, an die abgegriffenen, eselsohrigen Seiten. Ich habe mich ewig vorbereitet auf diesen Termin.

Trotzdem schlottern mir beim Gedanken daran die Knie.

Ich kann mich nicht erinnern, je eine Rolle so dringend gewollt zu haben, aber die hier raubt mir seit Wochen den Schlaf. Zu der Party letzte Nacht bin ich auch nur, weil ich die ohne Unterlass kreisenden Gedanken nicht mehr ausgehalten habe.

Mit Produktionen von Disney Plus Originals ging meine Karriere los, doch jetzt werde ich für romantische Heterokomödien gebucht, besonders nach meinem Netflix-Debüt vor zwei Jahren, das sämtliche Rekorde gebrochen und mich ins Licht der Öffentlichkeit katapultiert hat.

Aber jetzt das hier: eine Geschichte über ein asiatisch-amerikanisches Mädchen, das sich aus ihrer Kleinstadt und ihrem kaputten Leben befreit und sich was Besseres aufbaut. Es fühlt sich an, als sei sie mir auf den Leib geschrieben.

Wie Miranda Priestly für Meryl Streep oder Forrest Gump für Tom Hanks.

Das ist meine Rolle.

Außerdem würde ich mit der Crème de la Crème arbeiten. Alles, was Bianchi dreht, wird zu Gold. Die größten Produktionsfirmen schlagen sich drum. Zehnminütige Standing Ovations in Cannes. Oscarnominierungen in fast jeder Kategorie.

Es ist genau das, worauf ich immer gewartet habe: die Möglichkeit, meiner Karriere eine Wendung zu geben. Aber ich muss Bianchi zeigen, dass mehr in mir steckt als das, was er bislang von mir gesehen hat. Dass ich mehr draufhabe, als lustige Sprüche zu klopfen und dabei maximal gut auszusehen und irgendwelchen Typen den Kopf zu verdrehen. Und das auf eine Art, die die *Variety* so freundlich als »Charme von der Stange« zu bezeichnen pflegt.

Noch so ein Grund, weshalb ich diesen Imagewandel brauche.

Derart in der Rolle eines feierwütigen Hollywood-Jungstars aufzugehen, hat mir zwar, wie von Lillian prophezeit, ziemlich viel Aufmerksamkeit eingebracht, aber es sollte eigentlich nur Mittel zum Zweck sein, nicht etwas, das mir ein Leben lang anhängt. Ich will, dass man mich ernst nimmt. Ich will einen Oscar und nicht schon wieder einen Teen Choice Award.

Ich brauche nur eine Chance. Und um diese Chance zu bekommen, muss ich Bianchi etwas liefern, das ihm mehr in Erinnerung bleibt als mein Ruf oder meine IMDB-Seite. Also versteh ich wirklich nicht ganz, wieso ich mich immer schlechter unter Kontrolle habe, je näher der Tag X rückt.

»Ich weiß, wie dringend du das willst. Lass dich nicht hängen«, sagt Lillian.

Noch bevor ich antworten kann, kommt der Werberegisseur reingeprescht, begleitet von niemand Geringerem als Marc Nicholson selbst, dem Thronfolger des Nicholson-Mineralwasserimperiums.

Die Tür knallt so laut, dass ich um ein Haar das Gesicht verzogen hätte.

»Entschuldigen Sie meine Verspätung«, flöte ich und stehe auf, um ihn zu begrüßen. Der Regisseur wirkt genervt, doch Marc Nicholson fegt meine Entschuldigung mit einer massigen gebräunten Hand beiseite, bevor er meine ergreift.

»Aber das ist doch überhaupt kein Problem«, sagt er mit schleppendem Südstaatenakzent und hält meine Hand deutlich zu lange. Um seine blauen Augen sprießen die Krähenfüße. »Wow, es ist wirklich so: Die Kamera packt immer noch vier Kilo drauf.« Er lacht und seine Augen führen einen Ganzkörperscan an mir durch, einmal hinunter und wieder hinauf. Soll ich jetzt mitlachen oder ihm eine knallen? Bevor ich eine Entscheidung treffen kann, rempelt er den spindeldürren Typen neben ihm in die Seite. »Erklär's ihr, Richie.«

Richie, der Regisseur, schiebt sich die Statement-Brille hoch und macht eine ausladende Geste. »Fünf verschiedene Szenen. Auf verschiedene Zeiten verteilt, um das legendäre Nicholson-Mineralwasser damals, heute und in der Zukunft zu präsentieren. Sie, im Hier und Jetzt, wie Sie nach einer Preisgala ins Auto steigen und erst mal einen prickelnden Schluck aus der Flasche nehmen. Sie, wie Sie sich vor hundertsechsundvierzig Jahren, also direkt nach Firmengründung, eine schöne Flasche öffnen, nachdem Sie einen ganzen Tag lang Wäsche auf dem Waschbrett geschrubbt haben. Sie, hundertsechsundvierzig Jahre in der Zukunft, wie Sie mit der Nicholson-Flasche in der Hand in Ihrem selbstfahrenden Wagen sitzen. Sie, wie Sie …«

Während er weiterschwadroniert, schweift mein Blick über die Kleiderstange in der Ecke, deren Palette von viktorianischem Schick bis zu George Lucas' feuchtem Traum reicht, und dann zu Lillian, die mich mimisch anweist, nur bitte ja nicht die Augen zu verdrehen.

»Welch unglaubliche Fügung, dass Arden James höchstpersönlich mein Set beehrt.« Marc Nicholson, schlappe dreißig Jahre älter als ich, wuselt um mich herum, streift mir mit der Hand über den Rücken und rückt mir so dicht auf die Pelle, dass ich seine Lippen an meinem Ohr spüren kann. »Ich hab heute Abend eine Reservierung in deinem Lieblingsclub, zur Feier des Tages.« Er raunt es mit gesenkter Stimme, damit es sonst keiner mitkriegt, aber Lillian setzt sich trotzdem stocksteif auf, bereit zum Eingreifen.

Ich schüttle unauffällig den Kopf und trete aus Nicholsons Reichweite, wobei ich mich zwingen muss, mir nicht über das feuchte Ohr zu wischen.

Stattdessen werfe ich ihm einen zur Perfektion gebrachten verschämten Blick zu, den ich schon allzu oft bei allzu vielen Männern eingesetzt habe. »Das wäre herrlich, aber ich habe ein wichtiges Vorsprechen, auf das ich mich vorbereiten muss«, entgegne ich und drehe mich wieder zu Richie, der gerade ausführlich darlegt, wie ich mich in welcher Szene zu bewegen habe und welche Ästhetik ihm dabei vorschwebt.

Mir geht es zum einen Ohr rein und zum anderen wieder raus, weil bereits klar wurde, dass es völlig wurscht ist. Ich bin nur hier, damit dieser alte, reiche Sack mich zum Essen einladen kann. Er meint, mich mit einer Reservierung beeindrucken zu können, für die ich sonst keinen Finger hätte krumm machen müssen. Statt mir hätten die auch einfach eine aufblasbare Gummipuppe engagieren können.

»Verstanden?«, fragt Richie schließlich und ich nicke wie jemand, der alles im Griff hat.

Augen zu – Geld einsacken – und durch.

»Verstanden.«

Fertig gestylt und Jeans und Hoodie gegen ein Glitzerkleid getauscht, bugsieren sie mich zum Set.

Und Licht, Kamera, Action. Ich tu, was von mir erwartet wird.

Überdramatisches Wassertrinken, neckisches Lächeln, Kostümwechsel und abgeschmackte Textzeilen, die ich vom Teleprompter ablese.

Nachdem der viktorianische Schick und die Siebzigerjahre im Kasten sind, gehe ich in meinem Wagen mittagessen, Lillian im Schlepptau, die auf ihrem Handy herumtippt.

»Wie läuft's?«, fragt sie, als ich mich in den schwarzen Drehstuhl vor dem hell beleuchteten Spiegel fallen lasse.

»Na ja, mein Tag ging damit los, dass mir jemand Wasser ins Gesicht gekippt hat. Also …«

»Wecker stellen wäre auch eine Möglichkeit gewesen«, schlägt Lillian vor, ohne von ihrem Handy aufzublicken.

»Oder ein bisschen mehr Zartgefühl deinerseits.«

»Tja, Arden, nach dem fünfzehnten Mal verliert man halt auch so ein bisschen die Lust. Mein Job besteht nicht darin, dir den Kopf zu tätscheln, Schatzi. Ich bin deine Agentin, nicht deine M…« Sie bremst sich und blickt auf.

Meine Haut prickelt.

Mom. Die ich seit zwei Jahren nicht mehr gesehen habe, genauso wenig wie Dad. Dessen Probleme ich mit meinem Erfolg lösen wollte.

In gewisser Weise hab ich das vielleicht auch. Um Geld streiten sie sich jedenfalls nicht mehr, aber mehr für mich interessieren tun sie sich seitdem auch nicht und zufrieden sind sie ebenso wenig. Weshalb mir endlich klar geworden ist, dass ich selbst die Ursache ihrer Probleme war, nicht die Lösung. Der Klotz am Bein, der sie daran hinderte, ihren Traum von einem freien Leben zu verwirklichen.

Ich weiß noch genau, wie sie das erste Mal weggingen. Mom weckte mich mit Frühstück im Bett, frisch gepresstem Orangensaft, kleinen Pfannkuchen-Herzchen und einem Omelett mit allen Schikanen.

»Hallo, Spatz, dein Dad und ich machen eine ganz kleine Tour, aber am Montag sind wir wieder da, um dich ans Set zu begleiten«, mit einer Stimme, fast so hauchzart wie die Hand, mit der sie mir über die Wange strich, beides völlig ungewohnt für mich. Erst als ich nachher die Packung im Müll fand, ging mir auf, dass mein perfektes Frühstück aus dem Laden unten an der Ecke stammte. Genau wie ich erst sehr viel später kapiert habe, dass jetzt alles anders wurde.

Erst waren es nur ein paar Tage in Florida oder ein Wochenende in Las Vegas, um »einander wieder näherzukommen«. Dann brauchten sie einen Privatjet auf die Fidschi-Inseln. Danach einen Monat auf einer Yacht vor Santorin. Bis mir klar wurde, dass ich mehr Wochen mit unserer Hausreinigungskraft verbrachte als mit meinen eigenen Eltern.

An meinem sechzehnten Geburtstag kam schließlich ein Anruf von meiner Mutter, gerade als sie eigentlich aus Italien heimkehren sollten, um mit mir zu feiern.

»Hey, Mom, was gibt's?«, fragte ich und hoffte, der Flug habe keine Verspätung.

»Hallo, Spatz. Hör mal, wir müssen unsere Reise noch um ein paar Wochen verlängern«, sagte sie, als wären sie geschäftlich unterwegs und nicht auf einer Vergnügungsfahrt mit meinem selbst verdienten Geld.

»Willst du mir noch was sagen?«, fragte ich mit brennenden Augen.

»Ah, ja. Lillian hat noch so ein Drehbuch von Netflix oder irgendwas in der Richtung. Dreh ist in LA, März bis Juni. Ein Haufen Kohle, Spatz. Ich hab ihr grünes Licht gegeben.«

Ich konnte nicht sprechen. Gar nichts konnte ich, außer die Luft anhalten, während mir die Tränen nur so die Wangen runterliefen.

»Ciao, Spa-« Sie hatte schon aufgelegt, bevor sie sich überhaupt verabschiedet, geschweige denn mir zum Geburtstag gratuliert hatte.

Das war der Tropfen, der das Fass zum Überlaufen brachte. Ich konnte mich nicht länger von ihnen ausnutzen lassen.

Also … befreite ich mich von ihnen. Drehte den Geldhahn zu, um zu sehen, wie sie eigentlich zu mir standen.

Ich hab sie nie wiedergesehen.

»Tut mir leid«, sagt Lillian, diesmal aufrichtig. »Ich hol mir einen Kaffee. Möchtest du was vom Catering?«

Ich schüttle den Kopf. »Ich brauch nichts, danke.«

Sie tätschelt mir den Arm und verschwindet, und als die Tür ins Schloss fällt, stoße ich einen tiefen Seufzer aus. Ich lege den Kopf in den Nacken und drehe mich im Sessel, bis die Gipsfliesen an der Decke kreiseln. Einmal. Noch einmal.

Aus dem Spiegel blickt mir eine junge Frau mit übertrieben blauem Lidschatten und gewaltigen Wellen im dunkelbrauen Haar entgegen. Ich neige den Kopf, um mein Gesicht zu mustern, bevor sie es wieder verändern. So viel meiner Zeit geht dafür drauf, jemand anderen zu spielen, dass ich die Person im Spiegel manchmal nicht wiedererkenne.

Nicht dass das schlecht wäre. Das mag ich schon sehr.

Sonst wäre ich einfach nur Arden.

Die war ich vorher und Arden James ist mir deutlich lieber.

Und allen anderen auch.

Ich zücke mein Handy und rufe Twitter auf. Zweimal scrollen und schon taucht die erste Schlagzeile mit einem Bild von mir auf, wie ich vergangene Nacht völlig zermatscht aus dem Club wanke.

Arden James: Droht jetzt der Absturz?

Okay, diese Arden James finde ich jetzt nicht so prickelnd, aber das bin ja auch nicht wirklich ich. Die Paparazzi haben es einfach drauf, einen immer im ungünstigsten Moment zu erwischen, weil sich das eben verkauft. Trotzdem kann ich nicht leugnen, dass ich ihnen in letzter Zeit etwas mehr Futter gegeben habe als unbedingt notwendig.

Aber ich kann es nicht einfach lassen, bevor ich nicht etwas anderes habe, um die sich unvermeidlich auftuende Lücke zu stopfen.

Und in diese Lücke passt diese Filmrolle perfekt.

Kopfschüttelnd wische ich weiter zu Instagram, wo ich ein Bild eines älteren Schauspielers like, den ich von meiner ersten Rolle in *September Blues* kenne, und dann eines von einem Musiker, mit dem ich mal was auf einer Vanity-Fair-After-Party hatte. Mein Finger kommt erst zur Ruhe, als ein vertrautes Lokal auftaucht. Edie's Eatery. Abgewetzte mintgrüne Sitzecken, gläserne Colaflaschen im dazugehörigen Kühlschrank, eine Vitrine voller Kuchen.

Aber das ist es nicht, was mich innehalten lässt.

Genau vorne in der Mitte, mit einem Teller in der Hand, auf dem sich die berühmten Pfannkuchen meiner Grandma nur so türmen …

Caroline.

Ich mache ihr Gesicht größer. Wie früher, nur … anders. Erwachsener. Ihr Lächeln wirkt zurückhaltender, weicher, nicht das schiefe zahnspangige Grinsen, das ich in Erinnerung habe. Aber ihre warmen braunen Augen sind dieselben. Und ihr hellblondes Haar im Pferdeschwanz, aus dem sich Strähnen gelöst haben.

Sie wirkt so natürlich – etwas, das ich in LA nicht sehr häufig zu sehen kriege. Die Frauen in dieser Industrie legen schon mit Botox los, bevor sie überhaupt alt genug sind, um auch nur ein Auto zu mieten. Ich nicht. Irgendwas Gutes hat meine Mutter mir doch vermittelt.

Irgendwann letztes Jahr habe ich aufgehört, mich bei Grams nach Caroline zu erkundigen. Ich hatte keine Lust mehr, von ihren Uniplänen und ihrem Freundeskreis und ihren High-School-Erfahrungen zu hören, die ich selbst nicht haben konnte. Und nie haben werde.

Das liegt alles hinter mir. Sie liegt hinter mir. Mein

letztes Gespräch mit Grams war vor … o nein, vor vier Monaten? Sie hat mich früher häufig angerufen, aber ich glaube, ich habe sie so oft auf die Mailbox sprechen lassen, dass sie irgendwann das Handtuch geworfen hat. Immer wenn ich drauf und dran bin, sie anzurufen, fallen mir die ganzen Fotos ein, die im Internet von mir rumgeistern, und dann habe ich doch zu viel Schiss, es durchzuziehen. Und je länger ich mich nicht melde, desto einfacher wird es, es einfach sein zu lassen.

»Wer ist das Mädchen?«

Ich schrecke auf und werfe fast das Handy quer durchs Zimmer. Es ist Lillian, die in ihrem Kaffee rührt und mir über die Schulter schaut.

»Äh.« Ich rutsche in meinem Stuhl herum und räuspere mich. »Nur meine beste Freundin von früher. Caroline.«

»Mmm.« Sie nippt an ihrem Kaffee. »Mehr nicht? Du hast gegrinst wie ein Honigkuchenpferd, ich hab schon gedacht, sie ist jemand Besonderes. Bitte jetzt keine sinnlosen Schwärmereien, klar?«

»Im Leben nicht.« Ich drücke die Seitentaste und mein Handy zieht Carolines Gesicht mit ins Schwarz. »Ich hab gedacht, es sind nur zwanzig Minuten Mittagspause«, entgegne ich, weil ich genau weiß, wie ich sie mir vom Leib halte.

Lillian schaut auf die Uhr und saust aus dem Wagen. Eine Minute darauf kehrt sie mit zwei Maskenbildnerinnen zurück, die noch an ihrem Mittagessen kauen.

Während diese Fremden an mir rumzupfen und -zerren, male ich mir unwillkürlich aus, wie es wohl wäre, wenn ich jetzt stattdessen auf diesen mintgrünen Polstern säße. Wie ich bei Grams einen Teller voller Pfannkuchen in mich reinschlingen würde, mit zu viel Butter und echtem Ahornsirup. Die Hälfte meines Abschlussjahrs wäre schon rum. Die berühmte Barnwicher Christbaumilluminierung stünde bevor.

Hätte ich dabei immer noch Caroline Beckett neben mir?

»Ms James? Passt das so oder zwickt es irgendwo?«, fragt die Hairstylistin und rückt eine schnurgerade silberne Perücke auf meinem Kopf zurecht.

»Hm?« Ich schüttle mich zurück in die Realität, kurz erschreckt von meinem futuristischen Ebenbild im Spiegel. »Oh, klar. Alles gut.«

Keine Ahnung, warum ich hier von Barnwich träume, wo ich doch in LA sitze und genau das Traumleben führe, das ich mir immer gewünscht habe.

Caroline

»Erste Halbzeit gleich überstanden«, stöhnt Austin neben mir und reicht Nicole Plesac, dem Star unserer Mädchen-Basketballmannschaft, eine Flasche Gatorade.

Ein Blick auf die Uhr zeigt mir, dass es fast noch zehn Minuten sind bis zum Halbzeitpfiff.

»Gleich?«, schnaube ich. Nicole pfeffert die leere Flasche in unsere Richtung und trabt aufs Spielfeld zurück. Trotz unserer Bemühungen scheitern wir beide daran, sie aufzufangen, bevor sie zu Boden fällt.

Genau dieses athletische Ausnahmetalent ist es, weshalb wir seit der Neunten diese Mannschaft managen müssen. Barnwich High ist so winzig, dass es eine Spielen-oder-betreuen-Regelung gibt, und die Betreuung des Mädchen-Basketballteams war nicht nur unsere Rettung vor dem Sportunterricht, sondern auch die sicherste Bank. In der Halle. Viele Zugeständnisse. Kurze Spiele.

Manchmal nicht kurz genug.

»Pssst! Beckett!«

Als ich mich umdrehe, sehe ich oben in den Rängen Maya mit Finn und seinen zwei Footballkumpels rumalbern, L. J. und Antonio. Sie hat tatsächlich was drauf im Fußball, weshalb sie sich nicht damit rumschlagen muss, Wasserflaschen zu befüllen und miefige Trikots zu waschen.

Unsere Blicke treffen sich und sie dreht den Kopf so überhaupt nicht auffällig in Richtung der Cheerleader und formt mit den Lippen: »Taylor. Schaut. Dich. Ständig. An.«

Finn schickt mir ein breites Grinsen und ein Daumen hoch, begleitet von einem anzüglichen Augenbrauengewackel von L. J. hinter ihm, doch ich verdrehe nur die Augen und richte meinen Blick wieder aufs Spielfeld. Trotzdem kann ich es mir nicht verkneifen, mir eine Strähne hinters Ohr zu schieben und zu den grün-weiß gekleideten Cheerleaderinnen rüberzuspähen.

Und siehe da, Taylor Hill schaut mich tatsächlich an.

Sie lächelt mir so breit zu, dass ihre weißen Zähne in der Neon-Hallenbeleuchtung nur so blitzen.

Ich winke verkrampft und krame mein eigenes strahlendes Lächeln hervor, doch meine Gesichtsmuskeln haben völlig vergessen, wie's geht. Bevor ich mich weiter blamieren kann, gehe ich hinter Austin in Deckung.

»Meisterhaft«, sagt er. Ich sehe ihn strafend an und hoffe darauf, im hochglanzpolierten Hallenboden zu versinken und auf Nimmerwiedersehen zu verschwinden.

Bis zur Halbzeit halte ich durch, ohne wieder zu Taylor zu schielen. Während Austin und ich Wasser und Handtücher an die Spielerinnen verteilen, kommen Taylor und ihre Kolleginnen auf den Platz getrabt und vollführen dabei Räder und Handstandüberschläge, bei denen ich mir das Genick brechen würde. Ich sehe, wie sie an der Schulter von Coach Gleason vorbeiturnt und tja …

Tja.

Gut sieht sie aus, keine Frage.

Schönes Gesicht, schöne Haare, schöne …

Mir schießt das Blut in die Wangen und ich schaue schnell weg, räume geschäftig die Flaschen zurück in den Träger.

Kann gut sein, dass meine Ansprüche zu hoch sind. Vielleicht ist das ja einfach mal ein erster Schritt?

Ich reiße mich aus meinen Taylor-Hill-Grübeleien und setze mich neben Austin, der sich seinerseits von seinem Handy losreißt. »Finn hat gerade gemeint, alle gehen nach dem Spiel noch ins Barnwich Brews auf eine heiße Schokolade. Kommt mir sehr entgegen, weil ich inzwischen das perfekte Rezept für den Wettbewerb entwickelt habe. Intensiv, süß, aber eben nicht allzu süß, verstehst du?« Seine Daumen tippen bereits die Antwort. Der Heiße-Schokolade-Wettbewerb ist eine richtig große Sache hier. Wer ihn gewinnt, erntet einen Batzen Bargeld, stadtweiten Ruhm und die Ehre, die Weihnachtsbaumbeleuchtung einzuschalten. Die Tradition existiert bereits seit sechzig Jahren, aber die Ehrenrolle mit dem Anknipsen ist erst vorletztes Jahr eingeführt worden, um die Leute von außerhalb zum Teilnehmen zu verlocken. Mit überschaubarem Erfolg.

Aber eine Sache ist klar: Dieses Jahr muss Austin gewinnen. Er hat unentwegt an diesem Rezept getüftelt und nach drei hart umkämpften Wettbewerbsrunden steht er jetzt quasi unangefochten im Finale.

Er stupst mich fragend in die Seite. »Bist du dabei?«

Seufz. »Argh. Ich würde ja so gerne, aber ich muss erst mal bei der Zeitung eine Katastrophe abwenden. Kendall hat die Formatierung völlig verhunzt, ausgerechnet beim …«

»Hi!«

Eine schnaufende Taylor Hill unterbricht mich mitten

im Satz, indem sie sich zwischen uns auf die Bank fallen lässt und mit ihrem Arm gegen meinen streift.

»Hi«, sage ich, spüre den Blick aus ihren blauen Augen mit dem silbrig schimmernden Lidschatten auf mir.

Sie riecht gut. Frisch. Wie saubere Wäsche.

»Kommst du nach dem Spiel noch mit ins Barnwich Brews?«

»Gerade hatten wir davon gesprochen«, sagt Austin und grinst mich über Taylors Kopf hinweg durchtrieben an. »Sie hat schon an einer Ausrede gebastelt, von wegen Schülerzeitung und so.«

»Komm doch mit«, sagt Taylor und knufft mich in die Seite. »Ich würd dich so gern öfter sehen!«

»Also, ich … hm …« Ich eiere herum, irgendwas an ihrem Selbstbewusstsein und ihrer Art, mich anzuschauen, bringt mich aus dem Tritt. Ich kenne das von irgendwoher. Dieses … fast Herausfordernde.

Kurz habe ich Arden vor Augen, mir gegenüber in der Sitznische im Edie's, wie sie sich zu mir vorbeugt und die Mutprobe bereits mit den Augen einfordert, bevor sie sie überhaupt ausspricht.

Das Bild kann ich beiseiteschieben, aber die Herausforderung hängt weiter in der Luft. Denn ich könnte ja im Grunde wirklich einfach Caleb Harvey auf die Formatierung ansetzen. Der steht schon in den Startlöchern, um nächstes Schuljahr die Chefredaktion zu übernehmen, und ist eifrig zu jeder Hilfsaktion bereit. Manchmal ein bisschen zu eifrig. Aber es wäre doch nett, mal einen Abend Bewerbung Bewerbung, Schule Schule und die Zeitung einfach Zeitung sein zu lassen. Mal an was anderes zu denken oder sogar an eine andere. Wieder habe ich diesen glasigen Blick vor mir, wie verändert sie doch jetzt ist. Vielleicht könnte ich mich auch verändern, wenn ich jetzt ausnahmsweise mal mitmache. »Ja, ich, äh … Caleb Harvey? Vielleicht könnte der …«

»Was könnte Caleb Harvey?«, fragt Taylor mit einem belustigten Lächeln.

»Die Zeitung … er könnte …« Ich schüttle den Kopf und versuche, mich zusammenzureißen. »Also kurz mitkommen kann ich, glaub ich, schon irgendwie.«

Wow. Faszinierend und rätselhaft zugleich, Beckett.

»Taylor!« Coach Stevens von den Cheerleadern hat die Hände in die Hüften gestützt und zeigt so energisch mit dem Kinn zum restlichen Team, dass ihr dunkler Pferdeschwanz hochfliegt.

»Ich muss«, sagt Taylor und zupft mir ganz nebenbei ein Staubkorn von der Schulter. »Bis nach dem Spiel.«

»Bis nachher«, rufe ich ihr einen Takt verspätet nach, was Austin zu einem leisen Pfiff veranlasst.

»Aua. Das tat ja schon beim Zuschauen weh.« Er rückt in die Lücke, die Taylor hinterlassen hat. »Deine Flirtkünste scheinen von Julie Shapiro jedenfalls nicht profitiert zu haben.«

»Ach, halt doch die Klappe.«

Nachdem unser Team gewonnen hat, machen wir uns mit Maya auf, um die anderen bei Finns Kleintransporter zu treffen, der unter dem orangen Licht einer Straßenlaterne geparkt hat.

»Nun denn, Beckett«, feixt Antonio, als wir näher kommen, und wechselt einen vielsagenden Blick mit dem ebenfalls grinsenden L. J. »Taylor Hill?«

»Schnauze, Antonio«, sagen Maya und Finn wie aus einem Mund. Finn zerrt Antonio sogar noch sicherheitshalber die schwarze Mütze übers Gesicht.

Austin schiebt seine Hand in Finns und Finns blaue Augen werden ganz groß. »Baby, deine Hand ist ja eiskalt! Wo sind denn die Handschuhe, die ich dir besorgt habe?«

Lächelnd lege ich den Kopf in den Nacken und blicke in den rieselnden Schnee, die weißen Flocken vor dem grau-orangen Himmel, während Austin herumeiert, um Finn nicht sagen zu müssen, dass er sich nur über seine Leiche in knallroten Lederhandschuhen erwischen lassen würde.

»Hier ist es aber auch kalt«, murmle ich und vertrete mir die Füße. Ich wünschte, ich hätte heute keinen Rock angezogen und mir nicht eingeredet, diese durchsichtige schwarze Strumpfhose hätte irgendwelche wärmenden Qualitäten.

»Ja, echt, oder?«, sagt eine Stimme hinter mir. Noch bevor ich mich umdrehen kann, gleitet mir eine schwarze Collegejacke über die Schultern. Neben mir steht Taylor, mit Lindsay, L.J.s Freundin und Vizekapitänin unter Taylor.

L.J. stößt einen leisen Pfiff aus und schlingt den Arm um Lindsay. »Hut ab, Hill.«

»Jup«, sagt Lindsay und tätschelt ihm die Brust. »Da kannst du dir noch was abschauen.«

Er klappt den Mund auf und zu, unter allgemeinem Gelächter. Ich werfe Taylor einen Blick aus den Augenwinkeln zu, sehe, wie sie sich mit einem leisen Lächeln die Arme reibt und immer noch pures Selbstbewusstsein ausstrahlt, während ich von Kopf bis Fuß rot angelaufen bin.

Finn nickt zum Truck. »Packen wir's?«

»Finn, da passen wir doch nie im Leben alle rein«, sagt Maya, während Antonio schon die hintere Tür aufreißt und reinspringt.

»Ach, komm! Das ist nicht mal ein Kilometer!«

Wir stapeln uns in den Wagen, rangeln kichernd um die Sitzplätze. Da ich die Kleinste bin, schaffe ich es irgendwie, ganz oben auf dem Stapel zu landen, das Gesicht gegen die eisige Scheibe gepresst, während alle in Position rutschen: L. J. mit Lindsay auf dem Schoß, Antonio mit halbem Hintern auf dem Sitz, Maya quasi unter ihm, Taylor …

Taylor direkt unter mir.

»Festhalten, alle zusammen!«, ruft Finn von vorne und mein Blick trifft Austins im Rückspiegel, weil Taylor mir in getreuer Beherzigung von Finns Ratschlag die Arme um die Taille schlingt.

»Darf ich?«, flüstert sie mir in die Schulter und ich nicke mit brennenden Wangen. Der Truck macht einen Satz nach vorne und ich packe instinktiv ihren Arm, um mich aufrecht zu halten.

»Sorry!«, ruft Finn, parkt aus und zuckelt dann wesentlich langsamer die Straße in die Stadt hinein. Ich habe Taylor rasch wieder losgelassen, doch ihr Griff wird nicht lockerer.

Die Fahrt ist nicht lang, aber ich bin die ganze Zeit viel zu abgelenkt, um mitzubekommen, was um mich herum geredet wird. *Hängen ihr meine Haare ins Gesicht? Hab ich ans Deo gedacht? Drückt mein Hintern ihr in den Schenkel? Wie konnte ich die Zeitung einfach diesem waschlappigen Caleb Harvey überlassen? Hab ich den Herd ausgemacht?*

Wir erreichen das Barnwich Brews mit seiner coolen schwarzen Fassade und dem lichterkettenumwickelten Schild, das sich sanft im Wind wiegt. Direkt davor ist ein Parkplatz und mir fällt wieder ein, wie Atmen funktioniert. Sofort mache ich die Tür auf, doch Taylors Arme lassen sich Zeit, mich freizugeben. Als sie es schließlich doch tun, taumle ich wenig graziös auf den Gehweg, wo ich mich rasch zurechtzupfe und aufrichte und dabei ein paar vorbeischeppernde Elfen grüße, die gerade vom Geschenkeeinpacken aus dem Spielwarengeschäft kommen.

Maya hängt sich beim Reingehen bei mir ein und raunt mir zu: »Entspann dich, Caroline.«

Ich? Entspannen? Das wär mal eine Premiere in achtzehn Jahren irdischen Daseins. Aber ich unternehme trotzdem einen Versuch, atme tief durch und sauge den warmen Kaffeeduft ein.

»Du musst ja gar nichts mit ihr anfangen. Du musst sie noch nicht mal mögen! Einfach nur, du weißt schon, nicht gleich dichtmachen.«

Ja. Okay. Das klingt irgendwie machbar.

Ich nicke und sie drückt mir den Arm.

Austin macht sich an unsere heißen Schokoladen, fängt an zu mischen und irgendein Pulver aus einem Tütchen abzuwiegen, das wie zufällig in einer Seitentasche seines Rucksacks steckte. Konzentriert ist er bei der Sache, mit präzisen Handbewegungen. Alles sitzt.

Wir anderen verfolgen das Ganze gebannt von der anderen Seite des Tresens, bis Finn einen Bauarbeiterpfiff ausstößt und Austin sich das Lächeln nicht verkneifen kann. Mit einem nur mäßig überzeugenden vernichtenden Blick hebt er den Kopf.

»Finn! Wenn ich wegen dir jetzt die Temperatur nicht richtig hinkriege, gehst du leer aus!«

Finn macht große Augen und versiegelt seinen Mund mit einer dramatischen Geste.

Vor seinem faszinierten Publikum gießt und siebt Austin noch etwas weiter, bevor er jede Schokolade mit einem optimal bemessenen Sahnehäubchen garniert und wir uns jeweils mit einem Becher in unsere Ecke ganz hinten verdrücken. Taylor rutscht neben mich und ich sehe, wie sie einen Schluck nimmt und sich dann hastig den Milchschaumschnurrbart wegwischt.

Ich weiß noch, wie cool ich sie bei ihrem Coming-Out gefunden habe. Eins der beliebtesten Mädchen der Schule, eine aus dem Cheerleading-Team, die vorprogrammierte Promqueen – und lesbisch. Und jetzt schiebt sie ausgerechnet mir so einfach und ganz nebenbei ihre äußerst kuschlige Jacke über die Schultern. Einen Augenblick lang habe ich es fast vor mir. Die klassische College-Liebesgeschichte, lesbische Version. Knutschen im hintersten Winkel des Treppenhauses oder zwischen ihren Trainingseinheiten, gemeinsames Lernen im Barnwich Brews, wo Taylor am Ecktisch meine Artikel liest, Pfannkuchen im Edie's mit unseren Freunden, Händchenhalten bei der Weihnachtsbaumillumination, die sich vielleicht dann etwas weniger belastet anfühlt …

Und deshalb lasse ich mein Bein, als ihres dagegenstreift …

… da, wo es ist.

Ich versuche mir weiter auszumalen, was alles sein könnte, doch stattdessen ruft der Kontakt mir in Erinnerung, was früher war. Das Knie eines dunkelhaarigen Mädchens, das gegen meines stößt, braune Augen, die an einem Schneetag verwegen funkeln, Schule schwänzen, rote Nasen und eisige Finger, die Schlitten ziehen. Damals, als ich nicht nur eine beste Freundin hatte, sondern auch so in sie verliebt war, dass es mich fast zu zerreißen drohte. Als würde mein Herz einfach schlappmachen, weil ich so viel für sie empfand.

Irgendwo bin ich froh, dass sie damals gegangen ist, weil ich dieses Geheimnis nie im Leben länger hätte für mich behalten können, wenn ich ihr noch einen weiteren langen Winter so nahe gewesen wäre. Und hätte ich ihr davon erzählt und sie hätte geantwortet: »Sorry, geht leider nur dir so«, dann wäre das noch unerträglicher gewesen, als sie wegfahren zu sehen.

Arden

»Auf die Minute!«, sagt Lillian beeindruckt, als sie die Tür aufzieht und sieht, dass ich schon auf einem schwarzen Plastikstuhl sitze und darauf warte, dass man mich aufruft.

»Zu früh«, sage ich mit einem Grinsen und nippe noch mal rasch an meinem Kaffee, bevor ich ein letztes Mal mein zerfleddertes Drehbuch durchgehe.

Sie lässt sich schwer neben mich fallen und versucht unter lautem Quietschen des Stuhls eine bequeme Sitzposition zu finden. »Herrgott noch mal!«, murrt sie. »Bianchi, was soll der Mist? Man sollte meinen, die klauen ihre Stühle aus der Eheberatungsstelle des Gemeindezentrums.«

Ich schnaufe und sehe mit einem Blick auf die Uhr, dass ich noch fünf Minuten bis zum vermutlich entscheidendsten Vorsprechen meiner Karriere habe. Ich atme tief durch und merke, dass mein Herz zu sehr rast, als dass ich so spielen könnte, wie ich es gleich werde tun müssen.

»Ich renn noch mal aufs Klo«, sage ich mit einem Nicken zur Tür, die auf den weiß gefliesten Gang rausgeht.

»Drehbuch!« Sie streckt die Hand danach aus, ohne überhaupt richtig von ihrem Handy aufzublicken. Ups.

Ich halte es so krampfhaft fest, dass meine Knöchel ganz weiß sind.

»Nicht dass du's noch ins Klo fallen lässt. Weißt du was? Lass mir doch gleich auch die Tasche da.«

»Ich brauch einen Tampon«, schwindle ich, doch als ich an ihr vorbeiwill, krallt sie sich einfach den Riemen meiner Tasche.

»Du kriegst erst nächste Woche deine Tage.«

»Okay. Du weißt eindeutig zu viel über meine Privatsphäre.« Ich zerre an der Tasche, doch sie gibt nicht nach. »O Gott! Das ist ein Beta-Blocker, kein Kokain.« Aber als sie trotzdem nicht loslässt, gebe ich seufzend nach und gehe mit leeren Händen zum Bad.

Hinter der verriegelten Tür drücke ich die Stirn gegen das Holz und schließe die Augen.

»Entspann dich, Arden. Du kannst das«, murmle ich.

Ich hatte schon Hunderte von Vorsprechen. Und trotzdem fühlt sich dieses irgendwie ganz ähnlich an wie mein erstes. Als wäre ich wieder dreizehn und stünde mit lauter Mädchen in .einer langen Warteschlange beim offenen Casting in Pittsburgh. Es ging um die Rolle eines kleinen Mädchens in einem Film über zwei Kinder, die ihre Eltern bei einem Buschbrand verlieren. Ich wollte diese Rolle so unbedingt, dass es sich anfühlte, als müsste ich selbst tot umfallen, wenn ich sie nicht bekäme. Je kürzer die Schlange vor mir wurde, desto nervöser wurde ich, und das Einzige, was mich beruhigte, war meine Grandma, die den ganzen Tag mit uns wartete.

Uns.

Mit mir und Caroline.

Sie interessierte sich nicht die Bohne fürs Schauspielen. Meine Eltern genauso wenig, jedenfalls nicht, bis ich damit Geld ins Haus brachte. Aber im Gegensatz zu ihnen begleitete sie mich trotzdem, weil … also … wir eigentlich alles zusammen machten.

Die Rolle bekam ich damals nicht und ich bin auch nicht gestorben, aber ich heulte die ganze Nacht hindurch. Caroline blieb trotzdem bei mir und es schien sie auch nicht zu stören, dass meine Tränen ihr ganzes Kissen klitschnass machten. Schon damals wusste ich, dass ich bei einem dieser Filme dabei sein wollte, die einen tief berühren. Bei denen man ein bisschen *über* die Leinwand schaut, damit nicht die Tränen laufen, und bei deren Dialogen man vergisst, dass sie erfunden sind.

Ein Film wie der hier.

Als mein Herz sich endlich beruhigt, haste ich zum Waschbecken, um mir kaltes Wasser über die Hände laufen zu lassen und dann im Neonlicht mein Spiegelbild anzustarren. Heute habe ich die Minimal-Make-up-Variante gewählt, nur etwas Mascara, getönte Hautcreme und ein Hauch von Blush. Von Bianchi weiß man, dass er es mag, wenn etwas … natürlich wirkt. Authentisch.

Nicht gerade die Adjektive, mit denen ich das Bild beschreiben würde, das die Öffentlichkeit von mir hat, aber genau dafür bin ich ja Schauspielerin. Wenn er sieht, was ich ihm bieten kann, wenn ich mich in eine seiner Figuren verwandle, dann wird er mich anflehen, die Rolle zu übernehmen. Er wird erkennen, dass das nicht sein Film ist. Sondern unserer.

Ich stelle das Wasser ab und zupfe mir ein paar Papierhandtücher aus dem Spender, bevor ich mich wieder zu Lillian aufmache, die mir das Drehbuch zurückerstattet, nicht aber meine Tasche.

»Alles klar?«, fragt sie.

Ich nicke und schließe die Augen, schlüpfe in meine vertraute Routine, die Vorstellungsszene im Kopf durchzuspielen. Was ich betone, wo ich innehalte.

»Arden?« Die schwarze Tür springt auf und herein schaut der Kopf eines Produktionsassistenten mit Baseballkappe und lockigem schwarzem Haar.

Wir stehen beide auf und Lillian schubst mich nach vorne, damit ich ihm in den Raum folge.

»Gib mir das«, zischt Lillian, schnappt sich das Script und stopft es in meine Tasche. »Ganz so streberhaft muss es ja auch nicht wirken.«

»Und wenn ich meinen Text vergesse?«

»Arden, das ganze Ding besteht nur noch aus Textmarker. Du kriegst das hin.«

Ich pappe mir ein Lächeln ins Gesicht und trete über die Schwelle und da am Tisch, neben dem Casting Director, sitzt Bianchi. Wirres braunes, leicht silbriges Haar, Drahtgestellbrille, Tweedsakko. Er hat die Arme vor der Brust verschränkt.

»*Arden James*«, sagte er mit einem leisen Lächeln und streckt mir seine Hand entgegen, an deren kleinem Finger er einen Ring trägt. »Mit dir habe ich jetzt nicht gerechnet. Ich sag mal Du?«

Ich schüttle es ab. »Tja, ich schätze Ihre Arbeit sehr. Besonders *Rohholz*.«

»Rohholz?«, fragt er frappiert, während ich auch dem Besetzungschef die Hand schüttle. »Den hat ja kaum ein Mensch gesehen. Die meisten sind erst bei *Der Himmel so blau* eingestiegen.«

»Dann ist denen das Beste entgangen«, sage ich und er nickt beeindruckt, um dann das Drehbuch vor sich zu überfliegen.

»Ich würde dich bitten, die Szene zu lesen, wo Anna nach der Beerdigung der Mutter mit ihrer Schwester aneinandergerät.« Er blickt rüber zu seinem Assistenten, der einen Zettel in der Hand hält, und dann wieder zu mir. »Brauchst du meinen Text oder …«

»Ich hab ihn im Kopf«, sage ich und wende mich dem Assistenten zu. »Wenn Sie so weit sind?«

»Anna? Was machst du denn hier?«, liest er mit gelangweilter Stimme vor.

»Ich … ich hab das mit Mom gehört.«

»Zu spät. Sie ist tot.«

»Ich bin nicht wegen Mom hier. Ich bin hier wegen dir.«

Die Szene entfaltet sich und ich gehe völlig darin auf. Trotz seines leiernden Tonfalls wird der Assistent in meinem Kopf zu meiner Schwester, die ich seit Jahren nicht gesehen habe. Die ich bei meinen Versager-Eltern zurückgelassen habe, damit meine Freundin und ich weggehen und endlich zusammen sein konnten.

Trotzdem, da muss noch mehr gehen. Ich versuche irgendeine Erinnerung heraufzubeschwören, die in mir genug auslöst, um mich emotional durch die Szene zu tragen.

Als der Hund in *Marley & Ich* stirbt.

Als in *Minari* der kleine Junge seiner Großmutter hinterherrennt.

Die ersten fünf Minuten von *Oben*.

Ich teste sie der Reihe nach durch, aber keine davon zieht.

Meine Handflächen werden schwitzig. Wenn ich diese Rolle kriegen will, dann muss Bianchi meine Performance *fühlen* …

Und gerade als ich glaube, es wird nichts mehr, springt mir ein Bild in den Kopf.

Ein vierzehnjähriges Mädchen in einem dicken rosa Mantel und Jeans mit Loch im Knie, das vom Sommer stammt, als ich sie gezwungen habe, mit mir auf einen Baum zu klettern, steht vor meinem alten Haus auf dem Gehweg. Ich kann mich sehen, wie ich ihr noch durch die Heckscheibe unseres Autos zuwinke, während meine Eltern mich zum Flughafen fahren, damit ich in LA ein neues Leben beginnen kann.

Tränen steigen mir in die Augen, der Raum vor mir verschwimmt und endlich kann ich spüren, wie die Figur sich in mir verankert, weil sie mir vertraut ist. Ich bin sie selbst. Auch ich habe meine Kleinstadt verlassen. Ich habe meine beste Freundin und meine Großmutter und alles zurückgelassen, weil ich einen wilden, verrückten Traum hatte … und mehr zu verlieren, als ich je für möglich gehalten hätte.

»Ich bin nicht weg, weil ich es wollte«, sage ich. Um der Szene willen lasse ich mich glauben, dass es wirklich so ist. Ich halte inne, gewähre dem Moment Raum, lasse das Schweigen, die geradezu ohrenbetäubende Anspannung zu.

Mein Atem geht schwer. Ich erinnere mich an meine Hand auf der Scheibe, hinter der meine beste Freundin weinte. Ich weiß noch, wie ich gesagt habe: *Wir sehen uns Weihnachten*, weil ich mir nicht eingestehen konnte, dass es ein Abschied für immer war.

Und dann … war sie weg.

Tränen rollen mir über die Wangen und mit brüchiger Stimme sage ich meinen letzten Satz: »Aber niemand hat mir je gesagt, ich *kann* bleiben.«

Ein paar Sekunden noch bleibe ich in meiner Rolle, bevor ich diese Erinnerung wieder zurück in ihre Schachtel packe, wo sie hingehört. Ich richte mich auf und wische mir die Tränen ab.

Ein schneller Blick durch den Raum, um die Reaktionen einzuschätzen. Der Casting Director und seine Assistentin starren einander an, mit glänzenden Augen und offenem Mund. Der Produktionsassistent, der mit mir gelesen hat, lächelt mir ungläubig zu, aber ich weiß nicht, ob das mir gilt oder ob er wirklich meint, dass ich gut war. Das verlässlichste Zeichen kommt von Lillian. Sie sitzt auf ihrem Plastikstuhl neben der Tür, ihr Display leuchtet, aber sie schaut nicht drauf. Als ich ihren Blick treffe, nickt sie mir ganz leicht, aber entschieden zu.

Trotzdem, hier im Raum zählt nur die Meinung einer einzigen Person.

Endlich sehe ich zu Bianchi, der vorne in der Mitte sitzt. Seine Arme hat er immer noch verschränkt, seine Füße stehen fest auf dem Boden und seine Miene ist unergründlich.

Ich habe aber keine Lust, mich von ihm einschüchtern zu lassen. Ich starre einfach zurück, bis er schließlich doch noch den Mund aufmacht.

»Tja, Arden, seit fünf Stunden sitze ich jetzt hier in diesem Zimmer und sehe mir ein Vorsprechen nach dem anderen an.« Er weist mit dem Kinn zur Tür. »Die Crème de la Crème ist hier schaugelaufen. Darstellerinnen, von denen ich, mal frei heraus, eine deutlich höhere Meinung habe als von dir. Mit denen ich immer arbeiten wollte. Und jetzt kommst du kleines Netflix-Sternchen daher und …« Er senkt den Blick und schüttelt den Kopf.

Scheiße.

Er fand's furchtbar. Das war's. Ich wusste, ich trag zu dick auf, wenn ich mich …

»… und spielst die allesamt an die Wand«, beendet er den Satz und schenkt mir ein dünnes Lächeln.

Was?

Meine Augen jagen zu Lillian, die strahlt wie nur was und mir damit bestätigt, dass ich mich nicht verhört habe.

Heiliges Kanonenrohr.

»Aber«, sagt er und hält eine Hand hoch, ehe ich etwas sagen kann. »Das mit der Rolle wird nichts.«

»Bitte was?«

Soll das jetzt ein Witz sein? Ich starre ihn an, aber nichts an ihm wirkt, als würde er sich einen Scherz mit mir erlauben.

»Ich kapier gar nichts mehr. Eben haben Sie noch gesagt …«

»Ich weiß, was ich gesagt habe.« Er lehnt sich in seinem Stuhl zurück, bestürzend entspannt für einen Menschen, der, nun ja, mir gerade mal metaphorisch ins Gesicht gerotzt hat. »Aber ich lebe ja auch nicht hinterm Mond. Ich weiß Bescheid über dich, Arden James.«

Er hält das Drehbuch hoch, das ich jetzt über Wochen, nein Monate hinweg auswendig gelernt habe.

»Ein Drehbuch dieses Kalibers ist mir seit zehn Jahren nicht mehr untergekommen. Zehn Jahre. Ich kann es mir nicht leisten, dass du es Montagmorgen nicht aus dem Bett schaffst, um pünktlich am Set zu sein.«

Mir wird ganz anders. Das darf ja wohl nicht wahr sein. »Ich wüsste nicht, welche Unprofessionalität ich mir hier hätte zuschulden kommen lassen.«

Er steht auf und schiebt geschäftig etwas Papier auf dem Tisch herum.

»Tut mir leid, Arden. Vielleicht in ein paar Jahren, wenn du etwas reifer geworden bist.«

Wenn ich diese Rolle nicht bekomme, dann bitte nicht wegen meines Rufs!

»Sie verarschen mich doch!« Ungläubig trete ich auf ihn zu. »Da weiß ich doch genauso Bescheid über Sie! Ein Säufer, der sein letztes Projekt fast an die Wand gefahren hätte!«

Er grinst schief, weil wir beide wissen, dass das nur Pseudoskandale waren, die sich die Klatschpresse letztes Jahr aus den Fingern gesogen hat.

Aber ich wittere eine Schwachstelle. »Sie sollten doch am besten wissen, dass man nicht alles glauben darf, was man so im Internet liest.«

Er legt amüsiert den Kopf schief. »Aber seinen Augen kann man schon trauen. Wenn da nichts dran sein soll, warum legst du's dann drauf an, dich jedes Wochenende mit einer anderen Frau beim Feiern ablichten zu lassen?«

Bingo.

»Weil«, grinse ich grimmig, »mich dadurch ganz Hollywood kennt. Ich bin ja nicht bescheuert. Ich bin in dieser Industrie groß geworden, ich weiß genau, wie das läuft. Wenn du willst, dass die Studios auf dich setzen und die Fans weiter in deine Filme rennen, musst du die Schlagzeilen beherrschen. Man muss sich interessant machen.« Also zumindest am Anfang war das alles nur So-tun-als-Ob.

»Nun ja«, sagt Bianchi. »Genau das ist das Problem. Schau dir diese Rolle an, Arden. Ich brauche da eine, die … ein wenig bodenständiger ist. Authentischer. Mehr Provinznest, weniger Hollywood. Ich kann nicht leugnen, dass du Talent hast. Du weißt das selbst, aber das heißt ja nicht …«

»Barnwich, Pennsylvania, Michael«, meldet sich Lillian zu Wort und erhebt sich von ihrem Stuhl in der Ecke. »Schon mal davon gehört?«

Er sieht sie aus schmalen Augen an und schüttelt den Kopf, auch wenn ich nicht weiß, ob er damit auf ihre Frage antwortet oder darauf reagiert, dass sie ihn einfach mit seinem Vornamen anspricht.

Wie auch immer, sie jedenfalls lacht und kommt in ihren hohen Schuhen langsam auf mich zugestöckelt. »Da hat wohl wer seine Hausaufgaben nicht gemacht. Mitten in diesem hinterletzten Provinzloch hab ich sie damals entdeckt. Sie hat dort bei ihrer Großmutter im Lokal gearbeitet. Ich musste auf dem Weg zu einer Hochzeit einen Zwischenstopp einlegen. Die ganze Stadt ist so groß wie eine läppische Briefmarke.« Sie tätschelt mir die Schulter, die Lüge kommt ihr so leicht über die Lippen, dass ich schon fast selbst dran glaube, obwohl ich natürlich weiß, dass sie mich erst hier in LA unter Vertrag genommen hat. »Dieses Alter Ego für sie zu erschaffen, war ein Knochenjob, einer der schwereren in meinem Berufsleben, weil sie einfach das komplette Gegenteil davon ist. Ein größeres Landei wirst du nirgendwo finden. Keine, die so wenig mit dem zu tun hat, was die Klatschpresse aus ihr macht. Liebt die Pfannkuchen ihrer Großmutter und die gute Landluft und ihre stinknormale Freundin, mit der sie schon seit Schultagen liiert ist. Caroline.«

Meine …

Meine *was*?

Ich versuche meine Augen am Hervorquellen zu hindern, während Lillian und ich uns ein Starrduell liefern.

»Jup«, ringe ich mir in dem Bemühen ab, mich nicht rücklings hinzulegen. »Meine … Freundin.«

Bianchi lacht erheitert. »Deine … Freundin *seit Schultagen*? Warum habe ich noch nie etwas von ihr gehört?«

Ja, Lillian. Bitte klär uns auf. Warum nicht?

»Weil davon noch niemand Wind bekommen hat. Jedenfalls bisher«, sagt sie.

»Bisher?«, quietsche ich.

»Genau. Hör zu, Michael. Wäre ich in deiner Position, hätte ich auch meine Bedenken, sie zu besetzen. Mal ehrlich, die letzten Bilder waren einfach nur unschön.«

Okay. Prima Taktik, jetzt noch auf mir rumzutrampeln, Lil.

»Aber!«, prescht sie vor und wirft mir einen beruhigenden Blick zu. »Das liegt daran, dass wir Ardens Image neu verorten wollen. Sie ist reif genug, um für die Frau einzustehen, die sie wirklich ist. Und was würde sich dafür besser eignen als ihr erstes großes Interview, das sich nur um sie und die Einzige dreht, die sie immer geliebt hat und die sie nun endlich der Öffentlichkeit präsentiert? Den Medien wird es als eine frische Beziehung verkauft, aber Arden und Caroline? Die waren schon immer unzertrennlich«, schließt sie und verschränkt ihrerseits die Arme vor der Brust.

Mir ist bewusst, dass sie da gerade für mich den Karren aus dem Dreck zieht. Mir ist bewusst, dass es vielleicht sogar funktionieren könnte. Aber ein Interview über eine Liebe, die noch nicht mal existiert? Dreht sie jetzt völlig durch?

Bianchi blickt mich erwartungsvoll an, als warte er auf

meine Bestätigung des Ganzen. Also tue ich, was ich am besten kann. Ich schlüpfe in die Rolle. »Jup, ich fahr morgen ohnehin zu ihr. Nach Hause, über die Feiertage. Das gute alte Barnwich, das sich jedes Jahr in eine perfekte Weihnachtskulisse verwandelt. Das lass ich mir nie entgehen.«

Jetzt ist es an Lillian, einen Herzinfarkt zu kriegen. Ich sehe, wie ihr farbkodierter Zeitplan vor ihrem inneren Auge zu Staub zerfällt. Doch sie steigt wacker darauf ein.

»Exklusivbericht darüber demnächst in der *Cosmo*. Ach, komm schon, Michael. Was ist bitte ›authentischer‹ und ›bodenständiger‹ als unser Hollywoodstar hier – sie legt mir einen Arm um die Schulter –, »die endlich zur Ruhe kommt und die Feiertage mit ihrer Jugendliebe in der Heimat verbringt und sich dann die Hauptrolle in Bianchis neuem Projekt angelt, auf das alle mit Spannung warten – *Jetzt und für immer*?«

Ein Blick auf Bianchi sagt mir, dass es in ihm arbeitet, er schaut ganz nachdenklich und abwägend drein. Das Herz pocht mir bis zum Hals, ein Gemisch aus Panik, Hoffnung und gespannter Erregung.

»Na schön«, sagt er endlich. »Die Vorproduktion fängt erst im neuen Jahr an. Keine Not, hier irgendwas übers Knie zu brechen. Ich freu mich schon sehr auf den Artikel.« Er hebt eine Augenbraue und tätschelt das Drehbuch vor sich. »Sollte sich ein Weihnachtswunder ereignen, können wir vielleicht noch mal drüber reden.«

Kann nicht sein.

Kann jetzt echt nicht sein.

Ein Versprechen ist das nicht, aber auch nicht mehr die glatte Ablehnung von vorhin.

»Das werden wir«, sage ich und spüre, wie sich Lillians Finger in meine Schulter bohren. »Gut, der Flieger wartet nicht auf uns.«

Nach einer letzten Runde Händeschütteln stürzen Lillian und ich durch die Eingangspforte hinaus auf den Parkplatz.

»Ich pack's nicht, dass der uns das abgekauft hat«, sage ich und sie zieht mir mit ihrer Handtasche eins über.

»Dann bist du bis nach Weihnachten weg, was?«, sagt sie. »Um das auszubügeln, darf ich wieder den ganzen Tag am Telefon hängen!«

»Und dann alle deine Bonuspunkte dafür verbraten, mir den Artikel in der *Cosmopolitan* zu verschaffen«, ergänze ich.

»O Gott. Was haben wir getan?«, fragt sie und hält schon das Telefon in der Hand.

»Wir?!«, lache ich. »Du bist diejenige, die sich diese Scheiße mit der Freundin aus den Fingern gesogen hat. Ich hab nur mitgespielt!«

»Was blieb mir anderes übrig?« Kopfschüttelnd reicht sie mir meine Tasche. »Dieses Feuer in deinen Augen habe ich schon seit Jahren nicht mehr gesehen. Außerdem werde ich's mir hinterher über ein saftiges Honorar wieder reinholen.«

Ich lächle ihr zu und schwinge mir die Tasche über die Schulter.

»Ich buche uns für morgen früh den Flug nach Pittsburgh. Ich hol dich ab um …«

»Boah, hey, Moment, Moment mal!« Ich strecke abwehrend die Arme aus, völlig verwirrt. »Du kommst nicht mit!«

»Aber so was von«, entgegnet sie und hebt den Blick vom Handy.

»Lil. Nimm's mir nicht übel, aber ich schleppe doch nicht meine Agentin mit, wenn ich über Weihnachten heimfahre. Wie soll denn das wirken auf diejenige, die sie schicken, um den Bericht zu schreiben? Das ist ja wohl genau das Gegenteil von bodenständig.« Mal davon abgesehen, dass ich mir Lillian und Grams nicht gemeinsam in einem Raum vorstellen kann, noch nicht mal unter einem Dach.

»Aber … was, wenn du irgendwas brauchst?«, fragt sie mit aufrichtiger Besorgnis in der Stimme.

»Dann frag ich meine Grandma.« Ich mache einen Schritt auf sie zu und lege ihr die Hand auf die Schulter. »Landei, schon vergessen?«

Sie holt tief Luft und denkt nach. »Na gut«, sagt sie schließlich.

»Danke.«

»Außerdem hast du ja noch Caroline.«

»Hä?«

»Wenn du was brauchst, kannst du jetzt schließlich deine beste Freundin fragen«, sagt sie. »Du musst sie ohnehin quasi um ihre Hand bitten.« Ich nicke, obwohl mein Gefühl mir sagt, dass Caroline mich nicht mehr unbedingt in der Abteilung »beste Freundin« verbuchen würde.

Ich muss an das Mädchen von dem Instagram-Foto denken. Ist sie noch dieselbe, mit der ich so viele Jahre hindurch Barnwich unsicher gemacht habe? Die mich unter der Woche bei sich übernachten ließ, weil meine Eltern sich so laut stritten, dass ich mich nicht auf meine Hausaufgaben konzentrieren konnte? Deren Familie mich wie eine der ihren behandelt hat? Die bei all meinen Schandtaten mit von der Partie war?

Wir waren Arden und Caroline, die Unzertrennlichen, nur im Doppelpack zu haben. Ich glaubte, sie würde immer an meiner Seite sein. Doch selbst nach all den Jahren, die seitdem vergangen sind, spüre ich noch unsere Verbindung. Wenn man so eng befreundet war, löst sich das nicht einfach in Luft auf.

Die Frage ist nur, ob Caroline das ebenso sieht.

Caroline

»Sie sagt, du sollst die Lichter machen«, ruft Harley, die einem Touristengrüppchen ein Tablett voller Kaffee rausträgt.

»Die Lichter …?«

Ich beuge mich über den Tresen und studiere die Auftragsliste, die Edie uns dagelassen hat, bevor sie nach dem ersten Frühstücksandrang nach Hause abgezogen ist.

Neben meinem Namen steht in roter Tinte: *Draußen Weihnachtsbeleuchtung anbringen.*

Draußen? Ich verziehe das Gesicht und beäuge den beständig fallenden Schnee. Meine Hände sind noch von der Herfahrt eiskalt.

Zugegebenermaßen war mir auch schon aufgefallen, dass die Lichter noch nicht hängen, aber die letzten Jahre war Edie kaum in Weihnachtslaune gewesen. Jetzt sind es nur noch zwei Wochen bis zum großen Tag, und wenn ich mich so im Diner umschaue, dann kann ich auch hier drinnen spüren, wie sich im Vergleich zu früher alles verändert hat. Hier ist es immer lebhaft und fröhlich zugegangen, schon ab Anfang November lag Feiertagsstimmung in der Luft. Jetzt sitzt Mrs Tucker an ihrem Tisch neben der Jukebox und kämpft gegen die Tränen an wegen der drohenden Pleite ihres Schreibwarengeschäfts.

Barnwich bemüht sich mit allen Kräften, nicht zu verlieren, was es einmal war.

»In der Vorratskammer«, sagt Tom und reckt den immer kahleren Kopf aus der Durchreiche. »Oberes Fach.«

Tom arbeitet schon seit meiner Kindheit in der Küche. Er ist der einzige Mensch, dem Edie je ihren Kochlöffel anvertraut hat. Er weist auf die Eingangstür. »Die Leiter ist hinten in meinem Truck. Die Haken vom letzten Jahr sollten noch drin sein, du musst sie also nur …« Er macht mit dem Pfannenwender eine kreisende, mir völlig unverständliche Bewegung.

»Weihnachtsbeleuchtung, Edie?«, murre ich, ziehe mir meine Jacke wieder über und stapfe zur Vorratskammer. Ich reiße die Tür auf und steige über Mopps und Eimer zum Regal, wo ganz oben die auf eine Rolle gewickelte Lichterkette auf einer staubbedeckten Schachtel voller Weihnachtsschmuck liegt.

Ardens Lieblingsdekorationen. Ein eingedellter Weihnachtsmann. Ein aufblasbares Rentier. Ein Kranz, den wir in der vierten Klasse gebastelt haben.

Edies Weihnachtsdeko hat seit Ardens Abreise kein Tageslicht mehr gesehen, geht mir auf.

Ich trage die Lichterkette nach draußen, setze meine Mütze auf und halte Ausschau nach den von Tom versprochenen Haken, die sich tatsächlich über die gesamte Länge des Hauses erstrecken. Ich atme so gequält aus, dass sich um mich weißer Nebel bildet, und ziehe die Leiter aus Toms abgehalftertem rotem Truck, um sie zu der Ecke zu schleifen, an der ich loslegen will.

Natürlich muss das ausgerechnet an dem einzigen Tag gemacht werden, an dem ich meine Handschuhe nicht dabeihabe …

Vorsichtig erklimme ich die Leiter, rutsche fast von einer Metallsprosse. Als ich sichergestellt habe, dass ich nicht gleich auf die Nase falle, strecke ich mich, um die ersten Lichter einzuhaken, brauche aber mehrere Anläufe, bis die Kette endlich bleibt, wo sie sein soll. Mit klappernden Zähnen arbeite ich mich die Sprossen nach unten, rücke die Leiter nach und fange von vorne an. Dann immer weiter und weiter, die Fensterreihe entlang, bis ich schließlich bei den letzten beiden Haken auf der gegenüberliegenden Seite angekommen bin.

Hinter der Scheibe klopft es, und als ich hinabblicke, sehe ich Harley, die einen dampfenden Becher heiße Schokolade mit überquellendem Sahnehäubchen hochhält, um mich mit einer Belohnung zu locken. Sie reckt den Daumen hoch und ich versuche die Geste zu erwidern, doch meine gefrorene Hand macht nicht recht mit.

Ich spähe zu den letzten beiden Haken und recke mich, um die Kette um den ersten davon zu schlingen. Doch als ich mich an den zweiten machen will, ist der gerade außer Reichweite.

»Scheiße.« Ich will diese Leiter wirklich nicht noch einmal verrücken müssen. Mein Hirn kann sich nur noch auf die heiße Schokolade konzentrieren.

Ich wage mich ganz an die Kante der Sprosse und stelle mich auf die Zehenspitzen, versuche die Kette mit ausgestrecktem Arm einzuhaken und …

Ja!

Moment.

Verdammt!

Die Leiter unter mir gerät ins Schwanken, und bevor ich michs versehe, kippt das ganze Ding zur Seite und schleudert mich rücklings in einen Schneehaufen, den der Schneepflug übrig gelassen hat.

Hier bleibe ich ein paar Sekunden liegen. Schneeflocken sammeln sich in meinen Wimpern und ich starre empor in den Himmel und … *Arden James*?

»Hi, Caroline«, sagt sie und ihr rechter Mundwinkel hebt sich zu einem erschreckend vertrauten schiefen Lächeln.

Krass. Wie hart bin ich aufgeschlagen? Ich muss es irgendwie geschafft haben, mir beim Sturz den Kopf anzuhauen.

Doch dann geht sie in die Knie und hält mir ihre Hand hin und ich sehe ihr Gesicht, umrahmt von dunkelbraunem Haar, die langen Wimpern um noch dunklere Augen. Es ist dasselbe Gesicht, nur … anders. Älter. Hübscher, raunt eine Stimme irgendwo aus der Tiefe meines Bewusstseins. Ich starre auf ihre ausgestreckte Hand, sehe die Ringe und den Nagellack, aber es ist ein unter ihrem Jeansjackenärmel herausschauendes, mir unbekanntes Tattoo, das mich letztlich überzeugt.

Sie ist … hier. In Barnwich.

Ich schiebe ihre Hand beiseite, rapple mich auf und richte mir die Mütze.

»Was … was machst du denn hier?«

»Ich bin über Weihnachten da«, sagt sie, als wäre das völlig klar, und steckt ihre Hand in die Jackentasche. »Wie fändest du's, mit mir zusammen zu sein, so wir beide als Paar?«

Ich stoße sie in den Schneehaufen.

Während Arden sich unfreiwillig im Schnee wälzt, wische ich ihn mir bereits von der Kleidung und schalte dann die Lichterkette an, damit Edies Diner wenigstens in einem Ansatz von Festtagsstimmung erstrahlt. Mit einem zufriedenen Nicken zwinge ich mich, mich voll auf meine heiße Belohnungsschokolade zu konzentrieren statt auf das, was zum Henker sich hier draußen abspielt.

Ich wuchte die Leiter wieder in Toms Truck und will nach drinnen verschwinden, doch Arden ist mir auf den Fersen.

»Caroline, hör mir doch zu!«, sagt sie und fängt die Tür ab, die ich hinter mir zuschlagen will. »Kennst du Michael Bianchi? Den Regisseur?«

Wie sollte ich den nicht kennen?, antwortet mein Hirn automatisch, aber ich reagiere nicht und gehe einfach weiter ins Lokal. Köpfe drehen sich, Augen werden groß bei Ardens Anblick. Die wenigen Touristen hören auf zu essen, um ihre Handys zu zücken und Fotos zu schießen, was mich noch mehr in Rage bringt, aber sie redet einfach weiter.

»Okay, da gibt's diesen Film. Diese Rolle. Meine Traumrolle, okay? Und ich war unfassbar gut beim Vorsprechen, aber er sucht nach einer, die ein bisschen weniger, also …« Ihre Stimme erstirbt, während ich durch die Türen in die Hinterräume verschwinde.

»Bisschen weniger ein Arschloch ist?«, helfe ich ihr auf die Sprünge und reiße mir Mütze und Jacke runter. Arden schnaubt nur.

»Ich wollte sagen, weniger chaotisch und umstritten, aber klar, warum nicht. Passt genauso. Tom! Hey!« Tom kommt und umarmt sie fest, während ich mir einen Pferdeschwanz mache und die Schürze umbinde. Ich nutze die Ablenkung, um aus der Küche zu verschwinden und ihr zu entkommen.

Kaum habe ich die Wasserkaraffe und die Speisekarten

auf einem Tisch deponiert, ist sie schon wieder da und dackelt mir hinterher. »Er sucht jemanden, der etwas ›authentischer‹ und ›bodenständiger‹ ist. Und da ist Lillian, meiner Agentin, so ein Gedanke gekommen. Also, streng betrachtet, äh, irgendwie gelogen, aber eben um zu zeigen, dass ich tatsächlich aus einer Kleinstadt komme.«

Ich schnappe mir ein Tablett und mache mich ans Abräumen, während sie bei Mrs Clemente, unserer Lehrerin aus der zweiten Klasse, haltmacht und eines der Papiersets für deren Enkeltochter signiert.

Ich schiebe das Besteck, die Teller und Servietten auf das Tablett und versuche mich zu fangen, aber ich kann nur eines denken: *Sie ist hier.* Aus den Augenwinkeln sehe ich, dass sie entspannt an einer Bank lehnt: sprühender Charme, warmes Lächeln, ihre ganze Aufmerksamkeit auf Mrs Clemente gerichtet, die sich fühlen darf, als sei sie der einzige Mensch in Raum. Sie gestikuliert beim Reden, ihre Nase kräuselt sich, ihr Kopf ist zur Seite geneigt. Derart genau wie früher, dass sich mir der Magen verknotet.

Gerade als ich mich an den nächsten Tisch machen will, steht Arden, immer noch einen Kopf größer als ich, wieder neben mir und setzt unser einseitiges Gespräch fort, als hätte sie es nie unterbrochen.

»Sie hat also Bianchi erzählt, dass ich aus der Weihnachtshochburg Pennsylvanias stamme. Und dass bald ein Artikel in der *Cosmopolitan* erscheinen wird, mein erster großer Exklusivbericht, über die zwölf magischen Tage im Schnee, die ich daheim mit meiner … äh … meiner großen Liebe seit Kindheitstagen verbringe, Caroline.«

Ein paar Becher scheppern mir aus der Hand auf den Tisch. *Was, bitte was, was, WAS?*

Arden hat dieses Glimmen in den Augen, wie immer, wenn sie etwas ausheckt. Es ist mir nur allzu vertraut, auf eine schmerzhafte, nostalgische Art.

Sie will, dass ich, Caroline Beckett, so tue, als wäre ich ihre langjährige Beziehung? Wäre ich nicht so auf der Palme, läge ich jetzt unter dem Tisch vor Lachen.

Selbst Mrs Clemente, die vermutlich noch nicht mal einen Computer einschalten kann, geschweige denn auf Instagram geht, dürfte schon ein Foto von Arden gesehen haben, wie sie völlig breit aus einer Bar gewankt kommt, mit ihrer Gefährtin des Monats. Oder der Woche. Oder Stunde. Wer soll ihr das bitte abkaufen?

Sie muss an meiner Miene erkennen, dass ich all diesen Blödsinn nicht zusammenbringe, denn sie beginnt zu erklären. »Zumindest wird Bianchi das glauben. Für die Öffentlichkeit wird es einfach nur meine Läuterung sein, die ausgelöst wurde durch meine endlich erhörte Liebe zu meiner besten Freundin aus Kindertagen.«

Endlich erhört?

Ich glaube, ich muss kotzen.

Sie rückt näher an mich ran, nur ein paar Zentimeter trennen unsere Gesichter und ich ertrage es einfach nicht, dass sie nach all den Jahren immer noch genauso riecht. Warm und komplex und erdig und so gar nicht nach irgendeinem Nobelparfüm vom Rodeo Drive.

»Pass auf«, sagt sie mit leiserer Stimme und sieht an mir vorbei in das volle Lokal. Ihre Augen landen auf Mrs Tucker neben der Jukebox. »Mach's nicht für mich. Mach es für den Ort! Denk doch mal, was für eine großartige Werbung das wäre. So eine romantische Winterstory lockt die Leute bestimmt scharenweise her! Allein bei der Fahrt durch die Hauptstraße sieht man doch, wie es hier den Bach runtergegangen ist. Barnwich ist auch nicht mehr das, was es mal war.«

Ich schnappe mir das Tablett und marschiere zurück Richtung Küche. Mein Herz rast vor Wut, dass sie ausgerechnet diese Karte ausspielt. Meine Liebe zu einer Stadt, die sie selbst einfach im Stich gelassen hat.

Arden ist schon hinter mir. »Was willst du denn? Ich könnte dir was zah-«

Das ist der Tropfen, der das Fass zum Überlaufen bringt. Ich knalle das Tablett auf den Tresen und fahre zu ihr herum. »Lass mich kurz zusammenfassen. Vor vier Jahren haust du einfach ab. Du rufst mich nicht an. Du schreibst mir keine Nachricht. Du tauchst nicht ein einziges Mal hier auf, noch nicht mal zu Weihnachten, wie du es mir versprochen hattest. Und jetzt schneist du einfach herein und glaubst, du kannst mich bestechen, dass ich deine falsche Freundin spiele und das auch noch aller Welt weismache?« Ich schüttle ungläubig den Kopf. »Sag mal, hast du sie noch alle?«

Sie antwortet nicht. Einen Moment lang starren wir einander nur an, bis ich mich umdrehe und mir einen Lappen schnappe, um wütend den ohnehin schon blitzblanken Tresen zu schrubben.

Als ich fertiggeschrubbt habe und wieder zu ihr schaue, weiß ich nicht, was mehr wie ein Schatten seiner selbst wirkt, Barnwich oder Arden James. Sie mag dasselbe Gesicht haben, denselben Geruch, dieselbe Stimme, aber das Mädchen mir gegenüber erkenne ich nicht mal.

»Und wie kannst du überhaupt so tun, als würdest du

dich auch nur ansatzweise um diese Stadt und ihre Bewohner scheren, Arden? Warst du überhaupt schon bei Edie?«

Den Bruchteil einer Sekunde senkt sie den Blick, was mir Antwort genug ist. Ich pfeffere den Lappen ins Schmutzwasser.

»Dachte ich's mir doch.«

Arden klappt den Mund auf, als wolle sie etwas erwidern, doch bevor ein Wort herauskommen kann, presst sie ihren Mund zu einem geraden Strich zusammen, macht auf dem Absatz kehrt und stapft schnurstracks auf den Parkplatz zu, ebenso unvermittelt, wie sie gekommen ist.

Arden

»Scheißescheißescheiße!«

Ich schlage mit der Handfläche aufs Lenkrad und meine Hand zersplittert quasi von den ganzen Erfrierungen, die ich mir in zehn Minuten Barnwich zugezogen haben dürfte.

Scheiß auf die Kälte. Scheiß auf diesen verdammten Artikel. Scheiß auf … tja.

Mich.

Dafür, dass ich geglaubt habe, Caroline würde mir auch nur ansatzweise unter die Arme greifen wollen. Dass ich geglaubt habe, es bestünde zumindest eine winzige Chance, unsere Freundschaft nach all den Jahren wiederzubeleben.

Seufzend drehe ich die Heizung voll auf und blicke in den Rückspiegel. Ich sehe Caroline jenseits der Scheibe, wie sie aus einem weißen Becher trinkt und mit einem Mädchen mit knallpinken Haaren plaudert.

Kann's sein, dass die … was miteinander haben? Ich kann mir die beiden nicht zusammen vorstellen. Aber vielleicht bin ich auch so fokussiert auf den Plan, dass ich es einfach nicht will. Ich habe nie die Möglichkeit in Betracht gezogen, dass sie vielleicht gar nicht meine Freundin spielen will, weil sie in Wahrheit mit jemand anderem zusammen ist.

Ich beobachte sie noch eine lange Weile, bevor ich den Rückwärtsgang einlege und vom Parkplatz fahre, ans andere Ende der Stadt, wo Grams lebt. Sie hat einen kleinen Bungalow zwischen der Christbaumplantage und dem Kirchhofhügel, wo im Winter alle rodeln gehen. Oder zumindest gingen, noch vor vier Jahren.

Beim Fahren nehme ich alles in mich auf, die Festbeleuchtung an jedem einzelnen Geschäft und die mit Kränzen geschmückten schwarzen Straßenlaternen, die wie auf einer Weihnachtspostkarte in ganz regelmäßigen Abständen die Hauptstraße säumen. Es sind Leute unterwegs und es recken sich viele Hälse nach mir, weil Lillian mir natürlich eine feuerrote Corvette mieten musste statt irgendwas norm… Verdammt!

Vor der Ampel trete ich fest auf die Bremse, doch die Reifen haben keinen Grip und ich bin schon halb auf die Kreuzung geschlittert, bis das Auto endlich stehen bleibt.

»Du bist hier nicht mehr in LA, Arden«, ermahne ich mich selbst und winke der Mutter in dem Minivan verlegen zu, die mich elegant umschifft hat.

Ich halte nach weiteren Gefahren Ausschau, entdecke jedoch stattdessen ein neues Schild, das sanft im Wind schaukelt. Beckett Brothers.

Kann ja nicht sein.

Meine Finger trommeln aufgeregt aufs Lenkrad. Levi und Miles. Sie haben's wirklich durchgezogen?

Hinter mir hupt jemand und ich reiße den Blick los und sehe, dass es Grün geworden ist. Wieder hebe ich eine entschuldigende Hand und trete diesmal sachte aufs Gas.

Es fühlt sich so …

… seltsam an, wieder hier zu sein. Daheim.

In so vielerlei Hinsicht ist es, als hätte in meiner Abwesenheit einfach nur jemand auf die Pausentaste gedrückt und die Zeit angehalten. Aber wie das Beckett-Brothers-Schild beweist, ist es bei genauerem Hinschauen doch nicht so. Edies neue rosahaarige Angestellte. Das Grau an Toms Schläfen. Die verrammelten leerstehenden Geschäfte.

Die Art, wie Caroline mich anschaut, als wäre ich der letzte Mensch, den sie sehen wollte, statt der erste.

Und jetzt Grams' Haus. Dunkel bis auf das Küchenlicht, das unter dem Rollo durchblitzt. Keine einzige Lichterkette. Keine Girlande und kein Kranz. Nicht der monströse aufblasbare Schneemann oder der Weihnachtsmann, der im Vorgarten herumhüpft. Und, am schlimmsten von allem, noch nicht mal ein Baum, der mit dem in fünfzig Jahren zusammengetragenen Weihnachtsschmuck behangen ist und durchs Wohnzimmerfenster leuchtet.

Ich schlucke schwer, steige aus dem Auto und betrachte alles von der Auffahrt aus, lasse meine Tasche fallen und spüre, wie mir das Herz ganz schwer wird vor Schuldgefühl. Natürlich hat sie nichts davon ausgepackt. Wie sollte sie das auch alleine hinkriegen? Ich habe sie hier sich selbst überlassen. Meine Eltern und ich, alle auf einen Schlag weg. Ohne uns je wieder blicken zu lassen. Wir haben ihr noch nicht mal erlaubt, mich in LA zu besuchen, weil meine Eltern ihr verheimlichen wollten, dass sie nie zu Hause waren. Und als dann bei mir alles so richtig in die Gänge gekommen ist, konnte ich den Gedanken nicht ertragen, dass sie diesen Aspekt meines Lebens mitbekommt, der jetzt einfach nur … mein komplettes Leben ist.

Wird sie mich hier überhaupt haben wollen, nachdem ich so lange weg war? Ich hätte nicht davon ausgehen sollen, dass ich bei ihr wohnen darf, genau wie ich davon ausgegangen bin, dass Caroline sich über meinen Besuch freuen würde.

Aber jetzt gibt es nur eine Art, das rauszufinden. Ich hebe mein Zeug auf und gehe langsam auf die Tür zu. Ich klopfe und bekomme Herzrasen, als ich sie von innen herbeischlurfen höre.

»Moment, komme gleich«, ruft sie und der Klang ihres breiten Südstaatenakzents treibt mir unerwartet die Tränen in die Augen.

Ich hab sie noch nicht mal weggeblinzelt, da schwingt schon die Tür auf und sie steht vor mir.

Grams.

Graumeliertes Haar. Inzwischen eher grau als meliert. Krähenfüße um die dunkelbraunen Augen. Eine dicke Strickjacke, weil sie sich nie richtig an die Kälte in Barnwich gewöhnt hat.

Wir starren einander an, zum ersten Mal seit vier ganzen Jahren, und es fühlt sich an wie eine halbe Ewigkeit.

Ich senke den Blick und ringe nach Worten, aber sie findet sie zuerst.

»Ach, Arden.«

Und dann ist sie da, umarmt mich fest, ohne dass ich überhaupt etwas sagen muss.

Ich drücke die Augen zu und spüre, wie ihr Brustkorb sich unter meinen Händen schüttelt. Meine Grams, die nie eine Träne vergießt, kämpft vergebens darum, dass es so bleibt.

Schließlich löst sie sich ein wenig von mir und tätschelt mir das Gesicht. »Komm, ich mach dir den Hackbraten, den du so magst.« Sie späht an mir vorbei zur Corvette in der Auffahrt und feixt, als wir hineingehen. »Falls Ihre Durchlaucht so was überhaupt noch zu speisen pflegt.«

Ich lache und lasse meine Taschen in der Diele fallen, um ihr den Schlüssel hinzuhalten. »Ich wollte dich fragen, ob du sie die nächsten beiden Wochen fahren möchtest, aber wenn du nicht wi…«

Sie hat sich den Schlüssel so schnell geschnappt, dass es richtig Wind erzeugt. »Keine voreiligen Schlüsse!«

Wir gehen in die Küche und ich muss unwillkürlich lächeln beim Anblick der vertrauten weißen Schränke, der hölzernen Frühstücksecke, dem mit Weihnachtskarten, Zeitungsausschnitten und Fotos zugepflasterten Kühlschrank.

Ich sehe zu, wie sie die Zutaten in eine Metallschüssel gibt, alles nach Augenmaß, wie in meiner Erinnerung.

»Na, los jetzt«, sagt sie und dreht sich zu mir um. »Dieser Hackbraten mischt sich nicht von alleine.«

Ihre Stimme ist locker und entspannt und mit einem Stoßseufzer rolle ich mir die Ärmel hoch. Ich wasche mir die Hände und stecke sie in die Schüssel mit Fleisch, Eiern und Milch und was auch immer da sonst noch drin ist, was es so köstlich macht, und beginne unverzüglich zu kneten.

»Also … äh … wie läuft's so im Diner?«, frage ich, während wir in einen vertrauten Rhythmus verfallen.

Sie schnauft. »Alles wie immer. Tom geht mir auf den Geist. Die Gästezahlen sind diese Saison noch weiter in den Keller gegangen, aber die Touristen, die jetzt aufkreuzen, kommen alle mit ihren Sonderwünschen an und wollen Seltsamkeiten wie Hafermilch und Grünkohl.

Wusstest du, dass die jetzt Burger ohne Fleisch machen? Was ist da bitte noch drin ohne das Fleisch?«

»Die sind eigentlich ziemlich …«

Ich klappe den Mund zu, bevor sie mich mit ihrem Blick in einen Burger verwandelt.

»Abgesehen davon alles auf Kurs. Immer was, das repariert werden muss, immer eine offene Rechnung, aber dieses Diner existiert jetzt seit fünfunddreißig Jahren und hat noch fünfunddreißig weitere vor sich.« Sie schiebt den Hackbraten in den Ofen und macht sich ans Kartoffelschälen.

»Du weißt schon, ich kann …«

Sie unterbricht mich mit einer Handbewegung. Seit ich weg bin, habe ich ihr jeden Monat einen Scheck geschickt, aber nicht ein einziger davon wurde je eingelöst.

»Warum?«, frage ich. Und als sie nicht antwortet, versuche ich es noch mal: »Warum lässt du dir nicht von mir helfen?«

Sie seufzt, schüttelt den Kopf.

»Darum«, sagt sie, ohne mich anzusehen. Der Klassiker aus meiner Kindheit. Ende der Diskussion. Ich wünschte, sie nähme das Geld, aber niemand, und ich betone: Niemand ist stolzer als meine Großmutter. Sie muss immer alles alleine hinkriegen.

Wir schweigen beide, während sie die Kartoffeln aufsetzt.

Schließlich meldet sie sich mit einem anderen Thema. »Ich hab deinen letzten Film gesehen. Den mit der Zeitschleife«, sagt sie.

Mir klappt die Kinnlade runter. »Du hast *Operation Sperling* gesehen?«

»Ich schau mir alles an, wo du mitspielst, Arden«, sagt

sie und sticht mit einer Gabel probeweise in eine Kartoffel.

»Und ... wie hast du's gefunden?«

Sie zuckt mit den Schultern. »Puh.«

»Stimmt«, sage ich, beuge mich nach vorne und wechsle mit ihr ein verschwörerisches Grinsen. »Und das Ende?«

»Himmel hilf! Wo du dich in das Arschloch verknallt hast? Einfach nur lächerlich.« Sie tippt mich in die Seite. »Hol die Milch fürs Kartoffelpüree.«

Ich gehe rüber zum Kühlschrank, um die fettarme zu holen, doch als ich den Griff packe, gefriert meine Hand. Da hängen ja nicht nur Weihnachtskarten von ihrer Stammkundschaft, sondern auch Artikel über mich, sogar Besprechungen meiner Filme und Fernsehserien. Zum Glück hat es keins meiner Regenbogenpressefotos hergeschafft. Aber meine Finger wandern zur Kante eines ganz anderen Fotos. Eines von mir und Caroline, wie wir auf den Barhockern im Diner sitzen, schwarzweiße Kekse in der Hand, beide oben völlig zahnlos, sie rotwangig von der Kälte. Ich hebe es an und entdecke dahinter einen Artikel, der sich mal nicht um mich dreht. Es ist ein Bericht über Edie's Eatery und unter dem Titel steht *von Caroline Beckett.*

»Hast du sie schon gesehen?«, ruft Grams und wirft mir beim Abgießen der Kartoffeln einen Seitenblick zu.

»Joa, so ... quasi ...«

Stöhnend lasse ich die Fotoecke los, damit ich ihr die Milch bringen kann. Dann hieve ich mich auf den Küchentresen, um ihr alles von meinem Vorsprechen bei Bianchi und Lillian zu berichten, während sie die Kartoffeln stampft.

»Also hab ich Caroline gefragt und sie ...«

»… hat dich zusammengestaucht?«

»Ja, schon ziemlich. So ungefähr, was ich mich traue, hier nach vier Jahren einfach aufzuschlagen und das von ihr zu verlangen.« Ich lasse die Unterschenkel baumeln, sodass sie leicht gegen die Schränke trommeln.

Der Küchenwecker schrillt los und ich rutsche vom Tresen, um den Hackbraten aus dem Ofen zu holen und zum Tisch zu tragen.

»Und was jetzt?«, fragt Grams, als wir uns hinsetzen und ich mir einen Bissen von meinem absoluten Lieblingsessen dieses Planeten in den Mund schiebe. Die verschiedenen Geschmäcker verschmelzen in meinem Mund, süß und saftig und herzhaft.

Es ist sogar noch besser als in meiner Erinnerung, wenn ich nachts in dem leeren Anwesen in Malibu lag und mir eingeredet habe, dass mir dieser Hackbraten nicht fehlte, oder all diese kleinen Momente, in denen ich mit meiner Großmutter in ihrer gemütlichen Küche saß.

»Keine Ahnung«, sage ich schulterzuckend. »Sie macht nicht mit.«

»Hast du das wirklich erwartet?«

»Äh, ja, also … schon?«

»Arden.« Sie sieht mich ernst an, direkt in meine Seele.

»Ich weiß nicht, Grams«, entgegne ich und lege die Gabel ab.

»Nun ja, ich kann jetzt nicht für Caroline sprechen, aber für mich durchaus.« Sie senkt den Blick, als brächte sie es nicht über sich, mir ins Gesicht zu schauen, was mir Übelkeit bereitet. »Du warst vier Jahre weg und kommst endlich, endlich wieder her, um uns zu besuchen, und dann … ist das einfach nur Theater für irgendeine Zeitschrift? Wie glaubst du, soll sich Caroline da fühlen?

Wie glaubst du, soll ich mich da fühlen?« Endlich blickt sie zu mir auf und ihre Augen glänzen feucht.

»Ich … ich weiß nicht«, entgegne ich und mein Hals schmerzt zu sehr, als dass ich irgendwas anderes herausbrächte. Die Scham, die ich so angestrengt unterdrückt hatte, überschwemmt mich.

»Tja.« Gerade als ich meine, sie würde mich jetzt rauskomplimentieren, langt sie über den Tisch und legt ihre Hand auf meine. »Vielleicht solltest du dir das mal durch den Kopf gehen lassen.«

»Es tut mir leid, Grams«, sage ich, obwohl ich weiß, dass es viel zu wenig ist. Obwohl ich weiß, dass es das Erste war, was ich zu ihr hätte sagen sollen.

»Das weiß ich.« Sie zieht ihre Hand weg und legt mir noch eine Scheibe Hackbraten auf den Teller. »Komm, wir essen, eh es kalt wird.«

Ich greife wieder zur Gabel und sie sorgt für Entspannung, indem sie mir von den neuen Highlights der Speisekarte berichtet, aber meine Gedanken kreisen unaufhörlich um Caroline und darum, wie das heute auf sie gewirkt haben muss. Wie ich reinstolziert bin, als müsse sie automatisch wieder bei meinen Schnapsideen mitmachen, als sei sie mir irgendwas schuldig.

Genau da geht mir auf, dass es etwas gibt, was ich ihr schuldig bin, und zwar schon seit Ewigkeiten.

Eine Entschuldigung.

Caroline

Ich öffne den Küchenschrank und starre blind auf den Tellerstapel vor mir.

Arden.

Ich kann nicht glauben, dass sie hier in Barnwich ist. Irgendwo hab ich immer noch den Verdacht, dass mein Kopf beim Sturz was abgekriegt hat, weil es einfach so völlig jenseits aller Wahrscheinlichkeit ist, dass sie plötzlich bei Edie auftaucht und mich fragt, ob …

»Erde an Caroline«, trompetet Riley durch eine leere Küchenrolle, deren eine Seite sie gegen mein Ohr gedrückt hat.

Ich schiebe sie beiseite und greife mir die Teller. Ich stelle einen vor jeden Stuhl am Tisch, gefolgt von Miles, der jeden noch mit einem Becher versieht.

»Alles okay?«, fragt Levi, als er mit Besteck beladen dazukommt.

»Schon. Nur …«

Genervt? Erschüttert? Ratlos, ob das Universum sich da gerade einen monströsen Scherz mit mir erlaubt?

»Müde«, entgegne ich und spüre in meiner Jeanstasche mein Handy vibrieren. Wahrscheinlich Taylor, weil wir uns seit dem Basketballspiel immer mal wieder ganz locker schreiben. Oder vielmehr sie mir ganz locker schreibt und ich mir über jedes Wort, das ich ihr zurückschicke, den Kopf zerbreche. Wir mögen dieselben abgesetzten lesbischen Fernsehserien und dieselbe Ananas-Pizza vom Taste of Italy, dieselbe Musik. Und, na ja, so langsam, aber sicher fühlt es sich gut an. Vielleicht noch nicht unbedingt romantisch, aber gut.

Doch statt einer Nachricht von Taylor ist es eine unbekannte Nummer, die über Blues schwarzen Wuschelohren erscheint.

Hast du grad zu tun?

Wer ist das?, frage ich, obwohl ich die Antwort mit ziemlicher Sicherheit kenne.

Mein Handy zittert erneut und auf meinem Display erscheint ein Selfie von Arden, die mir mit erhobenem Daumen und frechem Lächeln meine Vermutung bestätigt.

Hab deine Nummer von Grams :)

Wut steigt in mir auf, weil meine Nummer sich in all den Jahren nie geändert hat. Nur ihre. Ich seufze und will gerade schreiben, dass ich gleich abendessen werde, als es an der Tür klopft.

Nein. Kann nicht sein. Ich schaue auf das Selfie, das Arden mir gerade geschickt hat, erkenne die weißen Säulen auf unserer Terrasse und verschwommen Bertha, die direkt hinter ihrem Kopf parkt.

»Ich mach auf«, quietsche ich und laufe rasch den Flur hinunter.

Ich reiße die Tür auf und, na klar, da steht sie, im Schein unserer Eingangsbeleuchtung, mit Schnee im langen brauen Haar. Sie hört auf, ihre Hände warmzupusten, und grinst mich an und ich verdrehe die Augen.

»Das ist jetzt nicht dein Ern…«

Ich habe noch nicht mal fertig gesprochen, da ist Blue schon an mir vorbeigestürzt und hat sich auf Arden geworfen, ein einziger Wust aus Gewedel und Fell.

»Verräter«, murre ich und sehe fassungslos zu, wie sie sich zu ihm hinunterkniet, um ihm die Ohren zu kraulen und sich mit Hundeküssen bedecken zu lassen. Obwohl es mich jetzt nicht so überraschen sollte: Sie hat ihn mir schließlich geschenkt.

»Er ist so groß geworden«, sagt Arden und mir fällt wieder ein, wie klein er war, als sie ihn damals im Straßengraben fand, ein winziger Kopf, der aus ihrem Sweatshirtkragen hervorschaute, beide klitschnass und schlotternd vom Regen.

»Ja, komisch, als wäre tatsächlich Zeit vergangen«, sage ich stattdessen. Sie zuckt zusammen und steht auf, bürstet sich die Hose ab.

»Hör mal, Caroline, ich wollte nur sagen …«, fängt sie an, doch da brüllt schon wer aus der Küche: »Wer ist es denn?«

Panisch suche ich nach irgendeiner Möglichkeit, sie verschwinden zu lassen, damit ich sie nicht etwa noch reinbitten muss, doch bevor ich ihr die Tür vor der Nase zuknallen oder sie am Arm packen und in den Garderobenraum schubsen kann, lugt Levi bereits um die Ecke, gefolgt von Riley und Miles.

»Ach, du Scheiße«, sagt Levi. »Das ist ja Arden!«

Mir bleibt kaum Zeit, ihnen auszuweichen, denn sie brettern bereits die Diele entlang, eine Stampede aus Stimmen und Schritten.

»Arden, du bist es ja wirklich!«

»Bist du etwa noch größer geworden?«

»Was machst du hier in *Barnwich*?«

»Ist Scarlett Johansson in echt genauso scharf wie im Film?«

Für Letzteres versetzt Dad Levi einen Schlag und zieht Arden herein und bald liegen sich alle in den Armen und freuen sich, als wäre der Weihnachtsmann höchstpersönlich über die Schwelle getreten.

»Du musst zum Essen bleiben«, sagt Mom und hält Ardens Gesicht zwischen ihren Händen.

»Oh, ich habe gerade mit Grams gegessen«, unternimmt sie einen Versuch, aber Mom grinst bereits herausfordernd.

»Marcus hat seine Schokomoussekekse gebacken ...«

Arden blickt mit großen Augen zu Dad, der bestätigend nickt.

»Doppelte Ladung.«

»Tja, dann ... in dem Fall ...«

Die Worte sind kaum aus ihrem Mund, da hilft ihr Miles schon aus ihrer Saint-Laurent-Jacke und wirft sie zum Aufhängen in meine Richtung, mir mitten ins Gesicht.

»Unfassbar«, beschwere ich mich, doch die anderen schieben sie schon den Flur entlang zum Esstisch, sodass ich alleine in der Diele zurückbleibe.

Ich hänge die Jacke auf, schließe die Augen und atme tief durch. Ein ... und au...

Ich öffne ein Auge und sehe die Jacke vor mir böse an, weil mein dringend benötigter friedlicher Moment völlig versaut wurde von Ardens Sandelholzduft, der dem teuren Material entsteigt.

Stöhnend schließe ich die Garderobe und stiefle zurück in die Küche. Sie hat sich neben Riley gequetscht, die ihr bereits ein Ohr abkaut, direkt gegenüber von meinem verwaisten Sitzplatz.

»Meine Fußballmannschaft? Wir sind die allerbesten. Die Trainerin meint, wir haben echt gute Chancen, nächstes Jahr bei der Landesmeisterschaft dabei zu sein, weil so viele Spielerinnen bleiben wollen.«

»Landesmeisterschaft?«, sagt Arden, ohne den Blick von Riley zu nehmen, während ich auf meinen Stuhl sinke. Sie hatte schon immer diese Fähigkeit, ihrem Gegenüber ihre volle Aufmerksamkeit zu schenken, wie vorhin im Diner. Aber all die Zeit in Hollywood hat es nur noch anziehender gemacht. »Das ist total eindrucksvoll. Ihr müsst richtig gut sein.«

Eine begnadete Schauspielerin. Das muss man ihr lassen.

»Glaubst du, wenn wir uns qualifizieren, kannst du uns mal zuschauen?«, fragt Riley.

»Öh, klar. Kann schon sein!«, sagt Arden und da muss ich doch etwas höhnisch in mein Wasserglas lachen.

»Würd ich mir jetzt keine allzu großen Hoffnungen machen.«

Levi versetzt mir einen Tritt und reicht mir unter meinem finsteren Blick einen Teller Nudeln. Natürlich müssen sie sich alle so aufführen, als wäre nichts gewesen. Als hätte sie mich nicht sitzen lassen oder im Grunde uns alle, nur um wieder hier reinzuschneien, als es ihr gerade mal in den Kram passte.

Nachdem es hier außer mir aber eindeutig niemand ansprechen wird, konzentriere ich mich nach Kräften auf die Nudeln vor mir statt auf das Mädchen mir gegenüber. Nur stellt sich das als … unglaublich schwierig heraus.

Sie plaudert mit Miles und Levi über die Bar, besteht darauf, dringend vorbeischauen zu müssen. Sie unterhält sich mit Mom über die Kanzlei und findet heraus, dass sie beide denselben unglaublich nervigen Anwalt aus der Fernsehbranche kennen. Sie tauscht sich mit Dad über sein neuestes Pastarezept aus, das er heute ausprobiert hat, und versichert ihm, der Edelitaliener gegenüber ihrem Haus, bei dem sich die Promis die Klinke in die Hand geben, könne ihm nicht das Wasser reichen.

Und ich kann nur zusehen, wie sie ihr alle auf den Leim gehen, während ich die Sekunden zähle, bis dieses Essen vorbei ist. Bis sie wieder verschwindet mit ihrem vertrauten Lachen und ihren vertrauten Gesten und ihrem vertrauten Geruch, aber ihrem völlig unvertrauten Leben.

Nein, besser noch, bis sie überhaupt wieder weg ist aus Barnwich und ich mich einfach wieder an die Arden erinnern kann, die es früher einmal gab, statt an die Arden, die sie heute ist, nachdem die Realität ihrer Wiederkehr mir die Arden meiner alten Träume noch weiter zertrümmert hat.

»Also«, sagt Mom, legt die Gabel beiseite und faltet die Hände. »Was macht ein berühmter Hollywoodstar hier in Barnwich?«

»Nun ja.« Ich blicke auf und sehe, wie Arden den Kopf zu mir dreht, ohne mich wirklich anzusehen, und sich räuspert. »Ich, äh … ich bin hier wegen eines Artikels. In der *Cosmopolitan*.«

Ich lache und plötzlich ruhen alle Augen auf mir.

»Da hast du aber sehr geschickt den Teil verschwiegen, wie du den Regisseur angelogen hast und mich deshalb jetzt brauchst. Ich soll so tun, als wäre ich mit dir zusammen, damit du deinen Ruf retten und dir die Rolle angeln kannst.«

Arden blickt verlegen lächelnd in die Runde und Levi und Miles verkneifen sich das Lachen, indem sie hinter ihren Servietten in Deckung gehen.

Riley hingegen ist jeder Takt fremd. »Wer soll *dir* bitte abkaufen, dass *du* was mit Arden haben könntest?«

Mir brennen die Wangen und ich greife mir mein Wasser für einen extralangen Schluck.

»Hey!« Dad lächelt mir enthusiastisch zu. »Vielleicht wär das was für deine außerschulischen Aktivitäten bei der Unibewerbung!«

Klar. *Hat was mit Arden James.* Eins A außerschulische Aktivität. Kann ich direkt hinter *Chefredakteurin* aufführen. Hallo? Ich will hier schließlich Artikel schreiben, nicht in ihnen vorkommen.

Ich verschränke die Arme vor der Brust, werfe den Kopf in den Nacken und starre an die Decke, während Mom Arden sacht den Arm drückt.

»Nun, aus welchem Grund auch immer, stoßen wir alle auf Arden an! Auf ihr Weihnachten zu Hause!«

Ich … bin so was von im Arsch.

»Jup«, schnaube ich, schiebe den Stuhl zurück und stehe auf. »Mit nur vier Weihnachten Verspätung.« Mein Teller und Besteck landen scheppernd in der Spüle und dann haste ich auch schon auf mein Zimmer.

Arden

Sofort fahre ich hoch und eile aus der Küche, folge Carolines hellblondem Pferdeschwanz die Holztreppe hinauf.

»Wage es ja nicht, mir hinterherzugehen«, sagt sie, ohne sich umzudrehen.

Tue ich natürlich trotzdem, den vertrauten Gang hinunter bis zu ihrer Zimmertür, vor der sie stehen bleibt und zu mir herumfährt, mit blitzenden braunen Augen.

»Arden! Kapier's endlich. Wir sind nicht befreundet!« Caroline deutet auf sich und dann auf mich, tippt mir sanft gegen die Brust. »Wir waren es mal, aber jetzt nicht mehr, okay? Hast du mir eindeutig zu verstehen gegeben, als du weg bist.« Sie knallt mir die Tür direkt vor der Nase zu.

Ich atme tief durch und lehne die Stirn dagegen, denke an all die Gründe, weshalb ich nie zurückgekehrt bin, all die Gründe, weshalb ich nie angerufen habe. Gründe, die Caroline einfach nie begreifen könnte.

Ich bin schwer versucht, alles hinzuwerfen und das Weite zu suchen. Doch dann muss ich an Grams' Worte denken und ich zwinge mich, die Hand auszustrecken und die Klinke herunterzudrücken. Innerlich wappne ich mich dafür, vor etwaigen Geschossen in Deckung zu gehen, doch statt im Angriffsmodus finde ich sie laut tippend an ihrem Schreibtisch in der Ecke.

»Caroline, hör mir kurz zu. Ich bin nicht hergekommen, um das Essen mit deiner Familie zu sprengen. Ich bin hier, weil ich mich entschuldigen wollte. Und ich weiß, diese Worte reichen nicht … Aber wenn du mich fragst, war das, was dein Vater da vorgeschlagen hat, gar nicht so falsch. Das könnte eine Riesenchance sein, für uns beide. Und es wär doch schrecklich, wenn du dir die durch die Lappen gehen lässt, nur weil du sauer …« Meine Stimme erstirbt. Wann sagt sie endlich was oder nimmt mich wenigstens zur Kenntnis, statt mir einfach den Rücken zuzukehren und vor sich hinzutippen?

»Hast du mich gehört?«, hake ich nach. Immer noch nichts. »Caroline. Kannst du mich anschauen? Mit mir reden? Ich versuch hier …«

»Mir irgendeine lahme Entschuldigung vorzusetzen?«, murmelt sie leise.

»Himmel Herrgott!« Verzweifelt werfe ich die Arme in die Luft. »Ich versuch hier nur, mich zu unterhalten! Was machst du da überhaupt?«, frage ich und stelle mich hinter sie.

»Mein Portfolio für meine Columbia-Bewerbung.«

Portfolio?

Ich blicke über ihren Schreibtisch und sehe jede Menge gerahmter Artikel an der Wand und eine Medaille für den ersten Platz bei einem Journalismuswettbewerb des Bundesstaats. Und da fällt mir der Artikel an Grams' Kühlschrank wieder ein.

»All die Preise für deine Artikel … Die müssen dich doch mit offenen Armen aufnehmen.«

»Tja, diese Preise sind denen im Zweifelsfall so was von wurscht. Die nehmen überhaupt nur vier Prozent an. ›Offene Arme‹ gibt's da nicht«, blafft sie zurück.

Okay, eine Sekunde innerliche Beratung mit mir selbst.

Ich kann ihr meine Entschuldigung nicht aufzwingen, aber vielleicht braucht es die auch gar nicht bei dieser Sache. Vielleicht brauchen wir nur etwas, womit uns beiden gedient ist.

Ich mache noch einen Schritt nach vorne, weil mir etwas eingefallen ist, das sie garantiert dazu bringt mitzumachen. Etwas, das sie gar nicht ablehnen kann, wenn sie recht bei Verstand ist.

Aber Lillian wird mir den Hals umdrehen.

»Du kannst ihn schreiben«, blöke ich heraus.

Endlich hören ihre Finger mit dem Tastengeklacker auf.

»Was?«, fragt sie und neigt leicht den Kopf, ohne sich zu mir umzudrehen.

Hab ich dich.

»Du kannst den Artikel für die *Cosmopolitan* schreiben«, sage ich.

Sie wirbelt ihren Drehsessel um hundertachtzig Grad herum, um mir ins Gesicht zu sehen. »Du bluffst. Nie im Leben lassen die mich das schreiben.«

Ich klemme schnell meinen Fuß in die Lücke, bevor sie sich umentscheidet und wieder dichtmacht. »Für Arden James würden sie das schon machen«, entgegne ich, weil wir beide wissen, dass das stimmt. »Wie, meinst du, würde es sich machen in deiner Bewerbungsmappe, wenn da dein Name unter einem Exklusivbericht in einem der größten Magazine der Welt steht? Die Columbia University würde dich wahrscheinlich auf Knien anflehen, dort Journalismus zu studieren.«

Erwartungsvoll sehe ich sie an, sehe, wie sie dasitzt, völlig geplättet von meinem Vorschlag.

»Genau das willst du doch, oder?«, frage ich und sie nickt. »Siehst du, wir, du und ich? Auch wenn's dir nicht passt, gerade eben sind wir die Einzigen, die sich gegenseitig helfen können.«

Sie wirbelt ihren Stuhl wieder herum und senkt den Kopf in die Hände. Ihre Ellbogen sind auf dem Tisch und ihre Finger harken durch ihr Haar, als müsste sie hier die schwerste Entscheidung ihres Lebens treffen.

Komm schon, Caroline.

»Wir müssen noch nicht mal wieder befreundet sein«, ergänze ich, nur falls das das Zünglein an der Waa…

»Einverstanden«, sagt sie plötzlich.

»Einverstanden?«, frage ich. »Mit dem Artikel oder dem Nicht-befreundet-Sein?«

Sie sieht mich wieder an, ein paar Haare haben sich aus ihrem Pferdeschwanz gelöst, aber sie überhört meine Frage und stellt diesmal selber eine: »Wann ist er fällig?«

»Äh …« In Gedanken gehe ich mein Telefonat mit Lillian aus dem Flugzeug durch. »Am 25. Dezember morgens. Er soll noch am ersten Weihnachtsfeiertag online gehen. Am zweiten Weihnachtsfeiertag bist du mich dann schon wieder los. Meine Agentin hat sich bereits einen Titel dafür ausgedacht: *Zwölf Tage mit Arden James*, weil uns ab morgen noch genau zwölf Tage bleiben. Sie wollte, dass uns die Journalistin oder der Journalist auf zwölf herzerwärmende Dates begleitet, wo wir gemeinsam in aller Freude und Unschuld die Weihnachtszeit genießen.« Das Wort »Dates« spreche ich extra ironisch aus, damit klar wird, wie es gemeint ist. »Ist ja kein Geheimnis, dass ich ab und an mit verschiedenen Mädchen abgelichtet worden bin …« Caroline schnaubt, worüber ich hinweggehe. »Und damit ich nicht wie eine treulose Nudel dastehe, müssen wir es so verkaufen, dass wir Sandkastenfreundinnen sind, die endlich zueinanderfinden, nachdem sie sich so viele Jahre heimlich nacheinander verzehrt haben. Also könntest du einfach irgendwie … keine Ahnung, schreiben, wie toll es ist, jetzt an meiner Seite zu sein, wie herrlich, in der Vorweihnachtszeit endgültig dein Herz zu verlieren, noch dazu an ein so bescheidenes, bodenständiges Kleinstadtmädel wie …«

»Halt einfach die Klappe«, unterbricht sie mich wieder. »So einen kitschigen Stuss schreib ich bestimmt nicht über dich. Wenn ich da mitmache, dann zu meinen Bedingungen.«

»Schon gut, schon gut!« Ich mache eine beschwichtigende Geste. *Meine Güte, die nimmt das aber wirklich ernst.*

»Und offensichtlich müssen wir dann irgendwann öffentlich Schluss machen. Ich habe wirklich null Bedürfnis danach, deine Pseudoverlobte zu sein. Und schon gar nicht deine Pseudogattin.«

»Logisch«, entgegne ich. *Caroline Beckett, meine Ehefrau. HA!* »Und wie sieht dein Plan aus, Frau rasende Reporterin?«

Sie schüttelt den Kopf, aber zum ersten Mal sehe ich den Ansatz eines Lächelns auf ihren Lippen. Doch weil sie mir eine Antwort schuldig bleibt und einfach wieder anfängt, irgendwas zu tippen, drehe ich eine Besichtigungsrunde durch ihr Zimmer.

Es ist ganz anders als in meiner Erinnerung. Die einst weißen Wände sind jetzt dunkelgrün. Die Polaroids von uns beiden sind Fotos von ihrer neuen Freundesgruppe gewichen, die dem Winkel nach zu schließen in eine auf dem Boden liegende Kamera blicken. Der Blitz hat sie zurückfahren lassen und man kann noch nicht mal die Gesichter richtig auseinanderhalten, aber ihre Körperhaltung macht deutlich, dass sie richtige Freunde sind. Also genau das, was ich in LA nie gefunden habe. Ich gehe darauf zu und berühre die Kante eines anderen Fotos, das Caroline und einen schwarzhaarigen Jungen mit sattbrauner Haut zeigt, der einen Arm locker um ihre Schulter gelegt hat. Auf der anderen Seite lehnt ein Mädchen mit strahlend blauen Augen den Kopf auf ihre Schulter. Ich glaube, die kenne ich noch aus dem Kunstunterricht in der Mittelstufe, aber daran habe ich so lange nicht gedacht, dass ich nur raten kann.

»Okay. Also, ich mag den Titel und das mit den zwölf Dates ist eine gute Idee«, höre ich Caroline schließlich von ihrem Schreibtisch, aber ich kann mich gerade nur auf das Foto konzentrieren.

»Wer sind die?«, frage ich und deute drauf.

Sie seufzt. »Meine Freundinnen und Freunde, offensichtlich.«

Mehr Informationen werde ich hier nicht bekommen, weshalb ich zum Bücherregal weiterziehe, wo noch mehr journalistische Auszeichnungen und Medaillen warten.

»Nicht schlecht.« Ich hebe eine hoch, der erste Preis bei einen Schreibwettbewerb in Pittsburgh, und halte sie ihr hin. »Seit wann interessierst du dich so sehr für Journalismus?«

»Seit dem Sommer, in dem du weg bist.« Sie klickt ein paarmal auf ihren Kuli herum. »Es gibt haufenweise nette Sachen, die wir gerade in Barnwich machen könnten. Auch wenn hier alles den Bach runtergeht, festliche Aktivitäten gibt's mehr als genug. Da können wir in die

Vollen gehen. Aber wie schaffen wir …« Ihre Stimme erstirbt und sie tippt sich nachdenklich ans Kinn.

Ich greife mir den Columbia-Becher von ihrem Nachttisch. »Warum Columbia?«

»Arden. Ich stell hier die Fragen.«

Resigniert stelle ich den Becher zurück und lasse mich auf die Bettkante fallen, um still abzuwarten, bis sie alles zu Ende gedacht hat. Schließlich lächelt sie in sich hinein und tippt wieder los, so konzentriert, dass sie noch nicht mal die Strähne bemerkt, die ihr ins Gesicht fällt.

»Ich werde mir zwölf Fragen ausdenken, eine für jedes Date. Zwölf tiefschürfende persönliche Fragen, die es den Leuten ermöglichen, die echte Arden kennenzulernen, nicht nur ›Arden James‹.«

»Na, viel Spaß. Nicht mal ich hab eine Ahnung, wer die echte Arden ist«, sage ich, bevor mir aufgeht, was für eine Blöße ich mir da gebe. »Ich meine … vergiss es.« Wirklich!

Caroline mustert mich über ihre Schulter hinweg von Kopf bis Fuß. Dann klappt sie den Laptop zu und steht auf, genau wie ich. Wir gehen aufeinander zu und treffen uns in der Mitte, genau bei ihrer Tür. »Tja, das solltest du mal besser rausfinden, wenn dieser Artikel mich auf die Columbia bringen soll«, sagt sie und führt mich dann entschlossen aus der Tür und den Flur entlang.

»Warte!« Ich strecke die Hand aus und fange die Tür ab, bevor sie sie mir wieder vor der Nase zuschlagen kann. Sie wirkt genervt, aber eins muss ich noch loswerden. »Die Leute werden mich erkennen, wenn ich hier unterwegs bin, und deshalb müssen wir unbedingt durchgängig so tun, als wären wir zusammen, nicht nur im Rahmen des Artikels. Das muss schon überzeugend rüberkommen.« Ich lege meine Finger um den Türgriff und blicke ihr in die Augen und mein Herz rast vor … Aufregung? Ja, ich scheine tatsächlich ein bisschen Begeisterung zu entwickeln für diese neue Rolle, die ich hier spielen soll. »Glaubst du, du kriegst das hin?«, frage ich.

Sie nickt, aber an der Art, wie sie sich in die Wange beißt, sehe ich genau, wie nervös sie ist.

Und beschließe, es zu übersehen.

»Gut«, sage ich und trete wieder in den Flur. »Wir sehen uns morgen.«

Ich gehe den Flur entlang auf die Treppe zu, die ich Hunderte von Malen benutzt habe, und Erinnerungen stürzen auf mich ein. Wie ich hinunterrase, um den Schulbus zu erwischen. Wie wir uns hinaufstehlen, um uns eine romantische Komödie reinzuziehen, statt Hausaufgaben zu machen. Wie wir uns für einen mitternächtlichen Imbiss hinunter- und wieder hinaufschleichen und dabei versuchen, die knarzende vorletzte Stufe zu vermeiden. Wie Carolines Hand damals meine gestreift hat …

Einen kurzen Moment lang habe ich ein seltsam vertrautes Gefühl in meiner Magengrube. Eine fast vergessene Art von Wärme, die ich seit vier Jahren nicht mehr gespürt habe.

Weil ich sie nicht mehr spüren will, rufe ich mir in Erinnerung. Was würde es überhaupt bringen, einen auf Versöhnung zu machen? Hier werde ich ohnehin nie wieder leben.

Und so steige ich die Treppe nach unten, gehe einfach

weiter voran, wie ich es immer getan habe. Wie ich es immer tun werde. In dem Wissen, dass Zeit und räumliche Distanz mir diese Gefühle schon wieder austreiben werden, wenn meine zwölf Tage hier herum sind.

Tag 1

Caroline

Am Freitag hat die Schlussglocke kaum geläutet, als ich schon aus dem Matheunterricht springe, meinem letzten Fach an diesem Tag. Auf dem Weg zu meinem Spind checke ich mein Handy und muss sehen, dass ich keinerlei Benachrichtigungen über das, was zum Henker mich heute erwartet, bekommen habe.

Ich wusste ja, die Planung dieser Dates hätte sie mir überlassen sollen.

War ja klar, dass ich nicht drauf vertrau…

»Immer noch nichts von deiner besseren Hälfte?«, fragt Austin, der an seinem Spind lehnt. Ich reiße meine Spindtür auf und werfe Austin einen vernichtenden Blick zu.

Gestern Abend noch habe ich ihn und Maya über FaceTime eingeweiht und wie erwartet haben sie es völlig unentspannt aufgenommen. Aus unterschiedlichen Motiven. Maya, weil sie mich so unbedingt mit Taylor verkuppeln will, dass sie praktisch schon entsprechende T-Shirts bedrucken lässt, und Austin, weil er irgendwelche romantischen Wahnvorstellungen hegt, dass dies in eine *richtige* Romanze mit Arden münden wird.

Trotzdem haben sie geschworen dichtzuhalten. Sie sind abgesehen von meiner Familie die beiden einzigen Menschen, die von dieser Schmierenkomödie wissen.

Also die einzigen drei, wenn man ehrlich ist. Austin hält unter Garantie keinen Tag durch, bis er Finn davon erzählt. Keine Chance.

»Erstens: Spar's dir«, sage ich, schnappe mir mein Geschichtsbuch und stopfe es in meinen Beutel. »Und zweitens: nein. Immer noch nichts.«

»Wie? Immer noch nichts? Ignoriert deine *Liebste* dich etwa bereits?«, fragt Maya, die plötzlich neben mir aufgetaucht ist. Bei dem Wort verzieht sich ihr Mund angeekelt. »Hast du's Taylor schon erzählt?«

Statt einer Antwort beuge ich mich vor und schlage die Stirn gegen meine Spindtür. Da wären wir jetzt bei fünf.

»Mir was erzählt?«, fragt eine Stimme, und als ich den Kopf hebe, steht da Taylor, bereits in ihrer Cheerleader-Uniform für das Basketballspiel der Jungen, das in einer Stunde losgeht, und sieht schon fast absurd hübsch darin aus.

Sie lächelt mich an, als sei ich genau die, die sie sehen wollte, und das macht das Ganze noch tausendmal schlimmer. War ja klar, dass Arden genau dann hier aufschlagen muss, wenn sie damit meine ersten zaghaften Versuche in Richtung Romantik zertrampeln kann.

Auch wenn ich irgendwo sogar ein bisschen erleichtert bin, dass ich mich nicht damit abmühen muss, meine Gefühle zu ergründen, nervt es mich doch, dass ich ab jetzt ohnehin keine Chance mehr haben dürfte.

»Ich ... hab nur ...« Ich schlinge mir meine Tasche über die Schulter und nehme Taylor beim Arm, um sie in einen stillen Winkel unter der Treppe zu ziehen. »Hör mal, Taylor, ich ... ich mag dich.«

So weit, so richtig. Jetzt, wo ich sie näher kenne, ist es schwer, sie nicht zu mögen. Man merkt, warum es eigentlich der ganzen Schule so geht. Sie ist genau die Person, mit der man befreundet sein will. Sie ist lustig, sie bringt mich zum Lachen und es fällt mir leicht, mich mit ihr zu unterhalten. Wird es sich je so anfühlen, als müsse mir das Herz stehen bleiben vor lauter schweren Gefühlen? Vermutlich nicht. Aber das war vielleicht nur präpubertäre Dramatik, befeuert von einer Taylor-Swift-Playlist und zu vielen Liebesfilmen, keine richtige Liebe. Mit Taylor könnte alles einfach sein. Lustig. Unkompliziert. Wer sagt denn, dass sich daraus keine Liebe entwickeln kann?

Ihre blauen Augen leuchten auf und ich möchte im Boden versinken, doch dann zwinge ich mich zum Weitersprechen, ehe sie mir zuvorkommt.

»Aber ich … also …« Ich hab keine Ahnung, wie ich das verpacken soll, ohne dass es komplett abgedreht wirkt, und so platze ich einfach mit der Wahrheit heraus: »Die nächsten zwölf Tage über muss ich eine Pseudobeziehung mit Arden James führen, damit ich einen Artikel darüber schreiben kann.«

»Arden James?« Sie lacht auf, bremst sich aber, als sie mein ernstes Gesicht sieht. »Warte. Echt jetzt?«

Ich schneide eine schmerzliche Grimasse und nicke. »Wir waren früher beste Freundinnen und gestern ist sie hier einfach reingeschneit und hat mich angebettelt, das zu machen, um ihr Image aufzupolieren. Und ich hab wirklich so überhaupt keine Lust, ihr zu helfen, aber für meine Columbia-Bewerbung wär das ein Riesending, weißt du? Mein Name in so was Großem wie der *Cosmopolitan*? Und ich verlange nicht von dir, dass du … also irgendwie abwartest, bis das wieder Schnee von gestern ist oder …«

»Mach ich«, sagt Taylor gleichmütig.

Ich halte inne. »Was?«

»Ich warte«, sagt sie, einfach so.

»Echt?« Sie lächelt mich auf eine Weise an, bei der ich zum ersten Mal denke, vielleicht könnte ich mich doch in sie verlieben. »Ich mag dich nicht erst seit diesem Jahr, Caroline, auch wenn ich anderthalb Jahrhunderte gebraucht habe, mich zu trauen, dich anzusprechen. Die paar Wochen hin oder her, darauf kommt's für mich auch nicht mehr an.«

Jetzt mag ich sie sogar noch mehr, obwohl ich kaum glauben kann, dass diese aufgeschlossene, selbstsichere Frau, die sich problemlos mit jedem unterhalten kann, irgendwie Hemmungen haben sollte, mich anzusprechen.

Ausgerechnet mich.

Stöhnend verberge ich das Gesicht in den Händen. »Das ist so lieb. Jetzt komm ich mir noch schlechter vor.«

Taylor lacht und nimmt mir die Hände vom Gesicht, um mich wieder auf den Gang zu ziehen. »Komm schon, ich begleite dich raus.«

Als wir auf den Ausgang zugehen, zupft sie mich am Ärmel. »Und?«, grinst sie. »Wann ist das erste Date?«

»Angeblich heute, aber ich hab noch nichts gehört.« Ich überprüfe mein Handy auf eine sich auf wundersame Weise in den letzten fünf Minuten manifestiert habende Nachricht. Fehlanzeige. Mit einem frustrierten Seufzer schiebe ich mich durch die Schultüren. »Das ist wieder mal so typisch Ar…«

Und erstarre. Da lehnt sie neben Edies uraltem blauem Volvo Kombi, umringt von einer Menschentraube. Bei meinem Anblick grinst sie und rutscht von der Kühlerhaube, eine Hand zum Gruß erhoben.

Es drehen sich so viele nach mir um, dass ich einfach nur tot umfallen möchte.

»Ach, du Schreck!«

Schon will ich auf dem Absatz kehrtmachen und in die Schule flüchten, als Taylor mich bremst.

»Hey, hey, hey! Du hast einen Artikel zu schreiben, Beckett!«, sagt sie und ihre Augenwinkel kräuseln sich. Sie beugt sich zu mir und flüstert mir ins Ohr, ihr sauberer, blumiger Wäscheduft hüllt mich ein: »Verlieb dich aber bitte nicht in Arden James, okay? Den Neujahrskuss hab ich schon im Kalender eingetragen.«

Ich lache und sie weicht zurück, ihre Wange streift sanft gegen meine und dann schubst sie mich in Richtung des Volvos und zu dem Theater für die nächsten zwei Vorweihnachtswochen.

Kaum bin ich die Treppe hinunter, packt Austin mich am Arm und bahnt sich mit mir einen Weg durch die Menschenmenge. Ein Pfad tut sich auf und Arden kommt uns von der anderen Seite entgegen.

»Gute Güte«, murmelt er, je näher wir kommen. »In Natura sieht sie sogar noch besser aus.«

Ich kann es kaum ertragen, wie recht er hat.

»Was willst du hier?«, frage ich und verschränke die Arme vor der Brust, weil man mich von hinten gegen sie drückt.

Arden fängt mich ab und heuchelt Bestürzung ob meines Tons. »Was meinst du, Hase? Wir haben doch unser Date, ich hol dich ab!« Um uns herum wird vernehmlich nach Luft geschnappt. Sie lächelt und tippt auf ihre Uhr. »Wir müssen langsam mal los!«

Das darf doch alles nicht wahr sein.

Irgendwas hinter mir erregt ihre Aufmerksamkeit,

und als ich mich umdrehe, haben sich Maya und Taylor zu Austin gesellt. Arden hebt wieder eine Hand zum Gruß. »Hey. Ich bin Arden.«

»Was du nicht sagst«, erwidert Austin und die beiden lachen wie alte Kumpel.

»Dich kenne ich noch aus Kunst«, sagt sie zu Maya, die sie feindselig beäugt. »Mrs Schultz. Du hast diesen coolen Papiervogel gebastelt.«

»Genau«, sagt Maya, deren eisige Fassade bereits Risse bekommt. »Du hast mir geholfen, ihn aus dem Fenster im zweiten Stock fliegen zu lassen.«

»Jup«, nickt Arden. »Ein, zwei Sekunden ist er auch geflogen, wenn ich mich recht erinnere. Vor der tragischen Bruchlandung.«

Mein Kopf schwirrt zwischen den beiden hin und her und jetzt lächelt Maya doch tatsächlich, obwohl sie es schnell zu kaschieren versucht. Wieso höre ich das zum ersten Mal? Wir haben doch schließlich durchaus über Arden geredet, aber eben nur davon, was sie mir bedeutet – also mir bedeutet *hat*, will ich sagen.

Dann sehe ich Ardens Blick auf Taylor landen und irgendwas Unausgesprochenes geht zwischen ihnen vor, das mir verschlossen bleibt.

Doch zum Verarbeiten bleibt mir keine Zeit, weil Arden auf mich zukommt, mich am Handgelenk nimmt und an sich zieht, um mir den Arm um die Schulter zu legen. Peinlicherweise habe ich sofort Schmetterlinge im Bauch, weshalb ich das Gesicht verziehe und sie gerade wegstoßen will, als sie ihr Gesicht an meins legt, so nahe, dass ich ihre Nase an meinem Ohr spüre.

»Alle schauen her! Ich weiß, es ist eine Qual für dich, aber bitte spiel einfach mit. Es sind ja nur zwölf Tage.«

Ein diskreter Blick zeigt mir, dass tatsächlich schon einige aus der Menge Fotos schießen, und zwar äußerst indiskret. Der Blitz von Arthur Thompsons Handy wird sogar noch mal ausgelöst, als er es ungeschickt in die Tasche zurückstopft.

Ich schaue wieder zu Arden, deren Gesicht immer noch so nah ist. Schließlich nicke ich.

»Tja, dann packen wir's mal besser!«, sagt Arden zu Austin, Maya und Taylor, die den Kopf schüttelt.

»Viel Spaß!«, ruft Austin, der den Arm um die aufgebracht wirkende Maya gelegt hat.

»Pass auf sie auf«, ruft Taylor mit einem selbstbewussten Grinsen im Gesicht, das dem von Arden fast gruselig ähnlich sieht. Ich laufe rot an und Arden hält kurz inne, bevor sie mir die Autotür öffnet. Kaum bin ich in den verrosteten Volvo gerutscht, als sie schon ums Auto herumgeht und der Menge zum Abschied zuwinkt, worauf die sich zögerlich zu zerstreuen beginnt.

Ich verdrehe die Augen und taste nach dem Sicherheitsgurt. »Also, wo soll's hingehen?«, frage ich, als sie einsteigt.

»Zur Weihnachtsbaumplantage.«

Schnauf! »Wir haben schon einen Weihnachtsbaum. Oder ist dir der entgangen, als du dich gestern bei uns zum Essen eingeladen hast?«

Arden reagiert nicht. Sie lässt das Auto an und schaut prüfend in den Rückspiegel, bevor sie vorsichtig ausparkt. Ein kurzer Blick aus dem Fenster zeigt mir, dass die Leute uns aus unerfindlichen Gründen immer noch ablichten.

»Für Grams«, sagt sie schließlich, als wir die Hauptstraße hinauffahren. »Ihr Haus ist ein bisschen kahl. Ich dachte, das verleiht ihm vielleicht etwas festlichen Glanz.«

Ich wende den Blick ab, genervt davon, wie … Arden-mäßig das ist. So alles oder nichts.

Wenn sie hier ist, wie gestern Abend beim Essen … dann nimmt sie so viel Raum ein. Ich hab mich immer gefragt, wie ein Mensch so viele Facetten haben kann, dass jeder sich von ihr wahrgenommen fühlt. Wie sie sich immer an Geburtstage erinnert und die Abschlussfeiern und die großen Momente, selbst bei Leuten, die sie gar nicht so gut kannte. Sie hat extra stricken gelernt, um unserer Lehrerin in der Vierten eine Mütze für ihr neugeborenes Baby zu machen. Als wir zehn waren, hat sie mich überredet, dass wir bis zwei Uhr früh aufbleiben, um Jessica Gallagher, deren Eltern sich gerade getrennt hatten, eine Crème-brulée-Schokomousse-Vanillecreme-Biskuittorte zum Geburtstag zu backen, weil sie vor ungefähr acht Monaten so eine in Pittsburgh gegessen und eine Woche lang davon geschwärmt hatte.

Und dann war sie einfach weg und ich hatte aufgehört, mich darüber zu wundern, weil Hollywood mir die Wahrheit gezeigt hatte. Irgendwie war mir immer klar gewesen, dass sie nie mir gehören konnte, weil so viel von ihr allen anderen gehörte. Aber jetzt weiß ich, dass diese Facetten gar nicht alle echt waren. So viel an Arden James war nicht mehr als eine sorgfältig errichtete Kulisse.

Genau wie das hier gerade.

Ihr Kopf fliegt herum, als wir von einer roten Corvette überholt werden. Mit einem schiefen Grinsen schaut sie den wegrasenden Rücklichtern hinterher. »Wenn man vom Teufel spricht«, sagt sie. »Grams und ich haben Autos getauscht.«

Beim Gedanken an Edie, die in einer roten Corvette durch den Ort düst, muss ich unwillkürlich grinsen. Rasch drehe ich den Kopf zum Fenster, um es zu verbergen.

Wir fahren an dem Weihnachtsmarkt vor der Kirche vorbei und ich muss zweimal hinschauen, weil er fast geschlossen wirkt, so wenige Besucher sind dort unterwegs.

Himmel, dieses Jahr ist sogar noch mieser als das letzte.

Arden streckt die Hand aus, um das Radio einzuschalten. *»All I Want for Christmas Is You«*, dröhnt es aus den dumpfen Lautsprechern und sie trommelt auf dem Lenkrad den Takt dazu.

»So ersparen wir uns die Unterhaltung«, sagt sie mit einem kleinen Lächeln.

Das geht mir schwer gegen den Strich, weil ich mich naturgemäß nicht unterhalten wollte, mich aber darüber ärgere, dass sie das weiß. Und vielleicht auch ein bisschen darüber, dass es ihr genauso geht.

Mariah gurrt den ganzen Weg bis zum äußersten Rand der Stadt, vorbei an Edies Bungalow, zum Christbaumhändler. Doch als wir auf den Parkplatz fahren, ist vor dem Eingang ein Seil gespannt, an dem ein Schild herunterbaumelt: KOMME GLEICH WIEDER.

»Was jetzt?«, frage ich, als das Auto steht. Arden beißt sich nachdenklich auf die Lippe und späht durch die Windschutzscheibe.

Dann, ohne ein weiteres Wort, schaltet sie in den Rückwärtsgang. Meine Hand fliegt zum Haltegriff, als sie rasch ein Stück zurücksetzt und dann mit einer scharfen Rechtskurve aufs Gras auffährt.

»Was soll das …«

»Komm schon«, sagt sie und springt bereits aus dem Auto.

Ich schnalle mich ab und folge ihr zum Kofferraum, wo ich mit großen Augen beobachte, wie sie eine Axt herausbefördert.

»Für Notfälle«, sagt sie mit einem Schulterzucken und einem durchtriebenen Grinsen.

»Was für Notfälle??«

Ich jage hinter ihr her in den Wald hinein, immer am Rand der Weihnachtsbaumplantage.

»Arden! Was machen wir hier?«, zische ich und packe sie am Arm.

»Wonach sieht's denn aus?«, fragt sie und hebt die Axt, während sie eine Douglastanne beäugt. »Mannomann, Caroline. Schau dich um, vielleicht kannst du's dir erschließen.«

»Wir klauen einen Baum?«, quietsche ich.

»Wir wissen doch beide genau, dass Grams die Swansons seit Jahren mit Gratis-Apfelkuchen versorgt«, sagt sie, lässt die Douglasie links liegen und nimmt eine Balsamtanne ins Visier, die zwei Reihen weiter steht. Sie knirscht durch den Schnee auf sie zu und ich sprinte ihr nach. Als ich sie eingeholt habe, umkreist Arden den Baum mit einem zufriedenen Nicken. »Den nehmen wir.«

»Aber es ist doch helllichter Tag!«, rufe ich. »Können wir nicht einfach später wiederkommen?«

»Nicht wenn wir ihn schon schmücken wollen, bevor Grams nach Hause kommt. Außerdem sieht uns hier doch kein Mensch.«

Ich bin immer noch nicht überzeugt und sie versucht eine neue Taktik.

»Caroline, wir brauchen Stoff für deinen Artikel. Der soll doch wohl was taugen, oder?«

Lächerliche Frage. Na klar soll er das, er ist der einzige Grund, weshalb ich überhaupt hier bin. »Meinetwegen. Aber du bringst später eine Spende vorbei. Und wenn wir erwischt werden, nutzt du gefälligst deinen Promi-Bonus, weil ich hier garantiert nicht …«

Der Schlag der Axt schneidet mir das Wort ab.

Der Baum wirkt völlig unbeeindruckt.

»Noch nie deinen eigenen Christbaum geschlagen, hm?«, frage ich und sie sieht mich böse an, legt die Axt beiseite und kniet sich nieder, um ihre Arbeit zu inspizieren. Eine winzige Rille in der Größe eines Papierschnitts.

»Da hat wohl wer meinen Hallmark-Megahit *Random Axe of Kindness* nicht gesehen.«

Ich mustere sie misstrauisch. »Du warst doch nie in einem Hallmark-Film.«

Sie grinst zu mir empor. »Informierst du dich regelmäßig über meine Filmografie?«

Ich verdrehe die Augen, aber meine Wangen werden heiß. Arden lacht einfach, steht auf und klopft sich den Schnee ab, bevor sie wieder zur Axt greift und sich ans Werk macht.

Eine Minute lang schaue ich mir das Trauerspiel an, die schwächlichen Axthiebe, die wirren Haare im knallroten Gesicht, bis ich mich schließlich erbarme.

»Gib schon her.«

Sie schaut mich überrascht an. »Caroline, ich war Zeugin, wie du allein im Turnunterricht fünfte Klasse vierunddreißigmal den Ball an den Schädel gekriegt hast, und das in nur einem Monat. Und du erinnerst dich daran, wie du bei dem Ausflug über deine eigenen Füße gestolpert bist und …«

Ich entreiße ihr die Axt, ehe sie mich dieses spezielle Trauma noch mal durchleben lässt. »Und du erinnerst dich bitte, dass mein Vater uns immer den Christbaum schlagen lässt. Er sagt, es schweißt uns zusammen.«

»*Das* soll einen zusammenschweißen?«, fragt Arden.

Schnaufend schwinge ich die Axt, etwas höher als dort, wo Arden sich versucht hat, und das Metall gräbt sich mit einem befriedigend dumpfen *Klonk* in den Stamm. Zehn Schläge später splittert es und der Baum geht langsam zu Boden.

Arden mustert mich, wie ich da auf den Griff gestützt stehe. »Hut ab.«

Einen langen Moment sehen wir einander an, als am anderen Ende der Plantage ein Lastermotor die Stille stört.

»Scheiße«, zischt Arden und schnappt sich das untere Ende des Baums. »Mach hin, weg, weg!«

Wir stolpern durch den Schnee, schleifen den Baum mit zum Auto. Hastig versuchen wir, ihn hinten in den Kofferraum zu bekommen, da wir keine Zeit haben, ihn oben festzubinden, aber er ist viel zu groß.

»Halt ihn fest«, sagt Arden, als sich die oberen Zweige schon ums Lenkrad wickeln. »Wir lassen einfach die Kofferraumklappe offen.«

Schreckensstarr sehe ich, wie sich am Horizont bereits Mr Swansons Truck abzeichnet. Seine Hupe trötet »Jingle Bells«, wie um der Sache noch eins draufzusetzen.

»Steig ein!« Arden schubst mich in den Kofferraum und ich packe den Baum, klammere mich an ihn, als wäre er meine Rettungsboje.

Arden wirft sich auf den Fahrersitz und jagt mit Vollgas davon und da muss ich auf einmal so richtig loslachen. Als ich über die Zweige zu Arden blicke, lacht die auch, dieses schiefe Grinsen zurück im Gesicht.

Schlimm, dass ich davon noch mehr Herzklopfen bekomme.

Schlimm, wie sehr sie mir gefehlt hat.

Die kalte Luft sticht mir in die Augen und ich werde von Erinnerungen überschwemmt, an Abenteuer ähnlicher Natur: Wie wir mit aus der Cafeteria geklauten Tabletts rodeln waren, wie wir durch die Dunkelheit geradelt sind, um im Edie's heiße Schokolade und Kekse für die Angestellten zu machen, wie wir unsere Grundschuldirektorin überredet haben, eine klassenübergreifende Schneeballschlacht durchzuwinken. Seit Arden weg ist, habe ich nie wieder so etwas gemacht, nie wieder so empfunden. Während sie irgendwo anders die Hauptrolle gespielt hat, habe ich aus der Deckung heraus einfach nur zugesehen und Fragen gestellt und fremde Geschichten erzählt statt meine eigenen.

Ich halte den Baum fester, als Arden scharf nach rechts abbiegt, und versuche es runterzuschlucken. Das ist erst unser erstes Pseudoweihnachtsdate und schon muss sie alles kompliziert machen, verwirrend. Wenn ich aus dem Journalismus eines gelernt habe, dann dass es keinen Sinn hat, immer wieder dieselbe Geschichte zu erzählen. Auf keinen Fall werde ich Arden noch mal in mein Leben lassen, nur um zuzusehen, wie sie sich an Heiligabend einfach wieder verzieht.

Aber jetzt weiß ich, um wie viel schwieriger sich das gestalten wird.

Tag 1

Arden

»Passt der überhaupt durch die Tür?«, stöhnt Caroline, als wir nebeneinander am Fuß des Baums zerren, um alle zehntausend Spitzen durch die enge Öffnung zu kriegen.

»Na klar, passt der …«

Plopp!

Einer der Äste hat es tatsächlich reingeschafft und schnalzt mir voll ins Gesicht. Eine Sekunde später purzeln der Baum, Caroline und ich durch die Haustür meiner Großmutter.

»Autsch«, murre ich und reibe mir die Stirn, während Caroline sich neben mir einen abkichert. »Sehr lustig! Ich kann mir hier nicht meine Gelddruckmaschine kaputt machen!«

Sie lacht und setzt gerade an, etwas zu sagen, bevor sie sich umentscheidet, aufsteht, ihre Kleidung abklopft und sich wegdreht. Zehn Schritte vorwärts, neun zurück. Aber immerhin, es geht voran.

Nachdem wir es geschafft haben, den Baum ins Wohnzimmer zu bugsieren, renne ich in den Keller, um die Kiste mit dem Ständer und dem Schmuck zu holen, doch Caroline bleibt oben am Treppenabsatz stehen.

»Immer noch Schiss?«, frage ich und mustere Grams' zahlreiche säuberlich beschriftete und äußerst ungruselige Kisten und Schachteln.

»Was? Nein!«, kommt es nicht sehr überzeugend zurück.

Caroline war nie eine Freundin des Unheimlichen. Keller, Gruselfilme und Geistergeschichten: NEIN DANKE. Ich weiß noch, wie sie mal den ganzen Weg durch ein Maislabyrinth hindurch meine Hand nicht loslassen wollte, weil Levi ihr verklickert hatte, dort lebten ein Haufen Kinder, die immer wieder nach Menschenopfern für ihren Dämonengott suchen würden. Was … wenn ich jetzt drüber nachdenke, eigentlich nur der Plot von dieser Stephen-King-Geschichte ist, *Kinder des Mais* oder so, aber das wussten wir halt damals nicht.

Ich mustere die Kisten, die alle mit Edding bekritzelt sind.

Fotos
Geschirr, Kristall
Unterlagen Diner
Kleidung Callie und Theo

Bei Letzterem wird mir ganz anders. Ich fasse es nicht, dass sie hier unten immer noch den ganzen Kram meiner Eltern aufbewahrt. Diese Kiste hätte sie schon vor Jahren einfach wegwerfen sollen. Wenn ich über Theo und Callie eines weiß, dann dass sie nie zu dem zurückkehren, was sie zurückgelassen haben.

Nein, das tu ich mir jetzt nicht an. Ich lege den Kopf in den Nacken, suche weiter, bis ich im obersten Fach eine Kiste ausmache, die mit **Weihnachtsdeko** beschriftet ist. Gerade außerhalb meiner Reichweite natürlich. Ich halte Ausschau nach einer Trittleiter. Vergeblich.

»Hast du's?«, ruft Caroline.

»Willst du die gute Nachricht oder die schlechte?«

»Die gute.«

»Ich hab sie gefunden.«

»Die schlechte?«

»Ohne deine Hilfe komm ich nicht dran.«

Mit verzerrtem Gesicht setzt Caroline vorsichtig einen Fuß auf die Stufe, die knarzt, als sie sie belastet. Im Schneckentempo steigt sie die Treppe herunter und sieht sich verängstigt um.

»Keine Sorge, Pennywise musste schon los.«

Sie kommt die letzte Stufe herab und haut mir auf den Arm. »Schnauze.«

Ich reibe mir die schmerzende Stelle und weise dann auf die Kiste ganz oben, genau über uns. »Ich glaub, wir kommen dran, wenn ich dir eine Räuberleiter mache.«

»Räuberlei...«

Ich beuge mich vor und hebe sie an den Beinen hoch. Caroline schnappt hörbar nach Luft und packt meine Schultern, um sich aufzurichten. Zu meiner Überraschung bleibt auch mir kurz die Luft weg, aber nur deshalb, weil es schön ist, ihr nach so langer Zeit so nah zu sein. Es fühlt sich seltsam normal an, auf eine Art, die mir gefehlt hat, ohne dass ich es wusste. Aber selbst wenn ich wollte, habe ich keine Zeit, noch länger darüber nachzudenken, denn die letzten vier Jahre Nachtleben und die andauernde Vernachlässigung meines Körpers sagen mir, dass es noch genau sechseinhalb Sekunden dauern wird, bis ich sie auf den Betonboden knallen lasse.

»Mach ... hin!«, schnaufe ich und sie langt vorsichtig nach oben und greift die Kiste aus dem Regal.

Kaum hat sie sie in den Händen, lasse ich Caroline an

mir hinabgleiten, bis wir uns gegenüberstehen, ihre Füße auf dem Boden, die Pappschachtel zwischen uns.

»Bisschen Vorwarnung wäre nett gewesen«, sagt sie. Mir fällt auf, dass ihre Wangen leicht gerötet sind, weshalb die Sommersprossen auf ihrer Nase trotz Winter hervortreten.

Sicher liegt das an ihrem Zorn, weil ich sie einfach so an den Beinen gepackt habe, aber ganz insgeheim frage ich mich doch, ob meine Nähe Caroline auch ein bisschen nervös macht. Ob sie irgendwie spürt, dass ich früher so verknallt in sie war.

Gott, hoffentlich nicht. Reiß dich zusammen, Arden.

Ich nehme ihr die Kiste ab. »Lass uns schnell den Baum schmücken, bevor Grams heimkommt.«

Ich bin schon auf der Treppe, als Caroline »Warte auf mich!« quietscht und hinter mir herrast, bevor das Kellermonster sie bei den Knöcheln packen kann.

Die nächste Stunde über putzen wir den Baum heraus. Wir legen eine rot-weiß gesteppte Decke drumherum, die noch von meiner Urgroßmutter stammt, und hängen eine uralte Lichterkette zwischen die Zweige. Ich mache einen gedanklichen Vermerk, Grams mit einer blinkenden LED-Kette auszustatten und diesen potenziellen Brandherd zu entsorgen. Dann stürzen wir uns auf die Schachtel mit verstaubtem Christbaumschmuck, der eindeutig kein Licht mehr gesehen hat, seit ich aus Barnwich weg bin. Mein Herz wird ganz schwer, genau wie gestern, als ich vor ihrem Haus gehalten habe und nicht die kleinste Deko entdecken konnte.

»Alles okay mit dir?« Caroline schaut zu mir rüber.

»Jup.« Ich ringe mir ein Lächeln ab und verdränge mein schlechtes Gewissen.

Wir hängen jedes Schmuckstück an den Baum, das Grams im Laufe ihres Lebens angesammelt hat, angefangen mit einem weiß bestäubten Tannenzapfen an einer Schnur über einen Handabdruck von meiner Mutter, als sie noch ein Baby war, bis zu einer kleinen Schneekugel aus Seoul, die sie mitgebracht hat, als sie als kleines Mädchen ausgewandert ist.

Während wir uns so durch die Schachtel arbeiten, sind wir beide recht still, doch irgendwann fange ich an, Weihnachtslieder zu summen, und Caroline stimmt unwillkürlich mit ein.

Schließlich sind wir fast am Boden angekommen und Caroline gräbt noch mal tief in der Schachtel und kichert los. Als sie wieder auftaucht, hält sie eine Kugel in der Hand, auf der ein Foto von uns beiden klebt, zwei Jahre vor meinem Wegzug, nur wenige Monate bevor mir aufging, dass ich mich in sie verliebt hatte.

»Wie süüüüüß«, sage ich und pflücke es ihr aus der Hand. Auf dem Foto stecken wir beide in unseren Winterjacken und unsere Nasen sind vor Kälte ganz rot. »Deine Ohrenwärmer waren toll, aber diese Mütze, die du mir gemacht hast, die war die allerbeste.«

Beige mit einem blauen Streifen. Sehr kuschelig.

»Die war zu groß«, sagt Caroline.

»Ja, weil du den Riesenschädel von deinem Bruder als Vorlage verwendet hast«, sage ich und strecke mich neben ihr in die Höhe, um den Schmuck an einem der oberen Äste neben dem Rudolph-Figürchen aufzuhängen, wobei mein Arm leicht ihren streift.

»Wenn du sie behalten hättest, dann würde sie deinem Riesenschädel jetzt vermutlich wie angegossen passen.« Sie lacht.

»Wer sagt, dass ich sie nicht behalten habe?«, sage ich und meine Fersen landen wieder auf dem Boden.

»Ach komm. Beißt sich bisschen mit deinem Saint-Laurent-Mantel.«

»Tja, wahrscheinlich«, entgegne ich, lächle aber in mich hinein, während wir die letzten Stücke aufhängen. Als die Schachtel völlig leer ist, stecke ich die Lichterkette ein und wir lassen uns auf den Boden fallen, um unser Werk zu bestaunen.

Einen Moment starren wir den Baum schweigend an, doch dann werfe ich ihr einen Seitenblick zu, sehe, wie ihr Gesicht im Schein der gelben Lichter leuchtet, ihre gerade Nase, ihre vollen Lippen, ihr hellblondes Haar, das ihr über eine Schulter fällt.

Und auf einmal spüre ich es: die warme, geradezu berauschende Sehnsucht nach einer Zeit, die ich fast schon vergessen hatte. Das Gefühl, jemandem nahe zu sein, der mir einmal alles bedeutet hat, an einem Ort, der so aussieht und klingt und riecht wie … zu Hause.

Dabei formt sich in mir eine Erinnerung, und eine Idee.

Ich springe auf und gehe rüber zur Anrichte, wo Grams' uralte Stereoanlage steht. Ich gehe die CDs durch, bis ich auf die stoße, die ich gesucht habe: *Rockin' Around the Christmas Tree* von Brenda Lee.

Ich lege sie ein und drehe mich zu Caroline um. Lächelnd sehe ich, wie sie mit skeptischem Blick darauf wartet, dass die Musik losgeht. Als die ersten Töne erschallen, werden ihre Augen groß.

»Komm schon«, sage ich und halte ihr die Hand hin.

»Arden, ich weiß nicht mal mehr, wie die Schritte gehen«, sagt sie und entzieht mir ihre Hand.

»Glaub ich dir nicht.« Diesmal nehme ich sie beim

Arm, ziehe sie auf die Beine und zur freien Fläche im Wohnzimmer.

»Mir ist nicht danach«, unternimmt sie einen neuen Versuch, doch ich habe schon mal ohne sie angefangen.

»Rechts. Links. Links. Rechts. Drehung!«, singe ich über die Musik hinweg, steige mitten ein in die Choreografie, die wir uns ausgedacht und jedes Jahr bei der Weihnachtsfeier von Edie's Eatery zum Besten gegeben haben.

»Arden, hör auf!«, sagt sie laut und fest, entreißt mir ihre Hand und macht ein paar Schritte zurück. »Ich will hier keinen Scheißtanz mit dir vollführen. Okay?«

»Oh. Okay«, entgegne ich, etwas vor den Kopf gestoßen. »Tut mir leid.«

»Keine Sorge, im Artikel behaupte ich natürlich, dass wir die ganze Choreografie durchgezogen haben.« Sie kehrt mir den Rücken zu und setzt sich auf den Teppich. Ich warte kurz, bis ich wieder Luft bekomme, und ermahne mich, dass wir nicht mehr die Kinder von früher sind. Meine Schuld.

Ich verziehe mich in die Küche, um Caroline etwas Raum zu geben, und checke mein Handy, wo eine Sprachnachricht von Lillian wartet.

»Will nur mal hören, ob alles läuft. Ich möchte sichergehen, dass Caroline diesen Bericht auch tatsächlich schreibt und ihr nicht nur den ganzen Tag Unsinn macht. Kommt nicht alle Tage vor, dass *Cosmo* irgendeine dahergelaufene Achtzehnjährige für sie schreiben lässt. Keine Überraschungen mehr, Arden. Sorg dafür, dass alles seine Richtigkeit hat.«

Ich verdrehe die Augen und stecke das Handy wieder ein, bevor ich samt der Blechdose mit der dänischen

Keksmischung wieder ins Wohnzimmer zurückkehre. Ich lasse mich auf den Teppich fallen und reiche Caroline die Dose.

»Danke«, sagt sie und zieht den Deckel ab. »Hmmm, köstlich.«

Ich nehme sie ihr ab und schaue hinein: Garn, Nadeln, Knöpfe aller Art. Kein Keks weit und breit. »Gott, gibt es eine Altersgrenze, nach der man restlos alles mit Nähzubehör befüllen muss?«

Caroline zuckt mit den Schultern. »Einfach eine natürliche Alterserscheinung.«

Ich lache und schüttle etwas hilflos den Kopf und dann sitzen wir einfach ein paar Minuten da, bis die Anspannung im Raum sich langsam aufzulösen beginnt.

»Du musst mir noch eine Frage stellen«, sage ich, jetzt ganz geschäftsmäßig, weil ich an Lillians Nachricht denken muss. Carolines Ausdruck verändert sich, sie zieht ihr Notizbuch heraus und blättert es durch. Sehr förmlich.

Ich beiße mir auf die Lippe, versuche nicht zu lachen, als sie sich räuspert.

»Du bist eine erfolgreiche Schauspielerin, mit einer langen Filmografie und zahlreichen Riesenerfolgen. Die Hälfte aller jungen Mädchen in den USA sieht in dir ein Vorbild.« Ich treffe ihren Blick, der nur so trieft vor Ironie. »Wer ist dein Vorbild?«

»Oh. Gute Frage.«

Ich stütze mich auf meine Hände und lehne mich zurück, denke über meine Lieblingsschauspielerinnen und Lieblingsschauspieler nach, denen ich nacheifere, die, wegen denen ich in einem Film wie dem von Bianchi mitspielen möchte. »O Mann. Toni Collette. Ohne Konkurrenz. Die spielt jede Rolle so, dass man sich wünscht, man wär an ihrer Stelle. Die ist so …«

»Arden«, fällt mir Caroline ins Wort und ich sehe, wie sie den Kopf schüttelt. »Nicht jemand, dem du beruflich nacheiferst. Ich meine jemanden, den du als Mensch bewunderst. Dieser Artikel soll ja intimer sein, oder? Also, auf persönlicher Ebene, wen bewunderst du?«

Wieder kaue ich auf meiner Lippe herum und mein Blick landet auf einem Foto auf dem Kaminsims, das Grams und mich im Diner zeigt. Ich sitze auf dem Tresen, während sie Pfannkuchen wendet. Na klar. Warum bin ich da nicht sofort draufgekommen? »Dann Grams. Sie ist im Süden aufgewachsen, erste Generation einer koreanisch-amerikanischen Familie. So viele Jahre hat sie sich abgerackert, ohne nennenswerte Ausbildung, um zu sparen und ihr eigenes Lokal zu eröffnen. Und sie hat weitergemacht, als die Liebe ihres Lebens starb, eine Woche nach Eröffnung des Diners. Und sie hat mich praktisch aufgezogen, als ihre Tochter keinen Bock mehr drauf hatte.« Wieder verspüre ich dieses stechende Schuldgefühl für jeden Tag, den sie hier ohne mich verbracht hat, und die künftigen Tage, die sie noch ohne mich verbringen wird, nach all der Zeit, die sie bereits für mich geopfert hat.

Ich atme tief aus, spüre Carolines Augen auf mir.

»Das ist bewundernswert. Das ist genau die Art von Mensch, zu der halb Amerika aufschauen sollte«, füge ich hinzu.

»Warum ehrst du ihre Verdienste dann nicht, wenn du sie doch so bewunderst?«

Ich starre wieder auf den Baum, ringe nach Worten, aber es kommt nur sinnloses Gestammel heraus. Wie soll ich ihr begreiflich machen, was in den letzten vier Jahren passiert ist? Dass ich keine Erinnerung daran habe, wie ich meine erste Rolle in LA zugesagt habe. Dass ich nur noch weiß, wie alles auf einmal passierte, dass da plötzlich Lillian war und ein Zeitplan und das Versprechen eines besseren Lebens. Dass mir in dem Moment, in dem ich in LA aus dem Flugzeug stieg, völlig klar wurde, dass der Preis für das, was ich mir immer gewünscht habe, darin bestand, etwas zu werden, was ich eigentlich nicht sein wollte, und dass meine Eltern noch nicht mal einen Versuch unternahmen, mich davor zu bewahren. Und als ich alt genug war, um es selbst zu tun, war der Zug bereits abgefahren und ich abhängig davon, mich zu betäuben und abzulenken. Wahrscheinlich würde sie schon »Blödsinn!« rufen, bevor ich auch nur ein Wort gesagt hätte.

»Ich wollte … ich … Das will ich ja.« Mehr kann ich ihr nicht sagen, aber immerhin ist es die Wahrheit. »Deshalb will ich ja unbedingt diese Rolle, eine, die wirklich was bedeutet.«

Ich fürchte schon, dass sie Druck machen wird, doch als ich zu ihr schaue, spiegelt sich das Licht in ihren warmen braunen Augen und sie klappt mit einem Nicken das Notizbuch zu, als verstünde sie, dass ich ihr jetzt nicht mehr geben kann. Vermutlich habe ich über meiner langen Abwesenheit und all ihrer Wut seit meiner Ankunft völlig vergessen, wie gut sie meine Signale liest. Sie weiß genau, wann sie nachhaken muss und wann aufhören. Hat sie immer.

Ein lautes Krachen ertönt, die Tür fliegt auf und wir fahren beide erschrocken zusammen.

Grams steht wie erstarrt im Eingang und schüttelt

langsam den Kopf. »Herrje. Jim Swanson hat sich vorhin schon einen abgejammert, dass jemand einen Baum geklaut hat. Mir hat gleich Übles geschwant, als er meinte, das Auto des Diebes hätte schwer nach meinem Volvo ausgesehen.« Sie stemmt die Hände in die Hüften. »Keine zwei Tage bist du hier und ihr zwei macht schon wieder nichts als Ärger.«

Caroline und ich tauschen ein schuldbewusstes Lächeln. Ob sie sich noch dran erinnert, wie wir im Diner Toms Hundert-Dollar-Zigarettenvorrat gegen Schokozigaretten ausgetauscht haben, um ihn zum Aufhören zu zwingen? Oder wie wir den Inhalt von Mikes Weihnachtsstrumpf an uns nahmen und dafür Deoroller reinstopften? Oder als Levi seinen Führerschein bekam und wir ihm irgendwie weisgemacht haben, dass die Stoppschilder mit der weißen Umrandung nur auf freiwilliger Basis gelten würden, und er uns beinahe alle unter die Erde gebracht hätte?

Okay, das Letzte war vielleicht etwas extrem, aber wir waren ja auch erst zwölf.

Ich springe auf und lege einen Arm um Grams' Schulter, um sie unschuldsvoll Richtung Baum zu lotsen.

»Könnte reiner Zufall sein«, sage ich und sie schnaubt, bedenkt mich mit einem speziellen Blick und dreht sich wieder zum Baum.

»Gefällt er dir?«, frage ich, nachdem sie eine Minute hatte, um ihn zu würdigen. Sie nickt und schenkt mir ein kleines Lächeln.

»Gefällt mir.« Sie tätschelt mir die Seite. »Danke.« Sie blickt rüber zu Caroline, meine Baumdiebstahlskumpanin, der der Dank ebenfalls gilt.

»Es ist schon fast zwanzig Uhr, Caroline Beckett. Jetzt

besser mal husch Richtung Pizza, wenn du nicht unterwegs noch eine Bank ausrauben willst oder so.«

Stimmt ja. Freitagabend gibt's bei den Becketts immer Pizza. Mir knurrt der Magen beim Gedanken an ihre Salamipizza und ich beschließe, schnell im Taste of Italy vorbeizuschauen und eine für mich und Grams zu besorgen.

Sie sollte nach ihrer Schicht nicht auch noch kochen müssen.

Caroline steht lächelnd auf und Grams macht sich los, um sie zu umarmen.

»Ich fahr dich schnell«, sage ich, als sie sich trennen, und nehme ihre Jacke vom Haken an der Tür, um sie ihr hinzuhalten.

Ich rechne nicht damit, dass sie das annimmt, doch sie ergreift die Jacke und nickt. »Okay.« Sie schiebt sich an mir vorbei, duftet nach Blütenshampoo und gestohlenen Tannennadeln und meine Nase folgt dem Geruch unwillkürlich. Als ich mich kurz umdrehe, um mich zu verabschieden, sieht Grams mich bedeutungsvoll an.

Ich verdrehe die Augen und schnappe mir meinen Mantel, doch der Blick hat gesessen. Schrecklich, dass ich keine zwei Tage hier bin und Caroline Beckett in mir schon jetzt das Gefühl auslöst, dass ich trotz aller inneren Überzeugungsarbeit insgeheim nur darauf gewartet habe, wieder nach Hause zu kommen.

Nicht *nach Hause*, ermahne ich mich. Genau deshalb muss ich hier Abstand halten. Ich darf mich nicht zu heimisch fühlen. Ich hab hier nur zwölf Tage … und dann gehe ich zurück nach LA, wo ich jetzt zu Hause bin.

Tag 2

Caroline

Am Nachmittag darauf blicke ich nachdenklich von meinem Notizbuch zu meinem Laptop, in dem ich die Aufzeichnungen über die gestrigen kriminellen Aktivitäten dokumentiere, um mit diesem Artikel nicht in Verzug zu geraten. Ich starre auf das, was Arden am Abend über Edie gesagt hat, denke daran, wie sie auf mein Nachbohren hin ins Stocken geraten war, wie ihr ganzer Ausdruck sich verändert hat angesichts der unzähligen unausgesprochenen Dinge, die zwischen uns liegen.

Aber das Schlimmste daran ist, dass sie vielleicht zum ersten Mal seit ihrer Rückkehr für mich endlich ganz die Arden von früher war.

Vielleicht war das auch genau ihr Plan.

Es ist so schwer zu sagen, was an ihr echt ist und was nicht. Das Mädchen vor dem Weihnachtsbaum oder das Mädchen, das sich nie gemeldet hat. Das Mädchen, das beim Abendessen mit Riley plaudert, oder die, die auf dem roten Teppich irgendein wahnwitziges Kleid trägt. Die, die ihre Hand ausgestreckt und mich zum Tanzen aufgefordert hat, oder die, die mich im Diner gebeten hat, der Presse eine falsche Beziehung vorzuspielen.

Es ist leichter, so zu tun, als wäre das alles Theater. Aber das macht es gleichzeitig auch schwerer rauszufinden, was ich schreiben soll.

Ich lehne mich in meinem Schreibtischstuhl zurück und seufze frustriert auf.

Gott, diese Frau regt mich auf wie keine zweite.

Es klopft an der Tür, und als ich herumwirble, sehe ich keine andere hereinkommen als Arden James.

»Hey, hey«, sagt sie und schmeißt sich auf mein Bett, als wären wir noch dreizehnjährige beste Freundinnen. Blue entrollt sich unter meinem Tisch und springt neben sie.

»Echt jetzt?« Unwillkürlich streiche ich mir das Haar glatt.

Sie beachtet mich gar nicht, stützt sich auf einen Arm und krault mit dem anderen versunken Blues Kopf. »Also, für den heutigen Abend gibt es zwei Optionen …«

»Nein, gibt es nicht. Ich hab ein Basketballspiel.«

Arden erstickt beinahe an ihrem Kaugummi und richtet sich mit zappelnden Beinen auf. »Du? Spielst Basketball?«

Ich seufze, bevor sie mich wieder an meine Nahtoderlebnisse aus dem Turnunterricht erinnern kann. Wenn sie sich doch nur an irgendwas Nützliches erinnern würde, zum Beispiel wie man meine Telefonnummer wählt.

»Quatsch, natürlich nicht. Ich *manage* Basketball.«

»Uffz.« Sie legt sich wieder hin. »Das ergibt mehr Sinn. Die Holzfällernummer gestern war schon Überraschung genug.«

Ein Blick auf meine Laptopuhr zeigt mir, dass ich mich wohl langsam in Bewegung setzen sollte. In einer Stunde geht das Aufwärmen los. »Eigentlich muss ich jetzt auch …«

Es klopft an der Tür und Riley streckt ihren Kopf herein, eine Packung Tucs in der Hand. »Dachte ich mir doch, dass ich Ardens Stimme gehört habe.«

Arden deutet aufs Bett und Riley lässt sich neben Blue fallen. Ich reibe mir die Augen und atme geräuschvoll aus.

»Leute, ich muss …«

»Ich hab gehört, du hast den Swansons einen Baum geklaut«, sagt Riley, ohne mich zu beachten, und hält Arden die Cracker hin.

»Ich?« Arden tut geschockt, während sie ihr Kaugummi ausspuckt und sich gleich mehrere Tucs rauspult. »Nie im Leben. Das war Caroline, ganz allein.«

Riley prustet so heftig, dass die Brösel nur so meine Tagesdecke berieseln. »Mr Swanson wird wahrscheinlich eine Gedenkplakette anbringen. Das wird der neue Touristenhotspot von Barnwich.«

Mit einem schiefen Grinsen wirft Arden Blue einen Cracker zu, klopft sich die Finger ab und wuschelt ihm durchs Fell. »Ich werde wiederkommen, um die Gedenkplakette höchstpersönlich zu entwenden.«

Nett, dass es wenigstens eine Sache gibt, für die sie zurückkommen würde.

Riley hat es auch registriert. »Meinst du, du kommst noch mal zurück nach Barnwich, wenn der Artikel fertig ist?«, fragt sie aufgeregt. Arden wirft mir einen so verstohlenen Blick zu, dass ich mir nicht mal sicher sein kann, ob es ihn wirklich gab. Aber eins weiß ich genau, nämlich dass ich an der Antwort null interessiert bin.

»Könnt ihr euer Kaffeekränzchen eventuell woanders fortsetzen?«, fahre ich dazwischen. »Ich muss mich auf das Spiel vorbereiten.«

»Schon gut, schon gut«, sagt Riley, während beide

vom Bett rutschen und sich erheben. »Entschuldige die Störung. Mir war nicht klar, dass du deine Rolle als Managerin plötzlich so ernst nimmst.«

Sie und Arden gehen zur Tür, Blue im Schlepptau. Die Tucs scheinen ihm wichtiger zu sein als ich. Doch dann hält Arden inne und dreht sich zu mir.

»Wir sehen uns dann beim Spiel. Wir ... weiß nicht. Schütteln für Tag zwei irgendwas aus dem Ärmel.«

Beim Spiel? Ich will schon Protest einlegen, doch Riley kommt mir zuvor. »Komm schon, Arden«, sagt sie, zerrt sie in den Flur und zieht die Tür hinter ihnen zu.

Ich stehe auf und erhasche einen Blick auf mich im großen Spiegel hinter meiner Tür, um es sofort zu bereuen. Viel zu großes Sweatshirt. Wirrer Dutt. Ungeschminkt. Als wär ich noch die Vierzehnjährige, die sie hier hat sitzen lassen. Als hätte ich mich in den letzten vier Jahren kein bisschen weiterentwickelt.

Völlig schnurz, rede ich mir ein.

Aber ich brauche ungebührlich lange, um etwas zum Anziehen zu finden.

* * *

Eine Stunde später füllen sich die Zuschauerränge beharrlich und Austin und ich schleppen die Wasserkästen an für das heutige Spiel gegen Grand Hudek, unsere Erzrivalen. Es geht ums Ausscheiden oder Weiterkommen, was mir vermutlich wichtig sein sollte. Aber frevelhafterweise ist es mir piepegal. Eine Niederlage würde bedeuten, dass ich bis ans Ende meiner Tage nie mehr ein verschwitztes Trikot anfassen müsste, weshalb ich Grand Hudek zwar nicht lautstark anfeuern würde, aber jetzt auch nicht todunglücklich wäre, wenn sie den Sieg davontrügen.

»Glaubst du, wir kriegen's gebacken?«, fragt mich Austin. Ich sehe rüber zu unserem Team, das sich gerade aufwärmt. Der ohnehin schon kleinen Truppe fehlen drei Leute, weil die Zwillinge schon vorzeitig auf eine Weihnachtskreuzfahrt mit ihren Eltern abgedampft sind und Simon Hall einen Bänderriss hat. Es gibt also keine Auswechselspielerinnen. Weiter hinten sehe ich Melanie Anderson, sonst entschieden auf die Reservebank verbannt, wie sie selbst einen todsicheren Korb völlig vergurkt.

»Da hast du deine Antwort«, sage ich.

Die Schiedsrichterin pfeift und Barnwich in Grün und Grand Hudek in Blau traben vom Platz, um sich noch einmal im Kreis zu versammeln.

Als Austin und ich die frisch aufgefüllten Flaschen zur Ersatzbank tragen, dreht er sich zur Tribüne um und grinst. »Schau einer an«, sagt er und winkt, als wäre er bei einem Miss-America-Wettbewerb. Ich fahre herum und lasse den Blick über die Menge gleiten. Als ich sehe, wem er da zuwinkt, schlage ich seine Hand runter.

Mir war ja klar, dass Arden da sein würde. Aber mit grün-weißer Barnwich-High-Farbe im Gesicht? Neben Finn, Antonio und L.J., alle ohne Oberteil und dafür mit bemalter Brust: BARN, WICH und VOR?

Maya ist die einzige Unbemalte und deshalb auch die Einzige mit einem halbwegs funktionierenden Hirn.

Und gerade als ich glaube, es könnte schlimmer nicht sein … wird es genau das.

Arden grinst mir zu und hält ein riesiges CAROLINE-VOR-Schild in die Höhe.

Sofort schnellen die Handys empor, praktisch ganz

Barnwich richtet die Aufmerksamkeit auf sie. Ich kann die Posts quasi schon sehen. Mein ganzer Feed wird überquellen von …

Moment mal! Eine Kamera blitzt mir ins Gesicht und plötzlich geht mir auf, dass die nicht nur Arden ablichten. Da steht *mein* Name auf dem Schild.

Ich werde nicht nur die Instagram-Story von irgendeinem Neuntklässler sein. Das wird weitaus höhere Wellen schlagen als das in Edie's Eatery oder beim Weihnachtsbaumhändler.

Und zwar im Handumdrehen.

Ich drehe mich um und wünsche mir, mich in Luft aufzulösen.

»Alles okay?«, fragt Austin, als die Mannschaften sich aufstellen und die Schiedsrichterin das Spiel anpfeift.

Ich nicke etwas lauwarm und Austin sieht mich genau an und beugt sich zu mir. »Also, wie läuft es denn so bislang mit euch?«, will er mit gedämpfter Stimme wissen.

»Was meinst du?«, frage ich, während unser Ass im Ärmel, Nicole Plesac, an uns vorbeidribbelt.

»Na jaaa, hier handelt es sich immerhin um das Mädchen, in das du jahrelang hoffnungslos verliebt warst.«

»Und? Schon vergessen, dass wir nichts als Theater spielen?« Ich werfe einen nervösen Blick über meine Schulter, als könne Arden es hinbekommen, uns über zehn Reihen hinweg zu belauschen. »Hast du mir nicht gerade erst geraten, ich soll was mit Taylor anfangen?«

»Schon, aber das war, bevor Arden wieder in Barnwich aufgetaucht ist. Und, wenn ich mir die Bemerkung erlauben darf, geradezu absurd gut aussieht, sogar nachdem mein Freund sie mit Farbe beschmiert hat. Und ich wäre geradezu schockiert, wenn nicht ein paar alte Gefühle hochkämen, wenn sie *so tut, als wärt ihr ein Paar*!«

»Austin, sie ist noch schlappe elf Tage hier und dann ist sie wieder fort. Was genau willst du von mir hören?«

»Keine Ahnung, aber du hast nicht abgestritten, dass sie attraktiv ist.«

Ich seufze genervt. »Darauf können sich wohl alle einigen, die ein Netflix-Abo haben. Das ist jetzt kein bahnbrechendes Eingeständnis.«

»Mhm, genauso wenig hast du abgestritten, dass ein paar alte Gefühle hochgekommen sind.«

Ich presse meine Lippen aufeinander und wende mich ab. Dabei erhasche ich einen Blick auf Taylor Hill und ihren perfekten blonden Pferdeschwanz, die bei ihrer Truppe steht. Trotz allem lächelt sie mich an und ich hebe die Hand, um zurückzuwinken.

»Ich mein ja nur …«, hebt Austin wieder an.

»Austin!« Ich drehe mich wieder zu ihm und sehe ihm fest in die Augen, weil mir der Kragen platzt. »Ich empfinde nichts für Arden. Aber wenn, dann wäre es ein Gefühl des Verrats, das mich jeden Moment auf die Palme bringt, in dem ich nicht ohnehin die totale Abneigung gegen sie verspüre. Diese Dates? Reine Scharade! Ihre Anwesenheit hier? Geht gleich wieder vorbei! Meine Gefühle? Liegen in der Vergangenheit, genau da, wo sie mich hat sitzenlassen. Okay? Können wir uns jetzt einfach nur das Spiel anschauen?«

Er nickt und klappt den Mund zu und wir wechseln kein Wort mehr miteinander, bis das Ende des letzten Viertels anbricht.

»Scheiße, mein Interesse an Sport ist gleich null, aber das ist zu viel Spannung für mich«, sagt Austin, als wir einen Korb machen und zwei Punkte in Führung gehen. Seit der Halbzeit ist es ein Kopf-an-Kopf-Rennen und die ganze Halle brummt nur so vor Aufregung.

Selbst Melanie Anderson hat es geschafft, einen Freiwurf zu verwandeln.

Coach Gleason fordert eine Auszeit und Austin und ich springen auf und lassen uns die Gatorade-Flaschen aus den Händen reißen. Fehlende Auswechselspielerinnen, eine Blutfehde mit Grand Hudek und die zum Greifen nahe Hoffnung auf ein Weiterkommen setzen den fünf Mädchen auf dem Platz heftig zu. Man sieht es ihnen an. Verschwitzte rote Gesichter und eine Aura völliger Erschöpfung. Selbst Nicole Plesac sieht ziemlich zermatscht aus. Ihr Markenzeichen, das stramme Haarband in festlichem Rot und Grün (weil hierorts auch Sportveranstaltungen eine Gelegenheit zur Verbreitung festlicher Stimmung sind) rutscht ihr fast schon vom Kopf.

»Nur noch drei Minuten Spielzeit, Ladys!«, ruft der Coach und mahlt geräuschvoll auf seinem pinken Kaugummi herum. Er blickt empor zur Anzeige des orange leuchtenden Stands von 47:45. »Jetzt reißt euch verdammt noch mal zusammen und haltet sie noch drei Minuten in Schach!«

Austin und ich haben kaum die Flaschen eingesammelt, da hat Grand Hudek erneut einen Korb gemacht und das Spiel ist wieder ausgeglichen.

Dann wirft Nicole bei ihrem Drei-Punkte-Wurf daneben und das Undenkbare passiert. Melanie Anderson versucht den Rebound zu holen und verstaucht sich den Knöchel.

Die Menge verstummt, sieht zu, wie sie sich vor Schmerzen am Boden windet, während der Coach samt

Assistenten herbeijoggt. Austin umklammert meinen Arm, als Nicole ihr beim Aufsitzen hilft und Melanie sich die Hände vors Gesicht hält, während ihr Knöchel inspiziert wird. Hinter uns beginnen die Leute zu raunen.

»Die will einfach einen Freiwurf rausschinden!«

»Ist der gebrochen?«

»Wir sind erledigt.«

Der Coach steht auf und Melanie wird vom Platz getragen. Er fährt sich durchs graue Haar, dreht sich um und sieht mir in die Augen.

O nein.

Er kommt auf mich zu und mein Magen sackt mir in die Knie.

»O nein, nein, nein!«

»Caroline«, sagt er, als befänden wir uns mitten in einem Weltkrieg. »Wir brauchen dich!«

»Für was genau?«, quietsche ich und fange das ekelhaft durchgeschwitzte Trikot von Melanie auf, das Nicole mir zuschleudert, während der Assistenztrainer Melanie in ihrem weißen Unterhemd auf die Bank hilft.

»Nur über meine Leiche!«

»Als Managerin bist du technisch gesehen Teil der Mannschaft!«, sagt er und kniet sich vor mich.

»Coach, ich trage Doc Martens und ein Kleid!«

Er mustert meinen Aufzug und dann die Anzeigetafel. »Bitte! Es ist nur eine Minute! Mehr nicht! Du bist unsere einzige Hoffnung, sonst müssen wir aufgeben. Gegen unsere größten Rivalen. Wenn es um alles oder nichts geht!«

Ich ringe nach Worten, um ihm das irgendwie abzuschlagen, da höre ich eine einzige Stimme aus dem Publikum rufen.

»Go, Beckett, go!« Gefolgt von rhythmischem Klatschen. »Go, Beckett, go!«

Ich drehe mich um und sehe Arden in den Rängen stehen und mich schamlos anfeuern. Nach einer Sekunde springt Taylor auf und weist die Cheerleaderinnen an einzustimmen. Weitere machen mit, bis – ogottogott – die ganze Halle den Schlachtruf verstärkt. Es ist überwältigend laut, der Boden bebt praktisch unter unseren Füßen.

Arden grinst zu mir runter und hebt die Hände, ruft noch einmal mit. Doch diesmal ruft sie etwas anderes: »Ganzer Stapel oder platzen!«

Ich erstarre. Diese Wendung habe ich seit vier Jahren nicht mehr gehört.

Der war unsere Aufforderung zur Mutprobe, unser Schlachtruf, nachdem sie ihn eines Wintermorgens, als wir ungefähr zehn waren, wie eine hängende Schallplatte wiederholt hat, um Tom zu überreden, uns jeweils einen Riesenstapel aus fünf Pfannkuchen zu machen statt nur zwei. Sieben Stunden und mehrere Flaschen Sirup haben wir gebraucht, um sie zu bezwingen, aber wir haben es schließlich geschafft. Von diesem Tag an sagten wir es vor jedem durchgeknallten Plan, jedem Ferienabenteuer, jeder Situation, vor der wir zu viel Respekt hatten.

Und wie furchtbar ist es bitte, dass es tatsächlich funktioniert. Bevor ich michs versehe, ziehe ich mir schon das schweißgetränkte Trikot über den Kopf und ein paar Basketballschuhe an die Füße, die wie von Zauberhand von der Bank hergeflogen sind, und die Menge beginnt erneut zu tosen.

»Deck du einfach die Nummer acht, wenn die im Ballbesitz sind«, sagt der Coach und deutet auf eine rothaarige Spielerin, die mich um einen Kopf überragt. »Und versuch, nicht über die eigenen Füße zu stolpern.«

»Tolle Motivationsrede«, sage ich und trabe auf den Platz, bereits voller Reue.

»Falsche Richtung, Beckett«, sagt Nicole und dreht mich herum, als das Spiel wieder losgeht.

Mir klopft das Herz bis zum Hals, während ich mich bemühe, mich an die Anweisungen zu halten. Die Uhr tickt gnädig weiter, ich jogge hin und her, versuche mit Nummer acht Schritt zu halten und vor allem jeden Ballkontakt zu vermeiden.

Sie verfehlen den Korb.

Wir verfehlen den Korb.

Immer noch Gleichstand.

»Mein schlimmster Alptraum wird wahr«, murmle ich, als Nummer 8 einen Pass fängt. Binnen zwei Sekunden hat sie mich aus dem Weg gerempelt und wirft den Ball direkt über meinen Kopf hinweg in den Korb, bringt Grand Hudek wieder zwei Punkte in Führung.

Nicole dribbelt über das Spielfeld und ich versuche vor ihr zu bleiben, während die Menge schon runterzählt.

»Zehn, neun, acht …«

Das Mädchen, das sie deckt, hält sie in der Feldmitte mit wild wedelnden Armen gefangen und ich sehe, wie Nicole sich nach den anderen Spielerinnen unserer Mannschaft umsieht, die aber alle schwer bewacht werden.

Und dann sehe ich, wie sie das Gesicht verzieht und sich zu mir umdreht.

O nein.

Sie wirft mir den Ball zu und wie durch ein Wunder gelingt es mir, ihn zu fangen, doch dann erstarre ich zur

Salzsäule, direkt hinter der Drei-Punkte-Linie. Nur der Aberwitzigkeit dieses Moments ist es geschuldet, dass es mein erster Instinkt ist, meinen Kopf zu Arden auf der Tribüne zu drehen. Sie steht aufrecht da, weist auf den Korb und brüllt: »Rein damit! Schieß!«

Also schließe ich die Augen, wahrscheinlich keine empfehlenswerte Taktik, und werfe den Ball in die Luft, gerade als der Schlusspfiff ertönt.

Schlagartig verstummen alle und ich öffne ein Auge und sehe, wie der Ball im Ring kreiselt. Alle Spielerinnen stehen einfach da, starren hinauf, bis auf Nummer acht, die versucht, ihn wegzuschlagen, aber nicht hinkommt.

Gefühlte zehn Sekunden lang ist die ganze Turnhalle still. Niemand macht auch nur einen Mucks.

Und dann …

… ist er drin.

Arden

Tag 2

Unfassbar.

Unfassbar!

Auch wenn wir uns keine zwei Stunden kennen, kreischen Finn und ich auf und fallen uns in die Arme, während die Tribüne bebt, weil alle völlig durchdrehen. Selbst Maya, die ich jetzt nicht im Verdacht habe, mein größter Fan zu sein, packt meinen Arm, während wir uns durch die Menge schieben und hinunter auf Spielfeld drängen.

Ich muss unwillkürlich lächeln, als ich Caroline erblicke, die bis ins Mark erschüttert wirkt, doch dann sehe ich daneben das Mädchen, das gestern mit ihr vor der Schule war. Taylor. Mit wippendem blondem Pferdeschwanz schlingt sie die Arme um Caroline, auf eine Art, die meine Füße mit dem Hallenboden verschmelzen lässt und mir einen eifersüchtigen Stich versetzt.

Nein, nicht Eifersucht. Sorge trifft's eher. Sorge, dass jemand das sieht und denkt, zwischen denen läuft irgendwas, obwohl sie doch eigentlich mit mir zusammen ist.

Als Taylor sich von ihr löst, aber nicht aufhört, Caroline anzugrinsen, als sei sie Gottes Geschenk an die Menschheit, geht mir auf, dass ich mich einfach in Carolines Leben zurückkatapultiert habe, ohne einen Gedanken dran zu verschwenden, was ich hier von ihr fordere. Ich hab noch nicht mal darüber nachgedacht, was ich selbst hier die letzten vier Jahre verpasst haben könnte. In die Schule gehen, einen Freundeskreis haben, bei einem wichtigen Spiel den Siegestreffer erzielen, vielleicht sogar mit der Hauptcheerleaderin zusammen sein. Aber das ist Carolines Leben. Ihr wahres Leben.

Und ich gehöre da nicht rein. Wie üblich bin ich nur eine Schauspielerin, die wieder mal eine Rolle spielt, diesmal eine Gastrolle mit Ablaufdatum. Worum es hier auch für mich gehen mag, ich habe kein Recht dazu, auch nur ansatzweise eifersüchtig zu sein, wenn wir noch nicht mal zusammen sind. Nicht wenn ich ihr womöglich ohnehin schon genug in die Quere komme.

Ich mustere ihr Gesicht, wie sie lächelt, während sie reden. Und ich komme mir vor wie ein Störenfried. Ich wende den Blick ab und möchte mich gerade verziehen, als ich eine Hand ins Kreuz bekomme, nach vorne stolpere und fast in die beiden hineinfalle.

»Öh.« Ich hebe eine Hand. »Hi!«

»Oh, hi, Arden!« Taylor rückt von Caroline ab und ihre blauen Augen lachen. »Deine Freundin hat sich ziemlich gut geschlagen, was?«, sagt sie und zwinkert Caroline zu, als wär das eine Art Witz zwischen ihnen beiden. Hat sie etwa …

»Ja, unglaublich«, sage ich, fahre mir durchs Haar und schiele rasch zu Caroline, an deren Gesicht ich rein gar nichts ablesen kann. »Gratuliere zum Sieg. Hab zum ersten Mal gesehen, wie jemand mit geschlossenen Augen einen Korb gemacht hat.«

Sie muss lächeln. »Du hast gesagt, ich soll werfen!«

»Ja, schon, aber doch nicht so!«, entgegne ich, während Austin und Maya und Finn zu uns stoßen.

Und trotz meines schlechten Gewissens mache ich

einen Schritt auf sie zu und lasse meine Hand in ihre gleiten. Zu meiner Überraschung lässt sie es zu. Erleichterung durchflutet mich, als wäre das eine Art Bestätigung, dass sie von Taylor nicht völlig hin und weg ist.

Als sich unsere Finger ineinanderschieben, treffen sich unsere Blicke und ich bin so froh, dass die ganze Gesichtsbemalung versteckt, wie rot ich geworden bin.

Aber welches Recht habe ich bitte darauf, mich überhaupt erleichtert zu fühlen?

Sie wendet als Erste den Blick ab. Wo schaut sie hin?

Oh.

Meine Mundwinkel sacken nach unten.

»Hey, Leute, äh …« Ich muss nicht weitersprechen, weil eine ganze Schülergruppe mit gezückten Handys auf uns zusteuert. Und irgendwas sagt mir, dass sie kein Selfie mit Barnwichs Korbkönigin wollen.

»Ach, du Scheiße. Kommt mit«, sagt Austin und schiebt uns hastig zum nächsten Ausgang zurück in die Schule. »Bisschen Tempo, bitte!«, höre ich ihn noch rufen und über die Schulter sehe ich schon eine Wand aus Jugendlichen, die sich wie Serien-Zombies durch die Menge schieben.

Wir sausen durch die Doppeltür und den Gang hinunter und sehen dabei vermutlich aus wie die Billigversion des Breakfast Clubs.

Maya ganz in Schwarz mit dickem Eyeliner.

Austin mit seinem Band-T-Shirt und den Ringen.

Finn ohne Oberteil, in den Schulfarben bemalt.

Caroline, die in zu großen Jordans schwimmt und ein Basketballtrikot über dem Kleid trägt.

Und … ich, der Hollywoodstar, der hier nichts zu suchen hat.

Finn hat weiter vorn ein offenes Klassenzimmer erspäht. »Hier rein! Hier rein«, brüllt er.

Wir drängen uns hinter ihm in das Zimmer. In der Sekunde, in der er die Tür verschließt, drücken wir uns platt gegen die vordere Wand, wo man uns durch das Glas in der Tür nicht sehen kann, während draußen die Stampede heranrollt.

»Wir wissen, dass du da drinnen bist! Ich hab dich gesehen«, kreischt ein Mädchen und presst ihr Gesicht gegen die schmale Scheibe. Wir sind alle mucksmäuschenstill und ich wage nicht mal, den Kopf zu drehen. Ein Blickkontakt mit irgendwem und es ist vorbei. Eine Minute später drückt sich ein weiteres Gesicht gegen das Fenster.

»Scheißegal! Im Kino siehst du eh viel schärfer aus«, ruft ein Junge, der seiner Stimme nach zu schließen noch weit von der Pubertät entfernt ist. Caroline kippt vor Entgeisterung die Kinnlade runter und ihre Empörung über diesen präpubertären Typen ist so komisch, dass ich trotz allem ganz kurz auflache. Caroline streckt die Hand aus und hält mir den Mund zu, bis die Schritte im Gang verhallen, doch es ist zu spät. Der Damm ist gebrochen. Ich lache lauthals los und die anderen stimmen ein.

»O Gott. Die Fünftklässler werden immer schlimmer«, sagt Taylor, stützt die Hände auf die Knie und ringt nach Luft. »Arden, dein Leben ist so was von krank.«

»Schon, oder?«, sagt Caroline und hält sich den Bauch.

»Passiert dir so was öfter?«, fragt Austin.

»Also … schon irgendwie. Ja. Ich muss aber zugeben, dass ich noch nie so viel Spaß beim Wegrennen hatte.« Ich winde mein Haar zu einem Knoten, damit mein verschwitzter Nacken trocknen kann. »Normalerweise bin's aber nur ich, die sich in irgendeinem Besenschrank versteckt«, füge ich hinzu.

»Mann, ich hab so einen Hunger von der Rennerei, ich zieh mir jetzt die ganzen restlichen Hot Dogs von Mrs M's Büfett rein, bevor die noch wer wegschmeißt«, verkündet Finn, der die Hand bereits an der Klinke hat. »Will sonst noch wer? Ich könnte versuchen, welche mitzubringen.«

»Moment. Die gibt sie dir einfach so?«, frage ich zweifelnd.

Finn grinst mir neckisch zu. »Du bist hier nicht die Einzige, die ihr blendendes Aussehen zu ihrem Nutzen einzusetzen weiß.«

»Touché.« Ich lache.

»Ich komm mit«, sagt Austin und nimmt Finn bei der Hand. »Und wenn irgendwer tatsächlich einen Hot Dog wollen sollte, schlage ich vor, es mir nachzutun, weil die Chance gleich null ist, dass auch nur einer den Weg bis hierher schafft.«

Ich setze mich auf einen der Tische, während Maya und Taylor Anstalten machen, ihnen hinterherzugehen.

»Kommst du mit?«, fragt Taylor und streift mit ihrer Hand sacht über Carolines Hüfte, auf eine Art, bei der *ich* Gänsehaut bekomme.

»Ich glaub, ich bleib. Aber hebt ihr mir einen mit Ketchup auf?«, fragt Caroline mit einem Lächeln, das so richtig von Herzen kommt.

»Ich werde ihn mit allem, was ich habe, vor Finn beschützen«, sagt Taylor und legt sich dramatisch eine Hand aufs Herz.

Ich sehe ihr hinterher und ertrage es fast nicht, genau zu wissen, was Caroline an ihr findet. Süß. Lustig. Sogar nach LA-Maßstäben wunderschön. Und vor allem ist sie vor Ort.

»Eine Million Hot Dogs mit Ketchup für unsere beste Spielerin!«, höre ich sie Finn zurufen, während die Tür hinter ihnen zufällt und Caroline und ich alleine in der Stille zurückbleiben.

»Also … Taylor«, sage ich unter gleichmäßigem Beingeschlenker.

Caroline wirft mir einen Seitenblick zu. »Was ist mit ihr?«

Ich lache trocken. »Ach, komm schon. Sie ist echt süß. Und steht offensichtlich total auf dich.«

»Arden!«

»Stehst du …«

»Selbst wenn, was dann? Was interessiert's dich?«, fällt sie mir ins Wort.

»Vielleicht hab ich ein schlechtes Gewissen«, entgegne ich und höre auf, mit den Beinen zu schwingen. »Dass ich hier einfach reingeplatzt bin und dein Liebesleben versaut habe.«

»Tja, hast du nicht. Sie weiß Bescheid. Und wenn das alles rum ist und wir wieder Schluss machen, dann machen Taylor und ich da weiter, wo wir aufgehört haben«, sagt sie.

Ich verkneife mir die Nachfrage, wo sie denn so aufgehört haben.

»Sie weiß Bescheid? Caroline, wie viele Leute hast du bitte eingeweiht?«, frage ich.

Sie zuckt beiläufig mit den Schultern. »Taylor, Maya, Austin, F…«

»Sag einfach: alle«, unterbreche ich sie und schlage die Hände vors Gesicht.

»Arden, das sind meine besten Freunde. Die lüge ich nicht an.«

Ich atme tief durch, versuche den versteckten Seitenhieb nicht an mich ranzulassen. Okay, es macht wirklich keinen großen Unterschied, wenn jetzt vier Leute, die nichts mit mir zu tun haben, die Wahrheit kennen. Und wenn Caroline ihnen vertraut, dass sie es nicht ausplaudern, dann kann ich es wohl auch.

»Na gut«, sage ich. »Und, nur damit das geklärt ist … ich mag Taylor.« Als ob meine Meinung hier von Interesse wäre. Doch bevor sie antworten kann, sind die anderen schon wieder da, beladen mit einer Menge von Hot Dogs, die eine zehnköpfige Familie satt machen könnte.

Wir setzen uns an die Tische, essen alles, was Finn übrig lässt, und reden über all das, worüber Leute im letzten Schuljahr so reden. Also … sie reden und ich höre eigentlich fast nur zu, weil ich wirklich nichts beizutragen habe zum Thema Examen und Eltern und Unibewerbung.

»Kommst du die Woche mit uns rodeln?«, fragt Taylor mich schließlich. »Wir gehen Dienstag, wenn die Ferien losgehen.«

»Äh, ja!«, sage ich, überrascht über ihre Einladung. Überrascht, dass sie so nett zu mir ist, obwohl ich ihr gerade ihre mögliche Freundin für die Feiertage weggeschnappt habe. »Klingt lustig. Ich war nicht mehr Schlittenfahren, seit …« Ich verstumme, weil ich Carolines Blick auf mir spüre. »Also, seit Ewigkeiten nicht.«

»Die Luft sollte wieder rein sein da draußen. Wir gehen jetzt besser, bevor sie uns in der Schule einsperren«, verkündet Maya und schmeißt ihre Serviette in den Müll.

»Maya, Levi hat sich heute mein Auto geklaut und

mich abgesetzt, weil seins in der Werkstatt ist. Kannst du mich mitnehmen?«, fragt Caroline, doch Maya schüttelt den Kopf.

»Würde ich ja gerne, aber ich muss meine Schwester vom Lebkuchenhauswettbewerb in Claras Bäckerei abholen. Vielleicht kann Taylor dich fahren?«

Dabei sieht sie mich sehr bedeutungsvoll an und Taylor will schon zustimmend nicken.

»Ich mach's schon«, platze ich heraus, bevor ich mich bremsen kann. Alle drehen sich zu mir um.

Caroline schaut zwischen Taylor und mir hin und her und zuckt die Schultern. »Liegt eh auf Ardens Heimweg«, und aus irgendeinem bescheuerten Grund fühle ich mich, als hätte ich einen Sieg errungen.

Als wir uns voneinander verabschieden, drückt mich Austin an sich und lässt es sich nicht nehmen, mir ins Ohr zu raunen: »Bist du dir sicher, dass das alles nur Theater ist, Arden James? Du warst knallrot, als du ihre Hand gehalten hast.«

Schock. Doch als ich mich löse und ihn ansehe, lasse ich mir nichts anmerken und lache ganz locker. »Ja, klar. Ich hab meterdick Farbe im Gesicht.«

»Nicht an den Ohren«, sagt er mit einem durchtriebenen Grinsen und tippt sich an die eigenen.

Ich ziehe den Autoschlüssel aus meiner Tasche und beachte ihn nicht weiter, könnte aber darauf wetten, dass meine Ohren gerade wieder rot anlaufen.

Gemeinsam gehen wir hinaus auf den Parkplatz und trennen uns bei den Autos. Caroline zittert, als ich den Volvo anlasse und die Heizung auf Volldampf stelle.

Ich schalte auf Drive und Caroline zückt das Notizbuch und schlägt es auf.

»Fragestunde?«, will ich wissen.

Sie nickt und mopst sich einen Stift aus dem Fach im Armaturenbrett. »Du warst selbst nie auf einer High School. Wie war das heute für dich, zu einem Schulbasketballspiel zu gehen?«

Ich trommle nervös auf dem Lenkrad herum. Da hat Caroline wieder mal den Finger zielsicher in die Wunde gelegt. Plötzlich fällt mir ein, warum meine Interviews vorher immer so sorgfältig überprüft und alle heiklen Fragen rausgestrichen werden, bevor ich überhaupt das Mikrofon angelegt bekomme. Weil ich den Gedanken nicht ertrage, dass alle alles über mich wissen. Aber überraschenderweise stört es mich jetzt gerade gar nicht so sehr wie sonst. Selbst wenn meine Antwort an Weihnachten an die Öffentlichkeit gehen wird – in diesem Moment ist es nur Caroline, die mich fragt.

Ich atme tief durch, überlege, wie ich das in Worte fassen soll. »Seltsam war es. Unwirklich. Mit Leuten auf der Tribüne zu sitzen, mit denen ich hätte befreundet sein können, in der Schule, in die ich gegangen wäre, die Mannschaft anzufeuern, in deren Cheerleader-Team ich vielleicht gewesen wäre oder in der ich sogar mitgespielt hätte. Aber weil ich ja während der Drehs immer nur Privatunterricht hatte, war mir nie klar, was ich eigentlich verpasse. Die letzten vier Jahre war so viel los und ich hab so viel Glück gehabt, dass ich mir immer gesagt habe, ich heul dem nicht nach, was ich verpasst habe. Dem, was du hast.«

»Dein Alltag in LA überzeugt mich jetzt nicht wirklich davon, dass dich so ein normales Leben auch nur ansatzweise interessieren könnte«, sagt sie, als hätte sie auch nur den Hauch einer Ahnung, was in meinem Leben so abging. Und diesmal steigt kein Schuldgefühl in mir auf, sondern blanker Frust.

»Caroline. Das ist nicht mein Lifestyle«, entgegne ich. »Sollte es zumindest nicht sein. Es ging anfangs einfach nur darum, mich ins Rampenlicht zu bringen, für bessere Rollen oder was ich sonst dort wollte. Und dann, na ja …«

Sie dreht ihren Kopf zu mir und in ihren Augen schimmert es neugierig. Ich konzentriere mich auf die Straße, weil ich hier ganz bestimmt nicht weiter in die Tiefe gehen will. »Egal. Aber heut Abend, ganz ehrlich … Ich frag mich schon, wie mein Leben ausgesehen hätte, wenn es etwas normaler gewesen wäre. Mathetests und Schulbälle. Beste Freunde, mit denen man Hot Dogs essen kann und lachen, bis man Bauchweh hat. Cheerleaderinnen, die einem hinterherschmachten.« Sie bedenkt mich beim Schreiben mit einem Blick aus den Augenwinkeln und ich grinse. »Lass den Schluss bitte weg, aber ich bin neidisch drauf. Ich beneide dich, Caroline, in so vielerlei Hinsicht und das war mir noch nicht mal bewusst, bis ich wieder hier war.«

»Du tust ja gerade so, als hätte man es dir vorenthalten. Das hättest du doch alles auch haben können!«, ruft sie außer sich. »Normalität. Das klassische Highschool-Leben. Alles!«

»Und dafür meine Träume aufgeben?«

»Wer sagt denn, dass es alles oder nichts sein muss, Arden? Ich war noch hier. Edie war noch hier. Hier waren Leute, die dich geliebt haben, dich unterstützt haben, die dir jede Normalität hätten bieten können, die du dir gewünscht hättest!«

Sie hält inne und da fällt es mir auf. Geliebt haben. Unterstützt haben. Vergangenheit.

Als ich nicht reagiere, fügt sie hinzu: »War es denn all die Opfer wert?«

Ich streife sie mit einem Blick, lange genug, um ihr verschattetes Gesicht zu sehen, und richte die Augen dann wieder auf die Straße, weil es so leichter ist. »Nicht alle«, sage ich leise.

Caroline nickt und steckt wortlos das Notizbuch ein. Den Rest der Fahrt verbringen wir schweigend, bis ich vor ihrem Haus anhalte.

»Danke fürs Bringen. Wir sehen uns morgen, vermute ich?«, fragt sie.

»Wir sehen uns morgen«, sage ich.

Sie öffnet die Beifahrertür und ich beobachte, wie sie die Auffahrt zu ihrem Haus hinaufgeht. Fast ist sie schon an der Tür, als ich mich abschnalle und den Kopf aus dem Auto recke. »Hey!«, rufe ich ihr nach. Sie dreht sich zu mir um und sieht mich erwartungsvoll an. »Gratuliere zum Sieg, LeBron.«

Sie lächelt, wendet sich wieder ab und geht ins Haus. Als die Tür hinter ihr zufällt, gleite ich wieder auf meinen Sitz.

Die ganze Fahrt nach Hause denke ich über ihre Frage nach, über ihre Freunde, darüber, wie sie auf dem Spielfeld meine Hand gehalten hat. Dieser Artikel soll die Welt davon überzeugen, dass ich auch nur ein Mädchen aus der Provinz bin, aber wenn mir nicht mal Caroline die Sache abkauft, wie sollen das erst die anderen tun?

Mir bleiben noch zehn Tage.

Zehn Dates, um es ihr zu beweisen.

Tag 3

Caroline

Ich höre den ganzen Vormittag nichts von Arden. Alle paar Minuten schaue ich zur Tür oder checke mein Handy, obwohl im Diner merklich mehr los ist als sonst.

Vielleicht liegt es an der Gruppe von Teenagermädchen, die schon den ganzen Morgen in der Ecknische ihr Lager aufgeschlagen hat, dass sie mir nicht aus dem Kopf geht. Das Auto, in dem sie angerollt sind, hat ein New Yorker Nummernschild, und eine von ihnen trägt einen *September-Blues*-Pulli. Ganz zu schweigen von der Tatsache, dass sie jedes Mal, wenn ich vorbeigehe, die Köpfe zusammenstecken und kichern, was mich ein wenig aus dem Tritt bringt.

Ich weiß nicht, wie ich es finden soll, dass der volle Laden und der Arden-Fanclub in der Ecke tatsächlich gut fürs Geschäft sind. Mir war ja durchaus klar, dass wir damit mehr Öffentlichkeit haben würden. Aber mit so einem Auflauf quasi über Nacht habe ich dann doch nicht gerechnet.

Und als sich die Mädchen am Ende meiner Schicht die Gesichter an der Scheibe platt drücken, um mir nachzuschauen, muss ich mich unwillkürlich fragen, was genau sie überhaupt angetrieben hat, sich die lange Fahrt nach Barnwich anzutun.

Daheim werfe ich mich auf mein Bett und versuche

über Austins bevorstehenden Heiße-Schokolade-Wettbewerb nachzudenken, darüber, was ich Riley zu Weihnachten schenken soll oder Levi zu Chanukka. Über alles, nur nicht über sie … doch meine Neugier lässt es nicht wirklich zu.

Ich schnappe mir mein Handy und öffne Instagram, lasse die Daumen zögerlich über der Suchleiste schweben. Als ich schließlich doch *Arden James* eintippe, erscheint ihr Profil mit einem winzigen Foto von ihr mit Sonnenbrille und rotem Lippenstift und einem bunten Kreis, der mir sagt, dass auf mich und ihre 10,6 Millionen anderen Follower ein paar neue Storys warten.

Die Versuchung ist zu groß. Ich muss wissen, was in aller Welt diese Mädchen in der Ecknische dazu bewogen haben könnte, den ganzen weiten Weg bis nach Barnwich zu fahren.

Das Erste ist ein Video vom grinsenden Finn, der Arden das Gesicht bemalt. Dann ein Foto von ihr, auf dem sie das CAROLINE-VOR-Schild hochhält, gefolgt von einer Nahaufnahme von mir, wie ich in Melanies durchgeschwitztem Trikot aufs Feld trabe, aufgehübscht durch ein Herz-Augen-Emoji von Arden.

Hm. Ich weiß nicht, wie ich das finden soll, dass sie so in ihrer Rolle aufgeht. Wüsste ich es nicht besser, würde selbst ich drauf reinfallen.

Das Provinzmädchen beim Provinzbasketballspiel mit ihrer Provinzliebe.

Also mir.

Es kommt noch ärger, denn die nächste Story besteht aus einem Stapel von Edies berühmten Pfannkuchen, der sich mit Butter und Sirup bestrichen auftürmt, gefolgt von einem Schnappschuss der Mädchengruppe aus der

Ecknische, weil Arden natürlich genau dann auftauchen musste, als ich gerade gegangen war.

Stöhnend lasse ich mich auf mein Bett fallen. »Ernsthaft, Caroline?«

Wie nervig, dass es mir was ausmacht, dass ich sie im Edie's verpasst habe. Wie nervig, dass ich überhaupt an sie gedacht habe.

Ich wische Instagram weg und will gerade Austin und Maya schreiben, ob sie mich später im Barnwich Brews treffen wollen, als eine Nachricht eintrifft.

Ich hol dich um 17.50 zu Hause ab. Zieh dich warm an.

Das ist wieder dermaßen typisch Arden, genau dann zu schreiben, wenn ich es aufgegeben habe. Ich überlege zu antworten, dass ich schon was anderes vorhabe, statt einfach nur drauf gewartet zu haben, bis sie mir schreibt, aber hier geht's um meinen Studienplatz an der Columbia University. Ob es mir jetzt passt oder nicht, ich bin auch auf diesen Artikel angewiesen. Und so schicke ich ein »Daumen hoch« zurück und pfeffere dann das Handy aufs Bett mit dem festen Vorsatz, die zwei Stunden, bis sie kommt, die Worte Arden James nicht mehr einzutippen.

Ich dusche und setze mich mit einem Becher Tee an meinen Schreibtisch, um für meine letzte Schularbeit morgen zu lernen. Zum Glück ist es Mathe, weil mein Hirn bei all den Formeln, die ich mir da merken muss, keinen Platz mehr für andere Gedanken hat. Mathe war noch nie meine Stärke.

Nach dem tausendsten Gähnen und dem unendlichsten falschen Lösungsansatz bei derselben Übungsfrage tippe ich auf mein Handy und bekomme große Augen, als ich sehe, dass es schon nach halb sechs ist.

»Scheiße!«

Ich taumle von meinem Schreibtischstuhl und schnappe mir ein übergroßes Hemd aus dem Schrank, bevor ich auf dem Weg zum Schminken ins Bad in meine Jeans stolpere. Denn wer weiß, was sie so vorhat und wie viele Leute unsere heutigen Aktivitäten zu sehen kriegen werden.

Riley streckt den Kopf aus ihrem Zimmer, um nach dem Rechten zu sehen.

»Alles klar?«

»Arden holt mich um zehn vor ab. Ich hab nicht gemerkt, dass es schon so spät ist.«

Sie lehnt sich an die Badezimmertür und verschränkt die Arme vor der Brust. »Du hast unterschiedliche Socken an.«

Ich schaue mitten im Wimperntuschen nach unten und sehe tatsächlich eine kurze Socke mit Blumenmuster und einen weißen Kniestrumpf. Stöhnend tusche ich fertig und haste zurück in mein Zimmer, um den zweiten langen Strumpf auszugraben. Zum Glück lässt sich die Türglocke Zeit bis Punkt achtzehn Uhr.

Ich sause nach unten, noch immer erst halb im rechten Strumpf. In der Diele verharre ich kurz mit der Hand auf dem Türgriff und atme tief durch, damit ich so rüberkomme wie eine, die schon längst bereit war.

»Du hast siebzeh …«, sage ich und reiße die Tür auf, breche aber ab, als ich stattdessen von Edie und einer Gruppe älterer Damen begrüßt werde, sämtlich regelmäßige Besucherinnen des Diners: Shirley, Ruth, Clara und Josephine. Alle legen sofort mit einer Darbietung von *We Wish You a Merry Christmas* los, begleitet von Ruth auf der Kuhglocke.

Ich ziehe mir meine Jacke über und von ganz hinten erscheint Ardens Kopf mit einem vielsagenden Grinsen.

»Wartet!«, ruft Shirley mitten im Lied und das Geschrill verstummt. »Liebes! Das ist ja viel zu dünn, was du da anhast!«

Alle drängen sich herein und von der untersten Stufe aus sieht Riley mit einiger Begeisterung zu, wie sie mich in zusätzliche Schals einwickeln, mir eine Wollmütze über den Kopf ziehen und quasi aus dem Nichts ein paar Fäustlinge herbeizaubern.

Schließlich treten alle einen Schritt zurück und nicken zufrieden.

»Jetzt bist du ausgerüstet«, sagt Josephine und mir bleibt kaum die Zeit, mit den Füßen in meine Stiefel zu steigen, da werde ich schon aus der Tür und in den Schnee geschoben.

»Für deine ›kleine Freundin‹«, sagt Clara zu Arden und klaut ihr zwei Handwärmer aus der Tasche, die sie mir augenzwinkernd überreicht.

Dann ruft Ruth: »Ich hab ja immer gewusst, dass es irgendwann was wird mit euch!« Daraufhin bricht die ganze Damengruppe in Kichern aus, während Arden knallrote Wangen bekommt. Nur Edie sieht mich vielsagend an.

Währenddessen muss ich mich schwer zurückhalten, mir nicht Ruths Kuhglocke zu schnappen und Arden damit eins über den Schädel zu braten.

Zum Glück ist die schon genug gestraft – ihr klappern die Zähne ohne ihre Handwärmer und in der Eiseskälte zittert ihr verzärtelter LA-Leib wie Espenlaub.

»Ich hab ihnen schon von deinem glockenhellen Sopran erzählt«, sagt Arden und reicht mir ein Schellenpaar. Erbost nehme ich sie entgegen.

»Du hast mir auch gesagt, du bist um zehn vor sechs da. Ich hab eine Viertelstunde lang rumgewartet.«

»Ich hab zehn vor gesagt, weil du grundsätzlich zu spät dran bist. Oder wolltest du mir nur vorführen, dass du immer noch kein Hemd zuknöpfen kannst?«

Ein Blick an mir herab zeigt mir, dass die letzten Knöpfe nicht ganz die richtigen Löcher erwischt haben.

Mist.

Mit noch finstererem Blick bringe ich die Sache in Ordnung, aber sie knufft mich nur in die Seite. »Komm schon, Caroline.« Sie schellt mit ihren Schlittenglöckchen und grinst. »Verbreiten wir etwas Weihnachtsstimmung.«

Weihnachtslieder singend von Tür zu Tür zu ziehen, gehört in Barnwich zum Standardprogramm, besonders in den Tagen vor Weihnachten. Vom ersten Dezember an bis zum großen Tag kann man eigentlich immer irgendwo irgendwen singen hören, wenn man nur den Kopf aus der Tür streckt.

Doch davon mal abgesehen bin ich das genaue Gegenteil von einem glockenhellen Sopran, weshalb ich persönlich auch noch nie singend von Tür zu Tür gezogen bin. Und vor allem sind *wir* nie zusammen singend von Tür zu Tür gezogen. Arden und ich. Vielleicht ist das ein Vorteil, weil es nicht so aufgeladen ist durch Vergangenes. Wie unser Tanz.

Wie ich jedoch so neben ihr durch dieselben verschneiten Straßen stapfe wie eh und je, ist es schwer, nicht die Wehmut zu spüren, die sich schleichend über die ganze Stadt gelegt hat und an mir nagt. Seit …

Aus dem Augenwinkel sehe ich zu Arden. *Seit sie weg ist*, so ungern ich's auch zugebe. Und wenn ich bedenke, wie weit es mit uns gekommen ist, werde ich gleich noch schwermütiger. Zwei Fremde, die anderen was vorspielen müssen.

Als wir die Stufen zur Haustür unserer Nachbarn hinaufsteigen, bin ich versucht, einfach die Flucht zu ergreifen und mich wieder in meinem gemütlichen Zimmer zu verkriechen. Von hier aus kann ich durchs Fenster immer noch das Licht meiner Schreibtischlampe sehen. Meine Basketballeinlage gestern Abend hat meine Schauspielkunstbatterie völlig aufgebraucht. Aber dann dreht sich Edie um, um uns »*Jingle Bells!*« zuzuzischen, und zwar mit einer solchen Eindringlichkeit, dass ich nicht anders kann, als wie angewurzelt abzuwarten, bis die Tür aufgeht und das Ehepaar McHugh vor uns steht.

Edie und ihre Freundinnen schmettern drauflos, alle mit unterschiedlichen Einsätzen, bis sie einander bei »in a one horse open sleigh« schließlich eingeholt haben.

Ich murmle irgendwie mit, vor einem Haus nach dem anderen, und nach einer Weile lichtet sich meine wehmütige Stimmung gerade genug, um mich sehen zu lassen, warum die Barnwicher das ständig tun. Das heitere Gesangsgewirr, das Strahlen der Leute, wenn sie die Tür aufmachen und uns Kekse und Kakao anbieten, und wie wir alle kichernd durch die Straßen stapfen.

Es ist so … Barnwich. In guter und in schlechter Hinsicht. Bittersüß eben. Neben mir steht diejenige, die so viel dazu beitragen hat, mir die Vorweihnachtszeit zu vergällen, und tja, der Rest liegt in mir selbst begründet. In einer Stadt, die vor Weihnachtlichkeit aus allen Nähten platzt, scheint es für meine jüdische Hälfte keinen rechten Platz zu geben.

Ich spüre es, als wir auf der Eingangstreppe der Bernsteins stehen und Dr. Bernstein mir über den Kopf ihrer Tochter ein mitfühlendes Lächeln schenkt, bevor sie die Tür schließt. Beim Weitergehen steigt in mir der Wunsch auf, ich könnte einen Weg finden, damit auch sie sich wahrgenommen fühlen. Die Freude, die ich mit meiner Familie an Chanukka habe, mit meinen Nachbarinnen und Nachbarn zu teilen, auf eine ähnliche Art wie das Singen von einem Rentier mit leuchtend roter Nase.

Auf der Veranda des fünften Hauses knufft mich Arden leicht mit dem Arm, unterbricht meinen Gedankenwust, als wüsste sie, in was ich mich gerade hineinsteigere. Wie aus Reflex möchte ich sie anlächeln, kann mich aber gerade noch bremsen. Doch als ich aufblicke, fällt mir dafür etwas anderes auf.

Sie singt überhaupt nicht richtig mit, sie macht nur die Mundbewegungen.

»Das ist ja wohl das Letzte!«, sage ich und ziehe ihr beim Hinuntergehen der Treppe mit den Schlittenschellen eins über.

»Was denn?«, fragt Josephine.

»Arden tut nur so, als ob sie singen würde!«

Arden lacht und reibt sich den Arm, während die alten Damen sich um sie scharen und sie zum nächsten Haus an der Ecke schieben. Ich muss richtig joggen, um mitzuhalten.

»Das heißt, du kriegst jetzt ein Solo!«

»*Stille Nacht!* Aber mit allen Strophen!«

»Ein Duett!«, sagt Arden hastig und schnappt sich, als die Tür aufgeht, Edies Arm. Die strahlt zu ihr hoch und

Arden lächelt ihr echtes Arden-Lächeln, das nur Edie ihr entlocken kann.

Die beiden beginnen zu singen und zum ersten Mal an diesem Abend wird mir warm ums Herz. Wie könnte es auch anders sein, wenn ich sie da so gemeinsam sehe, wieder vereint nach all den Jahren.

Dass keine der beiden eine besonders tolle Stimme hat, geht an Margo, der Cheerleaderin aus der Zehnten, völlig vorbei, so von den Socken ist sie wegen Arden. Sie zückt ihr Handy, um uns mit leuchtenden blauen Augen aufzunehmen, und sofort ist aller Zauber verflogen.

Ich denke an die Mädchen, die vorhin im Diner nach Arden gesucht haben, und die Siebtklässler, die uns nach dem Spiel hinterhergerannt sind. Und als ich Arden wieder ins Gesicht sehe, ist der Schimmer meiner alten Arden erloschen und durch ein eben nur fast echtes Lächeln ersetzt. Doch irgendwas an ihrem Ausdruck ist mir noch vertraut genug, um zu erkennen, wie es sie nervt, ständig unter Beobachtung zu stehen.

Und das überrascht mich. So oft, wie sie in der Klatschpresse erscheint, muss sie die Aufmerksamkeit doch mögen. Oder?

Aber wenn ich mir das Mädchen vor mir so ansehe, dann hätte ich falscher nicht liegen können. Sie muss einfach dastehen und es sich gefallen lassen, wie ein Käfer unter dem Mikroskop.

Völlig überraschend ist da sofort wieder der alte Drang, sie zu beschützen. Ich will die Hand ausstrecken, Margos Handy zur Seite schieben, doch ich unterdrücke es mit aller Kraft, und als das Lied zu Ende ist, regelt Arden das ganz alleine, deutlich entspannter und charmanter, als ich es je fertiggebracht hätte.

»Hey, wenn du mir versprichst, das eben nirgendwo hochzuladen, mach ich ein Foto mit dir.«

Margo nickt eifrig und Edie nimmt das Handy und macht schnell ein paar Schnappschüsse, bevor wir uns wieder auf den Weg machen.

»Gottchen«, sagt Clara und schüttelt den Kopf, dass der weiße Bob nur so fliegt. »Zu meiner Zeit konnten die Schauspielerinnen wenigstens noch singen.«

»Judy Garland?«, meint Ruth. »Was für eine Begabung!«

Der ganze Damenzirkel nickt übereinstimmend und neckt Arden damit, dass sie mit Judy heute Abend weitaus mehr Staat hätten machen können.

»Danke fürs Verpfeifen«, sagt Arden mit gespieltem Zorn, als wir nebeneinander auf dem Gehweg hinter ihnen hertrotten,

»Wie garstig!«, sage ich und halte mir die eisige Hand an die Brust. »Das wäre Judy nie eingefallen!«

Arden grinst schief und ich halte ihr einen halb aufgebrauchten Handwärmer hin wie eine weiße Flagge. »Warum hast du eigentlich nicht mitgesungen?«

Sie reißt ihn mir weg und rollt ihn zwischen den eisigen Fingerspitzen, um nicht antworten zu müssen. »Es ist lächerlich«, murmelt sie schließlich, doch jetzt ist mein journalistischer Instinkt erwacht und ich habe mich festgebissen.

»Ach, komm schon. Warum?«

»Nur weil … sagen wir, das Mädchen postet jetzt das Video, okay? Dann machen nicht nur die Klatschpresse und die sozialen Medien ein Riesending draus, sondern dann beeinflusst das auch total die öffentliche Meinung von mir. Wie die Leute in der Filmindustrie mich sehen.

So ein winziger Moment kann meine ganze Karriere umkrempeln. Mein ganzes Leben.« Sie lacht. »Klingt absurd, aber ich hab doch nicht die ganzen letzten Jahre so getan, als ob …« Ihre Stimme erstirbt und sie macht eine Geste zu sich selbst. Ich muss an das denken, was sie gestern Abend im Auto gesagt hat, aber sie geht nicht näher darauf ein und redet weiter: »… nur damit irgendein Studioboss das sieht und sich denkt, also der gebe ich garantiert nie eine Rolle im nächsten *Moulin Rouge* oder *Mamma Mia*.«

»Tja, wäre eigentlich eine gute Tat«, sage ich.

Sie lacht, und bevor ich genauer nachhaken kann, marschieren wir schon eine weitere Auffahrt hoch. Heute Abend fühlt sich anscheinend für uns beide seltsam an.

»Weißt du, was?«, sagt Arden und tippt mir auf den Arm, während vor uns die Damen kichernd die nächste Tür ansteuern und Ruth sich schon ein bisschen zu sehr darauf freut, die Kuhglocke zu schwingen. »Vielleicht sollten wir einfach … voll einsteigen.«

»Voll einsteigen?«

»Ich mein, schau doch mal, wie die sich kugeln«, sagt sie und deutet auf die Gruppe. »Vielleicht könnten wir genauso viel Spaß haben, wenn wir … uns einfach keinen Kopf mehr machen und es uns erlauben.«

Ich nicke und die Tür schwingt auf und ich muss unwillkürlich daran denken, wie sie und Edie einander vor der letzten Tür angestrahlt haben. Wie das heute Abend sein könnte, wenn ich die Freude einfach zulasse.

Arden sieht mich mit einem Schulterzucken an, während Clara anzählt und eine explosionsartige Darbietung von *Frosty the Snowman* losbricht.

»Scheiß drauf«, murmle ich und stimme aus vollem

Hals mit ein, während Arden mir lachend die Schellen zuwirft. Als wir zur Beschreibung von Frostys Hut kommen, spüre ich, wie das Gute die Schwermut verdrängt.

Wir gehen zu einem weiteren Haus und dann zu noch einem und bald könnte selbst Margo mit einer professionellen Kamera hinter einem Busch hervorspringen, ohne uns den Abend kaputt zu machen. Jede Tür, die sich öffnet, bereitet mir tatsächlich Spaß. Ich gehe auf in den Liedern und der Freude und den Schokokeksen.

Das Schönste daran ist, zu sehen, wie Edie sich freut. Als Arden den Arm um ihre Schultern legt, will ich mein Handy zücken und einen schnellen Schnappschuss von den beiden unter den Straßenlaternen machen.

Aber irgendwas hält mich ab.

So viel Frust über sie sich auch in mir aufgestaut hat, heute Abend will ich Arden einfach genießen lassen, ohne dass eine Kamera dazwischengeht.

Nach drei weiteren Häusern und einem nicht sehr textsicheren *Macht hoch die Tür* murrt Ruth: »Ich weiß nicht, wie lang mein verdammtes Knie noch mitmacht.«

Man könnte meinen, ein Rentier hätte die Runde gesprengt, so schnell ist die festliche Stimmung verpufft. Sämtliche Damen fangen der Reihe nach an, ihre Wehwehchen aufzuzählen, und wir ziehen wieder die Straße zu unserem Haus hinunter. Das Konzert ist für heute offiziell beendet.

»Ich bin im Arsch!«

»Für meine Arthritis war das jetzt gar nichts.«

»Braucht jemand ein Halsbonbon?«

Ich nehme Clara eins ab und werfe es in mir den Mund und das Kirschmenthol und die eisige Luft treiben mir die Tränen in die Augen. Bald umarmen sie mich alle flüchtig und steigen in die rote Corvette, um sich daheim absetzen zu lassen. Nur Arden bleibt zurück, nickt in Richtung meiner Haustür.

»Ich begleite dich noch.«

Als wir die Stufen hinaufgehen, luge ich zu ihr, hasse es, wie hübsch sie im Licht der Verandalampe aussieht mit ihrer Nase, die ganz rosa ist von der Kälte.

»Dein *Holly Jolly Christmas* hatte es in sich«, sagt sie, und als ich nur den Kopf schüttle, lehnt sie sich gegen eine Strebe. »Hast du noch eine Frage für mich?«

Ach ja. Der Artikel. Wie soll ich das jetzt finden, dass ich den um ein Haar vergessen hätte?

Ich krame in meiner Jackentasche nach meinem Notizbuch und schlage es auf. Meine Augen überfliegen meine Fragenliste, bis ich die passende für heute Abend gefunden habe. Ich muss daran denken, was sie über So-tun-als-Ob gesagt hat. Ihre Angst, unter ständiger Beobachtung zu stehen. Und wie ja, selbst wenn sie arbeitet, jede ihrer Bewegungen aufgezeichnet wird. »Vor welcher Rolle hattest du den größten Respekt?«

In ihren Augen, die im fahlen Licht noch dunkler sind als sonst, steht derselbe Ausdruck wie neulich vor dem Christbaum. Der mir vertraute. »Ganz ehrlich? Diese Bianchi-Rolle. Ich hab so dermaßen Schiss davor. Vielleicht weil sie so viel realistischer ist als alles, was ich je gespielt habe.« Sie seufzt. »Als ich das Vorsprechen hatte, gab's da diesen Moment, wo ich so richtig viel Gefühl zeigen musste. Und …« Sie schüttelt den Kopf. »Da war nichts. Für die meisten meiner Rollen brauch ich das auch null. Egal, jedenfalls … ich hab gedacht, okay, das war's jetzt. All die Monate umsonst vorbereitet, allein im Zimmer gesessen, für nichts. Und dann hab ich an Barnwich gedacht, an ein bestimmtes Bild, an einen bestimmten Moment, und …«

Sie hält inne und fährt sich durchs Haar, was sie immer macht, wenn sie Angst hat vor dem, was sie sagen will. Was jetzt kommt, wird Arden sein, sie allein, ungefiltert.

Und das beunruhigt mich auch. Ich spüre, wie mein Herz ins Stolpern gerät.

Doch plötzlich ist da wieder die Wand und die Arden, die ich kenne, verschwindet samt ihrer Verletzlichkeit in einem schlaffen Schulterzucken. »Und es hat geklappt.«

»Welcher Moment war das?«, hake ich nach.

Sie schüttelt den Kopf.

»Echt jetzt?«

Als sie immer noch nicht damit rausrückt, verdrehe ich die Augen. »Arden …«

»Ist doch völlig wurscht«, sagt sie frustriert. »Warum ich so viel Angst vor dieser Rolle hab, Caroline, ist eben, dass ich so tief in meinem wahren Inneren herumstochern muss, damit diese Figur auch Tiefe bekommt.«

In ihrem *wahren Inneren*?

Soll ich jetzt lachen oder heulen? Soll ich ihr das abkaufen oder ihr sagen, was für einen Schwachsinn sie daherredet?

Ich will sie von der Veranda in den Schnee schubsen. Ich will, dass sie diese Scheißmauer einreißt und mir ihr *wahres Inneres* zeigt!

Ich will sie nie mehr wiedersehen.

Ich will … meine beste Freundin wiederhaben.

Woher kommt jetzt bitte dieser Gedanke?

Kurz wird ihre Miene finster, nur einen Augenblick lang. »Aber wenn ich das nicht hinkriege, wenn ich diese

Rolle nicht bekomme, dann ist mein Traum vielleicht einfach überhaupt völlig wertlos.«

Ich sammle mich und sehe ihr ins Gesicht. Als sie mich gebeten hat, diesen Artikel zu schreiben und ihre Pseudoliebe zu spielen, war mir nicht bewusst, dass diese Rolle ihr so viel mehr bedeutet als Kohle und Ruhm.

Oder wie schön und wie schwer es sein würde, ihr auf der Veranda gegenüberzustehen und zu hören, dass Barnwich für sie, die ihr Leben im So-tun-als-Ob verbringt, das Wahrste überhaupt war.

»Ich hasse dich«, sage ich mit einem jämmerlichen Lachen.

»Nein, tust du nicht«, flüstert sie.

Und wie schrecklich, dass sie das weiß. Dass ich das trotz allem, was ich mir eingeredet habe, niemals könnte. Dass ich vielleicht manches, was sie getan hat, verabscheue, aber dass ich Arden selbst nie, niemals hassen könnte.

Einen endlosen Moment lang starren wir einander an, ohne dass eine von uns etwas sagt.

Gerade will ich zugeben, dass sie recht hat, als eine Autohupe laut loströtet. Wir fahren beide zusammen und sehen, wie eine Corvettescheibe runtergelassen wird und ein Kopf herausschaut.

»Wenn du dann irgendwann so weit wärst, James!«, ruft Ruth unter Shirleys beifälligem Gackern. »Wir werden hier auch nicht jünger.«

»Hört auf zu schäkern, packen wir's!«, brüllt Clara.

Arden lacht leichterhand und wehrt sie winkend ab.

»Nacht, Caroline«, sagt sie und zupft mich sanft am Ende eines meiner Schals, bevor sie die Stufen hinabhuscht.

»Welcher Moment war es?«, rufe ich ihr nach und sie bremst mit einem Schlittern ab. Ich kann sehen, wie sie ausatmet, mit einer weißen Wolke.

»Ich hab an den Tag gedacht, als ich abgereist bin«, sagt sie und wirft mir einen letzten Blick zu, bevor sie auf den Rücksitz klettert.

Es gäbe zu viel zu sagen, also sage ich gar nichts. Ich sehe einfach von der Veranda aus zu, wie das Auto in der Nacht verschwindet.

Tag 4

Arden

»Grundgütiger!« Mit aller Macht versuche ich, den überquellenden Einkaufswagen aus dem Gastronomiegroßhandel zum Volvo rauszuschieben, während Grams noch ein viertes Mal nachprüft, ob wir auch ja die ganze Liste abgehakt haben.

»Ach, hör auf zu winseln.«

Sie öffnet den Kofferraum und ich sehe, wie sie sich abmühen muss, um einen halben Zentner Mehl hineinzuwuchten.

»Nur die Ruhe, versuchen wir, uns Montagmorgen nicht gleich als Erstes einen Bruch zu heben«, sage ich und entwinde den Sack ihrem entschiedenen Griff, um ihn tief im Kofferraum zu versenken.

»Mach dich nicht lächerlich«, sagt sie, stolz wie immer.

»Machst du das jede Woche alleine?« Ich beäuge besorgt, wie sie mühevoll den zweiten Sack hineinwirft, nur um mich zum Schweigen zu bringen.

»So hab ich's immer gemacht und so wird's auch bleiben.«

»Caroline oder Harley würden doch bestimmt …«

Sie winkt ab. »Willst du hier jetzt weiterlabern oder mir helfen, den Wagen auszuräumen?«

Ich klappe den Mund zu und gehe an die Arbeit, bevor sie es wieder alleine macht.

Als ich schließlich den Kofferraum zuknalle und den Einkaufswagen zurückschiebe, meldet sich mein Handy in meiner Hosentasche.

»Hey, Lillian«, sage ich, als ihr Gesicht über ihrem vertrauten weißen Schreibtischstuhl erscheint, mit einem abstrakten Gemälde direkt über ihrer Schulter.

»Ich hatte ein paar Fotos von dir und Caroline in meinem Feed«, sagt sie statt einer Begrüßung.

»Ja?« Ich halte mitten auf dem Parkplatz an. »Warum der Jammerton? Ist das nicht Teil deines großen Plans?« Der Begriff fühlt sich etwas befremdlich an, so zutreffend er auch ist.

»Tja, das ist so ein Foto von euch bei irgendeinem Sportevent.« Sie saust rüber zu ihrem Laptop, um es sich noch mal anzusehen. »Was zum Henker hast du da im Gesi... Egal.« Sie schaut wieder in die Kamera und schiebt sich sichtbar unzufrieden die dicke schwarze Brille höher auf die Nase. »Sehr verliebt schaut ihr beiden da aber nicht drauf aus.«

Ich verdrehe die Augen und schiebe den Wagen weiter, um ihn mit Schmackes ins Einkaufswagenhäuschen zu befördern. »Kannst du's dir einfach sparen, Lillian?«

Ich wechsle von FaceTime zu Instagram, wo Carolines Profil auch nach mehrmaliger Prüfung immer noch privat ist und damit geschützt vor neugierigen Augen und Troll-Kommentaren. Ob sie meine Anfrage jetzt annehmen würde? Ein paar Sekunden lang schwebt mein Daumen über dem blauen Folgen-Button, bevor ich zu FaceTime zurückgehe.

»Schau«, sagt Lillian, als ich sie wieder vor mir habe. »Ich will nur nicht, dass das alles ein Riesenreinfall wird, weil Bianchi dein Theater voll durchschaut. Du bist doch Schauspielerin, Arden. Werde ein bisschen glaubhafter!«

»Lil, ich hab's im Griff, okay? Danke!«

Ich lege auf und atme tief durch, kicke auf dem Weg zum Auto grauen Schneematsch vor mir her. Aus dem Augenwinkel sehe ich einen Typen mit einer abgenutzten Baseballkappe, der mich sehr genau mustert. Ich ziehe meine Kapuze hoch, bevor ich auf den Beifahrersitz steige.

»Alles in Ordnung?«, fragt Grams.

Ich nicke und drücke die Stirn gegen die Scheibe und sie parkt aus. Während der Fahrt schickt mir Lillian den Post vom Basketballspiel letztes Wochenende. Darauf halte ich Carolines Hand, aber wir schauen in unterschiedliche Richtungen.

Ich drücke auf den Seitenknopf und das Display wird schwarz. Wäre ich Bianchi und sähe das, kämen mir die gleichen Bedenken wie Lillian, aber das ist doch völliger Quatsch. Selbst wenn unsere Beziehung echt wäre – wäre sie dann weniger echt, nur weil wir uns nicht jede Sekunde schmachtend in die Augen schauen? Muss ich in meinem Privatleben auch andauernd schauspielern, für den Fall, dass irgendwo eine Kamera lauert? Die Antwort ist Ja und das weiß ich schon sehr lange, warum rege ich mich also plötzlich drüber auf? Das ist gerade meine Realität. Und wenn ich ein bisschen nachbessern muss, damit die Öffentlichkeit ein paar Kuschelfotos von Caroline und mir schießen und hochladen kann, dann ist das eben so. Ich hab's nicht so weit gebracht, um jetzt ein paar mittelüberzeugende Fotos zwischen mich und Bianchis Film kommen zu lassen.

So einfach ist das.

Im Vorbeifahren fange ich den Blick von dem Kerl mit

der Baseballkappe ein und natürlich muss er mich knipsen. Ich bin nicht hier, um die Sache mit Caroline wieder ins Lot zu bringen, so gut es sich auch anfühlt, dass sie mich nicht mehr völlig abstoßend findet. Ich bin hier, um so zu tun, als wären wir ein Paar. Und, wie Lillian richtig sagt, ich bin Schauspielerin. Ich muss – wir müssen – es glaubhaft verkaufen. Weil immer irgendwer zuschauen wird.

Über schneebedeckte Straßen fahren wir die halbe Stunde zurück ins Diner, die frischen Flocken landen schneller auf der Windschutzscheibe, als sie weggewischt werden können. Ich bin so tief in meinen Gedanken versunken, dass ich noch nicht mal mitbekomme, wie Grams auf mich einredet.

»… deshalb zieh ich einfach nächsten Monat nach Florida«, sagt sie und ich starre sie fassungslos an. Sie wirft den Kopf in den Nacken und lacht. »Wollte nur schauen, ob du zuhörst.«

Also wirklich!

»Welche Laus ist dir denn über die Leber gelaufen?«, fragt Grams und dreht die Weihnachtshits, die durch das Radio knistern, leiser.

»Alle.« Ich stoße einen tiefen Seufzer aus. Wo soll ich anfangen?

»Könntest du etwas spezifischer sein?«, fragt sie und fährt auf den Diner-Parkplatz. »Hat es womöglich etwas mit einer gewissen hellblonden Kellnerin zu tun?«

»Ich hab ja selbst keine Ahnung, Grams. Nur …« Ich muss daran denken, wie ich hier anfangs aufgeschlagen bin, wie ich völlig darauf fokussiert war, zwölf Tage lang mein Bühnendings durchzuziehen. Ich hab gedacht, ich könnte hinterher einfach wieder nach LA zurückdüsen und all die Splitter von mir wieder vergessen, die ich in Barnwich zurückgelassen habe. »Es ist irgendwie komplizierter als gedacht«, sage ich schließlich, als Grams vor der Hintertür der Küche etwas zu energisch auf die Bremse tritt.

»Du hast geglaubt, du könntest einfach unangekündigt und uneingeladen bei deiner besten Freundin vor der Tür stehen, nachdem du vier Jahre kein Wort mit ihr gewechselt hast, und sie fragen, ob sie mit dir eine Beziehung heucheln will, und schon läuft alles wie geschmiert? Ohne dass irgendwas hochkommt?«

Ich halte mir die Augen zu und lache unwillkürlich auf. »Okay, ja, wenn du es so formulierst …«

»Arden, warum ist dir das alles so wichtig? Warum hast du Caroline völlig aus deinem Leben verbannt?«

Wieder seufze ich, widerwillig. Alleine ihre Stimme sagt mir schon, wie lächerlich sie das finden wird, aber da sie ohne eine Antwort keine Ruhe geben wird, denke ich tatsächlich drüber nach.

»Am Anfang hat Lillian, meine Agentin, gesagt, ich sollte besser von Caroline loskommen, damit ich mich auf meine Arbeit konzentrieren kann. Und … irgendwie hat das ja gestimmt. Wenn ich weiter mit Caroline in Kontakt geblieben wäre, dann wär es viel schwerer gewesen, es da lange genug auszuhalten und das zu erreichen, was ich erreicht habe. Und genau das hab ich ja immer gewollt. Genau darauf hab ich die letzten vier Jahre lang hingearbeitet, auch wenn mir das nicht immer klar war und auch wenn ich dafür viele Abstriche machen musste«, erkläre ich Grams. »Für gewisse Dinge im Leben muss man bereit sein, auch mal Opfer zu bringen«, füge ich hinzu, weil mir einfällt, wie Lillian das während meines ersten Drehs zu mir gesagt hat, als ich an Carolines fünfzehntem Geburtstag heulend im Wohnwagen saß.

»Arden. Du bist kein Kind mehr und niemand kann dich zwingen, dich so zu entscheiden. Du musst dieses Leben nicht führen, nur weil du es mit vierzehn so gewollt hast.«

»Weise Worte, Grams, aber sehr viel Kind konnte ich eben nicht sein«, entgegne ich.

»Deine Mom und dein Dad ... die haben nicht ...«, fängt Grams an.

»Komm schon. Sonst schmilzt noch das Eis«, schneide ich ihr das Wort ab und lange nach dem Türgriff. Ich muss mir Grams' jämmerliche Versuche, das Verhalten meiner Eltern vor mir zu rechtfertigen, nicht mehr anhören. Die kenne ich von früher zur Genüge.

»Es ist wichtig«, sagt sie hinter mir, aber ich mache die Tür trotzdem auf und will aussteigen.

»Arden, setz dich!« Grams wird laut, was ich in all den Jahren bei ihr nie erlebt habe. »Ich weiß, du wohnst nicht mehr hier und bist erwachsen, aber ich bin immer noch deine Großmutter, und wenn es etwas gibt, was ich dir zu sagen habe, dann hörst du dir das gefälligst an!« Ich sehe ihr in die Augen und sehe sie schwer und heftig atmen. »Bitte«, fügt sie hinzu, etwas versöhnlicher.

Ich nicke, sinke wieder in den Sitz und ziehe die Tür zu, von nackter Angst gepackt.

»Deine Eltern haben es nie lange an einem Ort ausgehalten. Und als sich diese Möglichkeit für dich auftat, hab ich gedacht, dass das vielleicht die Lösung für euch sein könnte. Dass es für dich das Beste wäre, mit ihnen allein zu sein. Aber alles war so überstürzt und ich hab gedacht, ihr würdet mich oft besuchen kommen. Und deshalb hab ich zugelassen, dass sie dich mitnehmen. Über dreitausend Kilometer weit weg. Von deinem Zuhause. Das war der größte Fehler meines Lebens.«

»Grams!« Ich will ihr sagen, dass sie überhaupt keine Schuld trägt, aber sie hebt die Hand, um mich zu stoppen.

»Lass mich ausreden.« Sie sieht mir direkt in die Augen. »Ich wollte, ich könnte sagen, dass ich deiner Mutter nie zugetraut hätte, dich völlig im Stich zu lassen, aber ich glaube, in meinem tiefsten Inneren … habe ich es gewusst. Ich wollte nur nicht wahrhaben, dass ich bei ihrer Erziehung so grundlegend versagt habe. Arden, ich wollte dir sagen … ich hab dir immer sagen wollen, dass …« Ein sanftes Wimmern fällt von ihren bebenden Lippen und zum ersten Mal seit Ewigkeiten steigt in mir eine mörderische Wut auf meine Eltern hoch. Ich nehme ihre Hände, mein Daumen streichelt Kreise auf ihre Haut, die so zart und fleckig ist von unendlichen Jahren Küchenarbeit. Ihre Augen sind so tränennass, dass ich ihre Pupillen nicht sehen kann. »Es tut mir leid«, schließt sie und ich drücke sie an mich, so fest, dass ich kaum Luft bekomme.

»Ich liebe dich, Grams. Und du bist nicht diejenige, die sich hier entschuldigen muss. Mir geht's gut. Mir wird es gut gehen.« Mehr sage ich nicht, denn wäre ich eine Großmutter, würde ich das in so einer Situation sicher von meiner Enkelin hören wollen. Diese ganze Zeit über habe ich mich nicht nach Hause getraut aus Furcht, was sie wohl von mir denken, was sie zu mir sagen könnte. Und dabei wollte sie sich nur für etwas entschuldigen, das gar nicht in ihrer Verantwortung lag. Jetzt fühle ich mich noch schlechter als an dem Abend meiner Ankunft, wegen all der Zeit, die ich vergeudet habe, dem ganzen Schmerz, den ich verursacht habe. Genau wie meine Eltern.

Schließlich lösen wir uns voneinander, richten uns in den Sitzen auf und wischen uns die Tränen aus den Augen. Als sie sich wieder gefangen hat, beschließe ich, ihr die Frage zu stellen. Die Frage, die ich mir nur dann stelle, wenn ich ganz alleine in meinem großen leeren Haus bin, der Grund, weshalb ich diese Situation so sehr zu vermeiden suche.

»Grams, bin ich wie die beiden? Wie Mom?«

»Nein, Spätzchen!« Sie schüttelt energisch ihren Kopf. »Sie war rastlos. Niemals wirklich zufrieden. So, als sei sie immer auf der Suche nach etwas, schon als kleines Mädchen. Nur scheint sie es einfach nicht finden zu können.« Sie wirft einen Blick durch die Windschutzscheibe nach draußen.

»Glaubst du, ich hab trotzdem was von ihnen geerbt?«, frage ich und sie schüttelt wieder den Kopf und ein sanftes Lächeln breitet sich auf ihrem Gesicht aus.

»Manches schon. Deinen Mut. Den Ehrgeiz. Aber du warst immer wie ein Baum, Arden. Wo du auch bist, du schlägst Wurzeln. Man spürt, dass du da bist.« Sie sieht mich an. »Callie ist wie ein Windstoß, eben noch hier, gleich schon wieder fort, so schnell, dass man sich fragt, ob sie überhaupt da war. Aber du? Ich glaube, es tut dir mehr weh, als du es dir eingestehst, dass du so entwurzelt bist. Ohne Halt. Und ich weiß, dass wir es alle spüren, wenn du nicht da bist.«

Ich sehe mein eigenes Spiegelbild in der Scheibe, denke an die unendlich vielen Momente in der Maske, in denen mir eine fast völlig fremde Person entgegengeblickt hat. Und jetzt, wo ich wieder zu Hause bin … ich weiß nicht. Fast kommt es mir so vor, als wäre ich das in der Scheibe, keine Fremde.

»Ich merke schon, dass dir diese Rolle besonders wichtig ist, dass sie anders ist als alle vorherigen. Ich will dich ja nicht überreden, deinen Traum aufzugeben. Aber du hast hier eine Möglichkeit, etwas anders zu machen. Du hast recht, für gewisse Dinge muss man Opfer bringen, aber sie sollten dir nicht *alles* wegnehmen.«

Ich denke an mein fünfzehnjähriges Ich zurück, zusammengekrümmt im Wohnwagen, und weiß genau, worauf Grams hinauswill.

»Alles klar, Spätzchen, dann schaffen wir mal das Eis in die Tiefkühltruhe, eh wir's wegschmeißen können«, sagt sie, tätschelt mir zweimal das Bein und steigt aus.

Gemeinsam laden wir die Vorräte aus, tragen sie in die Küche und die ganze Zeit über frage ich mich, warum Lillian mir nicht erlaubt hat, meine beste Freundin an ihrem Geburtstag auch nur eine Minute lang anzurufen. Als ob meine ganze Karriere von diesem einzigen Anruf abgehangen hätte.

Als ich den letzten Mehlsack auf den Boden fallen lasse, brummt mein Handy, aber diesmal ist es doch tatsächlich nicht sie.

Hier ist Austin. 17.30 Heiße-Schokolade-Wettbewerb im Barnwich Brews. Alle kommen – und ich meine wirklich jeden in Barnwich. Also wenn du noch 'ne Idee fürs vierte »Date« brauchst, bitte sehr 😌

Mir läuft ohnehin schon das Wasser im Mund zusammen beim Gedanken daran, eine volle Stunde lang eine heiße Schokolade nach der anderen zu schlürfen, und ich glaube, mir ist wirklich nach einem Abend Abhängen mit allen.

Und außerdem! Heiße Schokolade schreit geradezu nach kitschiger Festtagsstimmung, und wenn alle da sind, wäre das doch die perfekte Kulisse für ein paar etwas … romantischere Fotos, die ich dringend brauche, um mir die Rolle zu angeln.

Ich will gerade zusagen, als eine andere Nachricht eintrifft. Es ist ein Foto von Caroline mit halb aufgestecktem Haar, wie sie ihr Kinn auf die Hand gestützt hält und völlig in sich versunken in ihr Notizbuch kritzelt.

Dein Mädchen sieht heute übrigens besonders süß aus!

Ich schreibe ihm, dass ich komme, und lächle in mich hinein, als ich mein Handy einstecke und Grams beim Wegräumen helfe. Da hat er nicht ganz unrecht. Vielleicht wird es leichter als gedacht, ein paar glaubhafte romantische Fotos zu schießen.

Tag 4

Caroline

Mir fällt ein Stein vom Herzen, als wir nach unserer letzten Prüfung vor den Ferien die Hauptstraße zum Barnwich Brews hinunterstapfen. Während ich mein Handy checke, hakt sich Maya bei mir unter, damit ich in niemanden reinrenne. Die letzten zwei Tage war hier viel mehr los und ich muss zugeben, dass Arden recht hatte. Ihre Anwesenheit und der ständige Nachschub an Barnwich-Instagram-Storys schlägt sich langsam in Besucherzahlen nieder.

»Was von Arden?«, fragt Maya und lotst mich um eine mit Schlittschuhen bepackte Gruppe auf dem Weg zum Eislaufplatz herum.

»Nö«, sagt Finn, der von der anderen Seite mein Display liest, weil eine Pseudobeziehung mit Arden James anscheinend heißt, dass ich keine Privatsphäre mehr habe.

Mit einem bösen Blick stecke ich mein Handy ein. »Wollte nur sichergehen, dass sie aufkreuzt, damit aus diesem Artikel was wird. Wegen Columbia.«

»M-hmm«, brummt Maya.

»Ernsthaft! Arden ist mir so was von wurscht!«

»Mm-hmmm«, brummt Finn und die beiden sehen einander bedeutungsvoll an.

»Wolltest du mich nicht eben noch dringend mit Taylor verkuppeln?«, zische ich zurück und Maya stöhnt.

»Ja, aber …« Sie schaut gequält. »Argh! Es ist nur, Arden hat quasi das halbe Basketballspiel damit verbracht, mich wegen der Kunsthochschule zu fragen und sich Bilder von meinen neuesten Projekten anzusehen. Und nicht um mir Honig ums Maul zu schmieren und sich einzuschleimen oder so. Sie hat sich wirklich interessiert. Und so ungern ich es sage, sie …« Sie schüttelt den Kopf. »Irgendwie muss man sie einfach mögen, oder?«

»Bis sie beschließt, dass es reicht.«

Als wir fast da sind, sehe ich Arden an der Hauswand des Barnwich Brews lehnen. In ihrer schwarzen Lammfelljacke und mit der Sonnenbrille, die ihr beim Handytippen aus dem Mund hängt, sieht sie deutlich zu cool aus für Barnwich.

»Arden!«, ruft Finn und sie blickt lächelnd auf und steckt Handy und Sonnenbrille ein.

Als sie sich von der Wand abstößt und unsere Blicke sich treffen, spüre ich, wie mein Herz ganz wie gestern Abend zu flattern beginnt, und ich weiß, dass Finn und Maya recht haben. Ich rede absoluten Blödsinn.

»Hi«, sage ich und will hinter den anderen hineingehen, um dieses Flattern wieder in den Griff zu bekommen. Hab ich denn noch nie ein schönes Mädchen gesehen? Himmel!

Doch sie greift mich beim Handgelenk und zieht mich zur Seite, in die kleine Gasse hinterm Haus, außer Hörweite der ganzen Leute, die gerade zum Wettbewerb eintrudeln. Sie dreht sich zu mir und schaut schnell über die Schulter, ob die Luft rein ist. »Meine Agentin hat mich heute Vormittag angerufen und gesagt, wir müssen alles … ein bisschen glaubhafter machen.«

»Auch schön, dich zu sehen. Ich hatte einen netten Tag, danke der Nachfrage.«

»Caroline!«

Ich verschränke die Arme vor der Brust und sehe sie forschend an. »Glaubhafter? Was soll das denn heißen?«

»Keine Ahnung«, sagt sie mit einem schweren Seufzer. »Es gab ein, zwei Fotos von dem Basketballspiel im Internet und wir sehen nicht gerade so aus, als wär das jetzt die große Leidenschaft zwischen uns.« Sie senkt die Stimme. »Ich will ganz bestimmt nichts tun, was dir unangenehm ist, aber kannst du einfach …«

Sie schaut mir fest in die Augen und macht einen Schritt auf mich zu, nah genug, dass ich die winzige Narbe auf ihrem Kinn sehen kann, die sie hat, weil sie von meinem Fahrradlenker gefallen ist, als wir zehn waren, so nah, dass ich sehen kann, wie ihre Brust sich hebt und senkt, ihre Knie gegen meine stoßen. Nah genug, dass mein Blick unwillkürlich verrutscht … zu ihrem Mund.

Sie streckt die Hand aus, ihre Fingerspitzen fahren meinen Arm hinunter bis zu meiner Handfläche und ich schnappe kurz nach Luft. »So tun, als ob du in mich verliebt wärst?«

Das ist jetzt nicht der schwere Teil. Ich war mal in sie verliebt. Aber es macht mir Angst, diese … diese tief vergrabenen Gefühle aus dem Keller hochzubringen und so zu tun, als wären sie ganz neu.

Sie jetzt quasi zuzulassen, einfach nur als Theater.

Besonders hier, wo sie vor mir steht und mich anschaut, als würde sie mich gleich küssen.

Moment. Wird sie mich gleich küssen?

»Schön.« Ich drehe den Kopf weg und spähe die Gasse

hinunter, zerstöre den Moment. »Aber kein Küssen«, sage ich, um mich wieder irgendwie unter Kontrolle zu bringen. Auch wenn ich Arden nicht mehr verabscheue, auch wenn ich sogar will, dass sie diese Rolle bekommt, heißt das noch lange nicht, dass ich ihr schon wieder über den Weg traue. Und es heißt ganz gewiss nicht, dass ich mich wieder in sie verlieben werde.

»Kein Küssen«, bestätigt sie so entschieden, dass ich mich frage, ob das da eben ein reines Hirngespinst war.

Wir gehen rein zu den anderen und die Wolke aus schokoladiger Seligkeit, die uns beim Eintreten umfängt, hilft mir wieder innerlich auf die Beine. Hier handelt es sich um einen der vorweihnachtlichen Höhepunkte von Barnwich und dementsprechend brummt der Laden, besonders rund um die sechs Stationen, die für die sechs Finalistinnen und Finalisten aufgebaut wurden. Austin ist ganz am anderen Ende, wo er mit konzentrierter Miene winzige Probebecher verteilt. Während der Qualifikationsrunden war jeder angewiesen, ganz klassische heiße Schokolade zu produzieren, aber jetzt können sie hineinrühren, was sie wollen, was meiner Vermutung nach nicht unbedingt ein Vorteil sein muss.

Ich bemerke ein paar Köpfe, die sich zu uns drehen, und ermahne mich selbst, mich zu Arden hinzuwenden statt von ihr weg, als wolle ich ihr so nah sein wie möglich. Bei Finn und Maya bleiben wir stehen und bei – ach scheiße – Taylor, die irgendwann dazugestoßen sein muss, als wir draußen waren.

»Eure Wahlzettel«, sagt sie und hält mir und Arden zwei gelbe Papiere und Minibleistifte hin. Ich sehe, wie ihr Blick auf unsere ineinander verschlungenen Hände fällt, und ich muss wegschauen, als Arden ihr Papier und

Stifte abnimmt und sich zu mir dreht, um mir den Winzstift hinters Ohr zu stecken.

Bei aller Peinlichkeit lasse ich doch Ardens Hand nicht los, als wir zur ersten Station gehen, wo Mr Horowitz, unser Physiklehrer aus der Mittelstufe, gerade eine heiße Minz-Schokolade fabriziert.

Arden schnappt sich einen kleinen Becher und nimmt einen großen Schluck. Wieder stellt sie ihr schauspielerisches Talent unter Beweis, denn nur an ihrem ganz winzigen Augenzucken kann ich ablesen, dass etwas faul ist. Während der Rest der Gruppe ihren Ekel mit allen möglichen Grimassen zeigt, verwandelt sich ihre Miene in ein großes, zahnintensives Lächeln.

»Wow, Mr Horowitz!«, sagt sie. »Die kann was!«

»Gib mir auch einen Schluck«, fordere ich, ziehe sie beiseite und nehme ihr den Becher ab, um ganz leicht zu nippen.

»Schmeckt wie das Baby von verdorbener Milch und Odol«, zischt sie durch ihr Strahlen zurück und grinst noch breiter, als ich mir alle Mühe gebe, das Zeug zu schlucken, weil ihre Einschätzung eindeutig zu gnädig war.

»Was für ein Auftakt«, stöhnt Taylor und gurgelt unterwegs zur nächsten Station mit Wasser aus einem Becher.

»Ein Rivale weniger für Austin«, flüstert Finn mir zu, als Ruth, unsere Weihnachtslieder-Singgenossin und Vorjahressiegerin, uns eine ganz schlichte, klassische heiße Schokolade anbietet.

»Ohne großes Bohei«, verteidigt sie sich im Voraus, als wir unsere Becher in Empfang nehmen. Doch der reiche, süße Geschmack ist ein Labsal nach dem minzigen

Schlag ins Gesicht, den Mr Horowitz uns und halb Barnwich versetzt hat.

»Wupps, das sollte der erste Platz sein«, sagt Arden und füllt mit einem Nicken ihren Bogen aus. »Oder vielleicht der zweite«, korrigiert sie sich hastig und ändert ihre Eins in eine krakelige Zwei, als sie Finns drohenden Blick bemerkt.

Die nächste, eine pappsüße Variante aus weißer Schokolade von Alexis, einer Fußballkollegin von Riley, ist ein klarer Kandidat für den fünften Platz. Danach kommt eine deutlich erfreulichere Zimt-Orangen-Mischung von einem Angestellten des Barnwich Brews und dann eine gar nicht üble rotsamtige von einer Touristin, die extra für den Wettbewerb angereist ist.

Arden hält den Becher hoch. »Also, die ist ja wohl mindestens dritter Platz!«

»Quatsch.« Ich drehe mich zu ihr. »Die soll besser sein als die mit Zimt-Orange? Du bist auf dem völlig falschen Dampfer!« Sie hat Schlagsahne auf der Oberlippe, fällt mir auf. »Du hast da …«

Ich strecke die Hand aus und streiche sie ihr mit dem Daumen weg. Dann senkt sie den Blick auf meine Lippen. Meine Hand liegt auf ihrer weichen Wange.

Weil sie mir gesagt hat, ich soll so was machen.

»Hallo, hier sind Minderjährige anwesend«, sagt Maya mit einem Glitzern im Auge und fächelt sich mit ihrem Stimmzettel Luft zu, während Taylor neben ihr mir einen fragenden Blick zuwirft. Ich bin überrascht, als Arden sich hastig entzieht, unter dem Vorwand, den Becher in den Müll neben uns zu werfen. Und ich bin …

Weiß auch nicht. Enttäuscht? Herrje.

Wirklich jetzt? Enttäuscht? Allein schon die Möglichkeit ist bedrohlich. Selbst wenn das alles nur Theater ist, man spielt einfach nicht mit dem Feuer. Besonders wenn das Feuer Arden heißt.

Zum Glück nähern wir uns jetzt Austins Station und ich kann mich wieder auf den Hauptgrund konzentrieren, aus dem wir hier sind. Zu seiner Unterstützung. Wir jubeln ihm zu und er hebt den Kopf. Dann schieße ich ein paar Fotos von ihm, wie er in seine Arbeit vertieft ist. Ich schmelze fast dahin vor Rührung, als ich sehe, dass er heiße Salzkaramell-Schokolade macht, Finns Favorit, und das, obwohl Austin selbst Karamell in jeder Darreichungsform nicht ausstehen kann.

Zu sehen, wie verliebt sie sind, immer an den anderen denken, sei es mit potthässlichen roten Handschuhen oder warmen Wintergetränken, macht die Lüge, in der ich gerade feststecke, noch ein klein bisschen unbehaglicher.

Wir nehmen alle einen Schluck und es ist ziemlich einfach, hier seine Begeisterung zu zeigen. Die üppige heiße Schokolade. Die seidige Süße des Karamells, die für noch mehr Tiefe sorgt. Die winzigen Salzkörnchen, die einem im Mund explodieren.

»Heilige Muttergottes«, sagt Taylor und will sich einen zweiten Becher schnappen, doch Austin schlägt ihre Hand fort. »Die anderen müssen auch für mich stimmen!«

»Das ist überirdisch«, sagt Arden. »Man schmeckt richtig, wie viel Mühe das war, alle Elemente perfekt ins richtige Verhältnis zueinander zu setzen.«

Austin wird ganz rot bei ihrem Lob, freut sich, dass es ihr aufgefallen ist.

»Ich hab allein drei Monate gebraucht, um die richtige

Menge Karamell hinzubekommen. Über das Salz möchte ich lieber gar nicht reden.«

Drei Monate? Ich betrachte die vorgefüllten Messbecher mit Salz, das bis aufs letzte Korn abgewogen ist. Ich bin Finns beste Freundin und ich hatte keine Ahnung, wie viel Arbeit er da reingesteckt hat.

Und Arden ist aufgekreuzt und hat es einfach … gewusst. Ihm das Gefühl gegeben, dass er wahrgenommen wird.

Vielleicht könnte ich sie jetzt pseudo-küssen.

Sie nickt. »Glaub ich dir. Deine heiße Schokolade spielt echt in einer anderen Liga.« Sie zögert und fährt sich durchs Haar. »Nicht dass das jetzt seltsam rüberkommt, aber falls du so was wie eine Barista-Instagram-Seite hast oder so, dann könnte ich darüber einen Post machen. Oder sie teilen? Ich will nicht …«

»O Mann, ja, bitte!«, sagt Austin und reißt begeistert die Augen auf.

Arden entspannt sich sofort und zückt ihr Handy, damit er seinen Insta-Namen eintippen kann. Ich trinke meinen Becher aus und versuche meine Gefühle, wie auch immer die aussehen, irgendwie unter Kontrolle zu bringen und wie Taylor sehnsüchtig auf die Probierbecher auf dem Tisch zu starren. Und irgendwie bekommt Arden sogar das mit, denn sie hält mir ihren Becher mit dem Rest hin, während Austin ihr das Handy zurückgibt.

Ich nehme ihn und ärgere mich, wie recht Maya doch hatte. Irgendwie muss man sie mögen. Ob man es jetzt möchte oder nicht.

»Ehrlich, Austin«, sage ich nach einem weiteren vollendeten Schluck. »Ich glaube, ich höre die Englein singen.«

»Wahrscheinlich ein Zuckerrausch«, sagt er bescheiden und reicht Finn einen zweiten Becher, diesmal sogar mit Schlagsahnehäubchen.

»Der hat seine Lieblingskinder«, murrt Taylor, als wir zum Tisch an der Seite weiterziehen, wo man die Stimmzettel abgibt, die dann von Sheila und Margie aus Edies samstäglicher Kartenrunde hektisch ausgezählt werden.

Während wir auf das Ergebnis warten, versuche ich, Arden schmachtende Blicke zuzuwerfen, womit ich mich besonders schwertue, weil … weiß auch nicht. Ich bringe es einfach kaum über mich, ihr voll ins Gesicht zu sehen, nach dem, was da gerade bei Austin passiert ist. Als sähe ich, wenn ich es täte, zu viel von Arden und nicht genug von Arden James.

»Das gibt's ja nicht«, flüstert sie, neigt den Kopf und streift mit ihrer Wange gegen meine. Sie zeigt mit dem Kinn durch den Raum, woran ich ablese, dass das kein Anmachversuch ist. »Schau!«

Ich folge ihrem Blick und sehe Ruth, die sich um den Tisch mit den Wahlzetteln herumdrückt und so tut, als würde sie die beiden Wahlhelferinnen mit Getränken versorgen. Als sie sich unbeobachtet fühlt, fischt sie einen Stapel gelber Wahlzettel aus der Tasche und verteilt sie rasch auf dem Tisch.

»Ruth schummelt!«, sage ich entgeistert. Aber damit nicht genug. Ich beobachte, wie Sheila sich mit einem Augenzwinkern die Zettel schnappt und sie an Margie weiterreicht. Sie stecken mit ihr unter einer Decke.

In Barnwich zählt so was als Verbrechen. Wahlbetrug beim alljährlichen Heiße-Schokolade-Wettbewerb? Warum nicht gleich ein Mord?

Das wäre grandioser Stoff für eine Reportage, aber ich kann jetzt nicht Austin um seinen Sieg bringen, nur um an noch mehr Artikel zu kommen.

Als Ruth einen weiteren Stapel Wahlzettel hervorkramen will, höre ich meine Stimme. »Sie schummelt!«

Der ganze Raum erstarrt. Ruth reißt die Augen auf und funkelt mich an. Doch binnen Sekunden hat sie sich berappelt und liefert eine schauspielerische Darbietung, die fast schon Ardens Kaliber hat. »Ich? Ich hab hier einfach nur den schwer schuftenden Damen von der Jury eine heiße Schokolade vorbeigebracht. Das gilt ja wohl kaum als Schummeln, oder?«

»Was ist in der Tasche?«, ruft Arden und legt mir einen Arm um die Schulter. Eine vereinte Front.

Mit unschuldiger Miene greift Ruth in ihre Tasche und zieht etwas heraus … die verdammte Kuhglocke vom Weihnachtsliedersingen.

Arden verdreht die Augen. »Und weiter?«

Ruths Blick huscht zum Notausgang, und noch bevor Mr Lee, der Inhaber des Barnwich Brews, ihre Tasche konfiszieren kann, rast sie schon durch die Menge, bahnt sich ihren Weg mit der Geschicklichkeit eines Footballteam-Anwärters, während in ihrem Kielwasser die gefälschten Wahlzettel flattern.

»Haltet sie!«, brüllt Mr Lee. Ein paar Leute versuchen ebenso tapfer wie erfolglos, sich ihr in den Weg zu stellen. Sie schafft es unbehelligt bis zur Tür und flüchtet hinaus, zeigt Arden durch die Frontscheibe noch den Stinkefinger und verschwindet in der Nacht.

Ungläubig starre ich Arden an und dann bekommen wir einen Lachanfall, der mir auf fast unheimliche Weise vertraut ist. Bald stimmt der ganze Laden mit ein, aus reiner Fassungslosigkeit darüber, was sich da vor unseren Augen abgespielt hat.

»Als sie die Kuhglocke rausgezogen hat …« Finn wischt sich die Tränen aus den Augen.

»Als sie Arden den Mittelfinger gezeigt hat!«, fügt Taylor gackernd hinzu.

Je zahlreicher die Kommentare, desto lustiger wird es und so lehnen Arden und ich uns gegeneinander und schütten uns aus vor Lachen.

Mr Lee hingegen lacht kein bisschen. Er geht direkt zur Schadensbegrenzung über, entfernt Sheila und Margie von ihren Posten und springt auf einen Tisch, um sich mit nachdenklicher Miene einen Überblick zu verschaffen und umzuplanen. Als wir uns wieder gefangen haben, wird es still und jeder wartet auf seine Anweisungen.

»Fröhliche Weihnachten!«, ruft er und alle erwidern den Ruf.

Bis auf Riley. »Frohes Chanukka!«, ruft sie zurück, erhascht meinen Blick und wir beide grinsen.

»Nun, ich möchte allen danken, die heute zu unserem sechzigsten alljährlichen Heiße-Schokolade-Wettbewerb gekommen sind! Denkwürdig war er schon mal auf jeden Fall.« Er seufzt und der Raum reagiert mit Jubel und Pfiffen und Gelächter. »Da die Wahlzettel manipuliert worden sind, ist es meiner Meinung nach fairer, wenn wir die Siegerin oder den Sieger jetzt gemeinsam küren, also als Gruppe.«

Ich sehe hinüber zu Austin, der die Finger hinter seinem Rücken gekreuzt hat und sich auf der Unterlippe herumkaut. Ein Sieg würde ihm nicht nur tausend Dollar bescheren, sondern sich auch in seinem Lebenslauf sehr gut machen. Etwas, das ihm auf seinem Weg zu seinem

Traum helfen würde, eines Tages sein eigenes Café zu führen.

Genau wie dieser Artikel bei mir.

Ich senke den Blick und sehe, dass Arden ebenfalls die Daumen drückt.

»Gut, dann gehe ich einfach die Stationen ab«, sagt Mr Lee und weist auf die Tische. Und wenn ich den Namen eurer Favoritin oder eures Favoriten nenne, dann jubelt, so laut ihr könnt! Okay?«

Alles klatscht zustimmend.

»Dann hätten wir als Erstes Mr Horowitz mit seiner einzigartigen heißen Minz-Schokolade!«

Man könnte eine Stecknadel fallen hören.

Drüben bei den Toiletten hustet jemand und in der Stille klingt es wie Donnerhall.

Noch nicht mal seine eigene Ehefrau klatscht für ihn. Brutal.

»Hm, nun gut.« Mr Lee kratzt sich das Kinn. »Dann viel Glück fürs nächste Jahr, Mr Horowitz!« Er weist auf den nächsten Tisch. »Wie sieht es aus mit Alexis Piccadillo und ihrer weißen heißen Schokolade?«

Alexis wird ein wenig rot, als sich vereinzelter Applaus erhebt und ihre Mittelstufenfreundinnen so schrill schreien, dass es einem in den Ohren wehtut, allen voran eine gewisse Riley Beckett. Ein wahrer Freundschaftsdienst, denn ich weiß, dass sie weiße Schokolade nicht ausstehen kann.

Mr Lee schüttelt lächelnd den Kopf und bedeutet ihnen, sich wieder abzuregen. »Okay! Da haben wir doch einige Fans von Alexis und ihrer weißen Schokolade. Gut gemacht!«

Einer der Mittelstufenschüler stößt noch einen letzten

Unterstützungskreischer aus und Mr Lee geht zur nächsten Bewerberin über.

»Wie sieht es aus mit Mrs Walters köstlicher Zimt-Orangen-Schokolade?«

Die Menge jubelt lauter als bei Alexis, aber keineswegs so laut wie für die Zugereiste Abigail Darcy und ihre rote Samtschokolade. Abigail strahlt und winkt unter Austins nervösen Blicken.

Arden lehnt sich zu mir, ihre Brust streift meine Schulter, ihre Stimme ist ein Flüstern in meinem Nacken. »Sag ich doch, dass die besser war als die Zimt-Orange!«

Ich schnaube und versuche die Gänsehaut zu ignorieren, die mir den Arm hinunterkriecht.

»Und zu guter Letzt – Austin Beck…« – Finn jubelt schon, bevor Mr Lee den Namen überhaupt fertig ausgesprochen hat – »…er mit seiner Salzkara…«

Jetzt gibt es auch beim Rest des Publikums kein Halten mehr und seine Stimme wird übertönt vom lauten Geschrei und Gejubel. Austin verbirgt sein errötendes Gesicht in den Händen, der Radau krönt ihn zum eindeutigen Sieger.

Eine ganze Minute lang versucht Mr Lee, alle wieder so weit zur Ruhe zu bringen, dass er die offizielle Verlautbarung vornehmen kann. »Und damit erkläre ich Austin Becker von unserem Barnwich Brews zum Gewinner des sechzigsten alljährlichen Heiße-Schokolade-Wettbewerbs von Barnwich!«

Erneut erhebt sich Jubel, als Finn Austin in die Arme schließt und herumwirbelt. Er lässt ihn nur los, damit Austin mit Mr Lee für ein Foto der Lokalzeitung posieren kann.

Langsam zerstreut sich die Menge, Finn bleibt zurück, um Austin beim Aufräumen zu helfen, und Taylor wird von einem Mädchen aus ihrem Team in ein Gespräch verwickelt. Wir anderen gehen hinaus, folgen dem Strom von Leuten, darunter Riley und ihre Mädels, die bereits wieder herumkichern. Doch kaum sind wir aus der Tür, kommt Maya mit irgendeiner Ausrede über ein Schulprojekt, das, wie ich weiß, frei erfunden ist, und lässt Arden und mich alleine unter dem Barnwich-Brews-Schild zurück.

»Das war gute Teamarbeit heute«, sagt Arden. »Eben mal so die Ehre des Heiße-Schokolade-Wettbewerbs verteidigt.«

Ich lache. »Unsere Namen werden in die Stadtchronik von Barnwich eingehen.«

Arden lächelt, so aufrichtig und liebreizend, dass ich wegschauen muss. Schweigen senkt sich über uns, wie die Schneeflocken, die auf uns rieseln und in ihrem dunklen Haar glitzern.

»Ich … ich schick dir die Fragen später«, sage ich, weil sich irgendwas an diesem Tag voller So-tun-als-Ob plötzlich überwältigend anfühlt. Ich schiele in Richtung unseres Hauses, nur zwei Straßen weiter, und spüre, dass ich jetzt etwas Abstand zwischen uns brauche. »Ich geh dann mal.«

Ich wende mich ab, aber sie ruft: »Warte!«, schnappt meine Hand und zieht mich in eine Umarmung. Ich schließe die Augen und winde meine Arme um ihre Taille, vergrabe mein Gesicht an ihrem Hals, wo ihre Haut so riecht, wie sie es immer getan hat.

Aber ihr so nahe zu sein, fühlt sich …

Seltsam an? So anders?

Nein. Intim.

Vor vier Jahren war es nur eine rasche Umarmung, unsere Hände, die sich streiften, unsere Knie, die unter dem Tisch aneinanderlagen, und ich, die sich insgeheim und qualvoll immer nach mehr gesehnt hat.

Ein einziges Mal nur hat es sich so angefühlt wie jetzt, und zwar im Winter, bevor sie wegging, als sie in den fast schon zugefrorenen See gesprungen ist, nur in ihrer Unterwäsche, hinter Jacob Kleins Haus, für fünfzig Dollar. Sie hat geschlottert und ich hab sie umarmt, sie mit meiner Körperwärme wieder aufgetaut.

Jetzt spüre ich durch ihr Oberteil wieder ihr Herz schlagen. Spüre ihr Gewicht auf mir, wie damals an jenem Abend.

Nach all dem Vortäuschen, das wir so betrieben haben, seit sie zurückgekommen ist, ist dies das erste Mal, dass sich die Nähe echt anfühlt. Und das bringt mich völlig aus dem Tritt.

»Damit es glaubwürdig ist«, flüstert Arden in mein Haar. »Da macht wer ein Foto.«

Mir rutscht das Herz in den Magen. Doch als ich die Augen aufmache, ist kein Handy, keine Kamera in Sicht, weit und breit.

Sie lügt. Aber warum?

Wir trennen uns ohne ein weiteres Wort und ich wende mich ab, gehe wie im Nebel durch die verwaiste Straße. Nach ein paar Schritten drehe ich um und sehe, wie sie in die entgegengesetzte Richtung davonzieht, halte die Hand auf den Bauch gedrückt, als könne sie dem Geschwader von Schmetterlingen Einhalt gebieten, das da droht durch meine Haut zu platzen.

❄ ❄ ❄

Später, nach dem Essen, liege ich auf dem Bett und starre zur Decke, mit immer noch pochendem Herzen.

Und das nicht nur weil ich eine obszöne Menge von Zucker in mich reingeschüttet habe.

»Mach einfach deinen Job, Caroline«, ermahne ich mich und nehme endlich meinen Mut zusammen, um zum Handy zu greifen, meinen Chat mit Arden aufzurufen und die Frage des heutigen Tages einzutippen.

Eine miese Schauspielerin mag ich sein, aber eine gute Journalistin bin ich erwiesenermaßen schon.

Wo siehst du dich selbst in zehn Jahren?

Sofort sind die drei Punkte da. Und verschwinden wieder. Immer wieder und wieder. Ich versuche mir auszumalen, was sie wohl sagen wird, stelle mir Arden in fließenden Designerroben bei Oscar-Galas vor oder wie sie an irgendwelchen exklusiven Orten mit umwerfender Aussicht mit einer Champagnerflöte entspannt oder sonnenbebrillt durch malerische Kopfsteinpflastergassen schlendert.

Oscar? Emmy? Jeden Abend eine andere Stadt?, helfe ich ihr auf die Sprünge, als die Pünktchen wieder verschwinden.

Diesmal kommt die Antwort sofort.

Haha nö

Dann:

Also Oscar wär schon nett, aber seit ich aus Barnwich weg bin, ist irgendwie alles, als wär ich in so einem

Hochgeschwindigkeitszug, wo ich nicht auf die Bremse treten oder umdrehen oder aussteigen kann. Ich hoff doch, dass ich mit achtundzwanzig da mehr Kontrolle habe oder dass mein Leben mehr ist als der Job oder irgendein bescheuertes Image, das sich wer für mich ausgedacht hat.
Ich will eigentlich gar nichts Wildes. Freunde, Familie, irgendwie ein Zuhause, auf das ich mich verlassen kann, weil dir in diesem Job ständig wer ein Bein stellen will.

Ich muss an unser Gespräch neulich Abend denken, nach dem Basketballspiel. Über Normalität. Ihren Neid auf die Normalität und das Alltägliche. Mein Handy brummt wieder, das Display leuchtet auf.

Vielleicht dass zu Hause wer auf mich wartet.

Ich schlucke und meine vorherige Vorstellung von der älteren Arden verschiebt sich dramatisch. Dasselbe schicke Kleid, aber statt des glamourösen roten Teppichs hat sie früher Feierabend und es sich unter einer kuschligen Decke auf einer großen Ledercouch gemütlich gemacht, ohne sich vorher umzuziehen. Und irgendwer hält ihre Hand und auf dem Kaminsims steht ein Oscar.

So überraschend sollte das gar nicht sein. Vor vier Jahren hätte ich das Wort für Wort vorausgesagt. Und doch bin ich erstaunt.

Es fühlt sich immer noch so seltsam an, von ihr etwas über die vergangenen vier Jahre zu hören, statt nur ins Blaue zu raten und erfolglose Anläufe zu unternehmen, die Arden, die ich in- und auswendig kannte, mit der in

Verbindung zu bringen, über die ich im Internet gelesen habe. Ein komischer Gedanke, wie es wohl gewesen wäre, wenn ich es damals laufend mitbekommen hätte, einen kleinen Teil hätte miterleben können, statt einfach abgesägt zu werden. So viele Dinge habe ich mir dank des Internets über ihr Leben ausgemalt und mir Gründe aus den Fingern gesogen, weshalb sie sich nicht meldet, weil sie nicht da war, um sie zu berichtigen.

Es ist so schwierig, diese beiden Seiten in meinem Kopf zu haben, besonders weil ich immer noch den Schmerz des Mädchens im rosa Mantel spüre, von dem sie weggefahren ist.

Wieder die drei Punkte, gefolgt von:

Und du?

Ich zögere, weil mir klar ist, dass sich hier die Möglichkeit bietet, sie an mich ranzulassen – oder ihr wieder die Tür vor der Nase zuzuschlagen. Ich beiße mir auf die Lippe, bekomme nicht aus dem Kopf, wie ich damals auf dem Gehsteig gestanden und ihr nachgeschaut habe, und dann … heute. Ich in ihren Armen, vorm Barnwich Brews, wie ihr Gesicht sich unter meinen Fingerspitzen angefühlt hat.

Und ich tippe los, gebe nach, weil vermutlich ein bisschen Arden, und sei es nur für kurze Zeit, besser ist als gar keine. Die einzige Art, wie ich darüber hinwegkommen kann, besteht darin, tatsächlich miteinander ins Gespräch zu kommen, statt dass ich sie auf Abstand halte.

Erfolgreiche Journalistin in New York oder LA mit Hund und Freundin.

Taylor Hill?, fragt sie und was soll ich da bitte drauf antworten?

Vor ein paar Tagen habe ich noch gedacht, diese Gefühle würden sich schon noch einstellen, aber zu meinem Frust empfinde ich sogar trotz meines Zorns in meiner Pseudobeziehung mit Arden mehr als für Taylor. Unsere Handykorrespondenz ist praktisch eingeschlafen, weil ich so in Ardens Dunstkreis aufgehe.

Ich seufze und tippe eine diplomatische Antwort:

Ich steh eigentlich nicht so auf Blondinen.

Kann ich von mir jetzt nicht behaupten.

Einen langen Moment starre ich auf mein Handy und drücke dann die Seitentaste, lasse das Display schwarz werden und halte es mir an die Brust im festen Vorhaben, keinen einzigen Blick mehr drauf zu werfen.

Es surrt und prompt fahre ich hoch und will die Nachricht lesen, umgehend als Schwächling enttarnt.

Doch die Nachricht ist von Riley.

Du trendest!

Hä? Ich tippe auf den Tweet, den sie mir geschickt hat, und sehe, dass es ein Foto von Arden und mir im Barnwich Brews ist. Mit einem kleinen Lächeln wische ich ihr die Schlagsahne von den Lippen und Arden sieht mich mit einem schmachtenden Ausdruck an und wirkt … völlig hin und weg von mir. Ein kleiner Hinweis von ihrer Agentin und sie hat eine neue Bewerbung für ihre Oscar-Rolle.

Dann scrolle ich runter und sehe … Joops!

24 000 Likes in einer Stunde?

Ich lese mich durch ein paar Kommentare. Leute, die sich fragen, wer ich bin, die sagen, wie süß wir zusammen aussehen, sich beschweren, dass Arden doch bitte *sie* so ansehen soll und nicht mich.

Oder die einfach nur unter die Gürtellinie gehen.

Ich suche nach ihrem Namen und sehe, dass das Bild Hunderte von Malen weitergepostet wurde. Genau wie andere Schnappschüsse von uns im Barnwich Brews und noch ein paar vom Basketballspiel neulich. Ich wische weiter, Bilder sausen an mir vorbei und stoppen erst, als ich ein verschwommenes Foto von uns beiden auf der Straße entdecke, umtanzt von Schneeflocken, kurz bevor sie mich umarmt hat.

Also … irgendwie war mir nicht so klar, wie groß dieser Teil unserer kleinen Abmachung ist.

Der Teil, wo Arden *Arden James* ist und das hier nicht einfach nur ein Artikel oder eine einfache Reportage, die in meiner Bewerbungsmappe steckt. Das ist nicht so eindeutig wie der andere Kram, den ich gemacht habe. Hier bin ich Teil der Geschichte. Mein Gesicht ist jetzt im ganzen Internet verteilt, egal was draus wird. Ich bin nicht mehr die unsichtbare Gestalt hinter meinen geschriebenen Worten.

Jetzt wissen sie vielleicht noch nicht, wer ich bin, aber das werden sie, wenn der Artikel hochgeladen wird. Scheiße, vielleicht finden sie es sogar schon heute um Mitternacht raus.

Das ist … überwältigend. Und es ist nur ein winziger Bruchteil dessen, dem sie täglich ausgesetzt ist.

Kein Wunder, dass sie Normalität sucht. Kein Wunder,

dass sie sich nach ganz einfachen, beständigen Dingen sehnt.

Ich wünsche ihr, dass sie die eines Tages bekommt. In zehn Jahren, wenn sie sie tatsächlich will. Wenn das ganze Feiern und die vielen Frauen und die langen Nächte langsam schal werden. Nicht für eine Rolle oder um Leuten nach dem Mund zu reden oder um ihr Image neu zu erfinden. Sondern was Echtes, mit einer echten Person.

Ich rolle mich auf die Seite und lege das Handy weg, um aus dem Fenster zu starren, denke drüber nach, dass ich jetzt bis in alle Ewigkeit die sein werde, *die mal dieses eine Weihnachten was mit Arden James hatte.*

Und obwohl das gar nicht stimmt und ich es kaum mit mir vereinbaren kann, ist sie mir irgendwo immer noch so wichtig, dass ich glaube, es wird es wert sein. Weil es heißt, dass mir noch ein paar Tage bleiben, um das Mädchen wieder kennenzulernen, das ich ohnehin nie wirklich vergessen konnte.

Arden

Tag 5

»Aus der Bahn!«, rufe ich und werfe mich Kopf voran auf einen roten Plastikbob, um an Carolines erstem Ferientag den schneebedeckten Kirchhofhügel runterzusausen. Der Wind sticht mir in Augen und Ohren und ich verlagere mein Gewicht nach rechts und halte volles Rohr auf die Rampe zu, die Antonio und L.J. aus Schnee gebaut haben.

Ich treffe sie genau, es hebt mir den Magen und ich sause durch die Luft, bevor ich unsanft auf dem Boden aufschlage.

Trotz des Adrenalinrauschs schaffe ich es, die Zehen in den Schnee zu graben und abzubremsen, bevor ich die Bäume weiter unten erreiche, weil ich aus Erfahrung weiß, dass dahinter ein zugefrorener Bach lauert, der garantiert aufbricht, wenn man zu hart drüberfährt, und der einem die Schneehosen gefühlte neununddreißig Tonnen schwerer macht.

Doch kaum halte ich an, höre ich Caroline »Arden!« brüllen, und keine Sekunde später rauscht sie in mich rein, als wäre ich ein menschlicher Schutzzaun.

Stöhnend versuche ich, meine Gliedmaßen aus ihren zu sortieren. Ich drehe mich auf den Rücken und vor dem grauen Himmel taucht auf einmal ihr Kopf in meinem Blickfeld auf. Warme braune Augen mustern mein Gesicht. Einige hellblonde Strähnen schauen unter ihrer Wollmütze hervor.

»Alles okay?«

»Ich glaub, ich hab einen Lungenriss«, sage ich und rapple mich auf, weil mir eingefallen ist, dass ich ja auch eine Wollmütze eingesteckt habe. Ich ziehe sie hervor und höre beim Aufsetzen meine Eisohren praktisch vor Erleichterung aufseufzen.

»Moment.« Caroline richtet sich auf und zupft unten an der beigen Mütze, direkt unter dem blauen Streifen. »Ist das die Mütze, die ich dir gestrickt habe? Ich fass es nicht, dass Edie die greifbar hatte!«

»Nein.« Ich schüttle den Kopf. »Die hab ich aus LA mitgebracht. Ich trag sie jeden Winter, obwohl's nie schneit.«

Sie fängt meinen Blick und ich kann ihren vollen Lippen ansehen, dass sie ein Lächeln unterdrückt. Ungebeten stelle ich mir plötzlich vor, sie zu küssen, und rasch schiebe ich den Gedanken fort.

Gott, ich hab mich bisschen zu sehr in die Rolle reingesteigert.

»Mittlerweile passt sie dir«, sagt sie.

Ich will sie gerade fragen, ob sie damit etwa sagen will, dass ich so einen Quadratschädel wie Levi habe, als Austin oben am Hügel auftaucht.

»Hey, ihr Knutschtanten!« Hastig schauen wir beide hoch zu ihm und den anderen, die alle in Skianorak und Schneeausrüstung stecken. »Bewegt eure Ärsche und macht den Weg frei!«

Ich lache und schüttle den Kopf, schnappe aber brav meinen Bob und Carolines Hand, um sie zur Seite zu ziehen und den Aufstieg zu beginnen. Obwohl am Hügel bis auf uns kaum jemand ist, lasse ich sie nicht los, als wir oben sind.

Sie mich auch nicht.

Gar nicht gut, wie glücklich mich das macht, besonders als ich Taylor Hill dabei erwische, wie sie wieder mal unser Händchenhalten beäugt.

Wir bleiben so und sehen zu, wie Finn es versiebt, Austin völlig an der Rampe vorbeifährt und L. J. im Stehen hinabfährt, bis der Schlitten unter ihm wegrutscht und ihn auf seinem Arsch bis nach unten schlittern lässt. Nur Taylor und Antonio schaffen es gemeinsam elegant nach unten.

»Kommst du mit?«, fragt Caroline und zieht mich wieder an den Abhang.

»Ich glaub, ich setz diese Runde aus und saniere meine Rippen nach der Karambolage mit dir.« Ich knuffe sie in die Seite und sie springt auf den Schlitten, um den anderen nach unten zu folgen.

»Na«, sagt Maya und schlürft vernehmlich Kakao aus einem Thermosbecher, der ziemlich klar macht, dass sie zur Unterhaltung hier ist und nicht zum Rodeln. »Ihr zwei … scheint miteinander zurechtzukommen.«

»Tja, ich bin vom Fach und Caroline hat beim Schultheater mal alle drei heiligen Könige auf einmal gespielt, als die anderen wegen Grippe ausgefallen sind, also hat sie offensichtlich auch etwas schauspielerisches Talent«, entgegne ich lachend, ernte aber nur einen durchdringenden Blick von Maya.

»Ich hab euch beide gestern nach dem Wettbewerb vorm Barnwich Brews stehen sehen, Arden James. Du kannst mir jetzt nicht erzählen, dass das alles Theater war!«

»Wie, bist du jetzt auf meiner Seite? Ich dachte, du hasst mich irgendwie«, sage ich und wende den Blick ab, damit sie nicht sieht, was ich denke.

»Ich hasse dich nicht. Ich hab dir nur einfach … nicht über den Weg getraut, aber so was von nicht.«

»Und jetzt tust du's?«, frage ich und remple sie spielerisch an, bis sie mich mit ihrer Schulter energisch wegstößt.

»Noch kann ich kein Urteil abgeben. Ich will nur, dass Caroline bekommt, was sie möchte.«

»Caroline kriegt genau das, was sie möchte. Einen Artikel in der *Cosmo*.«

»Arden, jetzt mal im Ernst«, sagt sie, weil sie mein Ablenkungsmanöver voll durchschaut. »Und egal, was da jetzt passiert, wenn du sie online zur Schau stellst, sei bitte auch hinterher für sie da, wenn's vorbei ist mit euch.«

»Geht's ihr denn gut? Mit dem von gestern?«, frage ich im Gedanken an die Millionen von Benachrichtigungen, die letzte Nacht bei mir eingegangen sind, weil alle völlig am Rad gedreht haben wegen uns beiden. Ich bin's natürlich gewohnt, aber … Caroline. Die ist es nicht gewohnt, den Wölfen zum Fraß vorgeworfen und vom ganzen Internet auseinandergenommen zu werden.

»Warum fragst du sie nicht selbst?«, entgegnet Maya und weist auf Caroline und den Rest der Gruppe, der gerade hustend und prustend den Hügel heraufgestapft kommt.

»Arden! Wetten, du traust dich nicht, die Rampe im vollen Tempo zu nehmen!«, ruft Finn mir zu.

Ich ringe mir ein Lachen ab und ergreife die Gelegenheit, mich aus dieser Unterhaltung zu stehlen, zu der ich nicht bereit bin. »Nachher vielleicht. Caroline, fährst du einmal mit mir?«, frage ich und deute auf einen Zweierrodel. Sie nickt.

Ich halte ihn oben fest und höre den Schnee knirschen, während Caroline sich ans Kopfende fallen lässt. Ich schubse ihn an und springe hinten auf, versuche, nicht daran zu denken, wie nahe ich ihr gerade bin. Wir fliegen den Hügel hinab und legen unten die perfekte Bremsung hin.

»Du, Caroline …« Ich stehe auf und klopfe mir den Schnee ab, während sie zu mir hochsieht. »Mit dir ist alles okay, oder? Ich hab neulich dein Instagram gecheckt und gesehen, dass es privat ist, aber ich weiß, die Posts gestern waren … heftig. Ich versteh's voll, wenn du's dir noch mal überlegen willst mit dem Artikel und so. Ich will dich nicht …«

»Arden.« Sie steht auf und zieht mich am Jackenärmel beiseite, damit Antonio uns nicht plattmacht. »Das passt schon. Oder eigentlich nicht. Es ist … lächerlich, dass du null Privatsphäre hast und die Leute dich behandeln, als wärst du nur zu ihrer Unterhaltung da. Ich find's nicht so prickelnd, dass mein Gesicht sämtliche sozialen Medien tapeziert, aber für die Columbia würd ich so ziemlich alles tun, also …«

Sie zuckt die Schultern und ich nicke, als würde es mir nichts ausmachen, dass es für sie so überhaupt keine Rolle spielt, Zeit mit mir verbringen zu können. Dass Maya Unrecht hatte und die Umarmung vor dem Barnwich Brews gestern mir viel mehr bedeutet hat als ihr.

Nicht reinsteigern, Arden.

Wir gehen wieder nach oben, wo Caroline zu Maya rüberstapft, sich den Thermosbecher schnappt und einen

Schluck nimmt. Ich lasse sie in Ruhe und gehe rüber zu Finn, der mich in die Seite knufft und breit grinst.

»Wettrennen gefällig?«

»Weiß ja nicht, also …«

Ich renne auf die Kante zu und werfe mich Kopf voran auf einen Schlitten, um einen Vorsprung zu bekommen. Ich höre Finn hinter mir lachen und wir rasen den Hügel hinab, Kopf an Kopf. Als wir unten nebeneinander zu stehen kommen, praktisch gleichzeitig, springt er auf und hält mir die Hand hin.

»Unentschieden«, sagt er und sieht mich herausfordernd an. »Obwohl der Einstieg etwas fragwürdig war.«

Ich ergreife seine Hand und lasse mich hochziehen und dann reißen wir den ganzen Aufstieg hindurch blöde Witze.

Gott. Es ist ewig her, dass ich so was gemacht habe, etwas, das eine Achtzehnjährige mit ihren richtigen Freunden und Freundinnen machen sollte. Ich hab vergessen, dass das Zusammensein mit Freunden weder Paparazzi noch Geld oder Alkohol braucht, von anderem ganz zu schweigen.

Als ich in dieser Kleinstadt aufgewachsen bin, war es irgendwie ganz klar, dass ich hier rausmusste, aber jetzt … kann ich dieses Gefühl nicht mehr so richtig heraufbeschwören. Ich dachte, mein Aufenthalt hier würde mir noch ein bisschen Bonus-Inspiration für meine Rolle im Bianchi-Film geben, aber nun erinnert mich gar nichts an all die Gründe, weshalb ich es hier nicht mehr ausgehalten habe und wegmusste, genau wie die Filmfigur. Stattdessen erinnert mich alles daran, was ich hätte haben können, wenn ich geblieben wäre.

Vielleicht muss das aber gar nicht so negativ sein.

Vielleicht hat Grams recht und ich sollte hier ein paar Wurzeln schlagen, auch wenn ich wieder wegmuss.

❄ ❄ ❄

Im Laufe der nächsten Stunde fahre ich noch ein paarmal runter, innerlich völlig auf Caroline fixiert. Wie sie rodelt, wie sie mit Maya und Austin plaudert, wie sie an mir vorbeigeht.

»Caroline!«, ruft Taylor ihr zu und deutet auf die Vorderhälfte ihres Schlittens. »Fährst du mit mir?«

»Klar!«, ruft Caroline, wirft ihre orange Plastikscheibe beiseite und springt auf.

Ich verkrampfe meinen Kiefer und die Hände um meinen Schlitten vor lauter Anstrengung, die plätschernde Eifersucht in meinem Bauch zu ignorieren, als Taylors Arme sich um ihre Taille schlingen und ihre Beine sich um sie legen.

»Arden, wenn du jetzt nicht gleich herkommst ...«

Ich sehe, dass Austin auf das Vorderteil seines Schlittens deutet. Er schenkt mir ein leises Lächeln und ich erwidere es und springe ergeben auf, während Taylor und Caroline schon kichernd den Berg hinabsausen.

»Mit Schwung!«, brüllt Finn und schubst uns plötzlich von hinten an. L.J. und Antonio machen mit und der Schlitten nimmt immer mehr Fahrt auf.

»Scheiiiiße!«, kreischt Austin, als wir in halsbrecherischem Tempo hinabschießen. »Finn, ich bring dich um! Ogottogottogott, ARDEN! Ach, du Scheiiiiße!!!«

Ich muss lachen, obwohl mir das Wasser vor Gegenwind nur so aus den Augen rinnt.

»Ich bin raus!«, ruft er, rollt sich vom Schlitten und auf den Hang, dass der Schnee nur so staubt.

Ich will auch schon kneifen, als ich Caroline und Taylor sehe, die sich lächelnd auf dem Schlitten vor mir aneinanderkuscheln.

Also beuge ich mich stattdessen nach vorne und fahre auf die Rampe.

Mit Karacho.

Ich glaube, in der ganzen Geschichte des Kirchhofhügels ist noch nie jemand so hoch durch die Luft geflogen wie ich. Die Zeit steht still und ich schwöre, ich kann mein ganzes Leben an mir vorbeiziehen sehen.

Dann krache ich auf den Boden und der Aufprall lässt meinen Hintern in tausend Teile zerspringen. Ich rolle mich vom Schlitten, strample mit allen Gliedmaßen und spüre den Schmerz im ganzen Körper.

»Ich hab mir den Arsch gebrochen«, rufe ich ins schallende Gelächter von oben. »Ist es möglich, sich eine Arschbacke wegzusprengen? Ich glaub, eine ist ab.«

Bäuchlings liege ich im Schnee, warte, bis der Schmerz nachlässt.

»Wenigstens ist die Gelddruckmaschine noch unbeschädigt«, sagt eine Stimme, und als ich den Kopf hebe, steht da Caroline mit verschränkten Armen, völlig Taylor-frei, vor mir. Sie stupst mit dem Fuß gegen meinen Schlitten. »Steig auf. Ich zieh dich rauf.«

Stöhnend hieve ich mich auf den Plastikschlitten, worauf Caroline sich die Schnur schnappt und mich hochzieht, bis wir im Schneckentempo den Gipfel erreicht haben. Oben empfängt uns Applaus und ich hebe die Hände und verneige mich dramatisch, während Caroline mit genervtem Blick nach Atem ringt.

»Das waren sicher fast zwei Meter zwischen dir und dem Boden«, sagt Finn ehrfürchtig.

»Echt krank«, sagt L. J. begeistert.

»Definitiv so hoch, dass ich mir fast in die Hose gemacht hätte.«

Während alle versuchen, mich zu übertrumpfen, zerrt mich Caroline rüber zu Finns Truck, wo die Snacks aufgebaut sind, und kippt mich in den Schnee. Während ich mich mühsam aufrapple, hantiert sie auf der Ladefläche mit einer monströsen Thermosflasche herum und lässt sich mit einem Pappbecher Kaffee neben mich fallen.

»So«, sagt sie, gräbt in ihrer Schneehose und zaubert ihr oberpraktisches Notizbuch heraus.

»Meine Güte, Caroline. Schleppst du das Ding überall mit hin?«

»Die Antwort ist Ja.« Sie ext den Kaffee und blättert durch ihre Notizen. »Seit du vierzehn bist, hast du quasi ohne Unterbrechung durchgearbeitet, ein Film, eine Serie nach der anderen. Was machst du, wenn du mal abschalten willst, Spaß haben … und ich gerade nicht da bin?«, ergänzt sie mit einem Augenzwinkern.

»Abschalten?« Ich sehe sie misstrauisch an. »Das ganze Land, inklusive dir, weiß, was ich dann tue. Das ist ja wohl genau das Problem.« Vor meinem geistigen Auge erscheinen Räume mit Schummerbeleuchtung, Gläser mit Salzrand, Stroboskoplicht und hämmernde Musik und Mädchen, die ich schon vergessen habe, bevor ich mir ihren Namen merken konnte. Kolleginnen und Kollegen aus Filmen, denen ich ein paar Monate lang nahe bin und die kurz darauf nur noch in meinem Instagram-Feed auftauchen.

Am Anfang war das vielleicht noch lustig. Oder zumindest besser als die Alternative. Aber nach einem Tag wie diesem? Da klingt nichts von dem auch nur ansatzweise nach Spaß.

»Aber … du musst doch noch irgendwas anderes machen. Also irgendwas Lustiges, was du hinterher noch weißt. Wie das jetzt«, sagt sie und ich zucke die Schultern.

»Caroline, so was wie das hier, das kann ich sonst eigentlich nicht machen. Also … nie.«

»Jup.« Sie nickt. »In LA schneit's halt nicht so.«

»Ich mein jetzt nicht speziell Rodeln. Ich mein einfach … *das hier*«, sage ich mit einer Geste auf uns und den Rest der Gruppe.

»Was?« Sie kommt nicht richtig mit, das sehe ich. »Sagst du mir gerade, dass du nie einfach so was mit Freunden machst? Ich hab doch tausend Fotos von dir gesehen, wie du mit tausend verschiedenen Leuten unterwegs bist. Mit irgendwem von denen musst du doch befreundet sein!«

»Ja, klar, ich hab schon Leute, mit denen ich befreundet bin. Aber die meisten haben mit mir in irgendwelchem Zeug mitgespielt oder ich kenn sie sonst aus der Filmindustrie. Und die Leute, die ich beim Ausgehen treffe … also, die sind halt oft sehr viel älter als ich oder ich seh sie nur an dem jeweiligen Abend«, sage ich mit Blick auf den Kirchhofhügel. »Also … Vielleicht doch keine richtigen Freundschaften.«

»Arden«, sagt sie und ihre Stimme klingt, als hätte sie körperliche Schmerzen. »Ist das nicht … einsam?«

»Ich … Keine Ahnung.« Ich zucke wieder die Schultern.

Damit will ich es schon auf sich beruhen lassen, wie

immer, damit ich ja nicht noch damit herausrücke, was mir schlaflose Nächte bereitet und ständig an mir nagt und was laut Lillian niemals in der *Cosmo* landen dürfte. Aber dann erinnere ich mich daran, was Grams mir neulich im Auto gesagt hat. Ich bin nicht meine Mutter und auch kein Kind mehr. Ich kann selbst entscheiden, was ich möchte und was nicht.

Und ich möchte diese letzten acht Tage nicht damit zubringen, Caroline auf Abstand zu halten.

»Caroline, jeden Tag, wenn ich von der Arbeit zurückkomme, ist da nur dieses dunkle, leere Haus. Ich brauche beschissene Realityshows, damit ich einschlafen kann, ich brauch meinen Riesenfernseher, damit ich nicht die ganze Nacht das Klingeln in meinen Ohren höre. Ich sauf mich durchs Wochenende und liege schlaflos neben irgendwelchen Fremden im Bett, weil ich einfach vergessen muss. Ich hab nie gewollt, dass das so in mein Leben überschwappt, aber irgendwie ... hab ich mich verloren dabei. Alle glauben, weil ich berühmt bin, müsste ich die ganze Zeit Leute um mich haben, die mich lieben, aber in Wahrheit ... in Wahrheit bin ich von dem Tag an allein gewesen, an dem ich hier weg bin.« Meine Augen tränen von der Kälte und dem beißenden Wind und der Wahrheit. Endlich bringe ich es über mich, sie anzusehen.

»Du hättest einfach ...«, setzt Caroline an und in ihrer Stimme ringen Mitgefühl und ihre eigene Verletzung um die Vorherrschaft.

»Ich weiß«, entgegne ich. Sie drängt mich nicht, sondern rutscht stattdessen näher an mich heran, hakt sich bei mir unter und legt ihren Kopf auf meine Schulter. Ich weiß nicht, was passieren wird, wenn ich hier wieder weggehe. Ich weiß nicht, ob Caroline und ich es diesmal schaffen, eine Freundschaft aus der Ferne zu pflegen, aber über dieses ganze Zeug will ich gerade nicht nachdenken. Gerade will ich einfach nur die Zeit genießen, die uns noch bleibt.

»Also schreib ich einfach ›hat keine Freunde‹ in den …«

Ich reiße ihr das Notizbuch aus der Hand und sie versucht lachend, es sich zurückzuerobern. Endlich kann ich atmen, die Anspannung lässt nach.

Kaum habe ich diesen Gedanken erfolgreich zu Ende gedacht, als mich ein Schneeball voll ins Gesicht trifft. Ich sehe Finn noch lachen, bevor ihn dasselbe Schicksal ereilt. »Okay. Das ging jetzt mitten in die Gelddruckmasch-«

Ich schnappe nach Luft, weil Caroline mir eine Hand voll Schnee auf den Kopf klatscht, aufspringt und zu den anderen rennt, nicht ohne mir noch zuzurufen: »Mach schon, Hollywood!«

Hollywood?!

Na warte.

Ich humple ihr hinterher, ohne meinen gebrochenen Arsch auch nur einmal loszulassen.

Tag 6

Caroline

Okay, sechster Outfitwechsel.

Vielleicht siebter.

Ich seufze schwer auf, drehe und wende mich, mustere meine neueste Variante – Jeans und Strickjacke, Haare halb offen, halb aufgesteckt – an meinem Spiegelbild.

»Sieht gut aus.« Riley kommt in mein Zimmer und wirft sich mit einer Tüte Doritos auf mein Bett. »Für dein Date.«

Über den Spiegel sehe ich ihr in die Augen. »Es ist kein Date.«

»Mm-hmmm.«

»Es ist keins.«

»Na gut!«, sagt sie und schiebt sich einen Chip ins Grinsen, unter anzüglichem Augenbrauengewackel. »Ganz schön vorbereitungsintensiv, dein Kein-Date.«

Ich verdrehe die Augen und ziehe eine Kette vom Regal, lege sie mir um und besprühe mich einmal mit dem Parfum, das Mom mir zum Geburtstag geschenkt hat, das süße, blumige.

»Waffmchgihrüwahaug?«

»Was?«

Sie schluckt ihre Ladung Chips hinunter. »Was macht ihr überhaupt?«

»Keine Ahnung«, sage ich und schnappe mir absolut

gleichgültig mein Handy, um auf die Uhr zu schauen. 19.58. »Sie hat nur gemeint, sie käme um acht.«

»Ah, logisch, klar.« Riley nickt. »Also hast du so ungefähr zwei Stunden damit zugebracht, dich fertig zu machen, du bist zum ersten Mal in deinem Leben pünktlich und es ist kein Date.«

»Jup!« Ich stecke mein Handy und mein Geld ein, knipse die Nachttischlampe aus und gehe den Flur hinunter.

Riley ist schon vom Bett gesprungen und mir auf den Fersen. »Wünschst du dir, es wär eins?«

»Was soll ich mir wünschen?«

»Ein Date!«

Ich halte auf der obersten Stufe an und werfe ihr über die Schulter einen Blick zu. »Riley!«

Sie wirft sich unschuldig einen weiteren Chip in den Rachen und wartet auf die Antwort, die ich ihr nicht geben werde. Ich beachte sie nicht weiter und gehe hinunter.

»Das war kein Nein«, sagt sie, gerade als es klingelt. Schlag acht.

Mit einem letzten vernichtenden Blick auf sie mache ich die Tür auf. Arden ist makellos wie immer in ihrer schwarzen Lederjacke, Stiefeln, die mir das Studium finanzieren könnten und einer Baseballkappe auf dem Kopf, die nicht so recht zum übrigen Outfit passen will. *Damit man ihr Gesicht nicht sieht?*

Sie mustert mich von Kopf bis Fuß und das schiefe Grinsen erscheint.

»Du siehst gut aus«, sagt sie und es klingt so aufrichtig, dass mir die Röte ins Gesicht steigt.

Ein lautes Knuspern ertönt und Riley steht neben mir. »Caroline sagt, es ist kein Date.«

»Tja, also technisch gesehen ist es sehr wohl ein Date«, sagt Arden, streckt sich und schnappt sich einen Chip, den sie sich in den Mund schiebt. »Nachdem wir uns ja pseudo-daten.«

Ich greife mir meine Jacke und schiebe sie aus der Tür, in Richtung ihres Autos. »Mach's gut, Riley.«

»Macht's auch gut!«, ruft sie. »Viel Spaß bei eurem Date!«

Vor dem Volvo bremse ich ab, fingere schon am eisigen Türgriff herum, den Arden bestimmt gleich aufschließen wird.

Stattdessen biegt sie scharf nach links ab, in Richtung Zentrum.

Ich trabe ihr hinterher und packe sie am Ärmel. »Wo gehen wir denn hin?«

»Wirst du gleich sehen«, sagt sie. Rasch gehe ich innerlich alle Ziele durch, die wir so ansteuern könnten, Orte, wo wir früher waren, vorweihnachtliche Veranstaltungen, die heute stattfinden. Wohin schleppt sie mich?

»Buchladen?«

»Nein.«

»Claras Bäckerei?«

»Nein!«

»Die Flipperhalle?«

»Nein … aber …« Sie zögert, gerade als wir die Ecke an der Hauptstraße erreichen. »Wär auch lustig gewesen.«

Ich mustere die Straße vor uns, die Schilder unter der Weihnachtsbeleuchtung. »Taste of Italy?«

»Nö.«

Ich hoffe, sie denkt jetzt nicht an die kleine Töpferwerkstatt an der Ecke, wo wir als Kinder immer waren, denn die hat vor ein paar Jahren dicht gemacht.

Plötzlich bleibt sie vor dem Beckett Brothers stehen. Sie zieht die Tür auf und wir werden beinahe weggefegt vom Gesang eines Mädchens, das Adele herauskreischt.

Karaoke-Mittwoch.

»O nein.« Ich mache einen Schritt nach hinten.

»O doch. Wir ziehen das jetzt durch. Ich dachte, es kommt im Artikel auch ganz gut, mal was nicht so Weihnachtliches und gleichzeitig ein bisschen Werbung für deine Brüder zu machen.«

Stimmt ja. Der Artikel.

Arden nimmt mich bei der Hand und schleift mich in die schummrige Bar, die nur von einem Neonschild mit dem Namen an der Wand, ein paar modernen Hängeleuchten (mit angebracht von meiner Wenigkeit) und einem Scheinwerfer auf der Bühne erhellt wird, wo jetzt Jessica O'Reilly aus Levis alter Klasse wie eine Möwe in Todesqualen röchelt. Arden führt uns um die überraschend vollen Tische herum zu den roten Lederhockern an der Bar. Dahinter sind meine Brüder vor ihrer Alkoholwand schwer am Drinks-Mixen. Ein paar Köpfe drehen sich nach Arden um, aber nicht annähernd so viele wie normalerweise bei hellem Tageslicht. Sie bestätigt meinen Verdacht von vorhin, indem sie sich die Baseballkappe tiefer ins Gesicht zieht.

Arden weist auf einen freien Hocker, den ich mir gleich schnappe und mich zu Miles herumdrehe. Mir stockt der Atem, als sie sich so dicht hinter mich stellt, dass ihre Brust mir leicht gegen die Schulter drückt.

»Hey!«, sagt sie, als er von dem Gin Tonic vor sich aufblickt, den er gerade fabriziert.

»Miles! Toller Laden!«, sagt Arden und er strahlt stolz und schiebt den Drink über die Bar rüber zu Mr Green, der gerade frisch von der Schicht kommen muss, da er immer noch in seinem Weihnachtsmannkostüm steckt, mit schlaff herabhängender Mütze.

»Was darf ich euch beiden bringen?«

»Zwei Bier, bitte«, sagt Arden unschuldig und ihr Atem kitzelt mich im Nacken und tritt eine Schmetterlingslawine in meinem Bauch los. Miles schnaubt und knallt uns zwei Karamalz auf den hölzernen Tresen, bevor er sich ein Barhandtuch über die Schulter wirft.

»Miiiiles«, stöhnt sie. Der Typ auf dem Hocker neben uns steht auf und irgendwas in mir, das ich einfach nicht abschütteln kann, passt es gar nicht, dass sie zur Seite tritt und sich den frei gewordenen Platz sichert.

»Komm mir nicht so, Arden James.« Er sieht sie warnend an und bewegt sich weiter, um andere Bestellungen aufzunehmen. Besiegt dreht sich Arden zu mir, und als ich es nachmache, streifen sich unsere Knie.

»Also«, sagt sie. »Bist du öfters hier?«

»Willst du mich angraben?«

Sie sieht mich belustigt an und trinkt gemächlich einen Schluck Malzbier.

Ich zucke die Schultern. »Nö, eigentlich nicht. Nachmittags schau ich manchmal nach der Schule vorbei. Die ersten ein, zwei Monate nach Eröffnung sind wir alle jeden Tag gekommen. Manchmal waren wir die einzigen Gäste. Aber jetzt …«

Ich weise auf die recht ansehnliche Gästeschar, die gerade Mr Green, der mit seinem frischen Gin Tonic auf die Bühne gesprungen ist, vereinzelten Applaus und Pfiffe spendet.

Kann schon sein, dass auch hier der Arden-Effekt mitschwingt, aber irgendwie glaube ich, es liegt mehr daran, dass es der einzige Laden in der Stadt ist, der es wagt, vom Altbewährten abzuweichen. Neue Dinge auszuprobieren, statt bei den alten noch mehr auf die Tube zu drücken. Quiz- und Singleabende und Karaoke, ganz ohne Elfenkostüme.

Vielleicht sollte auch Barnwich mal was Neues wagen.

Arden sieht sich um, während ich ihr Gesicht betrachte, das im roten Neonlicht strahlt.

Plötzlich erscheint Levis Kopf zwischen uns und versperrt mir den Blick auf Arden. Zwinkernd tauscht er unsere Malzbiere gegen richtige aus und hält sich einen Finger an die Lippen.

Ich lache und Arden prostet mir zu. »Zum Wohl!«

Ich stoße mit ihr an und dann stimmen wir mit der gesamten Bar in Mr Greens Darbietung von *Piano Man* ein, zu der die Leute auf ihren Stühlen rhythmisch mitschwingen.

Der Abend schreitet voran, die Karaokedarbietungen sind von wechselnder Qualität. Peinlich berührt lassen wir über uns ergehen, wie die frisch geschiedene Erica Miller sich durch *Shallow* schluchzt, gefolgt von einer passablen Shania Twain von einer Touristin, die von irgendwo weiter südlich angereist ist. Die Stimmung steigt mit der äußerst eindrucksvollen *Bohemian Rhapsody*, geröhrt von unserem Grundschulhausmeister, Mr Stukuley.

»Boah!« Ich packe Ardens Arm, als Mr Stukuley die bewusste hohe Note punktgenau trifft, was einige Leute zu bewundernden Pfiffen veranlasst.

»Ich hab ihn mal gehört, wie er das Klo im zweiten

Stock geputzt und dabei gesungen hat«, lacht Arden. »Ich wusste, was in ihm steckt.«

Unsere Blicke treffen sich und ich weiß nicht, was mich schwindliger macht, das Bier oder ihre Hand, die erst mein Handgelenk und dann meine Hand entlanggleitet, bis ihre warmen Fingerspitzen auf meinen liegen. Ich entdecke zwei Mädchen hinter ihrer Schulter, die am Ende des Tresens sitzen und die Köpfe zusammenstecken, während die eine ihr Handy herausholt und ein Foto von Arden macht.

Unwillkürlich frage ich mich, ob sie das macht, weil ihr die beiden längst aufgefallen sind.

Ich muss an Ardens falsches Lächeln auf Margos Veranda denken, an alles, was ich vor zwei Tagen auf Twitter gesehen habe, und mein Griff um ihre Hand wird fester. Am liebsten würde ich sie herauszerren, um sie zu schützen. Aber das hier ist ein Pseudodate. Wir müssen, Arden muss gesehen werden.

Also lasse ich stattdessen ihre Hand los, um mich zu bremsen, und kaschiere das Ganze, indem ich die Hände auf den Tresen stütze und mich vorbeuge.

»Miiiiles!«, rufe ich und mein Bruder erscheint. »Können wir Pommes haben?«

Er sieht mich misstrauisch an. »Hat Levi etwa …«

Schon hat er die leeren Bierflaschen entdeckt und seufzt schwer auf. »Jup. Ich bring euch Pommes.«

Es dauert nicht lange, da erscheint die rot-weiße Schale vor uns. Unsere Hände kollidieren, als wir uns beide auf dieselbe perfekte leicht gesalzene, makellos knusprige Pommes stürzen. Arden überrascht mich, indem sie die Hand wegzieht und mir den Vortritt lässt. Doch ich breche sie entzwei und halte ihr die eine Hälfte hin. Mit einem kleinen Lächeln beugt sie sich vor und beißt sie mir aus der Hand.

Ich tue genervt, um die Röte in meinen Wangen zu kaschieren, und schaue dann zur Bühne, wo eine Frau in Edies Alter Cher zum Besten gibt.

»Willst du mal?«, fragt sie spielerisch.

»Was, Karaoke? Aber auf gar keinen Fall.«

Arden wirft sich eine Pommes in den Mund und das Glimmen in ihrem Blick Richtung Bühne verheißt nichts Gutes. »Ich wäre saugut!«

»Sagt die, die selbst Weihnachtslieder nur im Playback singt!«

»Autsch!« Sie umklammert ihre Brust. »Das hat gesessen.« Sie nimmt einen Schluck von dem Nachschubbier, das Levi uns gesponsert hat, offensichtlich unbeeindruckt von Miles' Drohgebärden, und nickt in Richtung Toilette. »Ich muss pinkeln. Komm gleich wieder.«

Ich bin so ausgelastet damit, ihr hinterherzuschauen, dass mir fast entgeht, wie Levi sich mit einem Tablett unterm Arm auf ihrem frei gewordenen Hocker breitmacht. »Na«, sagt er und seine braunen Augen lachen. »Was läuft hier so?«

Ich starre ihn böse an und esse noch eine Pommes. »Wie, was läuft hier so?«

»Zwischen dir und Arden.« Dabei lehnt er sich verschwörerisch zu mir. Als ich in der Achten war, hat er mein Tagebuch geklaut, weshalb er bestens informiert ist über meine lange, qualvolle Verliebtheit.

»Gar nichts läuft. Jedenfalls nichts Echtes. Das weißt du. Es ist nie was gelaufen zwischen mir und Arden.« Meine Verliebtheit ist Geschichte, das hier sind nur Nachbeben, die von der Pseudogeschichte losgetreten wurden. Arden war immer das ganz große Fragezeichen. Das ungelöste Rätsel. Vielleicht kann ich dank dieses kleinen Theaters, das wir hier veranstalten, wenigstens endlich eine Antwort darauf bekommen, damit ich … es innerlich abhaken kann.

»Sie ist noch sieben Tage hier. Und dann wird sie …« Ich zucke die Schultern, kaue meine Pommes, bin einfach zu sehr Schwachtrinkerin, um mich zu verstellen. »Dann wird sie Barnwich ganz schnell wieder vergessen haben. Und mich.«

»Mmmm.« Sein Blick geht an meiner Schulter vorbei und plötzlich breitet sich auf seinem Gesicht ein riesiges Lächeln aus und der ganze Raum beginnt zu klatschen und zu pfeifen.

Ich fahre herum und sehe, dass Arden auf die Bühne gesprungen ist und der Cher-Dame das Mikro aus der Hand nimmt. »Hallo zusammen«, sagt sie und mehrere Handys heben sich erwartungsvoll, die Luft schwirrt vor Spannung. Arden räuspert sich. »Das nächste Lied ist für meine Liebste.«

O Gott.

Unsere Augen finden sich, und als dieses perfekte, nervtötende Lächeln von ihr erscheint, weiß ich genau, was sie vorhat.

»Verdammt noch mal«, murre ich und widerstehe dem Drang, mich unter der Bar zu verstecken.

»*Where it began …*«, singt Arden und sofort dreht sich die ganze Bar zu mir um.

Beim Singen springt sie von der Bühne und beginnt, sich durch die Tische zu winden und dabei die ganze Zeit die Zuschauer einzubeziehen: die Leute ins Mikro singen zu lassen und augenzwinkernd einen Schluck aus einem fremden Glas zu klauen. Sie schlingt sogar einen Arm um Mr Green.

Was ihr an Stimme fehlt, macht sie zehnfach mit ihrer Ausstrahlung wett, und als sie zum Tresen kommt, scheint die ganze Bar miteingestimmt zu haben und im Takt mit ihr mitzuschwingen.

Sie streckt die Hand aus und ein Meer von Händen streckt sich ihr entgegen, einige Fingerspitzen streifen ihre.

Es wäre so leicht, dem einfach ... nachzugeben. Meinem Fragezeichen hinter Arden James. Sich vorzustellen, wie es wäre, wenn ich wirklich zu ihr gehörte, ihr zuschaute, wie sie mir ein Karaoke-Ständchen bringt oder Austin zehntausend neue Instagram-Follower verschafft oder Mayas Ausführungen über die Kunsthochschule lauscht. Vielleicht ist es ein Glück, dass es nicht echt ist, weil mein Herz es vermutlich nicht überstehen würde, sich so oft am Tag in einen Menschen zu verlieben.

Sie wirbelt herum und steigt auf den Tresen, doch diesmal schaut sie mir dabei in die Augen, als wären wir alleine hier.

»Sweet Caroline!«

»Bum, bum, bum!«, ergänzen alle und sie reißt sich die Kappe vom Kopf und wirft sie in die Menge, worauf die Leute sich regelrecht darum reißen.

Der ganze Raum skandiert im Chor, als sie immer näher auf mich zukommt und mir ganz schwach wird vor lauter Herzklopfen.

Schon steht sie vor mir, beugt sich herunter, bis unsere Gesichter auf gleicher Höhe sind, und ist so dermaßen charmant, dass es mir schon egal ist, ob das jetzt echt ist oder nicht.

Sie hält mir die Hand hin und sieht mich herausfordernd an.

»Ganzer Stapel oder platzen!«, formen ihre Lippen und irgendwie ist mir klar, dass es bei dieser Mutprobe um mehr geht als nur um Karaoke. Einmal tief durchatmen und ich strecke endlich die Waffen. Ich lasse mich auf die Bar hochziehen. Ich erlaube mir, voll in die Lüge hineinzugleiten. Und obwohl das alles so weit von dem entfernt ist, was mir angenehm ist, liegt irgendwas in ihrem Blick, was mir die Angst nimmt, genau, wie es schon immer war.

Gemeinsam singen wir die nächste Strophe ins Mikro, und als jemand seine Bierflasche in die Höhe hält, folgen alle anderen nach.

Beim Singen lächelt Arden ins Flaschenmeer, in den Raum voller Menschen, doch als wir wieder beim Refrain ankommen, richtet sie ihre Aufmerksamkeit erneut voll auf mich. Ihre Augen leuchten im Neonlicht, dieselben Augen, in die ich geblickt habe, als wir uns spät nachts Geheimnisse zugeflüstert und bei Edie Milchshakes getrunken haben oder Schlittschuh gefahren sind, bis wir uns kaum noch auf den Beinen halten konnten. Dieselben Augen, in die ich mich so oft verliebt habe – und ich begreife, dass das, was ich für eine Narbe gehalten hatte, leider doch nur eine Kruste war.

Das Lied ist zu Ende und das Publikum tobt. Arden senkt das Mikro, bis zwischen uns nur noch Luft ist. Ihr Blick senkt sich auf meine Lippen und einen winzigen Moment, einen Herzschlag lang fühlt es sich an, als würden wir uns gleich küssen. Diesmal gestehe ich es mir ein. Ich möchte sie küssen.

Ich möchte, dass es echt ist.

Doch stattdessen blinzelt sie und schaut zur Seite, grinst den Leuten zu und springt von der Bar, worauf sie mir die Hand hinhält. Sie hilft mir beim Runterklettern und geht dann zur Bühne, um der nächsten singwilligen Person das Mikro abzutreten.

Als ich ihr hinterhersehe, beugt sich Levi zu mir und flüstert mir ins Ohr: »Sieht jetzt nicht so aus, als hätte sie dich vergessen.«

Und ich kann den Funken Hoffnung nicht unterdrücken, dass Arden sich vielleicht ebenfalls wünscht, es wäre wahr.

Tag 6

Arden

Irgendwann verlassen wir kichernd die Bar und finden uns auf dem Gehweg wieder. Mit den zwei von Levi verschafften Bieren intus fühlt sich der Barnwicher Winter gleich viel harmloser an.

»*Sweeeet Caroline*«, schmettere ich auf dem Rückweg zum Haus der Becketts unter dem orangen Schein der Straßenlaternen.

Caroline lacht und wir biegen in ihre Straße ein, wo sie sofort auf einer vereisten Stelle ausrutscht und wild mit Armen und Beinen rudert. Ich schnappe sie und will sie aufrecht halten, sie klammert sich fest an mich – doch umsonst. Vereint stürzen wir auf den Asphalt.

»Mein Hintern!«, stöhne ich. »Der hat sich noch nicht vom Schlittenfahren erholt.« Wir brechen in Kichern aus und zum hundertsten Mal fällt mir heute Abend auf, wie warm und süß und köstlich sie riecht, nach einem mir unvertrauten Duft, den ich noch nicht einordnen konnte, vermischt mit demselben Shampoo in der blauen Flasche, das sie schon seit der Sechsten benutzt.

Vielleicht sind es gar nicht die Biere, wegen denen mir so warm ist.

»Gott, so einen schönen Abend hatte ich seit Ewigkeiten nicht. Ich hab vergessen, dass so was geht«, sage ich staunend.

»Jup, es …« Sie spricht nicht weiter, sieht mich forschend an. »Irgendwie ist es …«

»Wie früher«, beende ich und sie nickt.

Wir rappeln uns auf und gehen sehr vorsichtig weiter, um uns nicht wieder auf die Nase zu legen.

Als wir vor ihrem Haus stehen, ist Mitternacht vorbei und um uns herum herrscht tiefe Stille. »Ich muss noch pinkeln, bevor ich gehe«, verkünde ich.

Sie greift mich beim Ärmel und zieht mich die Stufen hoch. Ich sehe zu, wie sie mit ihrem Schlüsselbund rumhantiert und ihn dreimal fallen lässt, bevor sie den richtigen ins Schloss bugsiert.

»Äußerst geschickt«, flüstere ich ihr zu, als sie es fertigbringt, den Bund beim Rausziehen noch mal fallen zu lassen. Sie hat eindeutig noch mehr einen im Kahn als ich, doch mir ist noch irgendwas anderes zu Kopf gestiegen. Als wir es endlich schaffen, uns reinzuschleichen, wartet Blue schon schwanzwedelnd in der Diele.

Ich suche Halt am Mützenständer in der Ecke, während ich meine viel zu engen und schmerzenden Stiefel ausziehe, aber das Ding kippt einfach um. Zum Glück fängt Caroline es gerade noch auf, bevor es zu Boden kracht.

»Arden!«, zischt sie und ich grinse ihr zu.

»Was? Wie sollte ich denn bitte sonst …« Wir hören, wie oben die Dielen knarzen, und sie hält mir den Mund zu und unsere Köpfe drehen sich vereint zur dunklen Treppe in den ersten Stock. Ich schaue zu ihrem blassen Gesicht, erhellt vom Mond, der durchs Fenster scheint, auf ihre Wimpern, die Schatten auf ihre Wangen zeichnen, während sie die Geräuschquelle zu orten versucht.

Dann verschwinden die Schatten im Licht, das über

uns angeknipst wird und Mrs Beckett enthüllt, die im gestreiften Pyjama mit verschränkten Armen oben am Treppenabsatz steht.

Rasch fahren wir auseinander und ich hebe verkrampft eine Hand zum Gruß, geblendet vom grellen Ganglicht.

»Guten Morgen!«, sagt Caroline und ich pruste los, doch Mrs Beckett lässt bloß die Arme sinken. Sie hat sofort begriffen, was hier abgeht.

»Ich bringe deine Brüder um.«

»Mrs Beckett, sie haben uns gerade mal ein Bier gegeben«, sage ich, was sie mir eindeutig nicht abkauft. »Höchstens zwei. Sie ist die totale Schwachtri…«

Caroline knufft mich in die Seite, um mich zum Schweigen zu bringen.

»Das kann die beiden in Teufels Küche bringen. Du solltest das doch am besten wissen!«, sagt sie zu Caroline. Wir lassen beide die Köpfe hängen im Versuch, einen auf Reue zu machen, bis der Mützenständer hinter uns endgültig schlapp macht und lautstark zu Boden scheppert und wir in Gelächter ausbrechen.

»Alles klar. Das war's jetzt mit euch.« Sie weist auf mich, während ich den Ständer wieder aufrichte. »Arden, sag Edie Bescheid, dass du hierbleibst.«

Ich halte meine Schlüssel hoch. »Ich kann doch einfach …«

Wenn Blicke töten könnten, wär das jetzt mein Ende. »Und ich hab gehofft, in deinem Kopf gäb's einen Hauch von Vernunft.«

Autsch.

Sie stapft die Treppe nach unten, um mir die Schlüssel aus der Hand zu nehmen, wobei sie mich mehr an meine Film-Mütter erinnert als an meine echte. »Morgen kriegst du sie wieder. Ich geh jetzt schlafen. Caroline, wir sprechen uns beim Frühstück.« Irgendwo fühlt es sich an, als hätte ich gerade eine Ohrfeige bekommen, aber irgendwo auch … gut? Als sei es ihr tatsächlich wichtig, dass mir nichts passiert.

Sie knipst das Licht wieder aus und wir beide verharren eine Minute im Finsteren, bis wir oben die Schlafzimmertür zufallen hören.

Ich räuspere mich und Caroline und ich wechseln einen Blick. »Gibt's eigentlich noch die ›Naschlade‹?«, flüstere ich verlegen, zwecks Überbrückung der Phase, bis Caroline wegen eben ihren Anfall kriegt.

»Na logisch«, sagt sie stattdessen und tappt in die Küche.

»Moment, war's das schon? Du regst dich gar nicht auf?« Ich folge ihr hastig.

»Wegen Mom, meinst du?« Sie schnaubt. »Die kriegt sich schon wieder ein. Das ist jetzt ja nicht das erste Mal, dass ich ein Bier trinke, Arden. Außerdem, was kann ich bitte dafür, wenn mein großer Bruder mir eins aufdrängt?« Sie feixt. »Für Levi sieht's weit schlechter aus als für mich.«

»Immer noch dieselbe Kleine-Schwester-Ausrede.« Ich schüttle den Kopf und folge dem Schein von Carolines Handylampe in die Speisekammer, wiederum gefolgt von Blue. Darin finden sich in Reih und Glied aufgereiht und geordnet die Frühstücksflocken, Suppen, Nudeln und …

Die Schublade der Schubladen.

Caroline zieht sie auf und enthüllt ein wahres Naschparadies. Schokotörtchen, Bonbons, Pop-Tarts, Fruchtgummis – alles, was das Herz begehrt.

Die Becketts hatten immer die besten Snacks. Mr Beckett hat immer die Art von Brotboxen hergerichtet, die jedes Kind in der Grundschule von Barnwich gegen die eigene eintauschen wollte.

Wir bedienen uns großzügig und rasen die Treppe zu ihrem Zimmer hinauf, genau wie früher, brechen nach einem kurzen Pipi-Zwischenstopp auf ihrem Bett zusammen. Caroline knipst die kleine Nachttischlampe an und die Birne erglüht in einem staubigen Gelb, das die Ecken des Zimmers nicht erreicht.

»Ja, schau einer an«, sage ich und schiebe mir einen leicht klebrigen Lachgummi in den Mund, während wir an die Decke starren. »Eine Pyjamaparty. Sogar noch mehr wie früher, als ich erwartet habe.«

»Tja, bloß bei genauerer Betrachtung zahlst du mich diesmal dafür, dass ich mit dir abhänge«, sagt sie mit dem Mund voller Zimt-Pop-Tart.

Ich lache. »Noch genauer betrachtet bezahlt dich die *Cosmopolitan* dafür, nicht ich.«

Sie beißt noch mal ab, grinst und lacht dann leise auf.

»Du hast es wahrscheinlich längst vergessen, aber ich musste grad daran denken, wie Jacob Klein dich mit fünfzig Dollar bestochen hat, dass du in den See hinter seinem Haus springst.«

»Schwer zu vergessen, wenn man fast erfroren ist«, entgegne ich. »Und als ich wieder trocken war, sind wir sofort von der Party weg und haben alles bei Walmart für Süßigkeiten und Nagellack verpulvert.«

»Das war sicher zwei Jahre lang mein Lieblingsnagellack.«

»Was ist wohl aus dem geworden?«

»Jacob?«, fragt Caroline sicherheitshalber und zieht die zweite Pop-Tart aus der Packung. »Der ist auch nach LA. War in einem gefloppten Pilotfilm für Amazon.«

»Im Ernst?« Mein Kopf fliegt zu ihr herum.

Sie schnaubt. »Nein. Der geht im Herbst auf die Penn-State-Uni.«

Grinsend schüttle ich den Kopf und knülle die leere Lachgummitüte zusammen. Dann wähle ich die Packung mit Chili-Doritos.

»Gib mir einen«, sagt sie und reckt sich danach.

»Du kriegst das scharfe Zeug nicht mal runter«, sage ich verwirrt. »Weißt du noch, als du dir mal Tabasco statt Ketchup auf die Eier gemacht hast? Ich hab gedacht, ich muss dich auf dem Rücken in die Notaufnahme schleifen.«

Sie lacht. »Na ja …« Sie langt erneut nach den Chips und schnippt mit den Fingern. »Meine Geschmacksknospen sind herangereift. In vier Jahren kann sich einiges ändern.«

Ich halte ihr die Chipstüte hin und überlege, ob ich all diese Fortschritte aufs Spiel setzen soll. Ihr in aller Öffentlichkeit ein Ständchen zu bringen, ist eine Sache, aber in ihrem Schlafzimmer alleine mit ihr zu sprechen, ist noch mal eine ganz andere Ebene von Verletzlichkeit.

Aber irgendwas sagt mir, dass es den Versuch wert ist.

»Also, dann sollten wir einander abwechselnd Fragen stellen«, schlage ich vor.

Caroline klemmt sich den Rest ihres Chips zwischen die Zähne und zieht aus ihrer Hosentasche das Notizbuch hervor. Sie schlägt eine Seite auf und will mich gerade etwas fragen, als ich es ihrem Griff entwinde und es rückwärts auf den Boden pfeffere.

»Hey!«, sagt sie erbost.

»Keine Notizen. Ich meine … einfach Fragen, damit wir uns kennenlernen. Du weißt schon, wer wir jetzt sind. Echt. Hinter den Kulissen.«

Ich sehe zu, wie sie abwägt, ihr Blick über die Decke huscht. Ich wage nicht zu atmen, bis sie schließlich … nickt. »Okay.«

»Okay?«

»Wenn du noch einmal fragst, überleg ich's mir anders.« Sie sieht mich fest an und ich halte den Mund. »Das Schlimmste an LA?«

»Der Verkehr«, lüge ich. Vielversprechender Anfang, Gratulation an mich. »Auf welchen Star stehst du? Abgesehen von mir«, scherze ich und sie wird sofort knallrot, wovon ich mir einiges erhoffe.

»Andrew Garfield.«

Hä? »Bist du nicht lesbisch?«, frage ich.

Sie zuckt die Schultern. »Schon, aber … seine Vorlieben kann man sich nicht aussuchen. Und meine sind halt britische Schnuffis. So. Wenn du keine Schauspielerin wärst, was wärst du dann am liebsten?«

»Lehrerin an einer High School.« Ich werfe mir noch eine Handvoll Chips in den Rachen.

Fasziniert legt sie den Kopf schief. »Ich auch. Also wenn's mit dem Journalismus nicht klappt, dann würd ich gern Schreiben unterrichten oder so was.«

»Wer ist dein Lieblingsgeschwister?«, frage ich.

»Ich liebe sie alle gleich«, behauptet sie und hält sich dann die Hand vor den Mund, um ihr Lächeln zu verbergen, bis ein »Levi« durch ihre Finger dringt.

»Ich mag Riley«, sage ich.

»Nur weil sie dich anbetet.«

»Sie hat einen hervorragenden Geschmack, was soll ich sagen?« Caroline bombardiert mich mit einer weiteren Lachgummipackung.

Die nächste Stunde stellen wir uns abwechselnd Fragen. Ich finde heraus, dass sie zum Einschlafen immer noch Musik hört und sich streng daran hält, jeden Frühling mit ihrer Mutter einen Gemüsegarten anzulegen. Dass sie im Sommer immer ein paar Wochen ins Strandhaus von Mayas Familie fährt und sie Austin zu allen Footballspielen begleitet, aber nur um ihm Gesellschaft zu leisten, während er Finn anfeuert. Dass sie hauptsächlich im Diner arbeitet, um nach Edie zu schauen, und als ich ihr vom Großhandel erzähle, sagt sie, dass sie in Zukunft mitkommen wird.

Sie findet auch Dinge über mich heraus. Dass der coolste Ort, an dem ich je gedreht habe, Kroatien war, und der schlimmste eine Nacht in der Psychiatrie. Dass ich mit Perücke und Sonnenbrille jeden zweiten Freitag alleine ins Kino gehe. Dass ich jeden Neujahrsmorgen *Harry und Sally* schaue, wie früher mit Edie, wenn ich lange nach Mitternacht von einer Party komme. Dass ich vor zwei Jahren einen zahnlosen Hundegreis namens Neil adoptiert habe und wir ein tolles halbes Jahr zusammen hatten, bevor er starb.

Ich erzähle ihr all die Dinge, die ich in den Interviews auf meinen Pressetouren nie erwähne. Dinge, die zu persönlich sind, um sie der Öffentlichkeit zum Fraß vorzuwerfen.

»Was ist das Schlimmste an deiner Schule?

»Das Essen in der Cafeteria«, sagt sie und zögert. »Und das Aufstehen um sieben.«

»O Gott. Ich wünschte, ich könnte unter der Woche

bis sieben schlafen«, stöhne ich. »Wenn ich drehe, muss ich die meisten Tage so um fünf am Set sein. Horror.«

Caroline lacht und fällt wieder aufs Bett. »Als du klein warst, konnte ich dich noch nicht mal mit Edies Pfannkuchen aus dem Bett locken.« Sie hält inne und wir denken beide andächtig über unsere nächsten Fragen nach. Ich rolle mich ebenfalls auf den Rücken, starre auf den Ventilator, der sich über uns dreht.

»Was ist mit deinen Eltern passiert? Wo stecken sie?«, fragt Caroline schließlich vorsichtig.

Ich zucke die Schultern und lache jämmerlich auf, weil ich weiß, dass ich das Ganze ins Lächerliche ziehen könnte.

Auf einer Rheinkreuzfahrt?

Einer Hütte in der Karibik?

Anderthalb Meter unter der Erde?

Irgendwo will ich drüber hinwegwitzeln, denn wenn ich es nicht tue, heule ich womöglich einfach los. Aber nachdem ich Caroline nach dem Rodeln erzählt habe, wie einsam ich in LA bin, und die Welt nicht untergegangen ist, möchte ich es nicht mehr vor ihr verheimlichen. Dieses eine Mal möchte ich, dass sie mich wirklich sieht.

Also atme ich tief durch und fange an: »Weißt du noch, wie wir gedacht haben, dass alles besser wird, wenn ich nach LA gehe? Dass sie endlich aufhören, sich zu streiten …«

Sie nickt.

»Also, das hat geklappt. Aber nur weil sie nicht mehr da waren. Sie haben angefangen, mit meinem Geld vor allen Verantwortungen wegzurennen. Na ja, genau genommen vor ihrer einzigen Verantwortung. Mir. Da hab ich gedacht, gut, wenn sie nicht mehr meine Eltern sein wollen, auch okay. Aber ich wollte mich nicht mehr permanent bestehlen lassen. Ich hab mich für mündig erklären lassen, als ich sechzehn war, aber eigentlich war ich schon lange vorher völlig alleine«, sage ich und starre immer noch an die Decke.

»Ich begreife nicht, wie sie einfach … so gehen konnten«, entgegnet Caroline, während ich versuche, den Kloß in meinem Hals herunterzuschlucken.

»Ich glaube, meine Eltern hätten keine Eltern sein sollen«, gebe ich schließlich zu. »Nicht wie deine. Ein Vater, der jeden Dienstag Pfannkuchen macht. Eine Mutter, die sich beruflich den Arsch aufreißt, aber es trotzdem irgendwie hinkriegt, immer für dich da zu sein. Die einen anmotzt, weil man beim Heimkommen einen sitzen hat, und einem gleich die Autoschlüssel wegnimmt.« Mein Rücken fühlt sich auf der Matratze zu warm an und ich wünschte, der Ventilator würde sich schneller drehen. »Eltern, die … einen wirklich lieben«, ende ich und versuche, ganz langsam auszuatmen, damit ich nicht noch zu weinen anfange.

Doch dann schiebt Caroline ihre Hand in meine. Sie macht es nicht wegen des Artikels oder weil irgendwer zuschaut. Sie tut es nur für mich. Und danach gibt es nichts, was meine Tränen noch aufhalten könnte.

»Das tut mir leid. Das hätte dir nie passieren dürfen«, sagt sie und drückt mir die Hand.

»Aber meistens fühlt es sich nicht so an. Mir kommt's so vor, als würde ich immer die falschen Entscheidungen treffen«, sage ich wegwerfend.

»Arden …« Sie dreht sich zu mir um und sieht mich an, doch ich bedeute ihr, dass ich es dabei bewenden lassen will. Sie schweigt, während ich mich kurz ein bisschen sammle.

»Warum Journalismus?«, frage ich dann, in der Hoffnung, dass sie mir diesmal eine Antwort gibt.

Sie runzelt die Stirn und rümpft die Nase und kurz glaube ich, dass sie mir den Grund nicht verraten will. Doch schließlich stößt sie einen Seufzer aus, lässt meine Hand los und dreht sich um und zieht etwas unter dem Bett hervor.

Sie stellt eine abgewetzte, staubige Schuhschachtel zwischen uns. Ich setze mich auf, sie schiebt sie mir hin und ich nehme den Deckel ab und sehe, dass sie voller sorgfältig ausgeschnittener Zeitungsartikel ist.

Ich nehme einen nach dem anderen hoch und mir wird ganz anders, als mir aufgeht, dass sie alle ein Thema haben …

Mich. Mein erstes Jahr in Hollywood.

**Mädchen aus Barnwich
auf der Kinoleinwand!**

**Arden James:
Kometenhafter Aufstieg eines neuen
Sterns am Himmel von Hollywood?**

Ich blicke zu Caroline. Ihr hellblondes Haar hat sich endlich aus ihrer Haarklammer befreit, ihr Blick liegt starr auf einem der Artikel in ihrer Hand.

»In dem Jahr, in dem du weg bist, hab ich so unendlich viele Artikel gelesen. Manche gut, manche schlecht. Ich hab in ihnen nur … nach dir drin gesucht. Nach irgendwas Vertrautem. Aber ich hab nichts von dir in ihnen gefunden und da hab ich angefangen, drüber nachzudenken, was gutes Schreiben eigentlich ausmacht. Wann man eine gute Journalistin ist. Wie man den Menschen einfangen sollte, über den man schreibt, wie man die Person lebendig macht für die Lesenden. Also aufrichtig und echt, nicht einfach nur mit abgegriffenen Schlagworten.«

Sie zuckt die Schultern, hält aber das Papier so fest, dass es knittert. »Egal, jedenfalls hat es in mir den Wunsch ausgelöst, genau das zu machen. Eine Journalistin zu werden, die das hinkriegt. Und, na ja, auch wenn ich mir das nicht so eingestanden habe, aber auf gewisse Weise ist dieser *Cosmo*-Artikel meine erste Chance, etwas in dieser Richtung zu machen.«

Sie will den Ausschnitt zurücklegen, doch ich fasse sie bei der Hand und sie sieht mich an.

»Es tut mir leid. Es tut mir leid, dass ich dich nicht angerufen habe. Es tut mir leid, dass ich nicht wieder hergekommen bin. Und es tut mir leid, dass ich dir keinen guten Grund gegeben habe, dass du mir verzeihen kannst, aber manchmal ist es so schwer für mich, über meine Gefühle zu sprechen. Warum ich …« Ich sehe in ihre Augen und sie sieht in meine Augen und ich … ich kriege die Worte einfach nicht zusammen. Oder vielleicht schon und ich will es einfach nicht, weil diese Gefühle mir immer noch so eine Scheißangst einjagen. Bevor ich meinen Satz beenden kann, blinzelt Caroline und schaut weg.

Dann quietscht ihre Matratze und sie steht auf. »Ich hab mein Handy unten gelassen. Bin gleich wieder da.«

Ich sehe ihr hinterher und seufze schwer. Dann setze ich sorgfältig den Deckel zurück auf die Kiste.

Als sie wiederkommt, gähnt sie etwas zu breit. Eine große Schauspielerin war sie noch nie.

»Bereit für den Sandmann?«, fragt sie, steigt ins Bett und legt sich auf der anderen Seite unter die Decke.

»Klar«, entgegne ich, obwohl ich mir wünschte, wir könnten wie früher die ganze Nacht durchreden. Ich wünschte, ich hätte die Worte über die Lippen gebracht. Ich wünschte … ach, egal. Das Risiko ist zu groß. Also lege ich mich neben sie. Ihre Bettwäsche riecht wie ihr Shampoo.

Es dauert eine Weile, aber sie schläft zuerst ein, mit einem Stöpsel im Ohr, zum Klang ihrer Spotify-Schlaf-Playlist. Ihre Augen sind geschlossen, die Lippen leicht geöffnet, ihr Atem geht ruhig und sanft. Ich strecke die Hand aus und ziehe den Stöpsel heraus und unter dem leisen Summen der Musik verharren meine Fingerspitzen einen verstohlenen Moment lang auf ihrer Wange.

Das fühlt sich so sehr nach früher an, aber gleichzeitig spüre ich, wie die vier Jahre zwischen uns sitzen. Die wären wahrscheinlich sogar noch da, wenn ich ihr die Wahrheit gesagt und ihr gestanden hätte, warum ich sie nie angerufen habe und warum ich nie wieder zurückgekommen bin. Indem ich ihr sage, was ich empfinde. Und dann muss ich dran denken, wie schnell sie aus dem Zimmer geflüchtet ist, statt abzuwarten, ob ich vielleicht doch noch etwas über die Lippen bringen würde.

Vielleicht ist es zu spät. Vielleicht ist das eine Frage, die Caroline nicht mehr beantwortet haben möchte.

Tag 7

Caroline

Das Erste, was ich nach dem Aufwachsen sehe, ist Ardens Gesicht.

Ich vergrabe mich tiefer in der Decke und mustere ihre vertrauten Züge, jetzt, wo das Make-up ab ist. Scharfe Nase, weiche Lippen, diese winzige Narbe auf dem Kinn. Irgendwie ist sie ohne ihren berühmten Eyeliner noch attraktiver und sein Fehlen lässt sie fast noch mehr aussehen wie …

Meine Arden.

Besonders nach letzter Nacht und ihrer Entschuldigung. Auch wenn sie mir immer noch nicht den Hauch einer Erklärung geliefert hat, habe ich doch gespürt, dass sie aufrichtig war.

Und diesmal kann ich es ihr nicht übel nehmen. Ich bin geflüchtet, bevor sie sie mir geben konnte, weil … ich plötzlich solche Angst hatte. Angst, dass ich es nicht ertragen würde, die Antwort zu kennen, wenn es eine wäre, die ich nicht hören will.

Sie regt sich und ich versuche, so zu tun, als hätte ich sie nicht gerade angestarrt. Ihre dunklen Augen gehen auf und ihre Hand hebt sich, um das rechte zu reiben.

»Morgen«, grummelt sie.

»Morgen«, sage ich und drehe mich zu meinem Handy auf dem Nachttisch. Verwirrt setze ich mich auf. Das ganze Display quillt über vor Benachrichtigungen. Ich tippe auf eine von Instagram und sehe zu meinem Schrecken …

»Zehntausend Freundschaftsanfragen?«

»Herrje.« Arden späht über meine Schulter. Gemeinsam sehen wir ein körniges Video aus der Bar gestern Abend, das nun auf TikTok gelandet ist. Der Name des Songs und Ardens kleine Ansprache müssen es ihren Fans ziemlich leicht gemacht haben, mich aufzuspüren.

Ich scrolle durch die Screenshots und die brüllenden Fans, ARDEN IST VOLL LIIERT mit heulenden Emojis in den Kommentaren. Es gibt sogar einen ganzen Artikel mit dem Titel: »Zehn Dinge, die ihr über Arden James' neue Liebe wissen müsst«. Ich tippe drauf und sehe, dass die Hälfte davon Quatsch ist, angefangen mit der falschen Geschwisteranzahl bis hin zu meinen »großen Basketball-Ambitionen«. Aber das Schlimmste ist zweifellos, dass mein Jahrbuchfoto aus der Neunten wieder aufgetaucht ist. Mir rast das Herz beim Versuch, das alles zu verarbeiten.

Eigentlich war mir ja klar, dass dieser Tag kommen würde. Das ging nur … deutlich rasanter als erwartet. Ich hab mir eingebildet, das Ganze mithilfe des Artikels steuern zu können.

»Verdammt«, sage ich und hau das Handy auf die Matratze. Hat doch irgendwer tatsächlich zwei Standbilder vom Schluss des Songs gepostet, von diesem bewussten Moment. Arden, wie sie sich vorbeugt … und mir auf die Lippen starrt, und ich mit knallroten Wangen.

Es fühlt sich so seltsam an, das von außen zu sehen. Zu sehen, wie ungehemmt ich war und wie … also … ganz offensichtlich hingerissen von ihr.

Ich frage mich, ob es für Arden genauso deutlich war oder ob sie einfach nur glaubt, meine Schauspielkunst hätte sich verbessert.

Da sitzen wir nun, Schulter an Schulter, in völliger Stille.

»Bist du dir sicher, dass du noch …«

»Willst du einfach heute hierbleiben?«, falle ich ihr ins Wort und sehe sie an. »Wie früher. Ohne dass wer zuschaut. Ohne Pseudodating. Ohne all das …« Ich deute auf mein Handy. »Wir backen Kekse und …«

»Schauen *Tatsächlich Liebe*«, sagen wir beide wie aus einem Mund. Unser Lieblingsfilm von damals. Wir müssen ihn schon an die hundertmal gesehen haben, sogar wenn nicht Weihnachten war, aber seitdem kein einziges Mal.

»Absolut.« Sie nickt. »Also Kekse zum Frühstück?«

»Kekse zum Frühstück.«

Arden leiht sich ein abgelegtes übergroßes T-Shirt und Jogginghosen aus Levis und Miles' Altbeständen, da meine ihr höchstens bis zur Wade gehen. Als wir auf den Flur treten, ziehe ich ein Post-it von meinem Türrahmen, hinterlassen von meiner Mutter:

WIR SPRECHEN UNS SPÄTER.

Fett mit Edding.

Meine Eltern sind arbeiten, was Moms Predigt einige Stunden in die Zukunft verlegt. Doch wir sind noch nicht mal ganz die Treppe runter, als ich Riley so laut an ihren Frosties knurpsen höre, dass man es bis zum Barnwich Brews hören muss.

»Huiuiui«, sagt sie und lehnt sich bei unserem Erscheinen in ihrem Stuhl zurück. »Das Date scheint ja ein voller Erfolg gewesen zu sein.«

Sie hält uns die Frostiespackung, die sie zwecks raschen Nachschubs direkt neben sich stehen hat, einladend entgegen und Arden schaufelt sich eine Handvoll heraus.

Ich will mit meinem üblichen Es-war-kein-Date kontern, aber … ich krieg's auch nicht mehr auseinander.

Stattdessen gehe ich rüber zur Speisekammer, um die Zutaten für Dads Schokokekse zu holen. Bei meiner Rückkehr sitzt Arden auf der Theke und wirft Frosties in die Höhe, die Riley mit dem Mund fangen muss.

»Wann ist Chanukka?«, fragt Arden und nickt zur Menora auf dem Fensterbrett.

»Beginnt superspät dieses Jahr«, sagt Riley und lehnt sich nach links, um das letzte Stück zu fangen, während ich den Ofen vorheize. »Genau an Weihnachten. Aber die Chanukkafeier mit der Familie haben wir schon diesen Samstag, weil Oma und Opa eine Reise machen, wegen ihrem fünfzigsten Hochzeitstag.« Sie kaut lautstark und grinst Arden an. »Komm doch auch!«

»O, ich kann doch …« Sie wirft mir einen raschen Blick zu und ich zucke mit den Schultern. »Kannst du, wenn du magst.« Ich schütte Zucker, Backpulver und Salz in eine Schüssel. »Also ohne Verpflichtung natürlich.«

Es klingelt an der Tür und Riley springt auf, pfeffert ihre Schale in die Spüle und flüchtet aus dem peinlichen Moment, den sie selbst geschaffen hat. »Ich muss dann. Bin heut bei Sammy.« Schon ist sie aus der Tür, mit einem Abschiedsruf zu Arden (nicht zu mir).

Arden springt vom Tresen und stopft sich die restlichen Frosties in den Mund. »Sicher, dass es kein Problem ist?«

»Beste Rinderbrust der Welt«, sage ich mit einem Nicken, als wäre es nicht die Riesensache, nach der es sich anfühlt. »Außerdem fand meine Oma *Operation Sperling* so richtig, richtig gut. Schaut sie sich gefühlt jeden Monat an.«

Sie lacht und streckt die Hand aus, um ein Ei aufzuschlagen, wobei sie meinen Arm streift. »Grams fand's grässlich.«

»Edie ... hat im Zweifelsfall einen besseren Filmgeschmack als meine Oma.«

Unsere Zusammenarbeit läuft wie am Schnürchen, hundertfach eingeübt. Ich füge Vanillezucker, Milch und Butter dazu. Arden ergänzt die trockenen Zutaten und wirft dann eine Wagenladung Schokoflocken hinein.

»Ich dachte, vielleicht wär's cool, ein bisschen Chanukka in dem Artikel zu haben«, sagt sie beim Rühren. »Alles in Barnwich ist so dermaßen ... weihnachtlich. Total verkorkst, dass es nicht auch was für Leute gibt, die andere Feste begehen, Leute aus anderen Glaubensrichtungen.«

Ich blicke auf, überrascht, dass Arden kapiert hat, wie es mir damit geht. Was sonst niemand mitzukriegen scheint. »Ich wünschte auch, Barnwich hätte irgendwas für uns. Ich weiß nur nicht, wie das ... reinpassen soll. In so eine Stadt. Manchmal kommt es mir nicht mal so vor, als würde ich selbst reinpassen«, gebe ich zu.

»Tja, du und Levi und Miles und Riley und eure Mom sind genauso Teil dieser Stadt wie Edie und ich und euer Dad. Und ihr seid ja nicht die einzigen jüdischen Menschen hier.« Sie zuckt mit den Schultern. Ich muss an ein paar Leute aus meiner Schule denken, Sarah und Heather und Jake und Zoey, die Goldbergs zwei Ecken weiter und die Bernsteins vom Singen neulich. Arden fährt fort: »Vielleicht können wir was finden, womit wir … also, vielleicht braucht Barnwich so was. Vielleicht ist das genau das, woran's hapert. Statt immer denselben Mist wiederzukäuen und da noch eins draufzusetzen und zu glauben, diesmal wird's klappen, muss vielleicht mal was Neues her. Mehr Vielfalt.«

Ich sehe sie einfach nur an, während sie zwei Löffel aus der Besteckschublade kramt und mir einen davon hinhält, als hätte sie mir da nicht gerade völlig aus der Seele gesprochen.

»Lassen wir's uns einfach mal durch den Kopf gehen. Bis dahin … müssen wir offensichtlich kosten«, sagt sie und deutet auf die Schale mit dem Keksteig vor uns.

Allerdings. Ich nehme den Löffel und belade ihn bis an den Rand, während sie dasselbe macht. »Hassen mich deine Fans, wenn du an Salmonellen draufgehst?«, frage ich mit vollem Mund. Der Teig ist süß und samtig und köstlich, der braune Zucker genauso markant wie in meiner Erinnerung.

»Aber hundertpro«, sagt sie und wirft mir eine Schokoflocke an den Kopf. »Du glaubst, du dominierst jetzt die Medien? Mach dich auf was gefasst!«

Ich stöhne und bediene mich noch einmal, während wir den Teig auf dem Backblech verteilen, das Arden dann in den Ofen schiebt. Es dauert nicht lange, bis sich der herrliche Duft in der Küche ausbreitet, und wir räumen ein paar Minuten lang intensiv auf. Der Duft verfolgt uns bis ins Wohnzimmer, wo ich schon mal den Film raussuche und mich dann neben sie auf die Couch fallen lasse. Pah, natürlich muss davor eine Werbung für eine Serie kommen, die Arden letztes Jahr gemacht hat.

»Schwer nachdenklich«, sage ich, als Arden für mich das Standbild nachstellt, mit gerunzelter Stirn und verschränkten Armen. Ich remple sie um und sie lächelt und entspannt sich.

»An dem Tag hatte ich einen Mordspickel«, sagt sie und deutet auf ihr Kinn, wo ich nur glatte Makellosigkeit erkennen kann. »Irgendwer muss mindestens zwei Stunden geopfert haben, um das Ding mit Airbrush wegzuoperieren.«

»Zu viele saure Gummiwürmer?«

Arden hat auf ihrer unglaublich reinen Haut immer nur Pickel bekommen, nachdem sie Unmengen an Süßigkeiten verschlungen hatte. Saure Gummiwürmer waren ihre Schwachstelle.

Sie geht in die Verteidigung über. »Fünf Familienpackungen für nur fünf Dollar hab ich gekriegt, als die Drogerie nebenan dichtgemacht hat. Kannst du das glauben?«

Ich werfe die Fernbedienung aufs Sofa, weil der Küchenwecker geklingelt hat, und Arden trottet hinter mir her, immer noch im Rechtfertigungsmodus. »Waren sie schon ein bisschen zäh? Klar. Hab ich trotzdem zwei Tüten an einem Abend geleert? Logo.«

Wir häufen die Kekse auf einen Teller und schnappen uns zwei Gläser Milch, mit denen wir uns wieder ins Wohnzimmer aufmachen.

Als wir auf Play drücken und uns unter eine gemeinsame Decke kuscheln, kann ich plötzlich Gegenwart und Vergangenheit nicht mehr voneinander unterscheiden. Mit einem Mal bin ich wieder vierzehn und kann mich nur noch auf ihr Bein konzentrieren, das kaum einen Keksteller weit von meinem entfernt ist. Es dauert ein Dutzend Kekse, den halben Film und einen in Downing Street herumtanzenden Hugh Grant, bis ich endlich wirklich hingucke.

In gewisser Weise erinnert mich der Film, jetzt wo ich mich auf ihn einlasse, an Barnwich. Mein Gespräch mit Arden und was ich mir für diesen Ort erhoffe. All die verschiedenen Geschichten und Menschen, die hier aufeinandertreffen. Wertschätzung für jeden Einzelnen und jede Perspektive, all die verschiedenen Feste, die uns zusammenbringen.

Aus diesen Überlegungen werde ich jedoch jäh herausgerissen, als wir mit *30 über Nacht* loslegen. Jetzt wo der Teller auf dem Couchtisch steht, hat sich Arden so eng an mich rangedrängt, dass ihr Kopf ganz leicht meine Hand streift und ich mich zwingen muss, nicht meine Fingerspitzen in ihrem Haar zu versenken.

»Uffz«, sagt sie und reicht mir die Hälfte eines weiteren Kekses, als die Schrankszene kommt und Matty rausgestoßen wird. »Die Stelle ist immer brutal. Er ist so verknallt in sie.«

»Am Ende geht ja alles gut aus«, sage ich und sie schnaubt und wirft mir aus den Augenwinkeln einen Blick zu.

»Stimmt wahrscheinlich. Also, ich war so megaverknallt in dich damals. Und schau uns jetzt an! Das Traumpaar des Internets.«

Ich ersticke fast an dem Keks in meinem Mund. »Was?«, würge ich heraus.

Arden war verknallt in mich? Mir wird ganz schwummrig. Nie im Leben …

»Na ja«, sagt sie schulterzuckend. »Vielleicht nicht verknallt.«

»Oh. Okay.« Ich widerstehe dem Drang, die Augen zu verdrehen, denn natürlich war Arden nicht verknallt in mich. Das wär ja lächerlich.

»Es war mehr als das«, sagt sie lachend und schaut wieder in Richtung Fernseher, während das Keksstück prompt wieder in meine Luftröhre springt. »Ich hatte dermaßen Liebeskummer deinetwegen, dass ich manchmal geglaubt hab, ich muss sterben oder so. Ganz schön bescheuert, was?«

Da sitze ich, wie vom Donner gerührt, sprachlos.

Schließlich stopft sie sich den Rest des Kekses in den Mund, als hätte sie nicht gerade in unter einer Minute meine ganze Welt auf den Kopf gestellt. Sie schwingt die Beine über die Sofakante, bevor ich auch nur ansatzweise eine Antwort gefunden habe. »Muss mal ins Bad. Bin gleich zurück.«

Ich sehe ihr hinterher, krampfe die Finger in die Decke und versuche mich innerlich zu sortieren. Die Tür, die Arden eben aufgemacht und gleich wieder zugeknallt hat, ist …

Kann es sein, dass Arden tatsächlich Liebeskummer wegen mir hatte?

Ich denke an all die Momente zurück, die mir so viel bedeutet haben und bei denen ich sicher war, dass sie sie noch nicht mal bemerkte. Wie sich unsere Hände berührten, wenn wir im Schnee lagen und in die Sterne guckten, wie wir bei Übernachtungen so lange geredet hatten, dass wir am nächsten Morgen völlig ineinander verschlungen aufgewacht sind. Der Abend, als sie in den See gesprungen ist, bei Jacob Kleins Party, und ihr ganzer Körper an mich gedrückt und ihr Gesicht so dicht vor meinem war. Wie dringend ich sie küssen wollte.

Nichts davon war einseitig?

Arden war auf der anderen Seite und hat genauso gelitten wie ich? Wollte mich vielleicht ebenso sehr küssen wie ich sie?

Aber wie konnte sie dieselben Empfindungen haben und einfach … die Verbindung abbrechen? Warum ist sie jetzt so schnell aufgestanden und auf die Toilette verschwunden?

Soll ich es ihr sagen? Sollte ich …

Schon kann ich sie wieder hören und mein Kopf fährt herum, doch sie schaut auf ihr Handy und ihr Mund ist verkrampft.

»Im Diner gab's ein Leck in der Küche. Der ganze Laden ist für den Rest des Nachmittags gesperrt. Vielleicht für den ganzen Abend, falls es sich nicht beheben lässt«, sagt sie und steht zögerlich bei der Couch, reibt sich das Gesicht. »Grams macht sich Sorgen.« Sie schaut zur Tür. »Ich sollte vielleicht hinfahren.«

»Ich komm mit«, sage ich und sie nickt. Rasch ziehen wir uns um und gehen zum Auto und schwupps sitze ich mal wieder ohne Antwort da – und alle Fragen sind offen.

❄ ❄ ❄

Die Fahrt ist nicht lang, aber Arden ist merklich angespannt.

Automatisch strecke ich die Hand aus und nehme ihre vom Schalthebel, drücke sie. Sie blickt zu mir, schenkt mir ein kleines Lächeln und verschränkt unsere Finger.

Als wir ankommen, mag Edie's Eatery zwar geschlossen sein, doch der Parkplatz platzt aus allen Nähten. Wir wechseln einen verwirrten Blick, bevor wir einen freien Fleck zum Halten finden. Der halbe Ort scheint im Laden zu sein und aufzuwischen oder Möbel zum Trocknen nach draußen zu schleppen. Sogar Weihnachtsmusik kann ich von drinnen hören, als Arden das Auto abstellt.

Wieder schauen wir uns an und lächeln. »Typisch Barnwich«, sagen wir gleichzeitig und springen lachend aus dem Wagen, um Edie zu finden.

Unglaublich, wer hier alles aufgekreuzt ist. So viele Leute sind es, dass Tom eine Grillstation mit Zeltüberdachung aufgebaut hat und Burger und Hotdogs für alle produziert, in seinem üblichen fleckigen T-Shirt, obwohl es unter null Grad hat. Zum Glück gibt es direkt daneben noch einen Tisch mit heißer Schokolade.

Es fühlt sich ein bisschen so an wie in meinen Überlegungen während *Tatsächlich Liebe* und ich frage mich, ob die Stadt so etwas mittragen würde, wenn Arden und ich uns nur vorwagten.

Mittendrin finden wir Edie, die Kekse und gute Wünsche entgegennimmt und ihre Heerscharen von Helferlein dirigiert. Die zwei Damen, die den hiesigen Postkartenladen betreiben, bauen sogar die staubbedeckten Reste der Weihnachtsdeko auf, die aus der Kammer gerettet wurden. Ich sehe, wie Arden den Hals nach unserem Kranz reckt, der jetzt stolz am Eingang des Diners hängt, um sich dann wieder auf die aktuellen Aufgaben zu konzentrieren.

»Alles klar?«, fragt Arden und drückt Edie an sich, nachdem Mr Green sich aufgrund seiner Weihnachtsmannschicht verabschiedet hat, bereits im Kostüm.

Edie nickt und tätschelt Arden die Seite. »Also, nein,

eher nicht, aber … wird wieder. Ist eine aufwendige Reparatur, aber der Klempner hat gesagt, morgen sollte alles wieder laufen wie vorher, dank der ganzen Hilfe.«

»Du würdest es mir sagen, wenn du was brauchst. Stimmt doch, Grams?«, fragt Arden. Edie lächelt nur und schweigt sich aus. Doch uns ist beiden klar, dass der Verlust eines Tages in einer ohnehin schon dahinplätschernden Saison ein herber Schlag ist. Die ganze Stadt weiß das und genau deshalb sind alle da.

Als Edie abzieht, um Tom am Grill zu unterstützen, stelle ich mich mit Arden bei der heißen Schokolade an.

»Wie wenig los war hier bitte dieses Jahr?«, fragt sie.

»Du hattest ganz recht mit Barnwich«, gebe ich zu und schaue zu all den Leuten, die hier zu Hilfe geeilt sind, die alle vereint kämpfen, um die Sache am Laufen zu halten. »Es kommen bei Weitem nicht mehr so viele Feiertagsgäste wie früher. Ich wollte das nicht so recht zugeben, aber allein deine Anwesenheit hat schon Wunder gewirkt.«

Ich muss an die Hauptstraße denken, das Diner, sogar die Bar gestern Abend. Die letzten Tage sind mehr Leute von außerhalb gekommen als die ganze Zeit vorher, dank ihrer Instagram-Storys und den unweigerlich folgenden Medienberichten.

Arden will gerade etwas antworten, als wir an der Reihe sind und zu unserem Schock bemerken, dass die heiße Schokolade ausgerechnet von Ruth ausgegeben wird.

»Du hast da aber jetzt nicht reingespuckt, oder?«, witzelt Arden, als Ruth ihr einen Becher reicht. Ich lache, doch Ruth bedenkt uns nur mit einem vernichtenden

Blick. Den Vorfall im Barnwich Brews scheint sie noch nicht recht überwunden zu haben. Also verziehen wir uns rasch mit unseren Bechern und lehnen uns an die kunststoffverkleidete Außenwand des Diners.

Arden nimmt einen genüsslichen Schluck und macht ein nachdenkliches Gesicht. Währenddessen tobt mein Handy in meiner Hand, weil sich die Benachrichtigungen nur so stapeln.

»Caroline«, sagt Arden und fasst mich am Arm. Als ich aufblicke, leuchtet ihr Gesicht vor Aufregung. »Du hast hier morgen Schicht, oder?«

»Ja, von sechs Uhr früh bis mittags.«

»Grams nimmt kein Geld von mir, aber …« Sie hält das Handy hoch. »Was, wenn ich die Schicht mit dir mache? Ich könnte heut was drüber posten und dann ist die Bude bestimmt voll morgen früh.«

Ich begreife sofort. »Ja! So à la ›Auf einen Pfannkuchen bei Arden James‹!«

»Genau!« Ihre Mundwinkel verziehen sich zu ihrem schiefen Grinsen. »Wir sollten ein Foto machen für die Ankündigung.«

»Wir?«

»Also, ich möchte dich jetzt nicht noch mehr ausnutzen als ohnehin, aber … wir sind gerade die meistgesuchten Leute des Internets. Wenn du auch auf dem Bild bist, sind alle nur noch wilder drauf, herzukommen und unsere Beziehung live zu erleben. Ich werde den blöden Paparazzi ihre Pfannkuchen höchstpersönlich servieren, wenn es Grams' Laden dient.«

Das stimmt wohl, aber ich muss trotzdem kurz an mir runterschauen, um mein Outfit zu checken. Ein alter Wollpullover und Leggins unter einem enormen Daunenanorak. Nicht besonders schmeichelhaft. »Kann ich wenigstens noch mal heim und mich umziehen?«

»Du siehst gut aus«, sagt Arden wie nebenbei. »Wenn nicht wunderschön.«

Die Worte kommen ihr so leicht über die Lippen, genau wie vor kaum einer Stunde, als sie mir ihre Verliebtheit gestanden hat, aber sie treffen mich mit derselben Wucht. »Außerdem finden's dann alle toll, wie ›echt‹ und ›unverstellt‹ das Foto ist. Du weißt schon, ›bodenständig‹.« Sie feixt. »Voll auf Bianchi-Linie.«

Zum ersten Mal, seit wir die Bar verlassen haben, steigt in mir wieder die Frage auf, was genau das hier für sie bedeutet.

Sie rückt so nah an mich heran, dass ich ihre Körperwärme spüre, und hält ihr Handy hoch, mit Edies Schild im Hintergrund. Ich lehne mich an sie und lächle, während sie ein paar Fotos schießt. Unter weiterem Geknipse dreht sich Arden zu mir um und sieht mich an und ich schaue zurück.

Ich könnte mich strecken, könnte sie einfach küssen. Irgendwo will ich es so unbedingt, dass es mir in den Knochen zieht.

Doch Arden hat gesagt, sie hatte Liebeskummer. Vergangenheitsform. Nicht Gegenwart.

Also schaue ich wieder in die Kamera und Arden tut es mir gleich. Nach einem letzten Foto rückt sie ab, nimmt ihre Wärme weg. Unwillkürlich packt mich ein Zittern.

Arden bemerkt es, blickt von ihrem Handy auf. »Ich kann dich zurückfahren«, sagt sie und ich nicke. Mir schwirrt der Kopf von jedem Wortwechsel und jedem gemeinsamen Moment, seit sie mich gestern Abend abgeholt hat. »Es bringt nichts, wenn wir uns heute beide den Hintern abfrieren.«

Während der Fahrt ringe ich mit mir, ob ich ihr sagen, ihr ins Gesicht schreien soll, dass es mir genauso ging. Dass ich sie vor all diesen Jahren *geliebt* habe. Ich will sie fragen, warum sie es mir nie gesagt hat. Warum sie es geheim gehalten hat.

Und vor allem, warum sie mich bitte nie angerufen hat, wenn das ihre Gefühle waren?

Sie hat mich bereits abgesetzt und will wieder ins Auto steigen, als ich endlich den Mund aufbekomme.

»Warte!«, rufe ich und Arden fährt herum und sieht mich mit diesen dunklen Augen an, mit diesem Gesicht, das ich seit Jahren nicht aus dem Kopf und nicht aus dem Herzen bekommen habe.

»Ich …« Ich zögere und alles verknotet sich in meinem Hals, als sie wieder auf die Veranda zuläuft. Anstatt ihr also zu sagen, wie es in mir aussah und – so schwant mir langsam – immer noch aussieht, zerre ich mein Notizbuch aus der Jacke und halte es hoch. »Ich hab gestern vergessen, dir deine Frage zu stellen. Also sind's heute zwei.«

Sie lehnt den Kopf gegen den Verandapfeiler, während ich meinen Katalog überfliege. »Trägst du das Ding immer am Leib?«

»Ja.«

»Sogar beim Schlafen?«

»Hast du's gestern nicht gesehen? Schön zugedeckt im Bett?«

Sie lacht und ich blättere herum, doch alles ist nur ein einziger sinnloser Buchstabensalat. Schließlich klappe ich das Buch zu, atme tief durch und stelle eine Frage, die dem, was ich eigentlich wissen will, sehr nahe kommt. »Was war das Leichteste daran, aus Barnwich wegzugehen?«, beginne ich, um warm zu werden.

»Meinen Traum zu verwirklichen. Zu sehen, dass meine Eltern tatsächlich mal glücklich waren, auch wenn's nichts mit mir zu tun hatte.«

»Und …« Ich wappne mich. »Das Schwerste daran, Barnwich zu verlassen?

»Das ist einfach«, sagt sie und zeigt ihr perfektes schiefes Lächeln. »Dich zu verlassen.«

Und damit ist sie weg, geht die Verandastufen hinab zu ihrem Auto. Der Motor röhrt auf und sie fährt los, zurück zu Edie. Ich blicke dem blauen Volvo hinterher, bis ich ihn nicht mehr sehen kann, und mir dreht sich der Kopf, als ich auf den kalten Stein der obersten Stufe sinke.

Alles, was ich höre, ist ihre Stimme, wie sie immer und wieder sagt:

Dich zu verlassen.

Dich zu verlassen.

Dich zu verlassen.

Doch ich will nur eins: Ihr genau die Frage stellen, deren Antwort ich gestern aus lauter Angst nicht hören wollte. Die, die ich vor lauter Angst immer noch nicht beantwortet bekommen will.

Warum bist du dann verschwunden?

Tag 8

Arden

»Arden, was zum Henker wollen die ganzen Leute hier?«

Ich grinse Grams zu, die gerade vor dem Diner hält. Die Sonne ist noch nicht mal aufgegangen, doch der Parkplatz und die Straße davor sind völlig zugeparkt und die Schlange der Menschen, die sich für ein paar Pfannkuchen in die Kälte gewagt haben, reicht bis auf den Gehweg.

Also, nicht nur für die Pfannkuchen. Mein Post von gestern Abend hat offensichtlich ziemlich eingeschlagen. Ich habe das Foto von mir und Caroline hochgeladen, auf dem sie in die Kamera schaut und ich auf sie, mit der Überschrift:

> Wir servieren Pfannkuchen in Edie's Eatery in Barnwich, PA, von sechs Uhr morgens bis zwölf Uhr mittags. Kommt doch vorbei!

Anschließend habe ich geflissentlich die rund eine Million Anrufe und Nachrichten von Lillian ignoriert, die rumgegiftet hat, wie ich damit meine mithilfe all dieser professionellen Fotoshootings zurechtgefeilte unangepasste Internetästhetik zunichtemache, weil ich in echt ganz anders aussehe. Und recht habe ich damit, weil ich so viele Likes bekommen habe wie seit über einem Jahr nicht mehr, nach dem Teen Choice Award.

Weshalb ich mich ehrlich gesagt schon frage, ob die Erschaffung dieses Alter Egos überhaupt notwendig war. Die Leute scheinen die ganz normale olle Arden aus Barnwich genauso zu mögen und ich mag sie irgendwo auch.

»Hey, Leute! Danke fürs Kommen!« Ich winke der Menge zu, nachdem ich das Fenster des Volvos runtergekurbelt habe und die eisige Luft mir in die Augen sticht. Vereinzelte begeisterte Aufschreie des Erkennens folgen und im trüben Licht blitzen die ersten Handys auf. Ich lehne mich im Sitz zurück und wir sausen zum Hintereingang, wo ich unter Grams' bedeutungsschwerem Blick die quietschende Scheibe schließe.

»Was denn? Nur bisschen das Geschäft ankurbeln.«

»Na klar. Ich hätte mir denken können, dass da was faul ist, als du heute früh schon um fünf auf der Matte standest und zur Arbeit mitwolltest.«

Sie stellt das Auto ab und wir gehen hinein, wo Tom, Harley und Caroline schon aus der Durchreiche auf die ganzen Wartenden da draußen schauen. Es duftet absolut himmlisch nach den zwanzig Kannen Kaffee und dem vorbereiteten Stapel Bacon.

»Das wird ja was«, murrt Tom.

»Ja, das wird's. Dank dieser beiden da, vermute ich«, sagt Grams mit schiefem Grinsen und einem Blick auf Caroline und mich. Die drei drehen sich um, doch nur Caroline sieht mir in die Augen. Das zurückgebundene Haar betont ihre erhitzten Wangen.

In einer Viertelstunde ist Öffnung und Edie schaltet in den Arbeitsmodus, verteilt die Aufgaben unter uns, damit wir möglichst viel gebacken kriegen, ehe die Tür aufgeht.

Tom legt mit den Pfannkuchen los, während Harley und ich Kaffeebecher und Teller bereitstellen. Nach ein paar Minuten klopft es an der Hintertür und Caroline lässt einen Schwall Eisluft herein, zusammen mit Maya, Austin, Finn und Taylor, die mit trübem Blick angestolpert kommen.

»Mooorgen«, sagt Austin mit einem müden Winken, während Finn sehnsüchtig den Speck beäugt.

»Ich hab gedacht, wir brauchen vielleicht ein paar zusätzliche Hände«, sagt Caroline und Grams, die gerade Teignachschub anrührt, nickt dankbar.

»Bedient euch am Kaffee. Harley erklärt euch, was zu tun ist.«

Harley springt auf den Tresen und teilt unter geräuschvollem Mahlen eines rosa Kaugummis die Gruppen ein, gibt allen eine Aufgabe: vom Decken und Abräumen über den Abwasch bis zum Bestellungen-Aufnehmen oder Tom in der Küche Helfen.

»Noch eine Minute bis zur Öffnung!«, ruft Grams mit Blick auf die Uhr.

»Hier«, sagt Caroline und wirft mir vom Ständer eine Schürze herüber.

Ich binde sie um und mache mir einen Pferdeschwanz, mit leicht flauem Magen. Ich drücke die Augen zu und atme tief durch, wappne mich für den Gang nach vorne, wo die Leute schon durch die Fenster reinspähen, als wäre ich irgendein seltenes exotisches Tier im Gehege. Sie zeigen auf mich und fotografieren mich und klopfen gegen die Scheibe, damit ich sie anschaue.

Oh.

Was hab ich nur getan.

Plötzlich fällt mir wieder ein, weshalb ich in der Öffentlichkeit nie darüber geredet habe. Über dieses Diner und Edie und Caroline und mein Leben vor all dem Ruhm. Es war nicht ausschließlich um irgendeine Art Böses-Mädchen-Image aufrechtzuerhalten. Es war auch weil Barnwich der eine Ort war, der immer mir gehören würde. Unberührt von der Außenwelt. Selbst von mir. Wenn ich nie dorthin zurückkehrte, dann konnte ich ihn auch nicht kaputt machen wie alles andere.

Aber jetzt habe ich sie selbst hierher eingeladen, in ein Leben, das sich so langsam wieder sehr real und nach mir anfühlt, und ihnen Menschen, die mir viel bedeuten, auf dem Silbertablett serviert.

»Alles gut?«, fragt Caroline und mustert mich neugierig.

»Jup. Alles gut ... nur bisschen nervös. Warum?«

Sie zuckt die Schultern. »Ich hätte nur ... nicht geglaubt, dass du überhaupt nervös werden kannst. Das war ja deine eigene Idee. Ich dachte, du hättest kein Problem damit.«

»Wie könnte ich bitte kein Problem damit haben, ständig von irgendwelchen Wildfremden unter die Lupe genommen zu werden?«, frage ich mit Blick auf die Menge. Caroline sieht mich forschend an. »Aber ich werde mich jetzt auch nicht in der Küche verkriechen. Ich hab mir dieses Leben ja ausgesucht ... oder?«

»Als du vierzehn warst«, sagt sie.

»Ist doch jetzt völlig schnurz!« Ich lache, kurz, jämmerlich. »Ist trotzdem mein Leben.«

Ich reiße mich von ihr los und betoniere mir ein Lächeln ins Gesicht. Dann winke ich und deute augenzwinkernd auf einzelne Leute. Mein Körper weiß, was zu tun ist, selbst wenn meine Füße noch am Boden festgefroren zu sein scheinen.

Dann dreht Harley den Schlüssel im Schloss.

»Haltet euch fest«, ruft sie und zieht die Tür auf. Sofort kommen die Leute eifrig hereingeströmt, rennen, um sich Tische und Hocker zu reservieren, ohne auch nur im Mindesten auf Austin am Empfangstisch zu achten, der ihnen ihre Plätze zuweisen wollte.

Maya und Taylor kommen mit Kaffee und Wasser aus der Küche gehastet und plötzlich ist alles ein Gewirr aus Bestellungen aufnehmen und Autogramm geben und Pfannkuchen bringen und für Bilder posieren. Immer wenn mir alles über den Kopf zu wachsen droht, sorgen das Rattern der Registrierkasse und Grams zunehmend rosige Wangen beim Herumwuseln in der Küche dafür, dass ich mit meiner Entscheidung wieder ins Reine komme, sogar Dankbarkeit verspüre.

»Kann ich eins von euch beiden haben?«, bittet ein Mädchen mit Zahnspange Caroline, als die mit zwei voll beladenen Tellern an ihr vorbeihuscht.

»O, ich glaub …«, will ich gerade abwehren, als Caroline anhält.

»Na klar«, sagt sie und stabilisiert die Teller auf ihrem Arm. Ganz von selbst findet meine Hand ihr Kreuz und mein Arm überzieht sich mit Gänsehaut.

Doch dann, schnell wie der Blitz der Kamera, ist sie schon wieder weg, unterwegs zur hintersten Nische, um die Pfannkuchen abzuliefern.

Tom läutet die Glocke und ich eile nach hinten, um die nächste Bestellung abzuholen, als ich an der Durchreiche Taylor begegne.

»Vielen, vielen Dank, dass du heute aushilfst«, sage ich.

»Kein Problem. Ich liebe den Laden«, sagt sie und nickt. Ich will weitergehen, als sie mich unerwartet beim Handgelenk nimmt. »Hey, Arden?«

Sie sieht sich kurz um, ob die Luft auch rein ist und niemand nah genug, um uns zu belauschen. Dann lehnt sie sich vor.

»Hör mal, ich weiß, dass ihr beide diese ganze … Sache für den Artikel veranstaltet, aber …« Sie hält inne, atmet einmal schwer aus und sieht an mir vorbei zu Caroline ganz hinten. »Ich merke genau, dass Caroline wirklich was für dich empfindet. Mir wär's also lieb, dass du das im Hinterkopf behältst, okay? Ob du sie wirklich so zappeln lassen musst, bevor du dich wieder in dein echtes Leben verzupfst und sie hier zurücklässt als ein Häufchen Elend. Besonders wenn sie hier eine vor Ort hat, bei der das nicht der Fall wäre.«

Ich klappe den Mund auf und wieder zu, versuche ihre Worte zu verarbeiten. »Caroline empfindet gar … Wir haben uns kaum wieder angefreundet … Sie …«

Sie schaut genervt und schnappt sich ein paar Becher und eine frische Karaffe. »Arden! Mach halt einmal die Augen auf, verdammt!«

Sie geht und Caroline kommt zurück, kritzelt auf einer Bestellung herum.

»Wie zur Hölle soll man bitte ein einseitig gebratenes Spiegelei ohne Dotter hinkriegen?«, mosert sie, reißt das Blatt ab und klatscht es in die Durchreiche. Sofort greift Finns Hand danach, während ich noch zu verdauen versuche, was Taylor eben gesagt hat.

Caroline empfindet was für mich.

Caroline empfindet was für mich.

Ich suche in ihren Zügen nach einem Zeichen, in ihren Bewegungen, doch in dem Blick, den sie mir zuwirft, als sie drei Wasser für den neuen Tisch mitnimmt, kann ich rein gar nichts erkennen. »Deine Fans sind so was von albern«, zischt sie mir zu.

Gestern habe ich ihr von meiner jugendlichen Verknalltheit erzählt, weil ich dachte, wenn sie irgendwelche Gefühle für mich hegte, früher oder gar jetzt noch, dann würde sie was sagen, irgendwas. So sehr mein Herz sich auch danach sehnt, dass sie meine Gefühle erwidert, war ich doch auch irgendwo erleichtert, als da nichts kam. Denn wenn das so wäre, dann würde es alles schrecklich verkomplizieren. Was ich gestern als Antwort auf ihre Frage gesagt habe, war die Wahrheit. Sie zurückzulassen, war das Schwerste überhaupt, neben Edie vielleicht. Aber wieder wegzugehen, diesmal in dem Wissen, dass sie was für mich empfindet – wie sollte ich das machen? Und bleiben ist einfach nicht drin. Ihr Schweigen bedeutete also hauptsächlich: keine neuen Probleme. Der einzige Schmerz war mein eigener.

Doch wenn Taylor recht hat … Wenn Caroline dasselbe für mich empfindet wie ich für sie, dann … haben wir ein fettes Prob…

»Hey«, sagt eine Stimme, und als ich herumfahre, sehe ich Finn, der mit seinem Bandana plötzlich im Partnerlook mit Tom auftritt. »Deine Bestellung wird kalt.« Er weist mit dem Pfannenwender auf drei Teller voller Pfannkuchen.

»Stimmt«, sage ich wie benebelt. »Sorry.«

Ich lächle und charmiere mich durch den Rest des Morgens, das Einzige, wozu ich selbst in diesem Zustand noch fähig bin. Immer wieder suche ich Carolines Blick, um irgendeine Antwort auf meine stumme Frage zu bekommen, doch sie ist so beschäftigt, dass sie kaum in meine Richtung schaut.

Schließlich ist sie es, die mich findet, als ich eine Weile darauf in der Vorratskammer nach Strohhalmen fahnde.

»Wir kommen dann morgen so um drei vorbei, um dich zur Chanukkafeier abzuholen«, sagt sie und streckt sich an mir vorbei, um noch mehr Servietten aus dem Regal zu holen, das ich anstarre. Sie bemerkt, wie aufgeschmissen ich bin, und weist auf eine Schachtel in der rechten oberen Ecke, auf der groß und deutlich STROHHALME steht.

»Klingt gut«, sage ich und recke mich danach. Als ich sie in der Hand halte, merke ich, dass Caroline schon fast wieder aus der Tür ist.

»Caroline!«, platze ich unwillkürlich heraus. Sie dreht sich erwartungsvoll um, aber der Rest von Taylors Worten lähmt mir die Zunge.

Zappeln lassen.

Weggehen.

Sie hat schon so lange einen Platz in meinem Herzen, dass sie sich dort vermutlich häuslich eingerichtet hat. Genau über der rechten Kammer.

Aber mein Zuhause ist nicht hier. Ist es schon seit langer Zeit nicht mehr. Ich hab ein richtiges Leben in einer weit entfernten Welt, in dem die Rolle, auf die ich seit Jahren hinarbeite, zum Greifen nahe ist. Das ist etwas, dem ich buchstäblich alles geopfert habe.

Selbst zwölf herrliche Tage können das nicht wettmachen. Und in sechs Tagen … bin ich wieder fort.

»Was soll ich anziehen?«, frage ich stattdessen.

Sie zuckt die Schultern. »Was du willst. Ist völlig entspannt, nicht wie eine Filmpremiere oder so.«

Ich nicke und folge ihr aus der Vorratskammer, sehe zu, wie sie um die Ecke verschwindet, immer ein bisschen außer Reichweite.

Weil ich es so einrichte, wie immer.

Ich seufze und lehne mich an die Wand, als überraschend Edie vor mir auftaucht.

»Was soll das Getrödel?«, fragt sie und tippt auf die Strohhalmschachtel in meiner Hand. »Die schwere Arbeit nicht gewohnt, was? Nicht so kuschelig wie Hollywood hier.«

Ich muss lachen. »He! Ich hab jede Menge Zwölf-Stunden-Tage. Nein, nur …« Ein Blick über ihren Kopf zeigt mir, dass alle in der Küche eingespannt sind, und Maya klappert laut genug mit dem Abwasch, um alles zu übertönen. »Taylor hat gemeint, Caroline empfindet was für mich.«

Ich warte auf Grams' Reaktion, doch die steht einfach da und schaut mich an, als hätte ich ihr verkündet, dass das Gras grün ist.

»Das war dir klar?«, keuche ich und sie verdreht die Augen.

»Arden. Ein Stein auf dem Gehweg hätte erkennen können, dass dieses Mädchen was für dich empfindet.«

»Was … seit wann? Wann hast du …«

Sie ist völlig unbeeindruckt. »Schon immer.«

»Immer?«

»Arden. Jetzt hör mir mal zu.« Mit ihren rauen Händen ergreift sie mein Gesicht, ihre dunklen Augen sehen mich beschwörend an. »Spiel nicht mit den Gefühlen dieses Mädchens, okay? Sei es jetzt unabsichtlich oder nicht.

So hab ich dich nicht erzogen. Deine Handlungen haben Konsequenzen. Bleiben, gehen. Hier, da. Theaterspielen schön und gut, aber versprich hier nichts, was du nicht halten kannst.«

Mir geht die vergangene Woche durch den Kopf. Sie fing damit an, dass Caroline mich in einen Schneehaufen geschubst hat, und endete damit, dass wir Händchen haltend auf ihrem Bett lagen. Ich musste erst wieder hierher zurückkehren, um das Ausmaß des Schadens zu erfassen, den ich durch vier Jahre Abwesenheit in ihr angerichtet habe. Die ganze Zeit über habe ich geglaubt, wir flickten hier wieder unsere Freundschaft zusammen, aber eigentlich haben wir was ganz anderes entstehen lassen. Etwas viel Mächtigeres und Unheimlicheres. Ich hatte vorgehabt, mit ihr in Kontakt zu bleiben, wenn ich hier wieder weggehe. Ich wollte oft anrufen und so oft vorbeischauen, wie es nur ging. Aber jetzt … dämmert mir so langsam wieder der Grund, weshalb es beim ersten Mal so verlaufen ist, wie es ist. Und dass dies vielleicht die einzige Möglichkeit ist, uns beide wirklich zu schützen. Denn ich kann mir nur ausmalen, wie sie sich fühlen würde, wenn ich es zuließe, dass unsere Beziehung sich diesmal zu etwas Ernsterem entwickeln sollte.

Ich nicke Grams verstehend zu und sie drückt mir einen Schmatz auf die Stirn, bevor sie zum wuseligen Gastraum nickt. »Und jetzt raus da, bevor wir die Strohhalme recyclen müssen.«

Ich setze mein Lächeln auf und kehre an die Arbeit zurück, schlucke meine Gefühle herunter, um meine Diner-Sondernummer fürs Arden-James-Special abzuziehen.

Als endlich der Mittag naht, räuspere ich mich vernehmlich und springe auf den Tresen. »Hallo, alle zusammen!«

Die Köpfe drehen sich zu mir und von hinten erscheint Grams und verpasst mir eins mit der Speisekarte, um mich runterzuholen. »Was soll das hier, dass du auf jeden einzelnen Tresen in Barnwich steigen musst?«, fragt sie und haut mich ein weiteres Mal auf die Kniescheibe. Ein paar Leute lachen.

»Darf ich vorstellen«, sage ich unbeirrt, »meine Großmutter Edie. Seit fünfunddreißig Jahren hält sie in Barnwich dieses Diner am Laufen.« Irgendwo erhebt sich Applaus, während Grams es aufgibt, mich auf den Boden zu bekommen, weil sie jetzt vor Scham versinken muss. »Ich kann gar nicht sagen, wie oft ich irgendwo beim Dreh oder auf irgendeiner Reise oder irgendeiner Gala war und mir nur eines gewünscht hab, nämlich an einem dieser Tische hier zu sitzen und die Pfannkuchen meiner Großmutter zu essen.«

Grams muss lächeln und schaut mit tränennassen Augen zu mir hoch. Und mir geht auf, dass ich ihr das wohl noch nie so gesagt habe. Hätte ich es nur schon eher getan.

»Aber wie dem auch sei, ich wollte einfach nur sagen, dass ich euch wirklich dankbar bin, dass ihr heute hergekommen seid und diesen Laden und damit meine Grams unterstützt. Ich weiß, dass einige von euch einen ziemlich weiten Weg zurückgelegt haben, um mich zu treffen.« Rasch lächle ich einem Tisch mit älteren Damen zu, die so begeistert waren von *Operation Sperling*, dass sie einen richtigen Zwei-Tages-Trip von Boston hierher gemacht haben und jetzt noch einen Tag lang Barnwich in seiner vollen Weihnachtspracht erleben wollen. »Aber ich hoffe, dass ihr wegen der Pfannkuchen wiederkehrt, immer wieder. Das würde mir so viel bedeuten.« Ich weise auf Grams. »Können wir einen Applaus für Edie haben?«

Der Raum bricht in Jubel und Klatschen aus und mit etwas Hilfe von Finn, die stärker ist als Grams' Widerstand, ziehe ich sie auf den Tresen hinauf. Ich lege ihr einen Arm um die Schulter und ein Typ mit seiner Kamera weiter hinten macht ein Foto.

»Also, mein Aufenthalt in Barnwich neigt sich wieder dem Ende zu, aber ich hoffe, ihr passt in meiner Abwesenheit gut auf sie auf«, sage ich und wechsle einen Blick mit Taylor, eine stumme Botschaft zwischen uns.

Als ich es schließlich über mich bringe, nach Caroline Ausschau zu halten, ist die längst in der Küche verschwunden.

Umso besser. Denn jetzt, wo ich vor all diesen Leuten im Rampenlicht stehe, weiß ich wieder, warum ich hier bin.

Grams und Taylor haben recht. Ich muss realistisch bleiben. Ich habe einen Job, den ich liebe und auf den ich mich konzentrieren muss. Oder wenigstens einen Job, den ich lieben könnte.

Den Artikel fertigstellen. Die Rolle kriegen. Mein Leben in LA endlich zu einem erfüllenden machen.

Aufhören, mir Dinge zu wünschen, die ich nicht haben kann.

Tag 9

Caroline

»Hör auf zu hibbeln«, sagt Riley, als wir die Hauptstraße Richtung Edies Haus fahren, um Arden abzuholen. Levi wirft mir über den Rückspiegel einen Blick zu, während Riley sich über den Rücksitz lehnt und mein Gesicht inspiziert.

»Was?«

»Bist du nervös?«

»Nein!«

Ich schubse sie sacht in ihre Ecke zurück und blicke durch das Fenster auf die vollen Straßen, das Gewirr aus Wollschals und Mützen und den vertrauten schwarzen Kaffeebechern des Barnwich Brews, mit etwas weniger Wehmut als sonst. Sie mögen wegen Arden gekommen sein, aber geblieben sind sie wegen Barnwich und seinem festlichen Zauber.

Ich bin nicht nervös. Ich bin …

Verwirrt, vielleicht.

Ja, das Wort passt.

* * *

Ich habe Arden im Kopf, wie sie in einer Sekunde ihre alte Schwärmerei erwähnt und in der nächsten oben auf dem Tresen steht und sagt: *Mein Aufenthalt in Barnwich neigt sich wieder dem Ende zu.* Wie Austins Hand sich dabei in der Küche um meinen Arm gelegt hat und Maya hinter ihm herausgeschaut hat. Wie Arden sich direkt danach mit einem kurzen Abschiedswinken verzogen hat und ich die Frage, die ich ihr als Textnachricht schicken wollte, immer wieder umgetippt habe, bis ich sie endlich stattdessen gefragt habe:

Was ist deine schönste Erinnerung an Edie's Eatery?

Gerade als in mir der Gedanke gekeimt ist, wie es wohl wäre, wenn sie bliebe, oder ob sie vielleicht dasselbe empfindet, hat sie klargemacht, dass das nie passieren wird, und die Tür wieder fest verschlossen.

Ich sehe den Kirchhofhügel vorbeiziehen und dann biegt Miles' alter Jeep langsam in Edies Straße und auf ihre Auffahrt ein. Arden tritt aus der Haustür und in mir gehen lauter kleine Explosionen hoch, als sie aufs Auto zukommt.

Rileys Hand drückt in meine Schulter. »Steig aus. Ich will, dass sie in der Mitte sitzt.«

Frustriert schiebe ich die Tür auf und stehe plötzlich Arden von Angesicht zu Angesicht gegenüber. »Hi!«, sagt sie und lächelt mich an, mit Augenfältchen und so. Aber irgendwas ist anders. Sie sieht wieder aus wie der Filmstar, der sie ist, und das bringt mich ein kleines bisschen aus der Fassung.

»Riley will, dass du in der Mitte sitzt«, platze ich heraus.

»Cool«, sagt sie und da erst bemerke ich, dass sie eine braune Leder-Bomberjacke trägt. Ist das etwa … Ist es.

Dieselbe, die sie in *Operation Sperling* getragen hat, samt Aufnähern und allem Pipapo.

»Nicht dein Ernst jetzt«, sage ich und berühre den Aufnäher mit der amerikanischen Flagge auf ihrer Schulter. »Meine Oma kippt aus den Latschen.«

Arden sieht an sich hinab. »Jup. Ich hab meiner Agentin gesagt, sie soll sie mir Express schicken, als du gemeint hast, sie mag den Film.«

Zum millionsten Mal in diesem Leben widerstehe ich dem Drang, sie entweder zu schubsen oder zu küssen.

Diese Frau ist ein wandelnder Widerspruch. Sie sagt, sie geht, und im nächsten Augenblick macht sie so was Gedankenvolles und Aufmerksames wie das hier. Sagt, sie sei so sehr verliebt in mich gewesen, geht dann weg und meldet sich nie mehr. »Verwirrend« ist kein Ausdruck.

»Wir kommen zu spät!«, ruft Riley aus dem Auto und sofort rutscht Arden an mir vorbei zur Sitzmitte.

Miles macht Musik an, aber Riley quatscht Arden bereits zu. Ich versuche mich von ihrem Knie abzulenken, das direkt neben meinem ist, erinnere mich in Dauerschleife, dass sie bald wieder weg sein wird. In vier Tagen sind unsere vorgetäuschten Dates vorbei. In fünf Tagen sitzt sie wohl im Flugzeug.

Wir parken direkt vor dem großelterlichen Haus, wo sich schon die anderen Verwandtschaftsautos aufreihen, darunter auch der Toyota meiner Eltern. Oma und Opa wohnen vor den Toren von Pittsburgh, in der Ferne kann man die Hochhäuser sehen.

Ich liebe die alljährliche Chanukkafeier hier. Früher hab ich mit meinen Geschwistern, Cousins und Cousinen am Hang im Garten gespielt, wenn Schnee auf dem Gras lag und wir mit dem Schlitten auf die Skyline zugesaust sind, bis der Duft der Latkes uns nach drinnen gelockt hat. Obwohl wir da eher rausgewachsen sind, spüre ich beim Herfahren immer noch dieselbe Vorfreude. Das ist die gute Form der Nostalgie, ganz anders als die, die mich während der vergangenen festlichen Jahreszeiten beim Fahren durch Barnwich erfüllt hat.

Wir springen heraus und marschieren im Gänsemarsch an den Hecken entlang, Arden am Schluss. Gerade wollen wir die steile Auffahrt hinauflaufen, als ich einen Blick über die Schulter werfe und sehe, wie sie sich mit den Armen umklammert und auf ihrer Lippe kaut.

Ich halte an, um neben ihr zu gehen.

»Alles in Ordnung?«, frage ich. »Du bist so still.«

»Hunger, sonst nichts«, sagt sie und das kann ich natürlich nachvollziehen. Ich kann die Latkes und die Rinderbrust quasi schon riechen.

Nur kaufe ich es ihr eben leider nicht ab.

Ungeachtet dessen gehen wir weiter, etwas zügiger, um meine Geschwister einzuholen, die bereits über die Schwelle getreten sind. Aus dem Inneren des Hauses schwappen die Stimmen meiner Familie heraus.

»Hallo!«, ruft meine Oma, deren schneeweißes Haar perfekt mit Haarspray betoniert ist, ein scharfer Kontrast zu ihrem schwarzen Pulli und dem Blumenschal. »Wie war die Fahrt?«

»Gut! Gar kein Stau!«, sagt Miles und Oma umarmt erst ihn und Riley, um dann mich anzustrahlen.

»Caroline!« Sie schmatzt mir auf die Wange und hinterlässt dort unter Garantie einen Lippenstiftabdruck. »Wie geht's mit der Bewerbu…«

Sie erstarrt und schaut an mir vorbei, mit Augen groß wie Untertassen.

»Arden James«, haucht sie.

»Danke, dass ich komm…«

»Oh, in natura bist du ja noch hübscher«, ruft meine Oma und nimmt Ardens Gesicht in beide Hände. »Ich bin einfach verrückt nach *Operation Sperling*. Und –« Ihre Augen werden noch runder. »Ist das etwa … die Jacke?!«

»Wollen Sie sie mal anprobieren?«, fragt Arden und schlüpft bereits heraus.

»Huch. Das kann ich doch wirklich nicht verlangen«, sagt Oma, die schon die erste Hand durch einen Ärmel schiebt.

»David! Komm her und begrüße Carolines Liebste!«, ruft sie meinem Opa zu.

»Oma, sie ist nicht …«

Sie bringt mich zum Schweigen und dreht sich prüfend vor dem Garderobenspiegel, während mein Opa in seinem gestreiften Hemd herbeigewankt kommt.

»Was sind denn das jetzt wieder für Geschichten«, sagt er und legt mir einen Arm um die Taille.

»Hi, Opa!« Sein dicker Bart kratzt mich im Gesicht, als er mich auf die Wange küsst. Er lächelt mich an und wischt mir Omas Lippenstift weg.

»Macht bitte wer ein Foto!«, ruft meine Oma und klappert ins Wohnzimmer davon, wo auf der weißen Wohnlandschaft eine ganze Reihe Tanten und Onkels warten und die jüngeren Cousinen und Cousins um ihre Beine wuseln, weil sie die Spannung bis zu den Geschenken nachher kaum noch ertragen. Dad winkt mir aus dem Sessel zu, während Mom in eine lebhafte Unterhaltung mit ihrer Schwester vertieft ist. Sie stecken die Köpfe zusammen und kichern sich einen ab, als hätte sie mir nicht gestern erst eine Moralpredigt gehalten wegen meiner zwei Biere. Riley dackelt hinüber, um ausnahmsweise mal jemand anderen zu nerven.

Wir übrigen gehen in die Küche, um uns was zu trinken zu beschaffen. Als wir über die roten Terrakottafliesen tappen, bemerke ich meine Cousine Hannah, im ersten Jahr an der NYU, die mit ihrem großen Bruder Ethan an der Wand lehnt und wie er einen Plastikbecher mit Cola in der Hand hält.

»Ich glaub's ja nicht«, sagt Hannah und richtet sich sofort auf. »Arden James?«

»Hey«, sagt Arden und winkt ein bisschen. Ihr gewohnter Charme, ihre Art, ihrem Gegenüber ihre volle Aufmerksamkeit zu schenken, ist wie ausgeknipst und ersetzt durch etwas, das ich nicht deuten kann. Da ist nicht mal mehr was von dem aufgesetzten Draufgängertum, das sie gestern im Diner an den Tag gelegt hat.

Irgendwas ist hier faul. Als wäre sie innerlich schon Lichtjahre entfernt, auch wenn ihr Körper noch hier ist.

»Und ihr zwei seid wirklich zusammen?«, fragt Hannah unverblümt, während Arden sich an der antiken Minibar in der Küchenecke ein Mineralwasser einschenkt. Mit einem Zwinkern kippt Levi einen Schuss Whiskey hinein, bevor Miles ihnen das ganze Glas wegschnappt und motzt, sie hätten sich schon genug anhören müssen wegen der paar Bier in der Bar.

»Wie ist die Uni so?«, frage ich Hannah als Ablenkungsmanöver und gieße Arden ein frisches Getränk ein.

»Oh«, lacht Ethan. »Alles klar.«

Arden lacht nicht. Sie sagt kein Wort. Sie nimmt mir einfach das Glas ab und meidet meinen Blick.

»Drehst du grad einen neuen Film?«, fragt Ethan Arden schließlich, worauf sie nickt.

»Im Sommer kommt was mit mir auf Netflix raus. Und bevor ich aus LA weg bin, hatte ich ein ziemlich cooles Vorsprechen.«

»Wenn der Film diesen Sommer *Operation Sperling 2* sein sollte, kriegt Oma einen Herzinfarkt«, sagt Hannah unter allgemeinem Gelächter.

»Trägt sie immer noch die …«, fängt Levi an, gerade als Oma mit ihren Schwestern Paula und Linda in die Küche hastet, um die Rinderbrust zu tranchieren und die Herdplatte mit den Latkes aufzudrehen, tatsächlich immer noch in Ardens Jacke.

»Ich glaub, die siehst du nie wieder«, sage ich.

»Glaubst du, sie wird darin schlafen?«, fragt Arden und wir nicken einträchtig, als wir auch schon das Signal bekommen, beim Auftragen des Essens zu helfen. Kurz darauf kommen alle herbei, angelockt vom Duft der Kartoffelpuffer.

»Hast du Appetit mitgebracht?«, fragt Mom und legt einen Arm um Ardens Schulter.

Die nickt und beäugt über die Schulter meiner Oma hinweg die Pfanne.

»Und wie.«

Wir beladen uns mit Tellern und Besteck, Arden direkt hinter mir. Ich verdrehe die Augen, als meine Oma ihr verschwörerisch einen zusätzlichen Latke auf den Teller legt, und dann halten wir vor den Schüsseln mit Apfelmus und Sauerrahm. Arden wirkt unschlüssig – die Qual der Wahl.

»Apfelmus«, sage ich und klatsche ihr einen Löffel voll auf ihre Latkes. »Vertrau mir.«

»Sie lügt dir ins Gesicht«, sagt Riley und belädt ihre Latkes mit Sauerrahm.

Wir suchen uns einen Sitzplatz im Wohnzimmer und hauen rein. Nach dem ersten Bissen Rinderbrust stößt Arden einen leisen Pfiff aus. »Überirdisch.«

»Schon, oder?«, sagt Miles, auf dessen Teller sich das Essen nur so türmt. »Das hab ich mir jedes Jahr von ihr gewünscht, statt Geburtstagskuchen.«

Arden sieht mich fassungslos an und ich muss es ihr leider bestätigen.

»Traurig, aber wahr. Mit Kerzen und allem Drum und Dran. Jahr für Jahr.«

Arden ringt mit sich, ob sie uns glauben soll. »Ihr verarscht mich doch.«

Wir müssen leider lachen und sie schüttelt den Kopf, muss aber grinsen, die erste aufrichtige Gefühlsregung des Tages. »Fast hätte ich es euch abgekauft.«

»Arden«, fragt Levi mit vollem Mund. »Wann musst du zurück nach LA?«

»Äh.« Ihre Miene versteinert, die Wand ist wieder oben. Mit einem Schulterzucken nimmt sie noch einen Bissen. »Weiß noch nicht genau. Ich glaub, meine Agentin will, dass ich am zweiten Weihnachtsfeiertag zurück bin.«

Fünf Tage.

Ich rutsche auf meinem Platz hin und her, ignoriere den Blick, den Levi mir zuwirft, um mich auf meine Karotten zu konzentrieren, sie in immer winzigere Stückchen zu säbeln, bis das Gespräch zum nächsten heftigen Schneefall weitergewandert ist, zu Ardens Lieblingsrestaurants in LA und dann zu Hannahs nerviger Mitbewohnerin.

Als wir fertig gegessen haben und unsere Teller wegbringen, lehnt sie sich zu mir und flüstert mir ins Ohr, dass mir die Haut prickelt: »Apfelmus war die richtige Wahl.«

»Logisch«, sage ich.

Bei Sonnenuntergang drängen wir uns alle in die Küche, wo meine Großeltern ihre Sammlung verschiedenster Menora zusammensuchen, in allen nur vorstellbaren Modellen, da es bei unserer Feier nicht sehr orthodox zugeht. Jede Familieneinheit hat eine, die zu ihrer Persönlichkeit passt, vom traditionelleren goldenen Lebensbaum-Leuchter bis zur höchst begehrten Banora (einer Menora in Bananenform). Und es ändert sich von Jahr zu Jahr, wenn die Kinder älter werden oder Babys dazukommen oder Tante Lauren eine zur Seite schiebt, um die wunderschöne grüne aus Ton hinzustellen.

»Arden! Du musst auch eine anzünden«, ruft Mom, was sofort eifrige Suchaktionen nach dem richtigen Leuchter auslöst. Während grüne Dinos und verschlungene Töpferkunstwerke hochgehoben werden und alles ausdiskutiert wird, sehe ich, wie ihr Blick auf einem niedlichen VW-Bus-Leuchter landet, den Oma wahrscheinlich auf irgendeinem Flohmarkt ergattert hat. Trotzdem sagt sie nichts und wehrt sich nicht, als Ethan ihr einen goldenen Vogel in die Hand drückt und irgendeinen Kommentar über *Operation Sperling* abgibt, der auf allgemeine Zustimmung zu stoßen scheint.

Doch als alle sich auf etwas anderes konzentrieren, schnappe ich mir schnell den VW-Bus und schiebe ihn zu ihr rüber. Ethan dreht den Kopf und will schon laut protestieren, als ich ihm den goldenen Vogel unter die Nase halte.

»Wenn du ihn so dringend anzünden willst, keiner hält dich zurück!«

Er grinst und schüttelt den Kopf, richtet seine Aufmerksamkeit auf die umkämpfte Pilz-Menora, die er mit Zähnen und Klauen verteidigt, seit er fünfzehn ist. Ardens Finger streifen meine, und als ich aufblicke, sehe ich ihr dankbares Lächeln.

»Wie viele zünden wir an?«, fragt mein Onkel Jared, als wir eine Kerzenschachtel rumgehen lassen. Nachdem Chanukka erst in ein paar Tagen losgeht, gibt es keine genauen Vorgaben. Die gibt es bei uns nie, außer dass wir jeden Dezember zusammenkommen, um zu feiern.

»Alle«, sagt Opa und wir jubeln zustimmend, während er das Licht ausschaltet.

Ich helfe Arden dabei, den VW-Bus zu beladen, umgeben von meiner Familie, und dabei überkommt mich unfreiwillig ein Gefühl von … weiß auch nicht. Vollständigkeit. Stolz. Ich schaue in die Runde und spüre, dass das Teil, was mir bei diesen Feiertagen in Barnwich bislang gefehlt hat, an die richtige Stelle rückt.

Und obwohl mit Arden irgendwas nicht stimmt, bin ich trotzdem froh, dass sie hier ist und diesen Moment mit mir teilt, den wir noch nie gemeinsam hatten. Ich bin froh, dass der Artikel, unsere zwölf festlichen Tage miteinander auch beinhalten werden, dass sie in der Küche meiner Großeltern eine Menora entzündet. Dass es sich anfühlt, als würde das, was ich schreibe, mehr von Arden zeigen – und auch von mir.

Meine Gedanken werden unterbrochen, als mein kleiner Cousin Danny von seiner Mutter vorgeschoben wird. »Danny! Erzähl uns die Geschichte von Chanukka. Wie ihr's in der Hebräisch-Schule gelernt habt.«

Danny scheint am liebsten im Boden versinken zu wollen, als er sich knallrot durch eine sehr lückenhafte Wiedergabe stottert, unter gelegentlicher Stichwortlieferung seiner Mutter. Als er fertig ist, klatschen alle und sein Vater hebt ihn auf einen Hocker, damit er die Kerzen entzünden kann, während wir die Segenssprüche erst auf Hebräisch, dann auf Englisch sagen. Ich weise auf die Kerze, die Arden nehmen soll, und die richtige Reihenfolge. Als schließlich der gesamte Tresen im Kerzenlicht erstrahlt, sind Ardens Augen ganz groß.

Und ich sehe zu, wie sie wieder weicher wird, wie die Maske, die sie seit dem Abholen trägt, beim Anblick der Kerzen langsam abfällt.

»Glaubst du, der Rauchmelder springt an?«, fragt Onkel Jared plötzlich und beäugt den oben in der Ecke.

Opa winkt ab. »Die Batterien sind schon letztes Jahr alle gewesen.«

»Dad!«, rufen Onkel Jared und Mom aus einem Mund und damit erlischt der Moment in einer Fülle von Aktivitäten. Mom gräbt aus der Chaosschublade neue Batterien hervor, Tante Lauren hält den Küchenstuhl fest, den Onkel Jared erklimmt, um den Rauchmelder wieder funktionstauglich zu machen.

Schließlich schlurfen wir alle zurück ins Wohnzimmer, um die Geschenke auszupacken. Die kleineren Kinder wühlen sich durch einen Haufen, um ihre Namen und vor allem Großtante Paulas Geschenkpapier ausfindig zu machen. Sie ist berühmt für ihre Spitzengeschenke.

Ich bekomme einen Barnes-&-Noble-Gutschein von meinen Großeltern und einen Hunderter in einer Karte von Großtante Paula, die ihn mir mit einem Zwinkern überreicht. »Führ dein Mädchen ganz groß aus«, sagt sie und ist schon verschwunden, bevor ich Protest einlegen kann.

Riley pflückt sich den Schein aus meiner Hand und hält ihn gegen das Licht. »Ja, Caroline«, grinst sie durchtrieben. »Führ ›dein Mädchen‹ ganz groß aus!«

Ich schnappe ihn mir erbost zurück und sie verzieht sich, um ihr eigenes Geschenk einzusacken.

Aber vielleicht werde ich das wirklich. Mir bleiben nur noch fünf Tage mit Arden.

Und was noch gruseliger ist, es fühlt sich an, als würde mir ein Teil von ihr jetzt schon entgleiten.

»Schön. Morgen dann«, presche ich vor und drehe mich zu Arden.

»Was morgen?«

»Diesmal plane ich, was wir morgen machen«, sage ich und wedle mit dem Schein, bevor ich ihn einstecke. »Dank dem Christbaumdiebstahl hängt die Latte ja nicht allzu hoch.«

Arden lacht und dann nickt sie. »Gebongt.«

Tag 9 & Tag 10

Arden

»Ich glaube, du hast unserer Oma das Chanukkageschenk ihres Lebens gemacht«, sagt Caroline, als wir nach der Feier zum Jeep stapfen. Ich rubble mir die Arme, denen die Kälte ganz schön zusetzt ohne meine Jacke, die jetzt fest in den Besitz von Carolines Großmutter übergegangen ist.

»Ich brauch eh dringend Platz im Koffer, mit all dem Essen, das Grams mir aufdrängen wird.«

Wir erreichen das Auto und Caroline bedeutet mir, vor ihr einzusteigen.

»Dir ist schon klar, dass es mit langen Beinen auch kein Spaß ist auf dem mittleren …«

Sie schiebt mich vorwärts und ich taumle hinein und muss trotz meiner Stimmung lachen.

Abgesehen vom Summen des Radios fahren wir in Stille. Vermutlich sind alle vollgestopft bis zum Anschlag und deshalb völlig platt, doch als ich einen Seitenblick auf Caroline riskiere, scheint sie in Gedanken versunken.

»Hey, Leute«, sagt sie schließlich und lehnt sich vor, worauf mir eine Welle ihres blumigen Shampoos entgegenschlägt und Levi die Musik leiser dreht.

»Habt ihr je überlegt, irgendwas … weiß auch nicht … Chanukkamäßiges in Barnwich zu veranstalten?«

Miles zuckt die Schultern, aber Levi nickt. Ebenso Riley. »Klar, der ganze Ort lebt praktisch vom Weihnachtsmann und seinem Hohoho, aber mir fällt trotzdem in dieser Jahreszeit immer total unangenehm auf, dass irgendwas fehlt, besonders nach der Chanukkafeier«, sagt Levi.

»Was, wenn wir so was wie eine Erster-Abend-von-Chanukka-Feier in der Bar veranstalten?«, fragt Caroline. »Mit Leuchter-Anzünden und …«

»An Weihnachten?«, fragt Miles und dreht sich zu ihr um. »Da kommt doch kein Mensch!«

»Wir sind ja wohl nicht die einzigen Juden in Barnwich«, sagt Levi mit einem raschen Blick zu ihm.

»Und außerdem hat am Weihnachtsfeiertag abends niemand irgendwas vor, Miles«, meldet sich Riley neben mir. »Alle packen nur ihre Geschenke aus und stopfen sich voll und danach kommt nichts mehr, weil alles in Barnwich geschlossen hat.«

Miles denkt darüber nach und nickt.

»Könnte lustig sein. Vielleicht braucht Barnwich ein paar neue Traditionen«, sage ich, worauf sich Caroline zu mir umdreht. »Also, im schlimmsten Fall sind es halt nur wir, die sich einen netten Abend machen.«

»Wenn ihr es organisiert, könnt ihr die Bar dafür haben«, sagt Miles schließlich.

»Abgemacht.« Caroline grinst ihn an und lehnt sich zurück.

»Ich helf mit«, verkünde ich. Caroline legt ihren Kopf auf die Seite und schaut mich an.

»Das ist dann dein letzter Abend hier«, raunt sie mir zu, was mir ohnehin schon mehr als bewusst ist, auch wenn ich trotzdem nicke. Wir schauen einander weiter an, bis sie mir ihr Handy hinhält. Die Frage des heutigen Tages.

Diese Filmrolle, Hollywood, LA, Schauspielerin sein … macht dich das noch immer glücklich?

Oje. Ich sehe hinaus auf die Straße vor uns, erhellt von Levis Scheinwerferlicht.

Meine spontane Antwort sollte lauten: *Ja! Natürlich!* Also, das ist ja der ganze Sinn dieses Artikels, oder? Und wenn ich es mir so von außen ansehe, dann kommt es mir immer noch vor wie der tollste Beruf der Welt. Mein Job besteht quasi aus Spielen und dafür kriege ich auch noch unendliche Mengen von Geld nachgeworfen.

Aber ich weiß nicht, ob es stimmt.

Gerade habe ich die ganze Feier damit verbracht, Caroline zu beobachten, wie sie von ihrer Familie umgeben ist, einer engen Gruppe von Leuten, die sie lieben, die sie immer lieben werden. Ich glaube, genau das hat mir mein ganzes Leben lang gefehlt. Das ist etwas, das ich in LA vergeblich gesucht habe, und genau deshalb habe ich mich von all dem anderen Zeugs so auffressen lassen. Um die Lücke zu stopfen, die seit meinem Weggang in meinem Herzen geklafft hat.

Und deshalb schreibe ich, als ich ihr Handy nehme: Teilweise.

Plötzlich habe ich tausend Gedanken auf einmal und meine Daumen tippen einfach drauflos.

Ich mag die Herausforderung, ein paar Monate lang jemand anderes zu werden, und dass mir manchmal bestimmte Teile einer Figur noch lange nach dem

Dreh erhalten bleiben. Ich mag es, dass ich Gefühle aus mir rausbefördern kann, die ich im echten Leben so nicht haben darf. Das ist so eine Art Ventil für den Schmerz von damals, als ich von daheim weg bin und meine Eltern mich verlassen haben.
Aber Schauspielen kann die Lücke auch nicht füllen, jedenfalls nicht ganz.
Eine Weile lang hat es sich einfach so angefühlt, als machte ich eben dauernd irgendwas falsch, als fehlte irgendwas, obwohl ich eigentlich nichts anderes machen will. Aber ich hatte nie Zeit, darüber nachzudenken und das vielleicht in Ordnung zu bringen, und deshalb war ich eigentlich fast nie glücklich.
Und klar, diese Rolle in dem Bianchi-Film wäre ein guter Anfang. Eine Weiche, damit ich meine Karriere in die Richtung steuern kann, in die ich immer wollte, damit das Spielen dann auch erfüllender ist für mich.
Aber jetzt, wo ich wieder in Barnwich bin, weiß ich, dass es das, was mir gefehlt hat, gar nicht gibt vor der Kamera oder auf der Leinwand. Es ist hier, wo mich jede Ecke an etwas erinnert, wo ich meine Kindheit zurückgelassen habe und den Ort, den ich liebe, und den Menschen, den ic

Ihr Kopf sackt auf meine Schulter.

Sie schläft tief, ihre Wimpern werfen Schatten auf ihre Wangen, ihr roter Mund steht leicht offen.

Eine Weile betrachte ich sie einfach nur und mein Herz schlägt ganz regelmäßig, weil es sich so beängstigend vertraut anfühlt, ihr nahe zu sein. Ich könnte die letzten zwei Worte tippen und es ihr hier liegenlassen.

Ihr die Wahrheit sagen. Ihr sagen, was ich empfinde, nicht nur was ich empfunden habe. Damit wäre alles anders.

Aber dann rufe ich mir in Erinnerung, wie weit weg ich in ein paar Tagen sein werde, und Edies Warnung, die ich mir den ganzen Abend lang vorgesagt habe.

Ich weiß genau, was Taylor mir über Caroline gesagt hat, dass sie hier ein normales Leben mit einer normalen Freundin haben könnte, die tatsächlich vor Ort wäre.

Ich empfinde was für Caroline und sie vielleicht was für mich, aber … ich bin nicht die Richtige für sie. Trotz dieser kleinen Verschnaufpause von der Wirklichkeit geht es in meinem Leben absolut drunter und drüber. Und da werde ich sie nicht reinziehen. Es macht keinen Sinn, wenn es in ihrem Leben genauso schlimm zugeht.

Mach es nicht schwieriger, als es ohnehin ist, Arden.

Ich lösche die letzten Sätze, poliere es noch ein bisschen auf und drücke die Seitentaste, lasse es dunkel werden.

Dann sitze ich einfach nur im Dunkeln, während ich mir überlege, wie ich meine verbleibende Zeit hier hinbekommen soll. Sie darf mir nicht zu nahe sein, das weiß ich. Ich hätte noch nicht mal anbieten dürfen, bei der Chanukka-Bar-Party zu helfen, aber … das ist quasi unmöglich, wenn ich jede Sekunde mit ihr in mich aufsaugen will.

* * *

Am nächsten Morgen reißt mich ein FaceTime von Lillian aus dem Schlaf. Mein Daumen wischt blind auf dem Display herum, bis ich ihre Stimme höre. »Arden? Hallooo?« Ich stemme mich auf meinen Ellbogen, dass Grams' Gästebett unter mir nur so quietscht.

»Lillian«, sage ich mit müdem Blick aufs Handy. »Hier ist es grad mal sechs. Schläfst du irgendwann auch mal?«

»Powernaps und Espresso, Schatzi«, sagt sie und nimmt gleich mal einen Schluck aus ihrer Tasse. »Arden … frohe Neuigkeiten.«

»Du legst auf und lässt mich schlafen?«

Hmpf, macht ihr Blick. »Besser. Bianchi hat das Pfannkuchendings von dir und Caroline gesehen, bei deiner Großmutter im Diner. Wie so ziemlich die ganze Welt.«

Vor der Chanukkafeier gestern hat mir Lillian tonnenweise Berichte geschickt, mit Fotos von Caroline und mir, Grams und mir auf dem Tresen, mir und Fans. Lustig, wie toll sie es plötzlich fand, als es eingeschlagen hat.

»Wie dem auch sei, er will dich und Caroline zu seiner alljährlichen Weihnachtsfeier hier in LA einladen.«

Jetzt sitze ich senkrecht im Bett.

»Was?«

»Ich fress einen Besen, wenn du die Rolle nicht bis Neujahr in der Tasche hast. Diese ganze Provinznudelnummer war die geilste Aktion, die du für deine Karriere überhaupt hättest durchziehen können«, sagt sie und sofort stellen sich mir die Nackenhaare auf.

»Lillian, das ist keine Nummer. Ich bin eine Provinznudel. Oder zumindest war ich das, bis …« Ich rutsche frustriert im Bett herum. »Warum klingt das jetzt so, als hätte es diese ganze Party-Girl-Geschichte nie gebraucht, obwohl du doch diejenige bist, bei der's immer hieß, dass ich's ohne gleich vergessen könnte?«

»Ist das jetzt nicht scheißegal? Alles, was wir getan

haben, hat uns hierhergeführt. Wir werden ein Heidengeld machen!«

»Wer schert sich um dieses Geld? Wie viele Millionen hab ich dir schon eingebracht?« Meine Stimme wird lauter, ich werfe die Decke ab und stehe auf. »Ich hab fast jeden Menschen verloren, der mir je wichtig war, ganz zu schweigen von mir, alles auf deinen Rat hin. Ich konnte nicht nur so tun, als wär ich so, wie du mich wolltest. Ich musste selbst diese Person werden und du besitzt dann noch die Frechheit, mich dafür fertigzumachen, während du keinen Finger rührst, um mir da rauszuhelfen. Wenn Bianchi nicht gewesen wäre, hättest du das hier nie erlaubt!«

»Arden, ich hab keine Ahnung, worüber du dich jetzt beklagst. Du hast mich quasi angefleht, einen Star aus dir zu machen, und genau das hab ich getan!«

»Ich war vierzehn, als du mich unter Vertrag genommen hast! Ich war einfach nur ein Kind. Ich bin jetzt noch kaum erwachsen!« Ich gehe zum Fenster und kralle mich am Rahmen fest. »Weißt du, was die Leute in meinem Alter hier so machen? Die essen Hotdogs beim Basketballspielen und gehen Schlittenfahren und machen bei Heiße-Schokolade-Wettbewerben mit.«

»Arden …«

»Ich bin fünfzehn gewesen, als du mir zum ersten Mal eine Einladung für die Privatclubs verschafft hast, wo ich mit Leuten feiern sollte, die doppelt so alt waren wie ich. Ich meine … was für ein Dreck war das, Lillian?«, frage ich, fuchsteufelswild, doch am anderen Ende kommt nur ein Seufzen.

»Was willst du jetzt von mir hören, Arden? Es tut mir leid, dass dir eine Jugend verwehrt wurde, in der du ständig Omas Pfannkuchen futtern konntest, und stattdessen unglaublich reich und berühmt geworden bist. Aber eins musst du dir jetzt mal anhören: Ich bin nicht deine Mutter. Auf diesen Job hatte niemand Lust. *Mein* Job war, mich um deine Karriere zu kümmern. Und jetzt wirst du deinen erledigen. Ich leite dir die Einladung weiter«, sagt sie und dann höre ich, wie sie auflegt.

Ich werfe das Telefon aufs Bett mit einem Gefühl, als hätte sie mir eine reingehauen. Dann drücke ich die Stirn gegen das kalte, beschlagene Fensterglas. Ich denke an alle, die wir hier hängen lassen würden, wenn Caroline und ich auf diese Party gingen. Riley und Levi und Miles und Carolines Eltern und Grams, die gerade schon unten werkelt.

Aber trotz meiner Wut auf Lillian und meinem absoluten Unwillen, bei dieser Feier überhaupt aufzukreuzen, ist mir klar, dass ich da zumindest mein Gesicht zeigen muss, wenn ich die Rolle haben will. Ich muss Bianchi zeigen, dass er Vorrang hat, weil er den hat … Muss er haben. Für mich zumindest.

Also werde ich Caroline fragen, aber sie nicht drängen, mitzukommen.

Stöhnend zerre ich mir die Decke wieder über den Kopf, aber an Schlaf ist nicht mehr zu denken. Ich starre einfach auf den Deckenventilator, lausche Grams' Geklapper unten in der Küche und denke darüber nach, wie wenig ich doch in vier Tagen das Flugzeug nach LA besteigen möchte, geschweige denn in zwei. Wie dringend ich meine Großmutter nicht allein lassen möchte. Nicht aus Barnwich weg möchte.

»Du bist zu spät!«, ruft Caroline mir am Nachmittag zu. Sie lehnt an der Mauer vom Barnwich Brews und sieht zum Anbeißen aus mit ihrer ausgewaschenen Jeans, dem flauschigen Wintermantel und den sanften Locken.

»Die erste Gelegenheit deines Lebens, das zu irgendwem zu sagen«, bemerke ich und sie rächt sich, indem sie mir die Mütze übers Gesicht zieht.

Ich ziehe sie wieder rauf und hebe den Kopf, um den mir nun wohlvertrauten Laden zu mustern. »Wow. Welch exotisches Ausflugsziel. Ist das dein großer Plan? Gibt's wieder einen Skandal zu verhindern?«

»Nein«, sagt Caroline und zerrt mich hinein. »Das ist erst der Anfang meines Plans. Wir schauen hier nur auf ein warmes Getränk vorbei. Ich lad dich ein.«

Ich sichere uns einen Tisch, während sie zwei von Austins preisgekrönten heißen Schokoladen bestellt. Ich lasse mich auf den Stuhl sinken und beobachte sie am Tresen. Sie schält sich aus ihrem dicken Mantel und enthüllt darunter einen hautengen Rollkragenpulli, der all die Dinge an ihr betont, die … nicht mehr so sind wie früher.

Als sie sich zu mir umdreht, reiße ich meinen Blick los und tue, als hätte ich irgendwas unglaublich Aufregendes am Boden entdeckt.

»Alles klar?«, fragt sie und sieht mich beim Abstellen der Becher auf dem Tisch ganz befremdet an. Sie folgt meinem Blick zum Boden.

»Jup. Die haben … hier alles neu gefliest, seit ich weg bin, oder?«, frage ich und sehe ihr ins Gesicht, in der Hoffnung, dass ihr entgeht, wie knallrot ich bin.

Sehr geschmeidig, Arden.

Sie zuckt die Schultern und lacht, um dann etwas aus ihrer Hosentasche herauszuziehen.

»Hier.« Sie schiebt mir ein kleines selbst gemachtes Buch aus Papier über den Tisch. »Ich hab die Antwort gelesen, die du mir gestern auf dem Handy hinterlassen hast, die über das, was dir fehlt. Also wollte ich dir was geben, das diese Lücke füllt, wenn du gehst.« Sie nippt an ihrem Getränk, während ich das Geschenk beäuge.

Es ist ein Barnwich-Rallye-Pass, den sie aus zusammengetackertem Druckerpapier gebastelt und mit Buntstiften beschrieben hat. Als ich ihn durchblättern will, hält sie meine Hand fest. »Halt! Eine Seite nach der anderen. Damit jedes Ziel eine Überraschung ist.«

Ich nicke und sie löst langsam den Griff, damit ich Seite eins aufblättern kann.

»Heiße Schokolade wie früher.« Ich sehe sie misstrauisch an. »Ich dachte, das soll eine Überraschung sein. Aber wir sitzen hier schon mit unseren Schokoladen.«

Sie beginnt in ihrer Manteltasche zu kramen.

»Überraschung!«, sagt sie lächelnd und holt zwei gigantische Marshmallows aus einer Tüte, die sie jeder von uns in die Tasse taucht.

»O Gott! Ganz vergessen!« Ich schüttle lachend den Kopf. Als Kinder haben wir immer unsere eigenen Riesenmarshmallows mitgebracht, weil wir für die winzigen nur Verachtung übrighatten.

»Okay, nächste Seite«, sagt sie und weist auf das Büchlein, das unser heutiges Schicksal birgt.

Ich tue wie geheißen und lese die nächste Seite.

»Nicht dein Ernst.« Ich klappe es zu. »Wir schreiben Briefe an den Weihnachtsmann, Caroline? Wie alt sind wir, zehn?«

»Waren wir durchaus mal«, sagt sie, schlüpft wieder

in ihren Mantel, steht auf und nimmt ihren Becher. »Komm schon. Das wird lustig.«

Mit einem schweren Seufzer schnappe ich mir ebenfalls meine heiße Schokolade und folge ihr zur Tür. Bei der Pinnwand macht sie Halt und zieht einen leuchtend blauen Flyer aus der Tasche, eine Einladung zur Chanukkafeier in der Bar.

»Unterwegs hängen wir die gleich überall auf«, sagt sie und pinnt den Flyer fest. Dann geht es raus in die Kälte.

»Du wünschst dir jetzt aber nicht wieder Spaghetti Bolo mit zwei Stück Knoblauchbrot vom Weihnachtsmann, oder?«

Sie rempelt mich an.

»Da wünscht man sich im Alter von sieben Jahren einmal im Leben was zu essen und es wird einem auf ewig unter die Nase gerieben.«

»Aber er hat geliefert, oder?«

»Ich hatte einen Osteria-Gutschein im Strumpf und den haben wir gleich am nächsten Tag auf den Kopf gehauen. Weißt du noch?«

»Durchaus«, entgegne ich. »Ich glaub, wir haben die fünfundzwanzig Dollar allein für Pizzabrot ausgegeben.«

Wir bahnen uns einen Weg durch die vollen Straßen, wo die Leute heute viel zu sehr von der Straßenbeleuchtung und den Schaufensterauslagen abgelenkt sind, um auf mich zu achten. Wir erklimmen die Stufen zum Postamt, einem kleinen historischen Gebäude, an dessen Fassade ein mit NORDPOL beschrifteter Briefkasten prangt. Caroline reicht mir Stift und Papier aus ihrer scheinbar unendlich geräumigen Manteltasche, doch als ich etwas schreiben will, fühle ich mich wie erstarrt.

Als Kind war meine Liste beidseitig von oben bis unten vollgekritzelt. Jetzt kann ich mir jeden Herzenswunsch selbst erfüllen. Ich will meine Körpergröße ausnutzen, um bei Caroline zu spicken, doch sie erwischt mich.

»Hey! Abschreiben gilt nicht!«, kreischt sie und verbirgt ihren Zettel vor mir.

Du bist so süß, will ich ihr sagen, schlucke es aber herunter und starre auf meinen leeren Zettel. Es gibt nur eine Sache, die ich hier draufschreiben könnte. Die eine, die nicht zu kaufen ist. Die eine, die ich niemals haben kann.

Caroline.

»Okay, fertig?«, fragt sie und sieht mich an, während sie ihren Zettel zusammenfaltet. Ich starre auf ihren Namen, den ich auf mein Blatt gekritzelt habe, und falte es hastig, damit sie es nicht sieht.

»Jup«, entgegne ich und strahle wieder auf Knopfdruck. Sie hält ihre Hand hin, nimmt meinen Zettel und wirft beide in den Briefkasten.

»Was hast du geschrieben?«, fragt sie, als wir gemeinsam die Stufen zur Straße hinabgehen.

»Das ist eine Sache zwischen dem Weihnachtsmann und mir«, versetze ich.

Unser nächster Halt ist das Antiquariat an der Ecke Haupt- und Ahornstraße. Über uns klingelt es und Mrs Graham, eine Stammgästin des Diners, winkt uns unter einem richtigen Schneesturm aus von der Decke baumelnden Papierschneeflocken hervor zu.

Wir gehen an einem Tisch mit Büchern verschiedenster Formate vorbei. Jedes ist grün-rot eingepackt, mit einem braunen Zettelchen, das eine sehr kurze, sehr rätselhafte Kurzbeschreibung liefert. Über dem Tisch steht auf einem Schild: KUSCHLIGE WEIHNACHTSDATES MIT EINEM BUCH.

»Weißt du noch, als wir praktisch jeden Mittwoch hier waren, wenn meine Mutter uns von der Schule abgeholt hat?«, fragt Caroline, während wir durch die schmalen Gänge wandern. Ihre Finger streifen an den bunten Rücken entlang und ich muss mich schwer beherrschen, um nicht ihre Hand zu nehmen und sie zu halten. Genau wie in der Nacht in ihrem Zimmer. Ohne dass wer zuschaut, nur für Caroline und mich.

»Allerdings. Du hast jedes Mal was Neues gefunden, obwohl du das letzte Buch noch nicht mal gelesen hattest«, sage ich.

»Und du hast immer dasselbe Kochbuch durchgeblättert. Welches war's doch gleich?«, fragt sie und kauert sich hin, um das entsprechende Regal durchzuschauen.

»Hab ich vergessen«, entgegne ich, obwohl ich es sofort entdeckt habe, als sie es erwähnt hat.

»Das hier!« Sie zieht es raus und der Einband ist so vertraut: eine Frau mittleren Alters mit blondem Haar und Overall.

»O ja. Kann sein«, sage ich und wende mich ab.

»Arden James!« Caroline schnappt meine Jacke und dreht mich gewaltsam um. »Wirst du etwa rot?«

»Was? Nein!«

Ihre Augen werden groß und dann kippt ihre Kinnlade runter und sie starrt ein paarmal zwischen dem Buch und mir hin und her. »Du fandest sie scharf! Oder?«, forscht sie nach und da muss ich endlich lächeln und sie boxt mich in die Magengrube.

»Dann war's halt mein lesbisches Erweckungserlebnis. Na und?«, witzle ich und reiße ihr das Buch weg.

»Und da hatte ich mir eingebildet, das wäre ich gewesen.« Spucke sammelt sich in meinem Hals und ich bekomme einen Hustenanfall, der mein Gesicht zweifellos noch röter macht. »Scherz, Arden. Schau sie dir an, superheiß, und kochen kann sie auch noch! Wer könnte da mithalten!«, sagt sie und dann macht sie kehrt und geht wieder in den vorderen Teil des Ladens, während ich ein natürlich klingendes Lachen rauswürge.

Bei der Pinnwand am Eingang macht sie Halt und zieht einen weiteren Flyer aus ihrer Tasche.

Es gibt jedoch nur noch ein einziges freies Fleckchen, ganz weit oben. Ich schaue mir an, wie sie vergeblich in die Höhe springt, bevor ich mich erbarme und ihr die Reißzwecke und den Zettel abnehme.

Über ihren Kopf hinweg stecke ich ihn fest, worauf sie sich umdreht und mich ansieht. Ich schlucke schwer, weil wir einen Moment lang einfach so stehen, mit sehr wenig Platz zwischen uns und der Wand.

»Komm schon. Wir haben noch viel Barnwich abzuklappern heute«, sagt sie und zieht mich kurz an der Jacke, bevor ich ihr auf die Straße hinaus folge.

Ein paar Minuten später haben wir beide Zuckerstangen vom Süßigkeitenladen aus dem Mund hängen und kommen an dem großen Baum in der Mitte des Platzes vorbei, der gerade für die feierliche Illuminierung am morgigen Abend geschmückt wird.

»Was kommt jetzt?«, fragt Caroline scheinheilig. Ich zücke meinen Pass und schlage die nächste Seite auf, wo sich eine kleine Zeichnung des Weihnachtsmanns auf seinem Riesensessel mit einer Bierflasche im Becherhalter befindet. Als ich aufblicke, sitzt dort schon Mr Green im Weihnachtsmannornat auf seinem prächtigen roten

Thron und lässt sich von einer Standheizung anbraten, während die Leute vor ihm Schlange stehen.

»Nur über meine Leiche«, sage ich, doch sie beachtet mich gar nicht und zerrt mich zum Ende der Schlange. Auf dem roten Teppich unter uns trete ich von einem Bein aufs andere, so eisig ist es hier draußen.

Doch dann rückt Caroline wärmeheischend dichter heran und plötzlich wünsche ich mir, die Schlange wäre noch ein bisschen länger. Eigentlich sollte ich die Gelegenheit beim Schopf ergreifen und Bianchis Weihnachtsfeier erwähnen, aber wie soll ich das, wenn Caroline mir heute buchstäblich sämtliche Highlights von Barnwich auf dem Silbertablett serviert? Ich weiß, dass meine Antwort gestern sie dazu angeregt hat, aber ich frage mich doch, ob sie die verrinnende Zeit genauso im Kopf hat wie ich und das hier ein Köder ist, damit ich anbeiße und bleibe.

Wenn's nur so einfach wäre.

Viel zu rasch stehen wir selbst vor dem großen Mann.

»Arden! Carolinchen!«, ruft Mr Green mit einem Grinsen und erzwungener Heiterkeit in der Stimme, während ein gedrungener Elf im Teenageralter, der dreinschaut, als würde er sich lieber von einem Schlitten überfahren lassen, als noch eine Stunde diese spitzen Ohren zu tragen, uns vorwärtsweist.

»Lieber Weihnachtsmann!«, sage ich ebenfalls grinsend und beuge mich vor. »Alles entspannt?«

»Ich brauch dringend was Stärkeres«, flüstert er, bevor er wieder sein Grinsen aufsetzt und »HO-HO-HO« röhrt.

Wir lehnen uns gegen den Thron und lassen einen zweiten, deutlich engagierteren Elfen ein paar Fotos schießen, bevor Caroline eine obszön hohe Summe für zwei winzige Polaroids hinblättert.

»Geht auf mich«, sagt sie zum zehnten Mal heute, schiebt mich beiseite und überreicht ein paar Scheine, Rückgeld von den hundert Dollar von gestern Abend.

»Du weißt, dass ich das gerne …«

Sie winkt ab. »Was würde Großtante Paula sagen?«

Ich lache. Ach ja? »Heißt das, ich bin dein Mädchen?«, frage ich, bevor ich mich bremsen kann.

»Jup«, sagt Caroline gleichmütig, als wir die Straße überqueren. »Also, die nächsten vier Tage noch, oder?«

Es sticht mich schmerzhaft in der Brust. Wenn es so eine schlimme, unmögliche Sache ist, warum möchte ich dann trotzdem so dringend ihr gehören?

Doch da fällt mein Blick auf Carolines Handy und ich sehe, dass sie gerade Taylor schreibt. Jetzt stopfe ich meine Gefühle noch tiefer in mich hinein, in die bewusste Schachtel, wo sie weggesperrt bleiben müssen.

Nächster Halt ist die Bar, ein kleiner Ausreißer von der Passroute. Es ist noch früh und daher wenig los und Levi steht Gläser wienernd hinter dem Tresen.

»Wollt ihr mich wieder bei meiner Mutter reinreiten?«, fragt er grinsend.

»Nein. Wir müssen mal«, sagt Caroline und zockelt zur Toilette.

Ich lasse mich auf den Barhocker fallen und schiebe ihm einen Zehner rüber. »Für Mr Green. Auf mich.«

Er schüttelt den Kopf und wirft das Geld in die Kasse. »Was der leistet, macht ihm niemand nach. Ich könnte da nicht einen Monat lang sitzen und mir den Arsch abfrieren und noch so tun, als wär das mein absoluter Traum.«

Ich ziehe noch einen Zehner heraus und schiebe ihn rüber, während Levi lacht.

»Und … wie läuft's denn so mit meiner Schwester?«, fragt er.

»Gut, schätz ich mal.« Ich zucke mit den Schultern. »Ich mein, sie hat mich seit zehn Tagen nicht mehr in einen Schneehaufen geschubst, also …« Ich lache, aber Levi nicht. Stattdessen wirft er einen Blick über die Schulter, ob Caroline auch ja noch weg ist.

»Du löst dich aber nicht einfach wieder in Luft auf, oder?« Er lehnt sich über den Tresen.

Wie leicht wäre es, ihm was vorzulügen, den Kopf zu schütteln und ihn vom Gegenteil zu überzeugen, doch als ich den Mund aufmache … bringe ich es nicht über mich. »Ich weiß nicht, Levi. Wollen tu ich es nicht«, sage ich schließlich die Wahrheit.

»Dann *mach* es halt einfach nicht.«

»So leicht ist das nicht!«

»Arden, das ist meine kleine Schwester. Ich liebe sie.« Er senkt den Kopf und bedenkt mich mit einem Blick, der nur von einem großen Bruder mit Beschützerinstinkt kommen kann. »Tu ihr nicht wieder weh.«

Ich kann nicht mehr antworten, weil Caroline bereits um die Ecke biegt.

»Bereit zum Aufbruch?« Sie steht schon neben mir, während ich noch den Kloß in meinem Hals runterschlucken muss.

»Wo geht ihr hin?«, fragt Miles, der mit einer riesigen Schachtel von hinten auftaucht.

»Wir machen eine kleine Barnwich-Tour«, sagt sie. »Es gibt noch ein paar Stationen abzuhaken.«

»Wie schön und warm es doch hier ist …«, fange ich

an, doch Caroline zerrt mich vom Barhocker Richtung Tür. Ich winke Miles und Levi noch zu und dann geht es hinaus und die Straße hinunter.

Nächster Halt, so will es der Pass, ist der heillos überlaufene Spielzeugladen, in dem wir als Kinder unendliche Male unser Taschengeld verprasst haben. Kaum treten wir ein, erspähe ich eine gigantische Sammelbox für das hiesige Kinderkrankenhaus und ziehe Caroline hinüber.

»Hey, wie wär das: Du kaufst was für mich und ich kauf was für dich und dann spenden wir es beide?«, frage ich.

»Das ist … viel besser als das, was ich geplant hatte. Wir treffen uns in zwei Minuten hier.«

Ich sehe mich um und auf den ersten Blick sticht mir nichts ins Auge. Doch da fällt mir im untersten Fach ein Legoset von der Freiheitsstatue auf. Es kostet viel mehr, als je ein Mensch für eine Schachtel Lego hinlegen sollte, aber wofür ist Weihnachten sonst da, als geliebte Menschen mit überteuerten Sachen zu beglücken?

Es ist perfekt.

Ich schleppe es durchs Gedränge zur Kasse und dann rüber zur Spendenbox, wo Caroline mich schon kopfschüttelnd erwartet.

»Für dich, wenn du an der Columbia angenommen wirst.« Ich wuchte das Legoset auf die Kante der Kiste und lasse es reinfallen.

»Da gibt's Mord und Totschlag drum, das ist dir schon klar«, sagt sie und ich muss lachen. Dann zieht sie hinter ihrem Rücken einen superniedlichen schwarzen Plüschhund hervor, der genauso aussieht wie mein alter Neil. »Damit du nachts nicht so allein bist.«

»Danke«, sage ich und bestaune ihn und wünsche mir

insgeheim, ich könnte ihn behalten. Eine Minute lang präge ich mir sein winziges Gesicht ein, bevor ich ihn sanft zu den anderen Spielsachen setze.

»Du stellst diesen Monstertruck jetzt sofort zurück, Susan, sonst tick ich aus!«, schallt eine weibliche Stimme durch den ganzen Laden. Wie alle anderen drehe ich mich um und sehe, wie Susans Mutter deren makellos gebügelte Bluse zerknittert.

»Susan sieht aus, als würde sie sie gleich zusammenschlagen«, warne ich Caroline, die sich ohne Erfolg auf die Zehenspitzen gestellt hat.

»Dann sollten wir uns vielleicht verziehen, ehe die Bullen kommen?«, fragt sie und reicht mir ihre Hand, die ich gegen mein besseres Wissen ergreife, dieses eine Mal meinem Herzen folgend und nicht meinem Verstand.

Nun schickt uns der Pass in die Drogerie nebenan, wo wir uns immer mit Snacks eingedeckt haben. Caroline feixt, als wir an den Zeitschriften vorbeikommen, und zeigt auf die, auf denen mein Konterfei prangt. Ich drehe sie alle rasch um, während sie ein Päckchen Hubba Bubba Zuckerwatteedition kauft, unser Lieblingsgeschmack.

»Und jetzt?«, frage ich und blättere zur letzten Seite des Passes, die … leer ist.

»Jetzt gehen wir einfach bisschen rum«, entgegnet sie.

Wir halten uns am Rand der Hauptstraße und dann bei der Bank links, gehen eine Seitenstraße hinunter, die im Vergleich zu den großen nur sehr dürftig beleuchtet ist.

»Und was habt du und Edie an Weihnachten vor?«, fragt sie.

»Oh. Hm.« *Mist.* O.k. Hilft ja nichts. »Eigentlich werden wir das gar nicht mehr zusammen feiern dieses Jahr.

Bianchi hat mich zu seiner Party am vierundzwanzigsten eingeladen, in LA«, sage ich und betrachte meine Füße.

»*An Heiligabend?*«, fragt sie, schon Enttäuschung im Gesicht. Für sie bedeutet es einfach alles, Zeit mit den Menschen zu verbringen, die sie liebt. Ich weiß, dass die Becketts an diesem Abend ihre alljährliche Feier in ihren hässlichen Weihnachtspullis begehen. Am Monatsanfang zieht jeder einen Zettel und dann müssen sie für ein Familienmitglied irgendein grässliches Modell beschaffen. So will es die Tradition, also kann ich eigentlich kaum glauben, dass ich es überhaupt erwähne, aber …

»Eigentlich hat er uns beide eingeladen, Caroline. Aber du musst da echt nicht hin.« Ich stoße Luft aus, sehe ihr in die Augen. »Weihnachten« und »Bianchi« vor Caroline in einem Satz fühlt sich seltsam falsch an, als sollte man die nie vermischen. Öl und Wasser. »Ich hab schon viel zu viel von dir verlangt mit diesem Artikel und dieser Pseudobeziehung. Ich will dich jetzt nicht auch noch von deiner Famil…«

»Ich komm mit«, sagt sie.

»Ernsthaft?«, frage ich. »Du musst wirklich nicht …«

Sie winkt ab, als sei das jetzt keine große Sache, als sei sie überhaupt nicht völlig am Boden zerstört, weil wir den 24. nicht hier verbringen werden. »Das wird bestimmt lustig! Wer sagt bitte Nein zu einem Gratistrip nach LA? Außerdem können wir diesen Artikel wohl kaum bringen ohne das große Heiligabend-Date zum Schluss. Überhaupt, wir müssen es würdig zu Ende bringen.«

Zu Ende bringen.

Mir wird ganz anders.

Ich sehe zu, wie unsere Füße auf den Gehsteig treffen,

immer mehr im Gleichschritt, je häufiger die quadratischen Betonplatten der Innenstadt in dunklere, unregelmäßigere, von Rissen durchzogene Asphaltdecken übergehen.

Dann hält Caroline an und dreht sich um. Mein Blick fällt auf ein kleines weißes Haus. Eine der kunststoffverkleideten Seiten fällt schon ab und ein Fenster ist mit Sperrholz vernagelt, aber ich erkenne es sofort wieder und bei seinem Anblick bleibt mir kurz das Herz stehen.

Mein Haus.

Das ist die eine Station auf dieser Erinnerungstour, auf die ich getrost hätte verzichten können. Es ist zu viel.

»Caroline, ich will hier nicht sein«, sage ich und eile in die andere Richtung davon.

»Warte! Arden, warte doch einfach!« Sie packt mich am Arm und versucht, mich zu sich umzudrehen, doch ich reiße mich von ihr los und mache genau das, von dem Levi meinte, ich dürfe es nicht tun. Ich laufe den Gehweg hinunter Richtung Zentrum und lasse sie stehen.

Tag 10

Caroline

»Arden, lass mich nicht schon wieder auf diesem Scheißgehweg zurück«, brülle ich ihr hinterher.

Sie bleibt abrupt stehen, reglos, und dann wirbelt sie herum und kommt auf mich zu. »Was schleppst du mich hierher? Was ist der Sinn dieser ganzen Aktion heute Abend, Caroline?«

»Was meinst du?«

Sie macht noch einen Schritt auf mich zu, bis ihr Gesicht von der flackernden Laterne über uns erleuchtet ist. »Diese ganze Erinnerungstour, die Briefe an den Weihnachtsmann, die Marshmallows in der Schokolade. Die Stätten unserer Kindheit.«

»Weil wir ja irgendwas für den Artikel tun mussten!« Ich spüre, wie Wut in mir aufsteigt, als sie den Kopf schief legt.

»War's vielleicht, um mich zum Bleiben zu bewegen? Oder willst du mich immer noch dafür bestrafen, dass ich weggegangen bin?«

Ich verschränke die Arme vor der Brust und starre ihr voll in die Augen, auch wenn in meinen schon die Tränen brennen. »Nein, Arden. Ich will dich nicht dafür bestrafen, dass du weggegangen bist. Das ist für mich, damit ich mich diesmal von dir verabschieden kann, weil du es ja offensichtlich nicht hinkriegst. Du entziehst dich bereits innerlich, obwohl du noch nicht mal weg bist von hier. Wir wissen beide, dass du in Gedanken schon wieder auf dem Rückflug nach LA bist.«

Sie packt mich am Arm, schüttelt den Kopf. »Caroline, ich entzieh mich deshalb, weil ich wegmuss!«

Ich entreiße ihr meinen Arm. »Ist ja auch logisch! Du hast von mir und Barnwich so ziemlich alles gekriegt, was du dir versprochen hast«, sage ich und meine Stimme bricht. »Und es bringt mich um, Arden, dass dir das reicht, weil ich einfach nie genug kriegen kann von dir.«

Sie steht da wie vom Donner gerührt, ihre dunklen Augen liegen auf mir und zwischen uns fällt plötzlich der Schnee.

»Das ist nicht wahr«, flüstert sie mit zitternder Stimme und streckt die Arme nach mir aus, um mich zu beruhigen. Doch ich stoße sie weg.

»*Warum bist du dann nicht zurückgekommen?*« Die Frage, auf die ich seit vier Jahren eine Antwort brauche, bricht endlich aus mir heraus.

»Weil ich dann nie wieder hätte hier weggehen können!«, brüllt sie und wühlt sich frustriert durchs Haar. »Ich hätte es nicht noch mal geschafft, *dich* zu verlassen.«

Ich starre sie an und sie wendet den Blick ab, schluckt und redet dann weiter: »Wusstest du, dass ich an dem ersten Weihnachten schon ein Ticket gekauft hatte? Meine Eltern waren heilfroh, dass sie mich los waren und mich eine Woche zu Edie schicken konnten. Ich bin bis zum Flughafen gefahren. Bis zum Gate. Und da hab ich dann einfach nur gesessen und zugeschaut, wie alle anderen eingestiegen und weggeflogen sind. Ich hab dort stundenlang gesessen, Caroline. Stunden. Ich hab an dich gedacht und an Barnwich und an zu Hause! Und mir ist aufgegangen, dass es einfacher war … wegzubleiben.«

»Wie, einfacher?«

»Die ersten sechs Monate waren ein solcher Horror für mich. Ich hab ziemlich schnell mitgekriegt, wie grausam diese Industrie ist, obwohl ich noch ein Kind war. Dann hat mir meine Agentin gesagt, der einzige Weg zum Erfolg bestehe darin, jeden Kontakt zu früher abzubrechen, und ich hab ihr geglaubt. Ich hab gewusst, wenn ich zurückkomme und dir erzähle, was da abgeht, sagen du und Edie mir, ich soll da nicht wieder hin. Ein Blick in eure Gesichter und das wär's gewesen. Ich hab gedacht, wenn ich erst berühmt bin, mach ich's wieder gut, aber dann habe ich diese erste Netflix-Rolle bekommen und alles ging so schnell, dass ich … einfach nichts mehr unter Kontrolle hatte. Meine Eltern waren wie vom Erdboden verschluckt und von mir selbst war bald auch nichts mehr übrig. Am Anfang sollte das ja nur die Arden James für die Presse sein, aber bald wurde es echt. Ich hab mich voll in dieses beschissene Alter Ego verwandelt, Caroline. In fremden Betten aufwachen, Kokain auf jeder Toilette zwischen Pasadena und Malibu, ganze Nächte, an die ich null Erinnerung habe. Und als das passierte … da wurde mir klar, dass ich mich in Barnwich nie wieder blicken lassen kann.« Sie wischt sich mit dem Handrücken über die Augen. »Ich hab mich nicht überwinden können, hierherzukommen, weil mein ganzes Leben ein einziger horrormäßiger Saustall war.«

Sie lacht kurz auf, aber ich kann die Tränen in ihren Augen sehen.

»Und jetzt gibt es keinen einzigen Menschen mehr auf dieser Welt, der *mich* sieht und nicht ›Arden James‹.«

»Das stimmt nicht«, sage ich.

Es gibt jemanden.

Ich habe immer nur Arden gesehen. Arden mit dem aufgeschürften Knie, dem schiefen Lächeln und der kleinen Narbe am Kinn.

Arden, die erste beste Freundin, die erste Liebe, der erste Liebeskummer.

Selbst wenn sie Arden James ist, sehe ich sie durchscheinen. Ich sehe sie, wenn sie auf der Mattscheibe einem Schurken hinterherjagt, wie wir früher durch die Straßen von Barnwich gejagt sind. Ich sehe sie, wenn sie auf dem roten Teppich steht und bei jedem Interview den Charme aufdreht wie in der fünften Klasse, als sie Mr Reynolds breitschlagen wollte, uns keine Hausaufgaben zu geben. Ich sehe sie, wenn Riley mir ein Foto von ihr zeigt, wie sie aus irgendeinem Club stolpert und in ihren Augen so was wie Schmerz verbirgt, fast schon Angst, die nur ich erkennen kann, selbst wenn ich sie nicht sehen will.

Sie ist Arden James, weil sie in ihrem Herzen immer noch Arden ist, nicht weil irgendwer versucht hat, sie zu manipulieren.

Sie sieht mich an – sieht mich endlich wirklich an. Ich trete auf sie zu, schließe die Lücke zwischen uns. Meine Hände gleiten über ihre Arme hinauf zu ihrem Hals, bis meine Daumen sanft über ihre Wangen streicheln. »Ich sehe dich.«

Sie lehnt sich in die Berührung. »Caroline, ich … kann nicht. Du verdienst Normalität. Den Schulball und Händchenhalten zwischen den Stunden und kuschelige Verabredungen im Barnwich Brews. Du hast doch die zwei letzten Wochen gesehen, wie das ist. Mein Leben ist das

Gegenteil von normal. Und es findet über dreitausend Kilometer weit weg statt. Ich kann dich nicht bitten …«

Aber *ich* bitte nicht. Ich warte auch nicht mehr. Stattdessen gebe ich ihr selbst eine Antwort, indem ich ihr Gesicht zu meinem herabziehe. Unsere Lippen prallen aufeinander, ihre kalte Nase streift meine Haut und all die Jahre voller Verlangen und Hoffnung und Sehnsucht fließen aus mir heraus, während ich meine Finger in ihrem Haar vergrabe.

Es fühlt sich an wie Pfannkuchen bei Edie und der warme Schein der Menora bei der Chanukkafeier meiner Familie. Wie wenn ein Schlitten an Tempo zulegt und es einem den Magen hochhebt. Wie der erste Schnee, der vor dem Fenster fällt. Oder wenn man das perfekte Geschenk für einen geliebten Menschen findet. Es fühlt sich an wie all das zusammen: wie sämtliche guten und magischen Dinge dieser Jahreszeit und des Ortes, in dem wir aufgewachsen sind. Nur viel besser. Arden zu küssen, ist der größte Zauber überhaupt.

Irgendwo in meinem Inneren bin ich auf diesem Gehweg kleben geblieben, seit sie weggegangen ist, und habe gewartet, dass sie wiederkommt. Darauf, dass sie zu mir zurückkehrt. Und obwohl sie schon seit einer Woche wieder da ist, fühlt es sich jetzt zum ersten Mal so an, als sei sie wirklich hier.

Als sie sich schließlich löst, lasse ich sie nur so weit los, dass ich mich noch auf ihre braunen Augen konzentrieren kann, die zu mir herabsehen. Wild. Voller Furcht. Sie macht den Mund auf, aber es kommt nur eine weiße Atemwolke heraus.

Ich nehme ihr Gesicht wieder in die Hände und sehe sie so an, wie ich sie immer ansehen wollte.

»Ich will dich, Arden. Mehr hab ich nie gewollt. Siehst du das nicht?«

Ich liebe dich, will ich sagen. *Ich hab dich immer geliebt.*

Aber ich bremse mich, als sie mich immer noch anstarrt, ohne ein Wort zu sagen. Ich bezweifle, dass sie eins rausbrächte, aber als sie mich an sich zieht, sagt diese Umarmung mir alles. Ich schmelze gegen sie, während um uns der Schnee rieselt.

»Deine Regel war doch: kein Küssen«, murmelt sie schließlich in meine Haare.

»Ich dachte, Regeln bedeuten dir nichts«, antworte ich und sie lacht, als ich sie zur Sicherheit noch mal küsse.

Arden

Tag 10

Nachdem ich Caroline zu Hause abgeliefert habe, gehe ich wie auf Wolken zu Grams. Irgendwie fühlt es sich viel intimer an, ein Mädchen nach einem Date bei ihr zu Hause abzuliefern, statt sie zu sich abzuschleppen. Besonders wenn dieses Mädchen Caroline Beckett ist. In meinem Körper ist eine Leichtigkeit, die ich noch nie gefühlt habe, obwohl ich es kaum erwarten kann, sie wiederzusehen. Sie wieder zu küssen. Alles zu tun, damit das hier, was auch immer es sein mag, gedeiht und größer wird.

Ich schließe Grams' Haustür und lehne mich dagegen, schwelge darin, wie Carolines Finger sich in meinem Haar angefühlt haben und ihr Körper unter meinen Händen, wie ihr dünner Rolli sich zwischen uns viel zu dick angefühlt hat.

Warum habe ich überhaupt je eine andere geküsst?

Warum würde ich je wieder eine andere küssen wollen?

»Arden, bist du das?«, ruft Grams aus dem dunklen Wohnzimmer.

Ich schäle mich aus meinen Winterschichten und gehe um die Ecke, wo sie alleine auf dem Sofa sitzt, die Füße auf dem Couchtisch. Ein alter Julia-Roberts-Film flackert über den Fernseher.

»Du bist noch wach?«, frage ich, knipse eine Lampe an und lasse mich neben sie fallen, wobei ich fast eine Schüssel Popcorn umschmeiße.

»Ach, ich muss diesen verdammten Film zu Ende gucken.«

»Du hast noch nie *Pretty Woman* gesehen?«

Grams dreht sich mit Pokerface zu mir um. »Mach dich nicht lächerlich. Aber wie soll ich bei diesem hübschen Gesicht bitte abschalten!«

»Du stehst auch auf Julia Roberts?«, frage ich scheinheilig, obwohl sie natürlich Richard Gere meint.

Sie schüttelt lachend den Kopf und reicht mir die Schüssel mit leicht angesengtem Popcorn.

»Du bist der einzige Mensch, den ich kenne, der verbranntes Popcorn mag«, sage ich und werfe mir trotzdem ein paar in den Mund.

Erst reagiert sie nicht. Doch als sie es tut, ist ihr Blick glasig. »Tja, dann wären wir wohl am Ende deines Urlaubs angekommen, was?«

»Ja, vermutlich«, entgegne ich und die Schmetterlinge, die seit dem Kuss in meinem Bauch umhergeflattert sind, fallen tot zu Boden. »Grams, es tut mir so leid, dass ich Weihnachten selbst nicht hier bin. So war das alles nicht geplant«, sage ich wieder, genau wie heute Morgen.

Sie stellt die Schüssel auf den Boden und tätschelt das leere Sofakissen zwischen uns. »Jetzt bitte keine Entschuldigungen mehr. Lass uns einfach die letzte gemeinsame Zeit genießen.« Ich lächle ihr zu, obwohl mir gerade überhaupt nicht danach zumute ist, und kuschle mich unter ihren ausgestreckten Arm. »Du, ich und Julia«, fügt sie hinzu und ich lache, als sie mich an sich drückt.

So schauen wir den Rest des Films, aber als der Abspann läuft, ist Grams neben mir tief eingeschlafen. Ich schlüpfe unter ihrem Arm heraus und hebe vorsichtig ihre Beine aufs Sofa. Dann breite ich eine Decke über sie und gehe hinauf in mein Zimmer.

Ich falle auf mein Bett und hole mein Handy hervor, um Caroline gute Nacht zu wünschen, und finde eine Nachricht von Lillian vor.

Hey. Sorry wegen vorhin. Ich war einfach … total gestresst. Ich will ja doch nur, dass alles klappt. HDL. Und ich freu mich wirklich auf die berühmte Caroline.

Ich atme tief durch und versuche die unguten Gefühle ihr gegenüber abzuschütteln.

Wir kommen beide zur Party. Bis dann, Lil, schreibe ich zurück.

Ich lege mich auf mein Bett und schließe die Augen, stelle mir Caroline und mich zusammen in LA vor. Wie wir in meiner Küche Kaffee trinken und dann abends Händchen haltend den Strand entlangschlendern. Vermutlich wird es davor erst mal eine Fernbeziehung sein, weil sie ja noch ein halbes Jahr Schule hat, und wenn das klappen soll, muss ich mein Leben in den Griff kriegen. Da muss sich einiges ändern. Aber das kriege ich hin, weil ich will, dass das klappt.

Und die Weihnachtsfeier bei Bianchi?

Die wird der ideale Probelauf für uns.

Tag 11

Caroline

Am Abend darauf ziehe ich mich so dick an wie fürs Weihnachtslieder-Singen und koche innerlich fast über vor Aufregung, sie wiederzusehen.

»Du wirkst so glücklich«, sagt Riley und beäugt mich von der Treppe her, wo sie mit einer Tüte Paprika-Goldfischlis steht und mampft. »Verdächtig glücklich.«

Ich wickle mir einen Schal um den Hals und sehe sie an. »Was soll das denn bitte heißen?«

Sie wirft sich noch eine Handvoll in den Mund, immer noch mit einem berechnenden Ausdruck im Gesicht. Ich versuche sie nicht zu beachten, was schwer ist, da sie lauter kaut als eine Kuh. »O Gott!!« Sie springt in die Höhe, dass die Goldfischlibrösel nur so fliegen. »Du hast mit Arden geknutscht!«

»Was? Nein, ich …«

»Doch, hast du! Arden und du, ihr habt geknutscht!«

Ich entreiße ihr die Goldfischlis und will durch den Flur entkommen. Doch ich schaffe es nicht mal bis halb in die Küche, da packt sie mich am Arm und ringt mich zu Boden. Dann pflanzt sie sich auf mich, während ich mich drehe und winde, im Versuch, sie abzuwerfen.

»Verdammt noch mal«, fluche ich. »Was lernt ihr bitte beim Fußball? Jiu-Jitsu?«

»Sag mir die Wahrheit und ich lass dich frei.«

»Ich werde hier nicht …«

»Caroline!«

»Na gut, schön, wir haben uns geküsst!«

Sie feixt und lässt mich frei, nicht ohne sich vorher die Fischlis zurückzuschnappen. »Hab ich's doch gewusst.«

Grummelnd richte ich mich auf. »Zufrieden?«

»Jup«, sagt sie mit besonders knallendem P, vor lauter Selbstzufriedenheit. »Und wie war's?«

Unglaublich. Wie ein Erdbeben. Wert dass man eine Million Jahre drauf wartet. So zumindest habe ich es gestern Nacht noch Maya und Austin beschrieben.

Aber den Teufel werd ich tun und Riley das so schildern. Mit einem Schulterzucken richte ich mir Jacke und Haar im Spiegel, völlig abgebrüht. »Ganz gut.« Ich treffe ihren Blick im Spiegel und herrje, ich halte nicht durch. »Okay, es war … ziemlich toll.«

»Ziemlich toll nur? Die Frau hat sich durch halb Hollywood geküsst!«

»Heißt noch lange nicht, dass sie's kann«, murmle ich, obwohl sie es kann, und wie.

Es klingelt an der Tür und ich checke irritiert mein Handy auf neue Nachrichten, vergeblich.

»Ich dachte, wir treffen uns beim …«, sage ich und reiße die Tür auf, hinter der ich Maya oder Austin vermute, da Arden gerade mit Edie beim Essen ist, aber verstumme urplötzlich, als dort Taylor Hill auf der Matte steht.

»Lange nicht gesehen, Beckett«, sagt sie und zupft am Ende meines Schals. Sie nickt in Richtung Innenstadt, wo die Festivitäten zur Vorbereitung des Höhepunkts unseres Barnwicher Kalenderjahrs schon auf Hochtouren laufen und gedämpfte Musik und Stimmengewirr zu hören sind. »Gehst du zum Baum-Anzünden?«

»Nein, ich frier nur zu Hause so leicht.« Ich weise auf meinen Aufzug samt fetter Jacke und allem und sie lacht, nimmt mich bei der Hand und zieht mich aus der Tür.

»Komm, ich begleite dich.«

Als wir auf den Gehweg treten, lasse ich ihre Hand los und Taylor sieht mich befremdet an. »Hast du Angst, ihre Fans sehen dich? Vor der Hauptstraße hätte ich schon losgelassen.«

Ich schüttle den Kopf und bleibe stehen. »Nein … ich …«

Sie dreht sich zu mir um und sieht mich eindringlich an. »Du reagierst nicht mehr auf meine Nachrichten. Wenn wir uns sehen, wechseln wir kaum ein Wort miteinander. Ich weiß, du hast mit dem Artikel zu tun und es macht mir auch echt überhaupt nichts aus, auf dich zu warten, Caroline. Aber … ich glaub, ich muss einfach wissen, ob es was zum Warten gibt.«

Eine Welle von Schuldgefühl bricht über mir zusammen. »Taylor, es tut mir so leid. Es ist einfach nur …«

»Arden«, sagt sie.

Ich nicke und sie legt kurz den Kopf in den Nacken, mit schmerzverzerrtem Gesicht. Schließlich atmet sie hörbar aus und sieht mich wieder an. »Das hätte ich mir denken können, als sie dich am ersten Tag von der Schule abgeholt hat. Irgendwas war besonders an der Art, wie Arden dich angeguckt hat. Wie du sie angeguckt hast. Und wie ihr dann im Café und im Diner ständig so umeinander gekreiselt seid, selbst noch nach so vielen Jahren, hat's mir das bestätigt, auch wenn ich es mir nicht eingestehen wollte.«

Ich sage eine Weile lang nichts. Weil sie ja recht hat.

Als ich dann doch antworte, beschließe ich, ihr einfach

die Wahrheit zu sagen. Und zwar die ganze Wahrheit. »Taylor, du bist so fantastisch. Wirklich. Als Austin und Maya mir gesagt haben, du findest mich gut, hab ich ihnen noch nicht mal geglaubt. Du bist Taylor Hill. Du bist das coolste Mädchen der Schule. Und als wir angefangen haben, uns zu treffen, da mochte ich dich gleich so gerne und ich hab wirklich versucht, mich zu verlieben, damit was draus wird. Aber … für mich gab es immer nur Arden. Und du verdienst es, glücklich zu sein mit einer, die dich liebt, ohne sich anstrengen zu müssen.«

Sie nickt. »Also … ja, Scheiße auch. Danke fürs Sagen.«

Mit in die Tasche gestopften Händen geht sie schweigend neben mir her. Als wir die Hauptstraße erreichen, bremst uns ein Meer aus rotwangigen Leuten und blinkenden Lichtern. Auf einer provisorischen Bühne spielt eine hiesige Band Weihnachtslieder, überragt von einem gewaltigen Christbaum. Als ich Taylor ansehe, muss ich unwillkürlich daran denken, was Arden gesagt hat, was sie mir nicht geben könne: die Zukunft, die ich mir versuchsweise mit Taylor ausgemalt habe. Wie leicht es gewesen wäre. Leicht, das schon … aber eben ohne Zauber. Nicht wie gestern Abend.

Taylor nimmt meine Hand. »Aber verlier dich nicht, Caroline. Okay? Geh nicht auf in ihr und ihrem Dunstkreis und all dem, was sie sonst noch mit dem Rest der Welt teilt. Du bist selbst toll genug. Zu toll, um nicht einen ganzen Menschen abzukriegen. Und dich nicht selbst als ganzer Mensch zu fühlen.«

Ich nicke und drücke ihre Finger.

»Werde ich nicht«, sage ich, doch in meinem Magen

regt sich ein ganz leichtes Unbehagen. Ich denke an den unfertigen Artikel. Die Bewerbung, an die ich seit einer Woche kaum einen Gedanken verschwendet habe. Die Party morgen, so weit entfernt in Los Angeles, mein erstes Weihnachten ohne meine Familie, ohne Barnwich.

»Und denk dran …«, sagt sie und lässt meine Hand los und geht rückwärts die verschneite Straße hinunter. »Wenn dir je danach sein sollte, mal was mit der hiesigen Prominenz anzufangen, mein Cheerleader-Team hat tatsächlich zwei Jahre in Folge die Landesmeisterschaft gewonnen.«

Sie schenkt mir ihr selbstbewusstes Lächeln und auch wenn es etwas gequält wirkt, erfüllt es mich doch mit Erleichterung. Dass zwischen uns jetzt nicht alles kaputt ist. Ich erwidere das Lächeln und sie winkt mir noch einmal zu, bevor sie kehrtmacht und in der Menge verschwindet.

»Die neue Caroline Beckett: erst mit Arden James rummachen und einen Tag später Händchen halten mit Taylor Hill«, schreckt mich eine vertraute Stimme auf. Maya erscheint neben mir und hakt sich bei mir ein.

»Skandalös«, sagt Austin und erscheint auf meiner anderen Seite.

Ich tue genervt und boxe sie beide, entspanne mich aber, als wir vereint durch die Menge spazieren.

»Was war das denn eben?«, fragt Maya. Finn kommt mit einem gigantischen Schokokeks dazu, den er mir hinhält.

»Ein längst überfälliger Abschied«, sage ich und breche mir ein Stück ab.

»Dann … bist du jetzt tatsächlich mit Arden zusammen?«, fragt Austin.

»Weiß ich nicht.« Ich schüttle den Kopf. »Wir haben noch nicht drüber geredet.«

»Zu viel mit Küssen beschäftigt?«, fragt Finn bröselsprühend.

»Mag sein«, sage ich, obwohl die Antwort klar sein dürfte.

»Ich fass es nicht, dass du morgen nach LA darfst«, sagt Maya bibbernd. »Es ist arschkalt hier. Wenn mir eine Brust abfriert, denk immer dran, wer ich einst war …« Ihr Blick wird ganz entrückt. »Die Trägerin der besten Titten von Barnwich.«

Ich schnaube. »Ich werd dafür sorgen, dass es auf deinem Grabstein steht.«

»Mach aber hier keinen auf Arden und vergiss uns nicht in der großen Stadt«, sagt Austin und ich knuffe ihn in die Seite.

»Als ob ich das könnte. Außerdem bin ich in sage und schreibe anderthalb Tagen wieder da, pünktlich zum Chanukka-Event in der Bar. Keine vier Jahre.«

Wenn man vom Teufel spricht – am anderen Ende der Straße tut sich was. Köpfe drehen sich, Handys werden gezückt.

Schon kommt sie durch die Menge auf uns zu, so schön wie immer, das hübscheste Mädchen, das seit 1885 der feierlichen Illuminierung des Barnwicher Weihnachtsbaums beigewohnt hat. Bei ihrem Anblick löst sich etwas in mir und die Stimmen meiner Freunde werden leiser.

»Arden!«, ruft Finn und zieht seine in einem Fäustling steckende Hand aus Austins, um ihr zuzuwinken, was noch mehr Aufsehen erregt. Ihr Blick fällt auf mich und ihr aufgesetztes Lächeln wird echt.

»Hi«, sagt sie mit weiß blitzenden Zähnen, wieder mal vor romantisch wirbelnder Schneekulisse.

»Hi«, antworte ich und Mayas Arm gleitet aus meinem und in Austins hinein. Geflissentlich ignoriere ich die wissenden Blicke und erhobenen Augenbrauen.

Ich zupfe am Ärmel ihrer äußerst coolen, aber wettertechnisch völlig unzulänglichen Jeansjacke. »Hast du's auf eine Lungenentzündung angelegt?«

Sie lacht schlotternd. »Könnte sein? Ich wollte halt einfach …« Der Rest des Satzes ist unverständliches Gemurmel.

»Was?« Ich beuge mich vor.

Sie schüttelt den Kopf. »Egal.«

»Sag schon!«

»Eg-«

»Arden!«

»Ich wollte halt einfach gut aussehen«, sagt sie und ich pruste los, während sie noch rötere Wangen bekommt.

Ich fahre mit der Hand an ihrer Jeansjacke runter. »Du hättest selbst im fettesten Skianzug noch gut ausgesehen. Was eindeutig die schlauere Wahl für heute gewesen wäre.«

Hand in Hand schlendern wir mit den anderen durch die Menge, mit Zwischenstopps, um Lebkuchen zu glasieren und Weihnachtskarten zu basteln und die Rentiere zu streicheln, die die Schlitten durch die Stadt ziehen. Wir holen uns heißen Apfelsaft vom Stand der Gärtnerei und geröstete Maroni, um uns schließlich einen Platz mit guter Aussicht zu sichern, während Austin, der Sieger des Wettbewerbs, zusammen mit Finn in die Feinheiten der Baumilluminierung eingewiesen wird.

Mit Arden an meiner Seite fühlt sich heute alles magisch an. Und ich erlaube mir, den Reiz von Barnwich aus voller Seele zu genießen.

»Schon alles gepackt für morgen?«, fragt Arden und bietet mir eine Marone an.

Ich nicke. »Glaub schon. Nur bin ich überfragt, was ich zu dieser Party anziehen soll. Ich glaub nicht, dass ich irgendwas …«

Sie winkt ab. »Lillian bringt dir was zur Auswahl mit.«

»Für mich?«

Arden nickt und trinkt einen Schluck Apfelsaft. »Jup. Ich hab ihr deine Maße geschickt, damit sie's an meine Stylistin weiterleitet. Wenn dir nichts davon gefällt, kann sie dir immer noch was anderes besorgen.«

»Deine Stylistin«, sage ich.

»Ich weiß, es ist mir ja selbst saupeinlich. Glaub mir.« Sie grinst und beginnt wieder zu schlottern. Maya hatte vorhin schon recht mit dem Brust-Abfrieren.

»Hier«, sage ich und rutsche an sie heran, um meine übergroße Jacke um sie zu wickeln, damit Arden James nicht vor aller Augen zum Eiszapfen wird. Das wär mal ein Marketingdesaster für Barnwich.

Ihre Hände gleiten über meinen Bauch, meine Hüften, schlingen sich hinter meinen Rücken, und mein Gesicht drückt sich gegen ihr Kinn.

»Du bist immer so warm«, murmelt sie mit gesenktem Kopf in meine Schulter.

»Du bist immer so kalt«, sage ich und sie lacht, ein sachtes Rumpeln in ihrer Brust. »Ich spür deine Eisfinger noch durch den Pulli!«

Trotzdem muss ich lächeln. Ich kann nicht fassen, wie anders es sich anfühlt, sie so nahe bei mir zu haben. Sie tatsächlich in den Arm nehmen zu können, statt sie mit absichtlicher Absichtslosigkeit zu streifen oder anzuschauen.

»Was?«, fragt sie.

»Nichts. Ich … ich kann nur irgendwie nicht glauben, dass das hier gerade wirklich passiert.«

»Ich auch nicht«, sagt sie und drückt mich ein wenig fester, als das Mikrofon knistert und unser Bürgermeister Jeffrey Durham laut ausruft: »Fröhliche Weihnachten, Barnwich!« Die Menge jubelt und klatscht und Austin winkt uns von der Tribüne aus zu. »Für die, die zum ersten Mal unsere traditionelle Christbaumillumination erleben, möchte ich nach altem Brauch die Geschichte erzählen, wie es dazu kam, dass vor über hundert Jahren genau an dieser Stelle auf diesem Platz dieses Ereignis zum ersten Mal stattfinden konnte.«

Arden hebt den Kopf und sämtliche Einheimische grinsen erwartungsfroh.

»Man schrieb das Jahr 1885«, sprechen wir im Chor mit ihm mit und dann folgt die die Geschichte von Simon Barnwich, Urenkel des Stadtgründers, der nur wenige Jahre nach Erfindung der elektrischen Christbaumbeleuchtung eine Riesenmenge davon ergattern konnte und ein gewaltiges Publikum anlockte, als er damit den ersten Barnwicher Weihnachtsbaum bestückte.

Unweigerlich geht dies in den Douglastannen-Vorfall des Jahres 1893 über, wo die halbe Stadt abbrannte, weil einige der Leuchten explodierten und der Baum Feuer fing. Seitdem wurde nie wieder eine Douglasie verwendet, während die Illumination unbeirrt weiterging.

Während er sich über die Bedeutung dieser Tradition für unsere Kleinstadt auslässt, die uns alle zusammenbringt, lösen sich Ardens Hände hinter meinem Rücken und winden sich in den Stoff meines Oberteils und plötzlich höre ich nichts mehr. Stattdessen schließe ich die Augen und lasse mich halten, spüre ihr Haar gegen meine Wange wehen und alles andere ist fort.

Es fühlt sich fast zu gut an, um wahr zu sein.

»Eine letzte Frage für unser letztes Date in Barnwich«, flüstere ich, so leise, dass nur sie es hören kann. »Was hat dir am meisten vom Barnwicher Weihnachten gefehlt?«

Sie schnappt nach Luft. »Alles«, flüstert sie.

Es ist, als wären nur wir beide hier, obwohl wir von Hunderten Menschen umringt sind. Ich weiche ein bisschen zurück, um sie anzusehen, doch ihre Augen sind fest auf den Baum gerichtet.

Alles ruft: »Drei … zwei … eins …«

Gerade als der Weihnachtsbaum zum Leben erwacht, sieht Arden zu mir und ihr Gesicht erstrahlt in den Lichtern und Farben. Während die Menge jubelt, die Weihnachtsmusik anschwillt und über uns das Feuerwerk explodiert, gleitet ihre Hand über meine Wange, hält mich sanft, bis unsere Lippen sich finden.

Und zum ersten Mal seit Ewigkeiten ist Weihnachten in Barnwich absolut wehmutsfrei.

Tag 12

Arden

»Kommst du dann runter?«, ruft Grams mich am Morgen darauf, als ich schon neben meinem Koffer auf dem Bett sitze.

Ein letztes Mal durchatmen und ich wuchte das Ding die Treppe hinunter, wo sie mich schon in der Diele empfängt, obwohl es draußen noch stockdunkel ist.

»Kaffee?«, fragt sie und ich nicke und trotte ihr in die Küche hinterher.

Sie schenkt uns beiden eine Tasse ein und ich versuche, nicht zu sentimental zu werden beim Gedanken, dass ich diese etwas angeknackste weiße Tasse jetzt so ewig nicht mehr verwenden werde. Wie lange wird Grams sie noch hinten im Schrank aufbewahren? Ich nehme einen großen Schluck.

»Gestern Abend warst du aber sonniger Laune«, sagt sie und ich sehe sie ausdruckslos an.

»Wer, ich?«

»*Arden.* Die ganze Stadt hat gesehen, wie ihr euch geküsst habt. So was verbreitet sich hier wie ein Lauffeuer.«

»Was denn?«, sage ich und lehne mich gegen die Küchenzeile. »*Sie* hat *mich* geküsst.«

»Sei bitte vorsichtig, okay?«, sagt sie, ohne diese Feinheit zu beachten, und nimmt ihre Kaffeetasse in beide

Hände. »Besonders in Hollywood. Das wird viel zu viel sein für sie. Du musst ihr beistehen.«

Es sollte eigentlich schwer sein, mir Caroline dort an meiner Seite vorzustellen, aber ... ist es überhaupt nicht. Je mehr ich darüber nachgedacht habe, desto hoffnungsvoller bin ich, dass es klappt.

Ich weiß, sie wollte eigentlich an die Columbia, aber in LA gibt's genauso jede Menge guter Studiengänge für Journalismus. Ich mein, vielleicht braucht sie dieses Studium sowieso nicht mehr. Ich hab so viele Connections, kenne so viele Leute, die sie mit Aufträgen bei jedem Magazin und jeder Zeitschrift versorgen könnten, auf die sie Lust hat.

»Ich pass auf sie auf«, sage ich. Grams schaut drein, als wär sie noch nicht fertig, doch dann fällt ihr Blick auf die Uhr, die genau über ihr an der Wand hängt.

»Du musst los«, sagt sie und ich nicke und nehme einen letzten Schluck Kaffee, bevor wir unsere Jacken anziehen und rausgehen.

»Tja.« Sie steht auf der Fußmatte und schaut ins Dunkel. »Das wird mir schon sehr fehlen, dieses ...«

O Gott, mir kommen die Tränen.

»Dieses Auto.«

Ich folge ihrem Blick zur Corvette in der Auffahrt. Mit geheuchelter Enttäuschung zeige ich auf mich.

»Weißt du, fast hätte ich geglaubt, du meinst dieses Mäd...«

Sie unterbricht mich, indem sie mich in die Arme schließt. »Dich vermisse ich ohnehin ständig, Arden«, sagt sie und ich presse die Kiefer zusammen, damit die Tränen nicht rollen. »Jeden Tag.«

Als sie mich loslässt, gräbt sie in ihrer Jackentasche

nach einem kleinen Geschenk in rot-weißem, mit Bindfaden zusammengeschnürtem Papier. »Frohe Weihnachten«, sagt sie und reicht es mir.

»Danke, Grams«, sage ich und lächle ihr im Schein der Eingangslampe zu, versuche mir jede Falte um ihre dunklen Augen, jede Strähne ihrer grau melierten Haare einzuprägen und wie es sich anfühlt, hier zu stehen.

Hastig wischt sie sich mit dem Handrücken über das Gesicht und schubst mich voran. »Mach's später auf. Los jetzt. Du verpasst noch deinen Flug.«

Ich nicke, stecke das Geschenk ein, drehe mich zur Auffahrt und halte inne.

»Ach, eh ich's vergesse …« Ich drehe mich wieder zu ihr und ziehe den Schlüssel für die Corvette aus meiner Jacke. »Frohe Weihnachten.« Ich lege ihn ihr in die Hand und schließe ihre Finger drüber.

Sie will schon Protest einlegen, logisch, doch diesmal lasse ich mich nicht abwimmeln.

»Schon alles abgewickelt und bezahlt, keine Änderungen mehr möglich. Und keine ist ihrer würdiger als du«, sage ich und ihr Gesicht wird weicher. »Niemand sieht cooler aus hinter ihrem Steuer.«

»Wo du recht hast, hast du recht«, sagt sie und drückt mir die Hand. »Danke.«

Ich nicke und gehe dann langsam zu dem Mietauto, das ich mir heute früh habe bringen lassen, begleitet vom lauten Rumpeln meines Rollkoffers, der an jeder Ritze im Gehweg hängen bleibt. Ich quetsche ihn mitsamt meiner zweiten Tasche in den Kofferraum und ziehe die Fahrertür auf.

Dann wappne ich mich und werfe einen letzten Blick auf Grams, die immer noch im Schein der von mir aufgehängten Weihnachtsbeleuchtung dasteht, eine Hand zum Abschied erhoben.

Schon schlage ich die Tür wieder zu und jogge noch mal die Auffahrt hinauf, um sie ein letztes Mal zu umarmen.

»Komm mich besuchen, okay? Ruf mich jederzeit an und ich buch dir einen Flug«, sage ich.

»Ich fliege nur erster Klasse«, scherzt sie und ich lache.

»Das will ich doch hoffen. Ich werd dich so vermissen, Grams«, sage ich und jetzt weinen wir beide hemmungslos.

»Ich weiß doch, Spätzchen. Ich weiß.« Sie drückt mich fester und ich wünschte, ich ginge nicht aus Barnwich weg.

Aber schon fahre ich die Hauptstraße hinab zu Caroline. Ich schicke ihr eine Nachricht, um nicht sämtliche Becketts aus dem Schlaf zu reißen. Von denen habe ich mich bereits gestern Abend verabschiedet. Riley wollte mich nicht gehen lassen ohne das Versprechen, dass ich ihr bei der Landesmeisterschaft zuschaue, falls sie es reinschaffen, und diesmal konnte ich mit einiger Überzeugung zusagen. Außerdem fürchte ich mich tatsächlich vor ihrer Reaktion, wenn ich es nicht tue.

Während ich warte, ziehe ich Grams' Geschenk aus der Tasche und packe vorsichtig ein gerahmtes Foto aus. Es zeigt uns beide, wie wir strahlend auf dem Tresen von Edie's Eatery stehen. Ich drehe es um und sehe, dass sie hinten ihr Hackbratenrezept draufgeklebt hat.

Ich male mir aus, wie ich es in Malibu an meinen Kühlschrank aus gebürstetem Edelstahl hänge oder es irgendeinem angeheuerten Koch oder einer Köchin in die Hand drücke. Würden die dran rummurksen, es verfeinern und etwas anderes daraus machen als den perfektesten Braten aller Zeiten?

Ich fahre zusammen, als die Autotür aufgeht und Caroline eine Reisetasche auf den Rücksitz wirft. Dann rutscht sie auf den Beifahrersitz und sieht mir forschend ins Gesicht.

»Alles okay bei dir?«

»Jup. Alles gut.« Ich nicke, verstaue den Bilderrahmen in meiner Handtasche und schalte auf Drive.

Trotzdem drückt sie mir die Hand beim Rausfahren, damit ich weiß, dass sie weiß, dass es nicht stimmt.

* * *

Ich unterdrücke ein Lachen, als Caroline in ihrem Erste-Klasse-Sitz an sämtlichen Knöpfen rumspielt und jede Sekunde, in der sie ein neues Extra entdeckt, hörbar nach Luft schnappt.

»Arden«, zischt sie. »Arden!«

»Ja?«

»Schau, wie weit sich der zurücklegen lässt«, sagt sie und ich sehe rund dreißig Sekunden lang zu, wie ihr Sessel sich langsam in die Waagerechte senkt. Sie hebt den Kopf. »Das ist ja schon lächerlich!«

Sie fällt fast in Ohnmacht, als der Flugbegleiter unsere Bestellungen aufnimmt und das Essen samt Getränken bringt.

»Ein Monstersandwich, eine Megaauswahl an Snacks und du nimmst dir nur einen Kaffee?« Sie lehnt sich über den Gang. »Was stimmt bitte nicht mit dir?«

»Ich bin einfach … nicht hungrig«, sage ich und blicke aus dem Fenster auf das Meer aus weißen Wolken, das alles darunter versteckt.

»Das heißt, du bist nervös«, sagt Caroline mit vollem Mund. Pah! Ich schaue zu ihr rüber.

»Ich? Nervös?«

»Ja, Arden James. Ich kenne dich.«

Sie hat recht, ganz offensichtlich.

»Und warum bist du nervös?«, fragt sie.

Ich zucke mit den Schultern. »Weiß auch nicht. Die Party. Wieder in LA zu sein. Dass Bianchi die Wahrheit rausfindet. So ziemlich alles eben.«

»Du weißt, dass ich eine gute Journalistin bin. Bianchi muss nie erfahren, dass die Dates zuerst nur pseudo waren.«

Waren. Also quasi, zuerst war alles nur pseudo, aber jetzt sind wir echt zusammen?

Wir starren einander an, bis ich meine Sonnenbrille wieder aufsetze und an meinem Kaffee nippe. »Stimmt.«

Wir haben immer noch nicht über … das mit uns geredet. Ich warte ständig darauf, dass sie irgendwas sagt, oder will selbst irgendwas sagen, aber obwohl ich von meiner Seite aus voll dabei bin (also vor zwei Stunden hab ich schließlich noch unsere gemeinsame Zukunft geplant), möchte ich Caroline doch Gelegenheit geben, erst mal mit eigenen Augen zu sehen, worauf sie sich einlässt. Vorher soll dieser Druck nicht auf ihr lasten. Ich will, dass sie weiß, was da auf sie zukommt, und dass sie die Möglichkeit hat, sich umzuentscheiden.

Aber ich hoffe doch, dass sie das nicht tut. Gefühlt ganz Barnwich hat mich ermahnt, in LA gut auf sie achtzugeben, und das habe ich auch vor.

Außerdem, selbst wenn ich's wollte, ich könnte mich jetzt nicht gut über den Gang lehnen und das mit ihr klären. Ich sehe mich zu den anderen Fluggästen um, ob gerade jemand zuschaut oder zuhört, und spüre jetzt schon wieder die Last des Lebens, das mich zurückhat, sobald wir in LA gelandet sind.

»Also, ich sollte dann besser mal was tun. Das muss um acht Uhr früh bei der *Cosmo* sein«, sagt Caroline und zieht ihren Laptop raus.

»Dann schreibst du's heute nach der Party fertig?«, frage ich und sie nickt. »Lass mich mal lesen, was du schon hast.« Ich strecke die Arme nach ihrem Computer aus, doch sie bringt ihn gerade noch in Sicherheit. »Auf gar keinen Fall! Erst wenn's fertig ist«, sagt sie.

Was? »Komm schon! Ist das dein Ernst?«, frage ich, doch sie überhört es einfach.

Ich sehe zu, wie sie lostippt, frage mich, was sie da schreibt, was für ein Bild sie von mir vermittelt, wie viel private Informationen sie da reinpackt. Ich bin noch nie von jemandem interviewt worden, der mich wirklich kennt, und Angst und Neugier ringen in mir um die Oberhand.

»Brauchst du gar keine zweite Meinung?«, frage ich und recke mich über den Gang, um zu spicken, doch sie schiebt ihren Laptop außer Sichtweite.

»Warum bestellst du dir nicht ein Notfall-Sandwich? Vielleicht willst du's nachher auf der Fahrt zu deinem Haus.«

»Du willst, dass ich einfach … ein Sandwich bestelle und es mir für später in die Hosentasche stecke?«, frage ich und übergehe geflissentlich die Tatsache, dass sie mir ausweicht.

»Ich dachte eher an deine Handtasche oder so, aber … klar. Man weiß ja nie.«

»Du bist so albern.« Ich schüttle den Kopf und stecke mir die Kopfhörer rein, widerstehe zum x-ten Mal am heutigen Tag der Versuchung, ihr einen Kuss zu geben. Seltsamerweise macht mir das Hoffnung. Nichts wird Caroline je ändern können, noch nicht mal Hollywood. Wir kriegen das hin.

Und so bestelle ich mir das Notfall-Sandwich, als der Flugbegleiter das nächste Mal vorbeikommt.

Man weiß ja nie.

Tag 12

Caroline

In der Sekunde, in der wir in LA landen, spüre ich die Veränderung in Arden.

Ich versuche ihren Blick aufzufangen, als wir auf dem Rücksitz eines abgedunkelten schwarzen Cadillac-SUVs sitzen, doch sie hat seit unserem Gewaltmarsch durch den Flughafen ihre Kapuze über ihre Baseballkappe gezogen und jetzt … starrt sie einfach nur aus dem Fenster und klappt immer wieder ihre Sonnenbrille auf und zu.

Ich schlucke das ungute Gefühl in meiner Brust herunter. Das gleiche, das mich an unsere letzten Tage in Barnwich erinnert, an die Zeit vor dem Kuss, als sie mir immer weiter entglitten ist, obwohl sie endlich, endlich in Reichweite war.

Ich schaue selbst aus dem Fenster, um mich da rauszureißen. Bestaune die Palmen, den Verkehr und den völligen Mangel an Schneeflocken, obwohl wir Heiligabend haben. Alles ist so anders als in Barnwich. Das war mir natürlich klar gewesen, aber es mit eigenen Augen zu sehen, ist noch mal eine andere Geschichte.

Mein Handy brummt und ich sehe ein Video von Riley von ihrem Ausflug zum Gastronomiegroßhandel mit Levi und Miles. Sie kaufen Kartoffeln und Eier und Kerzen für die Chanukkafeier morgen in der Bar, unter genauer Befolgung meiner sorgfältig erstellten Liste. Levi schiebt den Wagen in halsbrecherischem Tempo, während Riley auf den Kartoffelsäcken surft und Miles hinter ihnen herrast, um sie einzuholen.

Ich lächle in mich hinein und drehe das Handy, um es Arden zu zeigen, aber die schaut immer noch aus dem Fenster, gedanklich ganz woanders.

Schließlich passieren wir ein gewaltiges eisernes Tor und fahren in ihre Siedlung hinein. Die Häuser hier sind achtzehnmal größer als alles, was es zu Hause gibt. Ausgedehnte Anwesen, die so hoch aufragen, dass sie den Blick auf den Ozean auf der anderen Seite verstellen. Wir biegen nach rechts in die Auffahrt eines schwarzen Kastens von einem Haus, das quasi nur aus Fenstern und Stahl besteht. Es sieht so völlig anders aus als alles, was ich mir für Arden ausgemalt habe, dass ich es kaum glauben kann, als sie sich abschnallt.

Der Wagen hält an und Arden bedankt sich leise beim Fahrer, bevor wir aussteigen und auf eine Frau mit lockigen Haaren treffen, die schon vor der riesigen Glastür auf uns wartet. Salzwassergeruch umfängt uns, als sie zu uns hastet und auf ihre Armbanduhr schaut.

»Mal wieder Arsch auf Kante, James!«, sagt sie, doch dann fällt ihr Blick auf mich, tastet mich von oben bis unten ab und ein Strahlen breitet sich auf ihrem Gesicht aus. »Na, du bist ja wohl mal absolut herzig!«

Ich blicke an mir herab, um zu begreifen, woher dieses Urteil jetzt kommt, bis mir eine perfekt manikürte Hand ins Gesichtsfeld schießt. »Ich bin Lillian, Ardens Agentin.«

Nach allem, was Arden mir erzählt hat, ist das keine Empfehlung, aber ich schüttle sie trotzdem. »Caroline.«

Kaum habe ich losgelassen, da führt sie uns schon hinein. Mein Kopf dreht und wendet sich beim Versuch, alles aufzunehmen, die hohen Decken, den künstlerisch wertvollen Lüster, die gläserne Treppe, die weiße Couch mit der aufrechten Lehne.

Ästhetisch.

Groß.

Aber … kalt.

Keine Bilder an den Wänden, kein herumliegender Kram, und dieses Sofa sieht so scheißunbequem aus, dass man keinen Filmmarathon drauf schauen möchte. Nichts hier fühlt sich nach einem Zuhause an. Nichts nach Arden.

»Alles klar, Haare und Make-up sind in einer halben Stunde hier. Jenna …« Lillian hält inne und fügt dann hinzu, »Ardens Stylistin kommt eine Stunde danach. Im Kühlschrank sind frisch gepresste Säfte, falls ihr Hunger habt. Kaffee auf dem Tresen. Ihr beide braucht sicher eine Dusche, oder? Flugzeuge sind immer so …« Sie schneidet eine Grimasse, die ihr ganzes Gesicht zusammenknautscht. Dann wirft sie einen Blick auf ihr brummendes Handy und verlässt das Zimmer ohne einen weiteren Atemzug. »Ich muss dann.«

Wir sehen ihr beide hinterher.

»Ist sie immer so …?«

»Jup«, sagt Arden mit einem gezwungenen Lachen. »Deshalb ist sie auch die Nummer eins im Geschäft.« Ich muss an das denken, was sie mir über ihr sorgfältig aufgebautes Alter Ego Arden James erzählt hat, das Lillians Werk war, und an das vor zwei Tagen vor ihrem alten Haus: an die Lüge, in der sie sich selbst verloren hat.

Nummer eins im Geschäft scheint nicht unbedingt was Gutes zu sein.

Sie nickt nach oben. »Wir sollten vermutlich loslegen. Ich zeig dir, wo du duschen kannst.«

Ich schnappe mir meine Tasche, die der Fahrer sorgsam in der Diele abgestellt hat.

»Sollte ich mir einen von diesen frisch gepressten Säften reinpfeifen?«, necke ich sie, als wir die Treppe hinaufgehen, und endlich muss Arden grinsen.

»Du bist in LA, die schieben dich wahrscheinlich gleich wieder ab, wenn du's nicht tust«, sagt sie, als ich ihr den Gang hinunter folge. Vor einer schwarzen Tür hält sie an, schiebt sie auf und enthüllt ein gigantisches Gästezimmer. Das perfekt gemachte Bett ist rund einen halben Sportplatz entfernt und die offene Tür daneben führt in ein weiß gefliestes Badezimmer.

»Das ist ja riesig«, sage ich und lasse vor lauter Staunen die Reisetasche fallen.

Arden nickt weiter den Gang hinunter. »Mein Zimmer ist sogar noch größer.«

»O Gott, kann ich es sehen?«, frage ich. Mit einem Schulterzucken nimmt Arden mich bei der Hand und zieht mich zur allerletzten Tür. Als sie sie öffnet, duftet es nach ihr und zum ersten Mal fühle ich, dass dies ihr Haus ist.

»Wahnsinn.«

Ein gigantisches Bett. Eine Fensterfront aufs Meer hinaus. Ein cooles modernes Gemälde über dem Bett aus dunklem Holz. Ein offener Kamin.

Sie führt mich durch eine weitere Tür und mir gehen fast die Augen über beim Anblick ihrer begehbaren Garderobe. Regale vom Boden bis zur Decke. Jacken und Schuhe und Oberteile und Kleider und Taschen, wohin man auch schaut. Ich erkenne Stücke, die sie in Serien oder Filmen getragen hat, und Galaroben, die mir vertraut sind, weil Riley mir nach jedem Filmfestival und jeder Premierenfeier die Fotos unter die Nase gehalten hat.

Ich streiche über Pailletten und Samt und Chiffon und versuche krampfhaft, diese Arden hier zu begreifen, sie mit meiner Arden in Einklang zu bringen.

Dieses riesige leere Haus. Der Cadillac-SUV mit den getönten Scheiben. Die Sonnenbrille und die Baseballkappe.

Ich will diese andere Seite von ihr kennenlernen, sie lieben lernen, weil ich weiß, wie viel Arden die Schauspielerei bedeutet. Die Karriere, die sie sich aufgebaut hat, diese Rolle bei Bianchi.

Aber seit wir aus dem Flugzeug gestiegen sind, vielleicht schon seit unserem ersten Kuss, habe ich da diese ganz leise Stimme im Kopf, die mich fragt, wie ich da bitte hineinpassen soll. Ob sie das überhaupt wollen würde. Eine Stimme, die ich verzweifelt zum Schweigen bringen will.

»Es ist alles so ordentlich«, sage ich. »Dieses ganze Haus. Hast du denn nirgendwo … ich weiß auch nicht. Chaos? Post? Ein Tagebuch? Dreckige Unterwäsche?«

Sie lacht und fährt sich durchs Haar. »Ja, also …« Sie setzt mich auf ihre Bettkante und zieht ihre Nachttischschublade auf.

Da quillt und stapelt es sich. Bücher, rausgerissene Seiten aus irgendwelchen Drehbüchern, die nur aus Textmarker bestehen, Briefe in Edies Schrift. Polaroids von Filmsets und Preisverleihungen. Diese eine Schublade ist das Ardenigste im ganzen Haus. Und … Moment … da sehe ich es, mitten im Wust. Das Freundschaftsarmband, das ich ihr in dem Winter gemacht habe, bevor sie weg ist, und damals bei der Christbaumillumination um ihr Handgelenk gebunden habe.

Ich nehme es hoch, fahre mit dem Daumen über die geknüpften Knoten. »Das hast du noch?«

»Na klar!«

Das sagt sie so prompt und mit solcher Gewissheit, dass ich aufsehe und in ihre dunklen Augen blicke. Meine Fingerspitzen schließen sich darum und ich spüre den roten Faden, dem ich folgen kann. Denn wenn Arden das hier behalten kann, dann ist sie vielleicht auch fähig, mich zu behalten.

»Caroline …«, fängt sie an.

Doch da schallt von unten schon Lillians Stimme herauf: »Fünfzehn Minuten, Ladies! Wenn die Uhr drei schlägt, seid ihr besser bereit fürs Make-up, sonst …«

Arden nimmt mir das Armband ab und legt es zurück in die Schublade, die mit einem gedämpften Geräusch zugleitet. Ich schaue zum Flur. »Ich sollte dann mal besser.«

»Klar. Unbedingt.« Hastig stehen wir auf und Arden stopft die Hände in die Taschen ihres Kapuzenpullis. »Wir sehen uns gleich.«

Ich eile zur Tür, frage mich, was sie mir hätte sagen wollen.

»Und, Caroline?«

Ich drehe mich zu ihr um und das Herz pocht mir bis zum Hals. »Ja?«

»Ich, äh …« Sie zögert einen Moment und sagt dann: »Ich bin wirklich froh, dass du heute Abend dabei bist. Danke fürs Mitkommen.«

»Ich auch, Arden«, sage ich, obwohl ich mir nicht sicher bin, dass das die ganze Wahrheit ist.

Sie wirft mir einen in braunes Papier gehüllten Klumpen zu, und als ihn auffange und eine Ecke freischäle, sehe ich, dass es das Notfall-Sandwich aus dem Flugzeug ist.

»Passt sicher gut zu dem gepressten Saft«, sagt sie grinsend.

Ich nehme einen großen Bissen und gehe mit einem Lachen und einem etwas besseren Gefühl.

❄ ❄ ❄

Einige Stunden darauf: Meine Kopfhaut schmerzt, meine Augen sind gereizt von diesen falschen Wimpern und das Kleid droht mir die Rippen zu brechen, aber ich sehe … na ja, heiß aus.

Fast nicht wiederzuerkennen, aber trotzdem. Ich glaube nicht, dass ich je so gut ausgesehen habe.

Ich drehe und wende mich vor dem Spiegel, bewundere das fließende smaragdgrüne Kleid und meine Haare, die halb aufgesteckt, halb perfekt gelockt sind und eine passende Schleife tragen, ideal zu meinem hellblonden Haarton.

Diese Hollywoodleute wissen schon, was sie tun.

Ich schicke ein Foto an Austin und Maya in unseren Gruppenchat und sofort kommt eine ganze Explosion aus Herzaugen und Ausrufezeichen zurück. Ich lächle in mich hinein, stecke mein Handy in die Clutch, die Jenna mir passend zum Outfit ausgesucht hat, und verlasse das Zimmer.

Gerade will ich die Treppe runtergehen, als jemand mein Handgelenk nimmt und mich umdreht.

»Arden«, zische ich, doch dann bleibt mir die Spucke weg, so umwerfend sieht sie aus. Keines der Instagram-

Bilder, die Riley mir im Laufe der Jahre gezeigt hat, kann mit der in Schale geworfenen Arden mithalten, die jetzt vor mir steht.

Sie trägt ein schulterfreies rotes Kleid, ihre vollen Lippen haben dieselbe Farbe. Ihr Haar ist zurückgesteckt und zeigt ihre glitzernden Ohrringe und ihre Augen sind fast unerträglich schön.

Ihre Hand gleitet meinen Arm hinauf, bis sie sanft mein Gesicht berührt. »Ich will dich küssen«, flüstert sie. »Aber ich will dein Make-up nicht verwischen.«

»Fände Bianchi vielleicht glaubwürdiger«, sage ich und sie lächelt, dass die weißen Zähne blitzen.

Doch dann wird sie ernst. »Caroline, bei der Party heute … ich weiß auch nicht. Wird sicher heftig. Und Bianchi wird uns auf dem Kieker haben und jede unserer Bewegungen analysieren. Aber ich bin für dich da, okay?«

Ich nicke. »Ich weiß.«

»Ladys, in diesem Haus hört man alles, und wenn bei einer von euch auch nur eine Wimper verrutscht, fange ich in der Auffahrt eine Schlägerei an«, ruft Lillian aus dem Wohnzimmer herauf.

Arden verdreht die Augen, streift aber ganz sacht mit ihrem Mund über meinen. Und mir bleibt kurz die Luft weg.

Bevor ich michs versehe, sind wir schon unten und aus der Tür und im dicken Cadillac.

Kaum sitzen wir im Auto, als Lillians Lockenkopf durchs offene Fenster schaut. »Viel Glück heute Abend«, sagt sie. Arden nickt und wird noch ernster, als Lillian hinzufügt: »Versau uns das nicht, okay?«

Mehr sagt Lillian nicht. Sie winkt und schon sind wir unterwegs zu Bianchis Haus, während ich mich auf dem

Rücksitz schwarzärgere über ihre Andeutungen – als ob wir beide uns nicht hundertprozentig ins Zeug gelegt hätten, damit das hier möglich wird. Ich falte die Hände in meinem Schoß und versuche, mich innerlich für das zu stählen, was da vor uns liegt, aber all meinen Bemühungen zum Trotz kann ich nicht aufhören zu hibbeln. Bald fahren wir in eine andere geschlossene Wohnanlage hinein, dann eine lange Auffahrt mit Kopfsteinpflaster hinauf zu einer Villa im italienischen Stil, die derart malerisch aussieht, dass ich mir selbst wie im Film vorkomme.

»Hey«, sagt Arden und legt eine Hand auf mein wackelndes Bein, als das Auto zum Stehen kommt. »Wir haben das jetzt zwölf ganze Tage lang durchgezogen, vor Leuten, die uns viel, viel besser kennen. Die paar Stunden mehr sind nichts, okay? Nur eine Szene noch.«

Spielen wir immer noch Theater?

Ich bin so verwirrt, dass mir die Frage schon auf der Zunge liegt, aber ich schlucke sie runter. Stattdessen mache ich den Mund auf, um ihr zu sagen, dass ich eindeutig keine Schauspielerin bin, doch da geht schon ihre Tür auf. Leichtfüßig gleitet Arden aus dem Wagen und kommt zu mir, um mir rauszuhelfen und sich mit einer einzigen geschmeidigen Bewegung bei mir einzuhaken.

Ich bin der Ohnmacht nahe, als wir die Natursteinstufen hinauf und durch die schwere Holztür treten, und so konzentriere ich mich auf die Details statt auf die Menschen. Marmorböden, hohe Wände, um Geländer geschlungene Weihnachtsgirlanden und Lichterketten, romantisch platzierte Kerzenhalter. Es haut einen um, verströmt aber keinerlei Wärme oder Behaglichkeit, wie echte Weihnachtsdeko es täte. Nicht wie Barnwich. Es fühlt sich aufgesetzt an, wie ein Filmset, was einer gewissen Logik nicht entbehrt.

»Champagner?«, fragt ein livrierter Mann mit einem silbernen Tablett und Arden nimmt für uns zwei Flöten herunter.

»Nicht deiner Mutter verraten«, raunt sie mir zu und ich lache. Ich nehme einen überraschend prickelnden Schluck und versuche, nicht die Fassung zu verlieren, während wir durch die Räume flanieren und an einer Berühmtheit nach der anderen vorbeikommen.

»Ich liebe das Kleid«, sagt Arden über einen rüschigen Horror, von dem ich genau weiß, dass sie ihn grässlich findet.

»Deinen letzten hab ich *verschlungen*«, sagt sie über einen Film, den wirklich niemand gut fand, noch nicht mal meine Oma.

Es ist so surreal, wie sie so ganz nebenbei mit all diesen Leuten Küsschen und Geplänkel austauscht, als wären sie Stammgäste in Edie's Eatery und keine Oscargewinner.

Was sie … vermutlich für sie sind.

Aber das ist das erste Mal, dass ich *Arden James* richtig von Nahem erlebe. Und ich kann einfach nicht abschütteln, wie falsch es sich anfühlt. Was für ein Riesenmurks, dass Arden so großartig ist und diese Leute einfach nur diese Quatschversion von ihr wollen.

Und ich kann definitiv nicht den Stich ignorieren, den es mir versetzt, als Melanie Jacobs, die ich schon in der Klatschpresse mit ihrem Arm um Ardens Taille gesehen hab, auf uns zukommt. Natürlich ist sie wunderschön und natürlich drückt sie einen genüsslichen Kuss auf Ardens Wange, um einen roten Lippenstiftfleck zu hinterlassen.

Wie aus Reflex will ich ihn abwischen, doch Arden fängt meine Hand ab.

»Ist doch wirklich egal«, murmelt sie und nimmt einen raschen Schluck aus ihrem Glas.

Mir ist es aber kein bisschen egal.

»Du musst Ardens Freundin sein«, sagt Melanie mit einem abschätzigen Blick, gefolgt von einem amüsierten Lächeln, bei dem ich im Boden versinken möchte. Sie beugt sich zu Arden und flüstert ihr etwas ins Ohr und lacht.

Eine winzige Sekunde lang sehe ich etwas Vertrautes über Ardens Gesicht huschen, doch dann lacht sie auch, und fort ist es. Sie lässt sogar meine Hand fallen, während ich mein Glas austrinke. Keine Ahnung, wie ich auf den Gedanken gekommen bin, sie könnte für mich da sein, wenn sie noch nicht mal für sich selbst da sein kann.

»Aaaha«, sagt eine Stimme, als wir ein Esszimmer nahe dem Eingang betreten und Arden sich hastig die Wange abwischt, jetzt, wo Melanie fort ist. Bianchi höchstpersönlich kommt auf uns zugeschlendert, im schwarzen Smoking, mit Glas in der Hand und wuscheligem Haar. »Wen haben wir denn da?«

Ich sehe, wie Arden sich leicht zurechtrückt und mit ihrem Körper fast eine Barriere zwischen mir und Bianchi bildet. Doch der streckt mir seine freie Hand entgegen, an Arden vorbei.

»Caroline, nicht wahr?« Er grinst, als ich ihm die Hand schüttle und bestätigend mit dem Kopf nicke. Sein Blick wandert forschend von meinem Gesicht zu Ardens, als versuche er, die Wahrheit zu erschnüffeln. »Ihr beide habt ganz schönen Wirbel gemacht.«

»Wie gesagt.« Arden trägt ein Grinsen im Gesicht, das ich nicht wiedererkenne. »Ich bin gut darin, die Schlagzeilen zu beherrschen.«

Er lacht und reicht ihr ebenfalls die Hand. Dann beugt er sich vor und raunt: »Wir zwei müssen uns heute Abend kurz unterhalten. Unter vier Augen. Über den Film.« Dann richtet er sich auf und betrachtet uns beide und diesmal wandert sein Blick zu unseren verschlungenen Armen, meiner Hand, die sich in Ardens Unterarm krallt. »Ich freue mich schon auf den Artikel morgen, Caroline.« Dann geht er weiter, ohne dass ich überhaupt ein Wort gesagt hätte.

Der Abend schreitet voran, wir speisen noble Häppchen von glitzernden Tabletts und Arden verwandelt sich immer mehr in einen ganz anderen Menschen mit geheucheltem Interesse und gekünsteltem Lachen. Und sie steht einfach nur daneben, wenn mich jemand herablassend behandelt, während ich mich durch ein Gespräch nach dem anderen quäle, mit Leuten, die sofort einen ganz glasigen Blick bekommen vor lauter Desinteresse.

»Ganz drollig«, sagt Steven Bronowski, zweifacher Oscargewinner, nachdem ich ihm von meinem Artikel über das fünf Generationen alte Zimtsternrezept samt zugehörigem Mord erzählt habe.

»Huch! Wie unfassbar lustig«, sagt Alana Patrick, die oscarnominierte Regisseurin, als ich einen Witz über Ardens und meinen Weihnachtsbaumdiebstahl mache, bevor sie ohne ein weiteres Wort davoneilt.

»Das ist ja … hochfaszinierend«, sagt Julia McDower,

ehemaliger Kinderstar, nachdem ich ihr erklärt habe, wie alt unsere Tradition mit der Baumillumination schon ist.

»Wie diese Rede, die Garry Ryan dieses Jahr bei den Emmys gehalten hat«, sagt Arden, worauf sich die beiden ausschütten vor Lachen. Julia nickt bestätigend, während ich knallrot anlaufe. »Wo du, apropos, hundertprozentig gewinnen wirst. Die neue Serie scheint ja der Hammer zu sein.«

Wieder mal hat Arden das Gespräch gekonnt in eine andere Richtung gelenkt und das, was sie mir vor dem Haus über ihr Alter Ego gesagt hat und warum sie ihr wahres Ich versteckt, wird immer einleuchtender.

Weil es den Leuten hier einfach egal ist, wer wir sind und was unser Zuhause ist.

Und das führt dazu, dass mir Barnwich noch mehr fehlt. Mir fehlt der Heiligabend, den wir dort haben könnten, mit Keksen und Gelächter und Schnee. Das Treffen mit Austin und Maya, die gegenseitige Bescherung. Die hässlichen Weihnachtspullis, die die ganze Familie nach alter Beckett-Tradition trägt.

Mit jeder Minute, die verstreicht, wird dieser Faden, der mich mit Arden verbindet, dünner und dünner. Und meine Ängste immer massiver.

Dass ich hier keinen Platz habe. Dass ich niemals richtig in dieses Leben reinpassen würde, das sie sich hier aufgebaut hat.

Dass meine Arden gar nicht die ganze Arden ist, sondern nur ein Teil von ihr, den sonst niemand mitbekommen soll, ganz gleich, wie die letzten zwölf Tage in Barnwich waren.

»Caroline?«

Meine Augen jagen zu ihrem Gesicht und mir geht auf, dass sie mit mir gesprochen hat.

»Ja.«

»Ich wollte wissen, ob du ein Foto machen magst.« Sie deutet auf einen Typen mit Kamera, der Fotos von den Gästen macht.

Ich nicke und Arden winkt ihn heran und ohne jede Befangenheit, ohne jedes Zögern nimmt sie meine Hand. Als er die Kamera hebt, schaue ich rasch zu ihrem Gesicht, will es vor dem Blitzlicht kurz für mich haben. Doch dabei wird mir nur noch unwohler, denn mir ist, als stünde eine Fremde neben mir.

Wir posieren und lächeln, und als der Fotograf davonzieht, sehe ich, wie Bianchi ihr zuwinkt, damit sie endlich zu ihm in sein Arbeitszimmer kommt.

»Wünsch mir Glück«, flüstert sie mir zu und ihre Hand ist so schnell fort, dass ich sie nicht mal hätte halten können, wenn ich es gewollt hätte.

Und als ich sie gehen sehe, in verschwommenem Rot, weiß ich, dass sie Glück nicht nötig hat.

Sie ist die beste Schauspielerin, die ich je gesehen habe, denn sie hätte mich um ein Haar überzeugt, dass das zwischen uns echt sein könnte.

Tag 12

Arden

Eine Viertelstunde nachdem ich sie habe stehen lassen, komme ich aus dem Arbeitszimmer gestürzt und suche in der Menge nach Caroline.

Endlich entdecke ich sie in einer Ecke, wo sie sich an ihrer Champagnerflöte festhält. Ich gleite durch den vollen Raum zu ihr, nicke einem ehemaligen Co-Star zu, den ich nicht ausstehen kann. Aber selbst sein schleimiges Grinsen kann mir nicht die Freude verderben.

»Komm her«, sage ich, stelle ihr Getränk weg und ziehe sie ins nächste Zimmer, in dem genauso viel los ist wie im letzten, voll mit Leuten, die zur weihnachtlichen Instrumentalmusik einer Live-Band Stehblues tanzen.

Ich ziehe sie an mich, ihr süß duftendes Haar streift mein Kinn. »Ich hab die Rolle«, flüstere ich ihr zu. Sie zieht ihren Kopf zurück und sieht mir in die Augen. »Wir haben es geschafft.«

»Unfassbar, Arden.« Sie lächelt, ihre Hand legt sich fester um meine Schulter. »Ich freu mich so für dich.«

Ich sehe sie forschend an. Sie mag lächeln, aber irgendwas um ihre Mundwinkel herum und in ihren Augen stimmt nicht. Wahrscheinlich grämt sie sich wegen dieses Artikels. Die Tatsache, dass ich die Rolle schon in der Tasche habe, bevor er überhaupt erschienen ist, macht ihn irgendwie hinfällig. »Schau, der Artikel wird trotzdem erscheinen und ich kann es gar nicht erwarten, ihn endlich zu lesen. Zu sehen, wie du mich siehst.« Ich streiche über ihr Gesicht, sanft wie eine Feder, warte darauf, dass sich ihr Ausdruck ändert.

»Kannst … kannst du einfach mit mir tanzen?«, fragt sie und zieht mich an sich.

»Caroline …«

»Arden.«

Mir wird eiskalt, sogar als ihre Wange sich gegen meine legt. Ich drücke die Augen zu, will die Zeit anhalten, fürchte das, was kommt, wenn das Lied vorbei ist. Was kann in den letzten fünfzehn Minuten bloß passiert sein? Wie konnte ich alles so schnell in den Sand setzen?

Weil, klar, es war jetzt nicht der perfekte Abend. Manchmal war es ein bisschen krampfig, sich durch so viele Unterhaltungen mit so vielen Leuten zu navigieren, aber ich dachte nicht, dass es derart schlimm war.

Ich versuche meine rasenden Gedanken zu beruhigen und sie so sehr in mich aufzunehmen, wie es nur geht. Ihren Geruch, wie sie sich in meinen Armen anfühlt und wie es in mir aussieht, wenn sie mir so nahe ist. Wenn sie nur in meiner Nähe ist.

Ich denke daran, was sie für ein Gesicht gemacht hat, als ich einfach im Diner aufgekreuzt bin, und wie sie diese Douglasie abgehackt hat wie ein Holzfäller und wie ihre Finger meinen Arm hinabgeglitten sind und sie meine Hand genommen hat, als wir auf ihrem Bett lagen. Ich denke daran, wie ihr Mund bei unserem Kuss nach heißer Schokolade und Zuckerwatte geschmeckt hat, an ihr Freundschaftsarmband, das in meinem Nachttisch vor sich hin staubt, ihre Schachtel voll ausgeschnittener Zeitungsartikel.

Ihr *Ich sehe dich.*

Ich bin noch nicht bereit dafür, dass irgendwas davon zu Ende geht.

Als die letzte Note verklingt, bleiben wir stehen. Ich habe Angst, mich zu rühren. Auch nur zu atmen.

Schließlich löst sie sich, führt mich durch eine Tür auf einen dürftig beleuchteten Balkon, der sich über die ganze Breite des Hauses erstreckt.

»Arden«, sagt sie mit brechender Stimme, die Augen geschlossen. »Ich … ich glaube, wir sollten uns hier nichts vormachen.«

»Was meinst …«

»Ich hab gedacht, ich seh dich nie wieder«, sagt sie, schlägt die Augen auf und sieht mich eindringlich an. »Als du dieses erste Weihnachten nicht gekommen bist, und dann waren es zwei Weihnachten und dann drei, ohne Anruf, ohne Besuch. Ich hab mir gesagt, gut, das war's dann. Nie hätte ich geglaubt, irgendwann stürz ich bei Edie von der Leiter und da stehst plötzlich du und schaust zu mir runter.«

Sie hält inne, eine Träne kullert über ihre Wange. Ich will sie wegwischen, doch sie fängt meine Hand ab und zieht sie zwischen uns nach unten.

»Ich glaub …« Sie atmet tief durch, sieht mich wieder an. »Ich glaube, wir sollten ehrlich zueinander sein. Du hast ein Leben hier, Arden. Ein Leben, in das ich nicht reinpasse, nicht reingehöre. Und du hast gerade die Rolle deines Lebens gekriegt, was das nur noch wahrer macht.«

»Caroline, so muss es doch gar nicht sein. Du kannst reinpassen!« Ich halte kurz inne, um die Verzweiflung aus meiner Stimme zu verbannen. »Hör zu, ich weiß, dass ich zuerst Angst hatte, aber ich hab viel drüber nachgedacht und hier kann man überall gut Journalismus studieren. Ich meine, wenn du im Herbst hierherziehst, dann könnte ich dir wahrscheinlich überall Aufträge verschaffen, wo du nur willst. Genau wie's immer dein Traum war.«

Sie schüttelt den Kopf. »Das war nie mein Traum. Das ist deiner, Arden. Das würde nie klappen, aber ich glaube, das ist dir längst klar.« Sie drückt meine Hand, doch es fühlt sich an, als würde sie mir das Herz zusammenquetschen. »Genau deshalb bist du damals weggeblieben. Deshalb hast du versucht, mich zu warnen, bevor wir uns geküsst haben. Deshalb hast du dich nie gemeldet. Das war nicht nur, weil du geglaubt hast, dass du es dann nie wieder wegschaffst. Das war, weil du tief in deinem Innersten gewusst hast, dass du mich umgekehrt auch nie würdest mitnehmen können.«

Ich sage nichts.

Ich kann nichts sagen, weil sie auf irgendeine Weise … recht hat.

Und das ertrage ich nicht.

»Wir hatten diese gemeinsamen zwölf Tage und ich bin so froh«, sie lacht kurz auf, mit Tränen in den Augen, »so so froh darüber.« Ihre Hand fährt meinen Arm hinauf, bis sie an meiner Wange liegt. Ich lege mich in sie hinein, versuche mir den Druck ihrer Fingerspitzen einzuprägen, wie sich ihre Handfläche auf meiner Haut anfühlt. »Aber mehr wird es nie sein.«

Sie reckt sich zu mir herauf und ihre Lippen streifen meine Wange. Dann schließe ich die Augen, neige meinen Kopf, bis meine Stirn ihre berührt.

»Diesmal bin ich diejenige, die geht«, flüstert sie und dann spüre ich, wie sie mir entgleitet, wie ein Hauch.

Als ich die Augen aufschlage, ist sie fort, nur leere Luft, wo sie eben noch stand.

Ich umklammere das verschnörkelte goldene Geländer, versuche meinen Atem zu beruhigen, aber in mir dreht sich alles.

Caroline. Sie ist einfach …

»Scheiße!«, keuche ich. »Scheiße, Scheiße!«

»Zigarette?«, fragt eine Stimme aus der Dunkelheit.

Ich fahre herum und da kommt Bianchi auf mich zu. Er lehnt sich neben mir gegen das Geländer, eine Zigarette zwischen den Fingern.

»Nein, ich …« Ich wische mir mit dem Handrücken übers Gesicht, versuche mich wieder zu fangen. »Was machen Sie überhaupt hier draußen?«

»Mich verstecken.« Er lacht leise. »Diese Partys waren noch nie so mein Ding.«

Ich reiße meine Hand von dem kalten Metall los und fange an, hin- und herzutigern. Bianchi verfolgt meine Bewegungen mit einem merkwürdigen Ausdruck im Gesicht.

»Ich …« Tränen drücken hinter meinen Augen und ich bemühe mich, sie zurückzuhalten. Doch dann bleibe ich einfach vor ihm stehen. »Wissen Sie, was der wahre Grund war, weshalb ich diese Rolle wollte? Ich habe was gebraucht, das sich echt anfühlt und aufrichtig, weil es das in meinem Leben und bei meiner Arbeit so lange nicht gegeben hat.«

Er nickt, mustert mein Gesicht und nimmt einen Zug.

»Aber die Ironie an der Sache ist, dass Sie mir die Rolle nur gegeben haben, weil ich Sie hinters Licht geführt habe«, sage ich mit einem bitteren Lachen. »Alles erstunken und erlogen. Ich hab bis letzte Woche nie was mit Caroline gehabt. Klar, ich war das Provinzmädchen, das insgeheim in seine beste Freundin verknallt war und davon geträumt hat, es irgendwann aus diesem Kaff namens Barnwich rauszuschaffen, aber dann hab ich mich eines Tages verabschiedet und gesagt: ›Keine Sorge, ich bin bald wieder da‹, und habe mich nie wieder dort blicken lassen. Nicht ein einziges Mal!«

»Bis jetzt«, sagt er.

»Jetzt ist es auch schon völlig egal.« Ich schüttle den Kopf und werfe ihn in den Nacken, bis ich die Sterne sehe.

Gleich wird er mich in der Luft zerreißen und ich bin die Rolle wieder los. Doch als ich mich zu ihm umdrehe, lächelt er nur in sich hinein und zieht an seiner Zigarette.

»Weißt du«, sagt er, »du gefällst mir erheblich besser, wenn du die Wahrheit sagst. Dein Vorsprechen war beachtlich, aber das hier eben … das war besser.« Er drückt die Zigarette aus und dreht sich zu mir.

»Was?«, frage ich.

»Arden, komm schon. Glaubst du wirklich, ich hätte dieses Spielchen zwischen dir und deiner Agentin nicht durchschaut?« Er lacht. »Mit Drehbuch bist du wesentlich überzeugender.«

»Sie haben die ganze Zeit Bescheid gewusst? Und mich einfach weiterwursteln lassen?«, frage ich und er nickt.

»Ich wollte wissen, wie viel Einsatz du zeigen würdest. Ich wollte sichergehen, dass du so sehr dahinterstehst wie ich«, entgegnet er.

»Na toll«, sage ich aufgebracht. Ich fahre mir mit den Händen übers Gesicht, bis mir einfällt, dass ich mir hier gerade zehn Kilo Make-up verwische.

»Wir sind gar nicht so unterschiedlich, Arden James. Ich komme aus einer Kleinstadt in Ohio, was für diese Leute hier« – er weist auf alle anderen jenseits der Fensterfront – »im Grunde heißt, dass wir beide aus demselben Kaff stammen.«

Jetzt muss ich lachen. Davon habe ich noch nie gehört. Genau wie kein Mensch bisher was von Barnwich gehört hatte.

»Ich hab eine Menge aufgegeben, um so weit zu kommen. Dinge, die ich nie verlieren wollte. Aber Berufe wie deiner und meiner neigen dazu … einen mit Haut und Haar zu verschlingen. Im Rückblick frage ich mich schon, ob ich das wirklich alles hätte aufgeben müssen. In diesem Geschäft heißt es immer so schnell entweder oder, aber ich glaube, das darf man nicht aufs Privatleben übertragen. Sieh mal, Arden, es ist wirklich kein Fehler, jemanden zu haben, der einem Orientierung bietet, wenn man den Wald vor lauter Bäumen nicht mehr sieht. Hätte ich so jemanden gehabt, wär mir vielleicht manches erspart geblieben.«

»Was wollen Sie damit sagen?«, frage ich.

»Du weißt so gut wie ich, dass man manche Dinge, die man im Internet liest, sehr wohl glauben darf«, sagt er, in Abwandlung des Spruchs, den ich ihm beim Vorsprechen reingedrückt habe.

Der Alkoholismus.

Das war nicht nur leeres Gerede.

»Ich habe meine Familie verloren, meine Freunde und mehr von mir selbst, als ich mir eingestehen mag, noch nicht mal meinem Therapeuten gegenüber. Es gibt so viel, worin ich mich in dir wiedererkenne. Der einzige Unterschied ist … ich bin sechsundvierzig und du hast noch dein ganzes Leben vor dir. Ich kriege ja mit, wie diese Industrie Jugendliche verschleißt. Ich habe auch mitbekommen, was sie dir in den letzten Jahren angetan hat. Erlaube nicht, dass … du um noch mehr gebracht wirst«, sagt er, stößt sich vom Geländer ab und dreht sich um, Richtung Tür. »Lass nicht zu, dass sie dich noch weiter auffrisst. Du bist zu begabt dafür«, fügt er hinzu und verschwindet nach drinnen.

Da stehe ich, starre durch das riesige Fenster auf die Leute, die dahinter herumwuseln, fühle mich so … entfernt von ihnen, obwohl ich eine von ihnen bin. Den ganzen Abend über habe ich mich genauso unecht verhalten. Genauso unaufrichtig. Verdammt, es ist Heiligabend und wir sind alle hier, statt bei den Menschen, die uns tatsächlich was bedeuten. Weil es von uns erwartet wird.

Aber … es war nie mein Wunsch, auf jedem Zeitschriftencover zu sein, auf jeder A-List-Party, am Boden jeder Flasche.

Ich wollte doch immer nur schauspielen.

Der Rest dieses Lebens ist mir von Leuten übergestülpt worden, die Profit aus mir schlagen wollten. Die mir gesagt haben, es sei notwendig, obwohl ich jetzt begreife, dass es das gar nicht war. Leuten wie …

Lillian.

Tag 12

Caroline

»So ist es am besten«, sagt Lillian und schaut mir zu, wie ich alles so schnell wie möglich in meine Reisetasche stopfe, garantiert völlig verschmiert mit Make-up.

Als ich von der Party zurückkam, hatte sie mein Rückflugticket nach Barnwich schneller gebucht, als ich mir die Schuhe ausziehen konnte.

Gleichgültig schaut sie auf ihr Handy und tippt los. »Das Landei-Image war jetzt erst mal wichtig für dieses spezielle Projekt, aber wer weiß, was für eine Arden James wir nach diesem Film brauchen.«

Ich konzentriere mich darauf, meinen Kulturbeutel in eine Seitentasche zu quetschen, um ihr nicht alles an den Kopf zu werfen.

Aber ich schaffe es nicht. Es mag der Champagner sein oder die Tatsache, dass sich in den letzten vier Jahren nie jemand gefunden hat, der sich auf Ardens Seite gestellt hat. Wie dem auch sei, trotz meines Kummers werde ich mir jetzt nicht weiter anhören, wie diese Frau so tut, als schere sie sich auch nur einen feuchten Kehricht um Arden.

»Sie ist ein Mensch, kein Image, Lillian. Sie ist Arden«, sage ich und sie blickt auf. »Kann sie nicht einfach sie selbst sein?«

Lillian lächelt, als hätte sie einen Trottel vor sich.

»Ach, Caroline. Nimm's nicht persönlich. So ist eben das Geschäft.« Sie nickt zu Ardens Gesicht auf einem Zeitschriftencover, das neben ein paar anderen auf der Kommode ausliegt. »Und zwar ein einträgliches Geschäft.«

Mein Taxi ist gleich da. Ich erwidere ihr arschfreundliches Lächeln und hebe meine fertig gepackte Tasche auf. »Ist es das? Denn Arden ist ja schon berühmt. Sie hat's längst geschafft. Was passiert, wenn ihr aufgeht, dass sie völlig ohne jemanden auskommt, der sie weiterhin für eine Riesenkarriere manipuliert? Mir kommt's jedenfalls so vor, als würde sie irgendwann, und sei es erst in ein paar Jahren, unter Garantie rausfinden, dass sie verdammt noch mal lieber sie selbst sein mag als der Scheiß, den Sie aus ihr machen wollen. Es kracht schon ordentlich im Gebälk.« Ich denke daran, wie Arden mich vor ihrem alten Haus geküsst hat. An ihr Strahlen beim Rodeln am Kirchhofhügel. Wie wir durch die Schulflure gerast sind nach dem Basketballspiel. »Ich an Ihrer Stelle würde mich warm anziehen. Denn wenn es so weit ist, dann war's das für Sie mit dem guten Geschäft.«

Lillian starrt mich wortlos an, als ich an ihr vorbei in den Flur gehe und die Tür hinter mir zuknallt. Sie sagt immer noch kein Wort, als ich die Stufen hinablaufe zum Auto, das mich zum Flughafen bringen wird, in Richtung Heimat.

Aber so stark ich in diesem Moment auch zu sein vorgebe, ich heule die ganze Fahrt und dann den ganzen Rückflug nach Barnwich hindurch. Ich lasse die Kapuze meines Pullis oben und starre tränenumflort auf meinen Laptop, auf diese Baustelle von einem Artikel, den ich jetzt fertigstellen muss und der sich plötzlich ganz anders anfühlt. Qualvoll.

Nur ein paar Stunden noch, bis ich ihn abgeben muss. Was mach ich denn jetzt?

Arden

Tag 12

Ehe ich michs versehe, presche ich schon durch die Haustür und renne die kopfsteingepflasterte Auffahrt hinunter, springe in mein wartendes Auto. »Nach Hause bitte, schnell!«

Wir rasen durch die Nacht, meine Finger tippen unruhig auf dem Türöffner herum. Schließlich ziehe ich mir die Nadeln aus meinem Haarknoten und lasse mir das Haar über die Schultern fallen. Die ganze Zeit habe ich nur einen Gedanken: Während all dieser Jahre, in denen ich eine andere gespielt habe, gab es immer eine, die nur mich gesehen hat, auch wenn ich es selbst nicht konnte.

Und sogar nach den vergangenen zwölf Tagen habe ich mich immer noch für das hier entschieden und nicht für sie. Schon wieder.

Die gewundene Auffahrt zu meinem Haus will kein Ende nehmen. Es kommt mir vor wie Stunden, bis ich endlich den Schein der Eingangsbeleuchtung sehe.

Mit klopfendem Herzen springe ich aus dem Auto, stürme hinein und rufe ihren Namen durchs Haus: »Caroline?«

Ich schleudere mir die Schuhe von den Füßen und renne hinauf, dann den Flur entlang und rein ins Gästezimmer.

Ins verwaiste Gästezimmer.

Ich knipse das Licht an und sehe das sorgfältig gemachte Bett. Das einzige Zeichen, dass sie je hier war, ist das grüne Kleid, das säuberlich darauf ausgebreitet liegt, und eine Ansichtskarte von Barnwich, die sie vor ein paar Tagen gekauft hat, am Tag unseres ersten Kusses.

»Sie ist weg«, sagt eine Stimme hinter mir, und als ich mich umdrehe, lehnt Lillian in der Tür.

»Was? Wie? Vor einer Stunde war sie doch noch da!«, rufe ich.

»Sie passt hier nicht her, Schatzi. Und du, du passt dort nicht hin. Ich hab dir einen Gefallen getan.«

Einen Gefallen?

Ich gehe auf sie zu, balle unwillkürlich die Fäuste.

»Was hast du getan?«

»Ich hab sie in den Flieger verfrachtet, ehe sie es sich noch mal anders überlegt hätte.« Sie zuckt mit den Schultern und grinst selbstzufrieden. »Keine Sorge, wir winken diesen Artikel durch, damit deine kleine Freundin in Summe auch was davon hatte.«

Kleine Freundin?

Lillian legt mir die Hände auf die Schultern.

»Jetzt können wir uns auf das Wesentliche konzentrieren. Erst der Film. Dann die Preise. Werbekampagnen. Wer weiß, was noch alles passiert.« Allein bei der Vorstellung leuchten ihre Augen auf. »Na, komm schon. Ich ruf Jenna an, damit sie dein Make-up wieder richtet und du zurück zur Party kannst. Vielleicht findest du da sogar ein Mädchen, das dir drüber hinweghilft.« Sie macht eine vage Geste und mir wird kotzübel.

Ich schüttle den Kopf, weil ich sie endlich durchschaue.

»Als ich sechzehn war und mich für mündig hab erklären lassen, da hab ich all meine Hoffnungen in dich gesetzt, Lillian. Die ganze Zeit hab ich tatsächlich geglaubt, du kümmerst dich um mich, passt auf mich auf, wie meine Eltern es nie getan haben, aber jetzt ist mir alles klar. Du warst kein bisschen besser als sie. Die ganzen letzten zwölf Tage haben mich dran erinnert, wie es ist, wenn andere tatsächlich für einen da sind. Und das werde ich nicht wieder aufgeben. Nicht für Ruhm oder Geld …« Ich mache noch einen Schritt auf sie zu, bis ich ihr direkt gegenüberstehe. »Und ganz besonders nicht für dich.«

»Okay. Spar dir das Theater, Schatzi.«

»Du bist entlassen!« Ich mache noch einen Schritt auf sie zu, sodass sie rückwärts in den Flur treten muss. »Raus, raus aus meinem Haus!«

Da steht sie, mit offenem Mund. Zum ersten Mal hat es ihr wirklich die Sprache verschlagen. Erbost stakst sie den Flur hinunter.

»Ach, und Lil?« Sie dreht sich um mit einer Selbstzufriedenheit, als hätte sie doch gleich gewusst, dass ich sie niemals rausschmeißen würde. »Nimm dir doch beim Gehen noch einen frisch gepressten Saft aus dem Kühlschrank mit, Schatzi«, sage ich, bevor ich ihr die Tür vor der Nase zuknalle.

Ich gehe rückwärts, bis meine Unterschenkel gegen das Bett stoßen, und falle dann auf Carolines Kleid. Ich lange hinter mich und nehme mir die Postkarte. Ein Stadtplan von Barnwich. Die vertrauten Straßen. Edie's Eatery. Mein Zuhause.

Tränen steigen mir in die Augen, als ich sie mir ans Herz drücke, wieder ganz allein in diesem riesigen leeren Haus, und frage mich, wie um alles in der Welt ich mir nur hatte einreden können, dass die Liebe zu ihr jemals nur Theater war.

Caroline

Kaum ist das Flugzeug gelandet, hechte ich durch den Flughafen und in die Arme von Austin und Maya, die mich abholen gekommen sind. Ich habe sie vom Gate am Flughafen LA aus angerufen, um ihnen zu berichten, was passiert ist. Sie drücken mich fest und ich vergrabe mein Gesicht in Austins Brustkorb.

»Danke, dass ihr trotz Weihnachten gekommen seid«, rotze ich.

»Für dich doch immer, Beckett«, sagt Maya.

»Im Gästezimmer schnarcht meine Großtante Betty so laut, dass ohnehin keiner ein Auge zumachen kann«, fügt Austin hinzu. Ich lache und er drückt mich fester an sich und führt uns zum Auto hinaus.

Maya sitzt mit mir auf dem Rücksitz und lässt mich den Kopf auf ihre Schulter legen, während Austin uns die zwei Stunden nach Hause kutschiert. Als wir die wie ausgestorbene Hauptstraße entlangfahren, starre ich hinaus auf den funkelnden Weihnachtsbaum in der Mitte des Platzes, denke an das Leuchten in Ardens Gesicht, daran wie sich ihre kalten Lippen angefühlt haben.

Nur dass es jetzt eine schmerzhafte Erinnerung ist.

»Ich hab keine Ahnung, wie ich diesen Artikel bis acht Uhr früh fertigkriegen soll«, lache ich tränenüberströmt.

»Du bist Caroline Beckett«, sagt Austin. »Du kriegst das hin.«

»Ich glaub an dich«, stimmt Maya zu und drückt mich. »Und falls es doch nicht klappt, ist deine Mappe für Columbia ohnehin mehr als gut. Du bist eh nicht auf diesen Artikel angewiesen. Schau, was für dich gut ist, sonst nichts.«

»Melde dich, wenn du irgendwas brauchst, okay?«, sagt Austin und hält vor meinem Haus. »Ich hab einen neuen Mocha mit weißer Schokolade, der wäre bestimmt was für dich.«

»Wir sind nur eine Nachricht von dir entfernt«, fügt Maya hinzu. »Frohe Weihnachten, Caroline.«

Die beiden umarmen mich, bevor ich meine Tasche aus dem Kofferraum hole und nach drinnen gehe. Das Haus ist finster und still, bis auf unseren Baum, der im Wohnzimmer leuchtet und unter dem schon unsere leicht altersschwachen Strümpfe auf uns warten. Meine Eltern haben vermutlich schon fest geschlafen, als ich ihnen von meiner Abreise geschrieben habe, und rechnen bis zum Nachmittag nicht mit mir.

Ich schleiche in mein Zimmer und knipse das Licht an.

»Verdammt noch mal!«

»Hallöchen«, sagt Riley und beißt ganz entspannt in den sorgsam glasierten Zuckerkeks, und zwar in dem grässlichen Pulli, den ich ihr ausgesucht habe, als hätte sie mich nicht fast zu Tode erschreckt.

»Was machst du hier? Und sind das Dads Weihnachtskekse? Es ist sechs Uhr früh!«

Ungerührt kaut sie umso lauter weiter. »Austin und Maya haben mir Bescheid gesagt.«

Stöhnend breche ich neben ihr auf dem Bett zusammen. Sie hält mir eine Ecke vom Keks hin und ich greife zu.

»Geht's dir gut?«, erkundigt sie sich.

Ich seufze lang und schwer. »Weiß nicht.«

»Ist voll okay.«

Eine kleine Ewigkeit liegen wir schweigend da. »Ich habe keine Ahnung, wie ich diesen Artikel fertigkriegen soll.«

»Was meinst du?«

»Als ich mich drauf eingelassen habe, habe ich gedacht, ich mach es einfach so wie bei meinen anderen Artikeln. Fragen stellen, mir drüber klar werden, welche Geschichte hier erzählt werden soll, und Arden auf eine neue, aufrichtige Art präsentieren. Drüber zu schreiben, ohne selbst zu tief drin zu stecken – obwohl ich das ja im Grunde von Anfang an tat.«

Riley nickt und dreht den Kopf zu mir.

»Aber jetzt hab ich das Gefühl, ich krieg das nicht mehr hin. Mir fehlt die Objektivität, weil …« Ich stöhne frustriert. »Weil ich so viel für sie empfinde. Um den Artikel zu schreiben, den sie erwarten, muss ich so tun, als hätte ich Gefühle für sie, die ich zwar tatsächlich habe, aber mir nicht mehr erlauben kann. Ich hab keinen blassen Schimmer mehr, was richtig ist und was falsch, Riley. Und ich komme nicht raus aus der Sache, weil ich ihr das mit Bianchi nicht versauen möchte, und …«

»Dann …« Sie atmet hörbar durch. »Dann schreib doch einfach einen Artikel, der Arden genauso zeigt, wie du sie siehst. Weil, Caroline, das ist doch die richtige Arden. Das ist die Arden, die die Welt kennenlernen soll. Die Arden, die Arden wiederfinden muss.«

Völlig geplättet drehe ich mich zu ihr um. »Das war tatsächlich mal ein richtig guter Tipp!«

Sie grinst und klaut mir den letzten Keksrest aus der Hand. »Tja, ich bin eben nicht nur die Attraktivste, sondern auch die Schlauste in der Familie, deshalb …«

Ich boxe ihr in die Schulter und wir lachen beide los.

»Brauchst du sonst noch was?«, fragt sie und ich schüttle den Kopf.

Riley rappelt sich auf und geht bröselrieselnd zur Tür. »Ich hau mich dann noch mal 'n paar Stunden aufs Ohr, bevor Dad uns wegen der Geschenke für die Strümpfe aus dem Schlaf reißt.« Sie unterdrückt ein Gähnen. »Fröhliche Weihnachten, Caroline.«

»Frohes Chanukka, Riley«, sage ich und sie schlüpft aus der Tür zurück in ihr Zimmer.

Dann setze ich mich auf, hole mir den Laptop aus der Tasche und klappe ihn auf. Nur noch zwei Stunden, bis ich diesen Artikel abgeben muss. Aber das reicht mir. Ich öffne mein Word-Dokument und weiß endlich ganz genau, was ich zu sagen habe.

Arden

Das Handy neben meinen Kissen will einfach keine Ruhe geben.

Stöhnend reibe ich mir die Augen und greife danach, setze mich auf und sehe Benachrichtigungen, so weit der Daumen scrollen kann.

An Weihnachten?

Ich werfe die Beine über die Bettkante, bis ich den kalten Marmorboden unter den Füßen spüre, und drücke auf den Link, der bereits eine Million Mal geteilt worden ist.

Carolines Artikel.

Mein Herz zieht sich zusammen, als er lädt. Da ist er, ich lese die Überschrift und – oh!

Meine zwölf Tage mit Arden James

Ich versuche mich zu fangen und beginne zu lesen.

> Für mich waren das immer zwei unterschiedliche Personen.
> Da war einmal Arden James. Die junge Frau, die einem überall begegnet. Die auf den Zeitschriftencovers, die aus dem Kino. Die, die in einem modernen und seltsam unwirtlichen Anwesen am Pazi-

fik lebt, in dem sie aber fast nie zu sein scheint. Das Rätsel.

Und dann war da Arden. Einfach nur Arden. Das Mädchen aus Barnwich, Pennsylvania, das so viel mehr an den Menschen hängt, die es liebt, als es je zugeben würde, und das sein Herz auf der Zunge trägt.

Wenn eine das weiß, dann ich, denn Arden war für mich immer alles, was ein Mensch nur sein kann.

Meine beste Freundin.

Meine Vertraute.

Mein erster Schwarm.

Manchmal war sie der letzte Mensch, den ich sehen wollte … aber meistens war sie der erste.

Nur eines traf dabei durchweg zu: Ich habe sie immer, immer geliebt.

Ich habe sie geliebt, als sie mir ihre Jacke zum Um-die-Hüfte-Wickeln gegeben hat, als ich mir in der dritten Klasse in die Hose gepinkelt habe. Ich habe sie geliebt, als sie Matt Fincher Tabasco in den Kakao gekippt hat, weil der sich über meine Zöpfe lustig gemacht hat. Ich habe sie geliebt, als sie immer von einem großartigeren Leben geträumt hat als dem, das sie führte.

Und ich habe sie geliebt, als sie nach Kalifornien gezogen ist und mich zurückgelassen hat, ein Häufchen Elend auf dem Gehsteig. Ich glaube, da habe ich sie am meisten geliebt. Wirklich ein Scheißgefühl, wenn man erst dann genau weiß, was man für eine Person empfindet, wenn sie nicht mehr da ist.

> Als sie also endlich, endlich doch noch über Weihnachten nach Hause kam, fühlte sich das an wie eine zweite Chance, »meine« Arden neu kennenzulernen (nun, nachdem ich erst mal den Drang überwunden hatte, ihr eine reinzuhauen). Und diese letzten zwölf gemeinsamen Vorweihnachtstage in Barnwich waren mehr, als ich mir je hätte erträumen können.

Mir steigen die Tränen in die Augen, als ich von unseren Abenteuern in Barnwich lese und alles aus Carolines Perspektive sehe. Sie erweckt die Stadt zum Leben, aber vor allem erweckt sie mich zum Leben. Mich als eine Person, die ich tatsächlich wiedererkenne, auch wenn ich sie gerade erst wieder zusammensetze.

> Ich weiß nicht, was aus Arden und mir werden wird, aber ich weiß, dass es immer nur eine Arden gegeben hat. Sie findet gerade erst heraus, welche Teile davon nur ihr gehören, welche für euch alle sind und welche überhaupt nie zu ihr gehörten, weil sie nur einem Hollywoodnarrativ entstammen, das ihr übergestülpt wurde, als sie noch viel zu jung war. Zu jung, um zu wissen, dass sie es ohnehin nie benötigt hätte.
> Denn auch das traf immer zu: Sie hat es nie gebraucht. Für mich hat sie nie eine andere sein müssen als sie selbst. Wer dies liest, wird hoffentlich genauso empfinden.
> Ich bin so dankbar für all die verschiedenen Weisen, auf die ich mich in Arden verlieben konnte.
> Die zwölfte Frage, die ich ihr an diesem letzten Tag

nicht mehr stellen konnte, ist genau die, die ich am dringendsten hätte stellen wollen.
Arden, glaubst du, du kommst je zurück nach Barnwich?
Vielleicht wirst du es eines Tages. Vielleicht wirst du es nie.
Wie die Antwort auch lautet, in meinem Innersten werde ich immer auf dich warten.

Ich lasse mein Handy fallen und werfe mich in mein Kissen, spüre mein Herz in meiner Brust pochen, während ich mir klarmache, was das bedeutet.

Caroline sieht mich.

Caroline liebt mich.

Caroline wartet.

Glaubst du, du kommst je zurück nach Barnwich?

Und da begreife ich.

Ich muss das nicht wieder durchziehen.

Ich bin jetzt diejenige, die die Entscheidungen trifft. Über das, was ich tun will. Darüber, wo und wie ich lebe. Ich muss gar nicht mein Leben opfern, mein Zuhause und die Menschen, die ich liebe, um Karriere zu machen. Klar, vielleicht entgeht mir ab und an mal was, aber nicht alles. Nicht das, worauf es ankommt. Meine Wurzeln können sich tief in die Erde graben und trotzdem werde ich mich strecken können, genau wie es Grams gesagt hat. Ich kann nicht alles haben, aber ich kann verdammt noch mal deutlich mehr haben als bisher.

Sogar …

Ich sitze senkrecht im Bett und mein Blick schießt zu meinem immer noch ungeöffneten Koffer in der Ecke.

… *Caroline.*

Caroline

»Achtung, heiß!«, rufe ich, als ich ein Tablett mit dampfenden Latkes zu einem Tisch trage, der sich schon unter dem Essen biegt. Die Leute stürzen sich darauf, kaum dass ich den Teller abgestellt habe. Mr Green, der endlich sein Weihnachtsmannkostüm abwerfen konnte, boxt mich richtiggehend aus der Bahn.

»Eine tolle Idee, Caroline«, sagt er mit vollem Mund. »Hab mich immer gefragt, wann Barnwich auch mal seine jüdischen Mitbürger in die Festivitäten einbeziehen will.«

Ich breche fast mitten in der Bar zusammen. »Sie sind jüdisch?«

Er zeigt mit seinem Latke auf mich. »Man darf nicht alles glauben, wo ›Weihnachtsmann‹ draufsteht!«

Ich lächle und lehne mich gegen den Tresen, während er sich mit seinem Teller zu einer Touristengruppe am Ecktisch gesellt. Riley wirbelt auf ihrem Hocker herum, während Miles und Levi mit aufgestützten Ellbogen auf der anderen Seite des Tresens stehen.

»Eine Chanukkafeier in Barnwich«, sagt Levi anerkennend, als wir uns alle im dicht besetzten Laden umsehen.

Halb Barnwich ist aufgekreuzt. Ich suche in der Menge nach vertrauten Gesichtern – meine Eltern, unsere Gesangskolleginnen Josephine und Ruth und Shirley und

Clara, Leute aus den kleinen Geschäften in der Hauptstraße, sogar ein paar aus der Schule stehen lachend mit Maya und Austin neben der Tür.

Riley nickt. »Wer hätte das gedacht?«

»Schaut so aus, als hätten die Becketts ihre eigene Barnwicher Tradition ins Leben gerufen«, sagt Miles und zieht mir sanft mit seinem Geschirrhandtuch eins über, bevor er mich angrinst. »Das heißt, du musst dich nächstes Jahr doch aus der großen Stadt herbequemen.«

»Weihnachtsferien in Barnwich?«, sage ich und erwidere sein Lächeln. »Als ob ich mir das je entgehen lassen würde.«

Während Riley versucht Levi und Miles zu bequatschen, ihr einen Whiskey mit Eis rauszurücken, werfe ich einen Blick in die Küche, um zu schauen, ob Edie vielleicht Hilfe braucht. Sie hat den Tag übernommen, mit Finns und Toms Unterstützung, die beide unerklärlicherweise schon wieder passende Bandanas tragen.

»Wie sieht's aus, Edie?«, frage ich und sie schlingt sofort den Arm um meine Hüfte, während sie prüfend in den Ofen auf die Rinderbrust starrt, die nach dem Geheimrezept meiner Großmutter zubereitet wurde: Levi hat mit blumigen Worten auf sie eingeredet und sie hat schließlich nachgegeben, als sie den Anlass erfuhr. Oder vielleicht waren es auch die Piña Coladas auf ihrer Kreuzfahrt.

»Sieht gut aus.« Sie drückt mich an sich und sagt mit gedämpfter Stimme: »Das war mal ein Artikel, Kleine.«

»Danke, Edie«, flüstere ich. »Ich … ich musste einfach die Wahrheit schreiben. Arden sagen, wie ich sie immer gesehen habe.«

»Tja, das ist dir allerdings gelungen.«

»Hast du was von ihr gehört?«, frage ich, bevor ich mich zurückhalten kann.

Sie schüttelt den Kopf und ich nicke und versuche die Tränen wegzublinzeln, die mir in die Augen schießen.

Natürlich nicht.

»Ich geh mal kurz Luft schnappen«, sage ich und sie tätschelt mich noch einmal und lässt mich los.

Ich zieh mir die Jacke gar nicht erst an, bevor ich durch die Hintertür rausgehe. Auf dieser Seite ist Barnwich so friedlich und verschneit und perfekt, dass mir auf meinem gemächlichen Weg ums Haus nicht mal die Kälte was anhaben kann.

Ich atme tief durch und lege den Kopf in den Nacken, mache die Augen zu.

Ich warte auf die Tränen, doch gerade jetzt fühle ich mich trotz allem irgendwie … also …

Genug.

Nicht nur jüdisch genug oder christlich genug, sondern einfach für mich selbst genug. Ich. Caroline Beckett. Auch wenn ich es mit der Bewerbung, die ich heute Nachmittag abgeschickt habe, nicht auf die Columbia University schaffen sollte. Selbst wenn ich mich die nächsten Jahre nicht mehr in irgendwen anderen verliebe. Selbst wenn ich nie wieder etwas von Arden James höre oder se…

»Ja«, sagt eine Stimme in die Stille.

Ich mache die Augen auf und fahre herum und da steht im orangen Schein der Straßenlaterne eine Gestalt.

»Arden! Was machst du denn hier!« Ich will auf sie zugehen, doch meine Füße scheinen festgefroren.

»Ja«, sagt sie wieder und ich begreife gar nichts.

»Was?«

»Deine Frage. Im Artikel«, sagt sie und tut das, was ich nicht fertigbringe, nämlich auf mich zugehen. »Ja. Ich komm wieder nach Barnwich.«

Ich lege den Kopf schief, habe Angst, da mehr hineinzulesen als das, was es ist.

»Aber wie lange?«, frage ich mit brechender Stimme.

»Also zumindest mal bis zum Sommer. Vielleicht länger, falls ich Bianchi breitschlagen kann, dass er den Film hier dreht.«

Ich fahre zusammen. »Moment. Was? Hier? Also hier in Barnwich?«

»Ja, Caroline.« Sie lacht und der Klang füllt sämtliche Hohlräume in mir.

»Du hast die Rolle trotzdem noch?«

Sie nickt. »Ehrlichkeit zahlt sich anscheinend aus.« Wir starren einander an. »Das solltest du doch am besten wissen.«

»Arden, ich …«

»Das war ein ganz schön heftiger Artikel, Caroline«, fällt sie mir ins Wort. »Alles, was du gesagt hast … boah, das hat ganz schön gesessen.« Sie senkt den Blick auf ihre Füße. »Ich liebe die Schauspielerei, aber an diesen Entscheidungen, die ich mit vierzehn getroffen habe, wär ich echt noch zugrunde gegangen, in so vielerlei Hinsicht. Ich glaub, nach diesem Bianchi-Film muss ich … mir erst mal eine Auszeit nehmen. Rausfinden, was genau ich eigentlich will. Wie dieses Schauspielerinnendasein sich so gestalten soll.«

»Lillian wird ausrasten vor Freude.«

Sie lächelt und schüttelt den Kopf. »Die hab ich gestern noch vor die Tür gesetzt.«

»Du hast was?«

»Die hat mich nie auch nur ansatzweise als eigenständigen Menschen wahrgenommen. Sie war genauso schlimm wie meine Eltern. Caroline, die letzten beiden Wochen hier zu Hause hab ich mich mehr wie ich selbst gefühlt als … überhaupt je zuvor. Da hab ich erst kapiert, was ich will. Wer ich sein will. Vor Grams. Vor dem Rest der Welt. Für mich selbst und … für dich. Auch wenn ich noch ein bisschen überlegen muss, wie ich das hinbekomme.« Sie atmet tief durch und kommt noch näher, bis sie fast direkt vor mir steht. »Dich gestern gehen zu sehen …«

Sie spricht den Satz nicht fertig. Muss sie auch nicht. Weil ich es weiß. Es war für mich genauso schwierig, zu gehen, wie es damals war, zurückgelassen zu werden.

»Ich hätte nicht einfach so wegrennen sollen«, gebe ich zu und diesmal lässt sie mich ausreden. »Ich hab … ich hatte einfach nur Angst, um ehrlich zu sein. Ich hab mich so fehl am Platz gefühlt. Als hätte ich da nichts zu suchen neben dir.«

»Kann ich nachvollziehen.«

»Ich weiß. Und das ist mir aufgegangen, als ich weg bin. Dass ich vielleicht mehr Vertrauen zu dir hätte haben sollen.«

»Hättest du«, sagt sie und schluckt. »Weil ich … ich liebe dich, Caroline. Ich hab dich schon so lange geliebt, dass es … schon lächer …« Sie lacht und schüttelt den Kopf. »Lächerlich ist.« Doch dann wird sie ernst. »Ich weiß, ich hab in meinem Leben viel Mist veranstaltet, bin vor vielem einfach weggelaufen. Aber ich will für dich da sein. Ich will nach Hause kommen. Und ich bin völlig überfragt, ob das klappen wird. Vielleicht geh ich euch allen in einer Woche schon wahnsinnig auf den Geist und am Valentinstag habt ihr mich endgültig satt. Vielleicht willst du sogar lieber mit Taylor Hill zum Schulball gehen. Vor all dem hab ich eine Scheißangst, aber, Caroline, lass es mich versuchen. Denn wenn ich das nicht tue, dann muss ich mich den ganzen Rest meines Lebens fragen …«

Die Worte sind noch nicht mal aus ihrem Mund, da habe ich mich schon gegen sie geworfen, landen meine Lippen ungeschickt auf ihren. Sie windet ihre Arme um meine Taille und bugsiert mich rückwärts zur Ziegelmauer der Bar.

Arden James, Arden James, *Arden James.*

Ihr Name tanzt in meinem Kopf herum, erfüllt meine Brust, bis es der einzige Gedanke zu sein scheint, den ich jemals gehabt habe.

Wir küssen uns in den verschneiten Straßen von Barnwich, wo wir uns einst ineinander verliebt haben. Wo sie mich hat stehen lassen und wo sie zu mir zurückgekehrt ist.

»Unfassbar«, sagt Riley von der Tür her und lässt uns erschrocken auseinanderfahren. »Ich wollte eigentlich schauen, ob du die Kerzen anzünden magst, und da stehst du und knutschst einfach rum? Tolle Gastgeberin.«

Wir lachen beide los und Arden grinst sie verlegen an.

»Frohes Chanukka«, sagt sie. Riley verdreht die Augen und sprintet dann vor uns hinein.

Arden greift nach meiner Hand und der Hautkontakt entzündet ein kleines Feuerwerk in mir, genau wie vor all den Jahren. Ihr Mund verzieht sich zu ihrem schiefen Grinsen und zum ersten Mal seit ihrer Rückkehr möchte ich die Zeit nicht anhalten. Jetzt kann ich es kaum erwarten …

All die neuen Aspekte an ihr kennenzulernen, all die Dinge, die gleich geblieben sind, all das Gemeinsame, was erst entstehen wird.

Und als sie im Türrahmen stehen bleibt, um mich unter dem Mistelzweig zu küssen, muss ich mich doch fragen, ob aus meinen zwölf Tagen mit Arden James vielleicht ein ganzes Leben werden kann.

Danksagung

Alyson

Ich möchte meiner Lektorin Alexa Pastor danken, die mir die hilfreichsten Hinweise gegeben hat, die eine Frau sich nur wünschen kann, und mich die ganze Zeit hindurch angefeuert hat. Nach drei Büchern ist mir immer noch nicht klar, wie du es schaffst, eine erste Fassung durchzulesen und daraus die besten Teile herauszukristallisieren. Danke auch an den Rest des Teams von Simon & Schuster.

An meine Freundin und Agentin Emily van Beek, die immer zur Verfügung steht, wenn wir sie für was auch immer brauchen. Und auch dafür, dass sie uns hilft, die richtigen Geschichten zu finden.

An Mom, Dad, Luke und Aimee, für eure Unterstützung, wie immer. Und besonderen Dank an meinen Bruder Mike, der während unseres Abgabestresses so oft zu uns gekommen ist, um Poppy zu hüten, dass ich es nicht mehr zählen kann.

An meine Frau: Danke, dass du den Entwurf für dieses Buch übernommen hast, als ich mich schwergetan habe. Und dass du immer genau weißt, wann meine innere Unruhe Besänftigung braucht. Du bist mein Licht in der Dunkelheit und ich liebe dich so sehr.

An Poppy: Du bist der Grund, weshalb ich immer weiterschreiben werde! Alles, was ich von nun an mache, wird immer für dich sein. Du bist die tapferste, zäheste, schönste kleine Person, die ich je kennenlernen durfte. Ich hoffe, dass du eines Tages all diese Bücher lesen kannst, die deine Mama und ich geschrieben haben, und etwas von dir darin wiederfindest. Ich hoffe, sie helfen dir auf ihre eigene Art. Ich liebe dich, Linguine.

Rachael

Ich bin jeden einzelnen Tag jedem der folgenden Menschen so dankbar, dass sie es mir ermöglichen, Geschichten zu schreiben und sie mit der Welt zu teilen. Kein einziges meiner Bücher gäbe es ohne sie.

Erstens, wie immer, einen Riesendank an Alexa Pastor, die mir alle sechs Bücher hindurch zur Seite gestanden hat. Was ist das für eine Reise gewesen! Dass ich dabei jemanden von deinem Format an der Seite habe, die es vermag, immer meine besten Ideen herauszukitzeln, werde ich stets zu schätzen wissen.

An Justin Chanda und den Rest des unglaublichen Teams von Simon & Schuster, die sich alle ein Bein ausgerissen haben, um mir über die Jahre ihre Unterstützung und Wertschätzung zu zeigen.

An Emily van Beek, eine der ganz Großen. Dich hinter mir zu wissen, ist mir das größte Geschenk. Ich glaube nicht, dass irgendwer in beruflicher und künstlerischer Hinsicht mehr Begeisterung und Inspiration in mir ausgelöst hat als du.

An Sydney Meve und den Rest des Teams bei Folio Jr.

An meinen Freundeskreis und an meine Familie, Mom, Ed, Judy, Luke und Aimee. Selbst wenn Luke bis in alle Ewigkeit jede Partie Moonrakers gewinnen sollte, werden unsere Spieleabende immer meine liebsten Abende sein.

Danke, danke, danke an meine Leserinnen und Leser.

Für eure Nachrichten, eure Posts, eure Worte, eure Kommentare. Ihr seid es, für die ich diese Geschichten in die Welt bringe.

Und wie immer, an Alyson. Alyson, unsere Liebesgeschichte ist besser als alles, was ich je schreiben könnte. Du hast mir das größte Geschenk gemacht.

Und an Poppy. Du bist das Beste von mir. Aber bitte hör auf, dich vom Sofa zu stürzen. Ich liebe dich, Scoob.